「ああ、どうなることか、
どうなることか……ね」

「この外道どもが」

「ひ、ヒーローだっ……!!」

「暫《しばら》くぶりで」
「クカカカッ！
来たか来たかっ!!
『騎士』よ、やはり来たかっ！」

一般人遠方より帰る。また働かねば！
An ordinary person returns from a distance. I have to work again!
2
Volume Two
著 勇寛
ill. つくぐ

CONTENTS

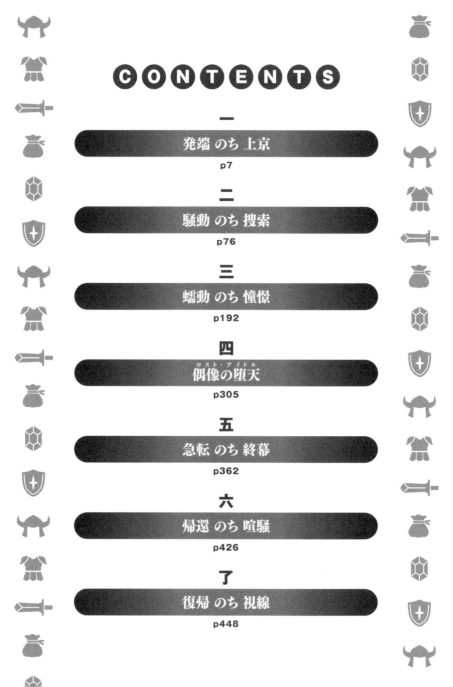

＊＊＊　一　発端　のち　上京　＊＊＊

テレビモニタいっぱいに、骸骨頭の武者と、槍《やり》を持った騎士が双方の武器を振るう姿が映し出されている。

その二名の後ろに映るのは、夜の飲み屋と思《おぼ》しきネオンが輝く歓楽街だ。

両名を遠巻きに見つめる通行人の姿も目に入る。

各々《おのおの》が振るう武器が疾《はし》るたび、双方ともに命のバーががりがりと削られていった。

『温《ぬる》いわっ！』

武者が叫ぶと同時に太刀が振りぬかれ、ぱあんと音が響き渡る。

不用意に突きだされた、騎士の携《たずさ》えた槍が大きく撥《は》ね飛ばされ、空を舞う。

クルクルと飛んで行った槍が、地面へと突き刺さり、騎士に残されたのは粗末な木製の盾だけである。

後方へと飛び跳ねて逃げようとする騎士を逃すまいと、武者の追撃と更なる猛攻。

盾で防ぎ、弾《はじ》き、飛《と》び退《の》いたその場所で、しのぎ切れず大きく後方へと吹き飛ばされた騎士が「カラオケスナック渚《なぎさ》」の看板に激突した。

その看板を粉々に砕いて、騎士が崩れ落ちる。

あまりのダメージに起き上がった騎士が頭を振った。

その隙《すき》を逃すまいと武者が一気にダッシュで接近。

その勢いのまま放たれた強烈なハイキックが、兜《かぶと》に守られた騎士の頭部を襲う。

『ぐわっ！』

声を上げて体勢を崩した騎士へと、武者の太刀を持たない側の左手が拳打《けんだ》を放つ。

同じフォームで三度顔面を殴りつけられ、自然と武者と騎士の間に隙間《すきま》が生まれる。

ぎらり、と黒い眼窩《がんか》の奥に鬼火が青白く光る。

骸骨武者の必殺の胴薙ぎが、それに気づいたばかりの騎士を襲う。

『絶技、死克焔《しこくえん》!!』

『ぐわぁぁあああ！！！』

紫紺《しこん》の焰を刀身に纏《まと》わせた必殺の一撃で、最後に残った盾を砕かれ、全身を闇色の炎に燃やし尽くされた騎士があおむけになり、絶命。

『ク、クカカカカッ！！！　この、雑魚《ざこ》めがっ！！！！』

騎士の命を奪い去った太刀を地面へと突き立て、武者が死者の尊厳を冒瀆《ぼうとく》するようにその頭を金糸で彩られたブーツで踏みつける。

さらには天を仰《あお》いで呵々《かか》大笑《たいしょう》する骸骨武者。

その声はテレビの前に座る者たちに、轟《とどろ》きわたるのであった。

＊＊＊

「うっわ、茂《シゲル》さん死んだー、惨殺、滅殺、焼殺。骸骨武者、超強いし！」

「そりゃそうだろ。茂さんは無料アップデートで追加されたネタキャラで、しかも攻略サイトだと一番ザコいって評判だぜ？ んでもって骸骨武者はラスボスクリア後のシークレットの裏ボス。攻撃特化で防御はザルいけど、ハマればどんな奴《やつ》でも瞬殺だからな」

「そうだよねー。茂さん、ソッコーで惨殺されてるし」

「いや、縁起でもねえよ!!?」

けらけら笑いながらテレビモニタの前で談笑しながら座っている二人へ、借りたお手洗いから戻ってきた茂が怒りの抗議を行う。

「あ、茂さん。ウーロン茶でも飲みます？」

抗議を行う茂へと振り向いた男が、テーブルに置かれたペットボトルと、客用と思われるグラスを指さす。

少しばかり渋い顔になりながら、それを受けとり、コポコポと茶を注《そそ》ぐ。

「……何してんの、お前ら？」

茂はずずっ、とウーロン茶を啜《すす》りながらテレビの前でコントローラーを握る二人、「魔王」柳博《ヤナギヒロ》人《ト》と、「軍師」梶原由美《カジワラユミ》に尋ねる。

「博人がこのゲームのキャラが、すっごい茂さんと『骸骨武者』に似てるって言うから、ちょっと隼翔《ハヤト》が来るまで暇つぶしに」

「似てますよねぇ、二人とも」

けらけらと笑う二人が言ったこの場にはいない隼翔。

本名、但馬《タジマ》隼翔。通称「おーじ」というちょっと恥ずかしい二つ名も持っている銀嶺《ぎんれい》学院高等部普通科三年の男子高校生。

　この二人、いや茂も含めた三名の関係者であることから予想は付くだろうが、「勇者」の称号を持つ少年である。

「茂さん。さっき連絡来たんですけど、隼翔の奴、家抜け出すのにもう少しかかりそうって話です。まあ、家出少年扱いだからなアイツ」

「いやあ、いいよねぇ親の愛情があふれる家庭って。私のトコなんて、若いうちはそういう事もある、って放任主義だしー」

「お前は学校サボって俺んち泊まったりしてるからなぁ。二日間の間に行方《ゆくえ》不明って扱いにお前、ならなかったじゃんか」

「博人もだしー。私だけっていうのずるくない？」

がやがや二人して話し込んでいるが、大人として一応学校には行けと言っておくべきだろうか。

そんなことを思いながら茂は目線を床へと向ける。

床に転がるパッケージからすると、プレイ中のソフトは「英雄の定め４＋α」だ。

過去から現代へとタイムワープしてきた英雄が、同じく飛ばされた英雄と戦う、というどストレートなコンセプトの格闘ゲーム。

人気シリーズであり、新作が出るたびに皆が熱中するという作品でもある。

茂も「２ダッシュ」、「３」、「３クロスエンド」と過去シリーズのソフトを購入した記憶がある。

確かに足蹴にされている騎士アーサー「兵卒バージョン」と、足蹴にしている第六天魔王ノブナガは「光速の騎士」と「骸骨武者」のイメージに似ていた。

「茂さん、超絶的に弱いですよ。めっちゃボコられたんですけど？」

「いや、そこで転がってんのを俺扱いするな。完璧、一切《いっさい》無関係だ。あと骸骨も〝あの人〟じゃないし」

勝利リザルトが出ているのにスタートボタンを押さないので、いつまでたっても骸骨のキャラクターの哄笑《こうしょう》が止まらない。

ちょっとばかり腹が立つ。

にまにまと笑う由美の頬をむに、と摘まむ。

「なんれふか《なんですか》！　おふぉめの《乙女の》、やぅあ《柔》ふぁだ《肌》ぅお《を》!!」

「そのわかってて人をからかう悪癖《クセ》、直せと言っただろーがよ。乙女《おとめ》と言い張るなら、もう少し乙女チックな要素を見せろ」

「うはは、言われてるな。由美、成長してねぇって言われてるぞお前！」

「うるひゃい《うるさい》！」

ぺしと茂の手をはたき、自分の頬を撫《な》でる由美。

小柄な体つきではあるが、全体的に肉付きは良く可愛《かわい》らしいと言われる部類の女の子である。

ただし、肉付きが良《い》いというのは、要はぽっちゃりである。

おデブではないが、スマートなわけではなく、頬も触ろうと思えばこのように容易に摘まめる。

個人の好き嫌いはあるとは思うが、茂としては女の子女の子していると思うし、好ましい体型ではあると思う。

ただし、それが本人の理想と重なっているかと言えば、そうでもないのが世の中というもので。

「うう、三年でいい感じに育ったのにぃ……」

「体、高校生まで若返るとは思ってなかったもんな。ご愁傷様」

打ちひしがれる由美をぽんぽんと博人が慰《なぐさ》める。

どうも〝成長していない〟というのが地雷ワードだったようである。

茂の憶《おぼ》えている由美の最後の姿は、クールビューティーでナイスバディな美人さんであった。

確か身長も百七十近くはあって、すらりとしたグラビア体型におなりあそばしていたはずなのだが。

「なんで、元に戻るかなぁ……」

まあ、三年という時間は高校生くらいの年代にとって、著《いちじる》しい肉体的羽化を遂げるには十分な時間であるということだ。

憮然《ぶぜん》とした表情でつぶやく、今は百五十センチくらいに縮んでしまった由美がこちらを見る。

「……でも、茂さんだって子供みたいに意気揚々と、ヒーローやってたじゃないですか。なんですか、あの恥ずかしい全国放送」

「ふごぉっ！」

ぐさりとピンポイントで的確なダメージを与えてくる。

流石《さすが》は「軍師」。

「く、くそぅ……あ、あれは不可抗力というやつで！」

「ふふん！」

反《そ》り返《かえ》って威張る由美。

だが、そこには彼女がたわわに誇っていた過去、いや未来の果実の面影《おもかげ》はない。

「……ふっ」

「あ、なんです⁉　今のふっ、ってどういう意味⁉」

そこに襲い掛かる追撃の一息。

言葉ですらないそれには茂の言いたい全てが詰まっていた。

「いえいえ、なんでもありませんよ？　〝元〟ないす・ばでぃ？」

「うっっわ、うっっわ！　茂さん、それは、それは言ってはならない台詞《せりふ》ですよ！」

カチンときたらしい由美が床に置かれていたクッションを茂に投げつける。

ぽすんと音を立てて、茂は胸でそれをトラップして、尻に敷《し》き床へと座る。

ここは「魔王」柳博人の家、そして博人の自室である。

部屋一面に飾られたメタル系の音楽バンドのポスターに、壁際《かべぎわ》に置かれたベース。

本棚に置かれた音楽雑誌は、多種多様で、メジャーどころからマイナーなものまであるようだ。

茂は音楽方面には詳しくはないのだが、かなりコアな種類の雑誌も中には混じっている。

「まあ、茂さんを呼んだのは俺たちなんだ。由美よぉ、お願いする立場の人間がそういう感じじゃだめだと思うぞ、俺」

「そりゃそうかもしれないけどぉ……」

ぷぅ、と頰が膨《ふく》らんでいた。

由美はコントローラーを摑《つか》み、自分の操作キャラクターを魔王ノブナガに、相手コンピューターを兵卒アーサーに設定すると、シングルマッチを始める。

意図としては、直接ではなく間接的に茂へと無言の抗議の意を表するつもりなのだろう。

画面上の兵卒アーサーが、魔王ノブナガに怒濤《どとう》のタコ殴りという暴挙に晒《さら》されている。

「何という大人気《おとなげ》の無さ……」

彼らに聞こえない程の声で茂がつぶやく。

今は学生服に身を包んでいるが、彼らも三年の時を若返り、精神年齢だけなら向こうの社会で生活した二十歳過ぎの大人の入口に当たる者たちなわけで。

（体に心が引っ張られるのかね？）

どうでもいいことを思い返しながら、茂は本題に入る。

「なあ、それよりもさ。結局、俺は何を、どう、どこで、助けりゃいいのよ？」


ぴんぽーん！


そこに玄関から来客を告げるチャイムが鳴り響く。

茂に尋ねられ、どう答えようかと悩んでいた博人はすっと立ちあがる。

「ああ、隼翔だと思います。月曜までは親父《おやじ》もお袋も仕事で留守なもんで。俺が話すより隼翔の奴に説明させた方が多分、茂さんも判《わか》り易いと思うんで」

「そうか？　結構取り乱してたから、俺としては隼翔に説明されるのは怖いんだけど」

昼のあの森のカマドで巻き起こした隼翔のなかなかの醜態。

心がガタガタでないと、あそこまでの狼狽《ろうばい》はなかなか見せないと思う。

結局、あの場で泣き崩れる隼翔の背をさすりながら、他の奴らに隼翔を引き渡した。

流石にバイトの真っ最中にあの騒がれ方をされてしまうと、仕事が滞《とどこお》ってしまう。

隼翔自身も過呼吸気味で、言っている内容も要領を得ず、茂のバイト明けにゆっくり話そうということに落ち着いたわけだ。

茂は店長の伊藤《イトウ》に十九時までのバイトを少し早引きさせてもらい、時間を別場所で潰していた二人に連れられてこの柳家へとたどり着いた。

隼翔はもう一人の〝お仲間〟に連れられて一度帰宅させられている。

ちなみに、伊藤からは興味本位全開で質問攻めにあい、同じくバイトに入っていた香山《カヤマ》からも質問攻めにあった。

ただし、どうしてだろうか。

香山の瞳には〝興味本位全開〟と伊藤と同じ文字がくっきり書き込まれていたが、どこか湿った生臭い香りがした気がする。

どうしてだろうか、というところまでで茂は思考を止めた。

それはきっと正しい判断だったに違いない。Bから始まる沼に自分から足を踏み入れる気はない。

「大丈夫ですよ。人間って一度感情が爆発したら結構落ち着くもんですし。ただ、今きたメッセージだと、里奈《リナ》さんは来られないみたいです。俺らとは違ってまともなお家《うち》らしいですからね」

「里奈ちゃんいないってなると、私が隼翔くんのフォローかー……。うわ、責任重大！」

スマホに表示された「聖騎士」堀田《ホリタ》里奈のメッセージを読みながら博人が退出する。

トトトンと階段を駆け下りていく音が聞こえる。

茂はその音を聞きながら、先程尻に敷いたクッションをそっと膝《ひざ》の上に移動させた。

「どうしたんです？　茂さん」

由美が訊《たず》ねてくるのを、まあまあと手だけで落ち着かせる。

頭に？を浮かべながら由美は座り直し、ゲームを終了させた。

ぷち、とリモコンを使いテレビ画面をバラエティのチャンネルに合わせる。

テレビ局も流石に丸一日「騎士」「武者」だけを流すわけにもいかない。

当然スポンサーが金を出して作った通常放送の番組も流していかねばならないのだ。

画面上のバラエティは以前に収録されたもので、茂にとってはここ数日気の休まらなかった報道以外の楽しい楽しい放送である。

ただ、このバラエティの先週の視聴率は三・二％。

二十時三十分のこの時間帯に放送するには少しばかり、視聴者数が寂しいと言わざるを得ない。

「ああ、落ち着くぅ……」

「うわぁ、剣君《ケン》。超カッコいいぃ……」

何の気なしに出た言葉に二人が顔を見合わせる。

「由美、葉山《ハヤマ》剣好きなんだ？」

「な、なんですか！　私も好きだなって思う俳優くらいいますし！」

少しだけ頬を赤くした由美。

憤慨した風ではあるが、目線はテレビのバラエティに番宣で出た俳優の葉山剣を追っている。

数人のお笑い芸人の中で真っ白な歯を見せてニコニコと笑うその顔にはきらきらと光が舞い散るようだった。

「いや、だってさ？」

「だって？」

「葉山剣って、博人のヤツとタイプ真逆だし。葉山は大別したら爽《さわ》やかイケメン。だけど、博人はワイルドな男臭いタイプじゃん？　結構ストライクゾーン広いんだな、って」

「それは、そうですけど……」

もじもじとし始める由美を見て、はぁとため息を吐《つ》く。

「その感じだとまだ付き合ってないのかよ、お前ら？」

「いやぁ、そのですねぇ。あはははは！」

笑った勢いで誤魔化そうというのだろう。

視線が泳いで、今まで手に取っていなかったウーロン茶のカップを取る。

茂からそっぽを向いてぐびぐびとそれを飲み干し、手でぱたぱたと自分の顔を扇いでみせる。

微笑《ほほえ》ましい、といえば微笑ましいが、この幼馴染《おさななじみ》のカップル未満ダチ以上の二人はいい加減どうにかなってほしいものである。

というか三年もの間、何をしていたのだろうかこいつらは。

「……まあ、俺の口出すことじゃないか」

「う、ご配慮アリガトウゴザイマス……」

トントンと階段を上がってくる音が聞こえてきた。

人数は二人。

「茂さん、隼翔来ましたよ」

「お邪魔します。茂さん、仕事先《バイト》ではホントすみませんでした……」

ぺこりと頭を下げて入室してきた「勇者」の目は幾分腫れぼったくなっていた。

「いいよ。店長も友達は大事にって言ってたし。まあ、座れ。……俺の家じゃないけどさ」

自分の膝にのせていたクッションを隼翔の方に差し出す。

すると、隼翔の目がうるうるとし始める。

「じ、じげる、ざぁぁ……ふぼぉっ⁉」

抱き着いてこようとした隼翔の顔面目掛け、クッションを咄嗟《とっさ》に押し付ける。

真正面から激突したそれに崩れ落ちる隼翔を見ながら、茂が博人に話しかける。

「な？　やっぱ、お前が説明した方がよくないか？」

「……そうかもしんないです。マジですんません……」

＊＊＊

「深雪《ミユキ》が攫《さら》われたぁ⁉」

全員が博人の部屋のテーブルを囲み、着座すると代表して博人が説明を始めた。

その第一声が、コレである。

白石《シライシ》深雪。

この場にいない、異世界への強制拉致《らち》被害者の一人。

そして、勇者パーティーの一員である「聖女」たる資格を有した人物である。

「いや、攫われたっつーか、実態は保護されてったたってのが正しいのか？　その辺りに落ち着くんですけど」

「……お前らが何でか知らんが、そんな落ち着いてるのかってのも、その辺りが理由か？」

クッションを膝に抱え込み、体育座りをしている隼翔の頭を由美が撫でている。

ぐすぐすとしている様は、三年前に向こうに飛ばされた当初、よく見かけていた彼の姿である。

ただ、経験を積み最後に見かけたときには堂々たる「勇者」像を体現していたのだが。

体に引っ張られて精神まで退行しているとでも言うのだろうか。

「違うな、取り乱してるのが一人いるけど」

「隼翔、大きく息を吸え、んーで心を落ち着けろ。いい加減、邪魔くせぇ感じになってきてるぞ」

「わがっだ……。ふぅ、ふぅ、ふぅ……」

落ち着こうと深呼吸を始める隼翔。

横目に見ながら茂は目で博人に話を先に進めるように指示を送る。

「まず、深雪さんも含め俺たち全員がこっちに戻ってきたのは木曜日の夜、というか日付は金曜になってたかもしれません。まあ、そんくらい深夜だってことです。飛ばされた先は上倉山の駐車場でした」

「ん？　上倉山の駐車場？　飛ばされる前のビルの中じゃなくて？」

上倉山はこの地域住民限定ではあるが有名な山である。

山頂までのルートは車両での通行も可能であり、麓《ふもと》には市営の運動公園もある。

小学生の遠足先や、ハイキングコースとしても有名で、秋口には上倉梨というちょっとした地元名産の梨が採れる産地でもあった。

ただし、夜間ともなると山頂の駐車場は施錠され、人通りも電灯も少ないため完全な暗闇が辺りを包む。

そのため夏場には肝試《きもだめ》しに若者が来たりすることもあるが、まあ大体は誰も近寄らないポイントと言える。

「茂さんがこっち戻れたのは、元々の古代遺跡に残った召喚魔術陣の誤作動ですから。あの陣の原本か作動方法が残ってないかを探しに、俺たちが遺跡に潜ってたのは知ってるでしょう？　ある程度調査が進んで、作動方法について解析できそうな資料も由美がいくつか手に入れてて。でも、茂さんが日本に戻ったかもって話が来まして。ボロボロの廃棄遺跡の唯一の門衛《もんえい》が居なくなった上に、召喚陣の周りの解析の術具にも作動の詳細がバッチリ記録されてる。二択のうち、消極的な茂さんの〝もしかしたら勝手に動くかも〟が大当たりするとは思いませんよ」

「まあ、運がよかったのかはわかんないけど。日課にしてた召喚陣を覗《のぞ》きに行ったら光り始めててさ。頭じゃなく体が咄嗟に動いちゃって。飛び込んだ結果が、アレだ」

顎で指した先には消音モードのテレビ画面。

九時を過ぎ、特番を急遽《きゅうきょ》組んだのだろう。

画面の右上に書かれているのは「緊急討論‼　現代に現れた『騎士』と『武者』！　我々の取るべき道は⁉」だった。

頭のいい方々が熱心に討論してくださるのだから、茂としては是非ともどんどんご教授頂きたいくらいだ。

それはもう切実に。

ただ間違いなくこの番組の出演者の意見は、茂の今後の生き方を完璧に狭める方向で構成されているだろうが。

「うわぁ、この映像は見てないかなぁ。ビルとビルの間、飛び越えてるじゃないですか！　さっすが、超人！」

「どんどん出てくるのな。まさに日本全国民、総カメラマン時代の到来だな……」

画面上には「本番組にて初公開！『光速の騎士』最新投稿映像！」となっている。

「何でお前らはそんな都合のいい、人気《ひとけ》のないところに帰ってこられたんだよ。ずるいじゃんか」

「僕ら、いろいろと向こうでやることがあったので……。実は茂さんが日本に戻ってから、三ヵ月くらいは向こうで残務処理っていうか、引き継ぎっていうか。そういうゴタゴタを片付けてたんですよ」

「……そうなの？」

茂以外の三人は同時に頷《うなず》いた。

「最優先が遺跡に残った解析に置いていた術具の記録の洗い出しと、古代遺跡から手に入れた召喚関連の資料との照らし合わせ。次に本当に茂さんは向こうにいないのかの確認。僕らが日本に帰って、しばらくして実は茂さんが向こうに残ってましたー。っていうのは避けたいので」

「まあ、当然だわな」

隼翔がそう茂に説明する。

だいぶ落ち着いたようだ。

「それからー、いろいろとお世話になった皆さんへの挨拶回り。今までありがとうございましたってことをね？　お偉いさんとかは結構向こうに残らないかってしつこかったんだけどねー。特に隼翔くんへの求婚はすごかった。いやぁ、リアルハーレムってものを初めて見たもんなー。私、あの三ヵ月の間に向こうで未婚だったお姫様全員に会った気がするなー」

「それはお前もだろうに。結構色々な青年貴族から言い寄られてたじゃないか？」

「私、イケメンは好きだけどやっぱ顔がさ。どうしても皆日本人顔してないじゃない？　いや、かっこいいとは思うんだけど。見る分にはドンと来い、でも付き合うってなると私にはちょいハードルが高かったのよ、うん」

「そうか、そういうもんか」

茂はあえて言わない。

由美の横にいる博人が不思議そうな顔をしていても。

それはやっぱり本人同士で育みあうものであろう。

ここは年長者として生暖かい目で微笑むのが、様式美だ。

たとえ、由美に冷めた目で見据《みす》えられても。

こほん、とその空気を変えようと茂が切り出す。

「……俺にはそういうイベントなかったんだが」

「そりゃ、兵士になるための一年間の初期訓練終わって、配属先に希望するのが、あんな周りに何もない古代遺跡の入口の警備ってんじゃ、女性陣は全員ガン無視でしょうよ。街にもほとんど下りなかったんでしょう？」

「だって、いつ召喚陣が起動してもいいように近くにいないと……。街に行ってた間に実は陣が動いてました、帰れませんでした、じゃあ悔やんでも悔やみきれないし」

「ビビリというかヘタレというか……。心配性ですよね。人と話したくなりません？　普通」

由美に軽くディスられる。

むっとして茂は反論した。

「週一回の物資補給で商人とは話すし。たまに猟師が泊まりがけで猟に来たときには一緒に飯も食ったりしたよ！」

「ほぼほぼ世捨て人じゃないですか！」

失礼なことを「勇者」殿がおっしゃってくる。

仕事に毎日出勤し、定期的に買い物を行う。

時折、訪ねてくる知人と飯を食い、楽しく酒を飲む。

このどこに世捨て人の要素があると言うのだろうか。

「ああ、その茂さんの使ってた門衛用の掘っ立て小屋なんですけど。あそこから一番近い村の共同施設にって引き渡しておきました。食器とか寝具とか色々含めて。貴重品はなさそうだったし、そのまま引き渡しましたけど、何か必要でしたか？」

「……思い出の品とか、ないわけじゃないが、今更取りに行こうにも行けないし。別にいいさ」

ちょっとだけ棚の奥に隠しておいた高い酒が惜しい。

未開封のまま一度も口をつけなかったあれはどんな味がしたのだろうか？

「えーと、話がずれたんですけど、まあそんなわけでじっくりと召喚陣を由美と俺でどうにか解析して。最終的に全員アイテムボックスに装備とかを放り込んで、もろもろの準備が整ったのが三ヵ月後。じゃああとは元の学ランとかブレザーに着替えて帰還、と」

「あの時、私はギリでイケるラインだったけど。里奈ちゃんと深雪さんはねー。育ちすぎててなー。なんというか、エロかった。なんかあの体つきでせーふくは、犯罪だったと思うわ」

「……俺も、上着はパツパツだったしな。隼翔はどうだった？」

「上着は無理で手に持ってた。そしたら深雪に取られてさ」

その光景を茂が想像する。

確かに「聖騎士」「聖女」の二人は少々青少年には目の毒だったかもしれない。

「聖騎士」は上背《うわぜい》が茂を超えて百八十の後半くらい。

「聖女」はまあ、出るところが出すぎていたとだけ言っておこう。少々どころかかなり、日本人女性の平均値を外れていたかもしれない。

拉致られた当初はそこまで特注の服は必要ではない体つきだったのだが。

「里奈の奴も森のカマドで見たら元に戻ってたみたいだけど？」

「そうそう、本人は喜んでたんじゃないかな。さすがにタッパが大きくなりすぎたって。というか全員、家族とか友達にどうやって説明するーって悩んでたんですけど。いや、そこはマジで良かったんですよねー」

由美の感想は正直なところだ。

それはそうだろう。

若かったから急成長しました。

その言い訳をするには最低夏休みくらいの長さの期間は会わない期間が必要になる。さすがに火曜から数日会わず、金曜に知り合いに会うスケジュールでは驚かれること間違いなしだ。

数日で急成長することのできるサイズ感ではない。

「お前、さっきガックシきてたのは何だったのよ?」

「色々乗り切ったら、あの体がもったいなくなったの！　いいじゃない、私の理想形よ⁉」

由美の理想がクールビューティー且《か》つナイスバディというどうでもいいことがわかったところで話を元に戻す。

博人がめんどくさくなって、由美を無視したとも言える。

「まあ、それで戻ってくる場所、時刻をある程度は調整できるみたいだったので、場所を人気のない場所と時刻も夜に合わせてこっちに帰ってました。当然向こうの召喚陣は帰還の陣が起動したのを確認後に、粉々にするように依頼済みです。もう俺らみたいなのを呼ばれるのはカンベンなんで」

「穴に落ちたやつが次に来るやつが落っこちないように埋めておく。当然やっておく処置だろ。いい判断だと思う」

事故が起きたのであれば、もちろん再発しないようにするのは当然である。

「で、戻ってきたところに待ち構えていた、深雪の親父さんのボディガードたちに囲まれまして」

「おぉう?」

なぜか、そこで急展開。

いきなり、どうしてそこにボディガードの面々が、ガン首そろえて勢ぞろいなどということが起きるのか。

「それで、俺も含め皆がまあ手も足も出ずに、深雪さんが大人しく連れて行かれてですね。それから一切連絡が取れず、という状況となった。……こういう流れですね、一応ですが」

沈黙が全員に降りる。

茂を除く三名は沈痛な面持《おもも》ちで、茂は頭に〝？？？？〟と続く疑問符を止められずに、だ。

「いや、俺どうもわからんのだが。というか理解できんことがいくつかあるというか」

ううむ、と悩むがどうにもわからない。

「……とりあえず、どこが？」

「……とりあえず？　とりあえずでいいのなら」

目の前の隼翔を真《ま》っ直《す》ぐ見据える。

「正直な話、隼翔なら学ラン一丁の素手でもフル装備の俺、余裕でド突きまわせるだろ？　里奈も多分同じことできるはずじゃん。由美に博人、深雪は後衛だし、素手ってハンデありの制限付きであれば、俺が相手なら万が一って可能性も……ねぇな。それでも負けるわ」

即座に希望的観測を覆す。はっきり言って「勇者」パーティーの面々と「兵士」にはそれくらいの眼《め》に見える差があるのだ。

「フツーにお前らなら、こっちの人相手だったらどうとでも出来るし。そこまで深雪の親父さんのボディガードって強いの？　とか、ものすごい不意を突かれたとか？」

茂単身で警察の機動隊勢ぞろいの警戒網を抜け出るくらいはどうにかできた。実際にやって見せたときの映像がちょうどテレビから流れているのを指さした。

それ以上のレベルの彼らが五人いれば、そんなボディガードの群れ、瞬殺だろうに。

「……いや、逆に聞くってのもおかしな話ですけど。茂さん、あなたなんで『光速の騎士』なんて出来るんですか？」

「何？　どういうこと？」

茂は他の三人から真っ直ぐそう尋ねられたのだった。

＊＊＊

茂の視界の左側に、一瞬何かが映る。

慌てることなく、少しだけ体を後ろに反《そ》らし、ほんの少しだけ空間を作ると同時に左腕をそっとその場に置いておく。


ぱんっ！


軽く爆《は》ぜた音が響くと、飛んできた黒のスニーカーがしっかりと茂の左手に掴まれている。

「……ああ、確かに弱くなってるわな。このくらいだったらまあ鍛えてれば、こっちの人でも数をそろえて十分対応できるかな」

「ここまでまるで通用しないと、自信失《な》くしますけど」

捕まえられたスニーカーの持ち主である隼翔が、ゆっくりと足を下げていく。

その表情は苦々しく、歪《ゆが》んでいる。

「完璧にゼロってわけじゃない、でも『勇者』クラスの力はなくなった。そういう状態ってことか……」

「完全になくなったわけではなさそうです。ただし、スキルはほぼ使えませんね。体は若干召喚以前より強くなった感はあります。昔は人と喧嘩《けんか》もしたことはありませんでしたから」

「俺個人の感覚としては、ヘビー・ボアには勝てない、ワイルドラビット単体なら武器アリで五分。その辺りのレベルかなぁ。だいたい向こうの市民のレベル五前後ってくらいだと思えばいいかな？」

力を失ったという「勇者」一行に茂の調査結果が伝えられる。

全員がなるほど、と頷いているが、要するにこちらの世界で、武器有りの大人と五分と考えてくれればいい。

敵対する相手との相性によっては負ける可能性も十分あり得るというところか。

汗ひとつ掻《か》かず仁王立ちの茂と、座り込んで荒く息を吐く隼翔。

それは「兵士」が「勇者」を簡単にあしらっているという、向こうの世界では見られることのない光景である。

ちょうど両親ともに出かけていて車がないため、柳家の裏手にある車庫の中で論より証拠と組手を少しばかりしてみることにした結果だった。

その結果だが、これは驚きである。

「すると、他の皆も同じような状況ってことか？」

「そ、私も博人も。里奈ちゃんも少し抵抗した瞬間に、自分の異常には気付いたみたい。深雪さんは話が聞けなかったから実態は判らないけど……」

「むしろ、隼翔たちより後衛の俺たちの方が酷《ひど》いかもしれません。肉体的なスペックはこっちの人でもどうにかできるくらいになってると思って下さい」

「むむむっ。そうかぁ」

茂はぽりぽりと頭を掻き、車庫に置かれたビールケースに腰を下ろす。

各々何かしらに腰かけて、しばしの時間が流れる。

「まあ、でもなんでだ？　俺は普通に向こうと同じ感覚で動けてるぞ？」

「仮説としては幾つかありますね」

挙手して由美が語りだす。

「まず、帰還時の状況が異なる為《ため》、帰還陣が影響した可能性。茂さんの暴走版と私たちの制御版では身体《からだ》に与える影響が違ったのかもしれません」

「ほぅ」

由美が指を一本立てる。

「次に召喚時の差が影響した可能性。私たち五人は向こうに飛んですぐに称号持ちの『勇者』クラスホルダーになりました。スキルやらハイスペックな体やらはすでに取得済みで。一方茂さんは無印、無職、真っ白け。手に入れたスキル類は自力での取得のため、その点が原因とも思えます」

「ああ、そういやそうだったな」

茂以外の五人は最初からスキルは最上級、最高峰。

レベルは茂と同じ一だったが、一つレベルが上がるたびに上昇する肉体的スペックは雲泥の差だった。

「ただし、その仮定で進めると矛盾《むじゅん》が生じます。私は向こうで『短剣』関連のスキルを得ました。最初の時点では持っていなかったもので、後々取得したものですが、現在のところ……」

とん、と木製の粗末な椅子《いす》から降り、手近にあったマイナスドライバーを握る。

「スプリット!!」

真っ直ぐ横へと振るわれたそれに対し、特に何が起きたわけではない。

そう、なにも起きていないのだ。

「……という感じで、初期スキルの『スプリット』ですら発動しません。そうなると独力での取得の差、で片付けるにはすこし疑問が出ますかね」

「ふむ……」

由美の説明は正しい。

実際に得たスキル数であれば、「勇者」一行の方が多い。

苛烈《かれつ》な環境下での修練と経験がその差に繋《つな》がっていた。

比較的安全な場所で魔物を定期的に駆除する程度の茂と、古代遺跡で積極的に戦闘を行う彼ら。

その苦労のレベルは段違いのはずだ。

だというのに、スキルの取得時の状況がより困難なはずの「勇者」一行に使えるスキルがないというのは『独力のスキル習得』という由美の考える仮定に当てはまらない。

「それで、考えたのが初期化位置。私たちは若返りましたが、茂さんも若干ですが若返っています。ただし、私たちはまだ成長期。対して茂さんは二十代前半とはいえ、肉体的な成長はいち段落してるはず。高校生組は揺り戻しが予想以上にあった、と考えることも出来ます。一方茂さんは向こうでの体と現在の状態に然程《さほど》変わりがない。だからこそそのまま力の行使が出来るということかもしれません」

「……よくわからんのだけど？」

やれやれとアメリカナイズされたオーバーアクションで茂に応《こた》える由美。

すこし考えて話しはじめる。

「んーと、肉体《からだ》をＰＣに置き換えて説明しますね。幾つかの『スキル』のソフトをＰＣにインストールするとします。『高校生』のＰＣのメモリは多いのですが、これから何年かかけて増設する予定でまだ性能は本調子《フルスペック》ではありません。ですが、将来を考えて使えるか使えないかを無視して真っ先に高性能の『勇者』ＰＣを貸し出してもらい、それにじゃんじゃん高性能な『スキル』をインストールして使っていました。一方『一般人』のＰＣは、いくつかの『スキル』はそのままでも使うことが出来ました。貸与されたＰＣは残念なことにあまり性能の良くない『兵士』ＰＣ。ですが『一般人』ＰＣとそこまで使い勝手は変わらず、使うのに不自由はなかったのです」

「は、はぁ」

いきなり始まるたとえ話。

取りあえず由美のそれを聞く体勢に入る。

「しばらくしてレンタル期間が終わりました。双方ともレンタルしてたＰＣの『スキル』を元々使っていた『ＰＣ』へデータ移行しようとします。すると、『勇者』ＰＣにはデータ移行の際に互換性がないと表示されてしまいます。いくつかはそのまま移行できたのですが、ほとんどはメモリが足りないので使えなくなってしまいました。ですが、『兵士』ＰＣで使っていたものに関しては、あまりメモリを使う必要はなく、ほとんどの『スキル』を『一般人』ＰＣで動かすことが出来たのでした、まる、って感じですかね」

「……要するに高性能のソフトを使うには、すごく充実したハードが必要ってことか？」

「と、いう仮定の一つです。若干でも隼翔くんのフィジカルが上がっていますので。私たちが成長していけばだんだんと『スキル』制限が解除《アンロック》される可能性も残している、というパターンです。これには私たちの努力とこんじょーが必要となりますが」

　一気に突っ込まれた情報を整理する。

　整理したところで茂が気づく。

「結局今の所どれが正しいかは判らないってことじゃねぇの？」

「そうですね。でも確認する術《すべ》は向こうで木端《こっぱ》微塵《みじん》のはずです。念入りにお願いしてきましたし」

「軍師」である由美がきっちり仕込んできたのであれば、間違いなく陣は粉みじんのはずだ。

　こちらで再現するつもりも茂たちにはさらさらない。

「まあ、それならそれで仕方ないかな。……あれ？」

「どうしたんですか？　茂さん？」

　汗ひとつ掻かずに過ごしてきた茂の頬に冷や汗がつぅと走った。

「なあ、一つ聞くんだが」

「はあ、何でしょう？」

ぎぎっと錆《さ》びついたロボが如《ごと》く、首を彼ら「帰還組」に向ける。

すぅ、と息を吸った音すら耳に入る。

「アイテムボックス、は使えるか？　君ら」

茂の伸ばした手の先に、空間の歪みが生じた。

そのまま手を突っ込むと、黒布で風呂敷《ふろしき》様に適当に纏められた塊が現れ、コンクリの床へと落ちる。

がしゃんと落下した、その半透明のごみ袋に一纏《ひとまと》めにされた塊から鎧《よろい》の端っこやらブーツやらが飛び出しかけている。

適当に一纏めにして一個扱いにした「捨ててくる又は埋めてくる」セットである。

「あ、その辺りも普通に使えるんですね！　いや、僕ら全く使えなくなってて」

「そうだよな、ちょっとだけ金貨とか宝石とか換金できそうなモノも中に入ってたのになぁ」

「装備品も全部、制服に着替える時に放り込んじゃって行方不明。こっちの財布とか鍵とか先に出しておいたのは正解だったよね！　でも、もったいないことしちゃったなー」

各々そういう風にして語っていらっしゃる。

ほとんど確信をしながら茂は尋ねた。

「俺の財布とかスマホとかは？」

「ああああっ!!!」

間島は真っ直ぐに自分を見つめてくるその[illegible]の底からの恐怖を感じた。

長年芸能の世界で生きてきたので、かなり無茶を言われたこともある。

オーディションの募集時に、「幽霊を連れて来い」という、あるドラマの監督からの無茶な要望を聞いたことが過去にはあるが、いまの彼女を連れて行けば間違いなかったと断言できる。

表現馬鹿で石頭と有名なその監督でも、よくやったと褒《ほ》めてくれたであろう自信がある。

それほどの表情を目の前の少女、神木美緒《カミキミオ》が見せていた。

「間島さん、私パピプもう辞めたいんですぅぅぅ……」

ぶわっと両目から溢《あふ》れ出《で》る涙。

恐怖の上に、悲愴《ひそう》感も加えられたその姿に間島は戦慄する。

ホラー映画のオーディションがなかっただろうかと頭の中のメモ帳をめくってしまう。

「……いや、嘘《うそ》でしょうにその涙。安売りしちゃ駄目だと思うぞ、俺は」

冷たくぴしゃりと一言。

「……ふぅ、でも辞めたいのは本気なんですが」

美緒がけろりとそう言うと同時に滔々《とうとう》と流れる涙がぴたりと止まり、表情に生気が戻ってくる。

少しでも間島に訴えかけようとしていたのだということがわかる。

これが長く付き合いのある間島以外であれば、ころりと騙《だま》されていただろう。

「そりゃあの瞬間にお前が全部賭けてたのは俺も知ってるし。もうこれ以上ないタイミングで引退宣言をしちまえば、他のやつらもガタガタ言えないだろうからな。でも『光速の騎士』に全部持ってかれるとは誰も思ってもみなかっただろ？」

「……どうにかして引退をぶちまけられるようなイベントは？」

「ねえな。とりあえず一ヵ月は間違いなくそんなデカい箱押さえる予算も、余裕もないしな。前に言ってた、東京湾に寄港した豪華クルーズ船を使わせてもらう予定の、パピプメンバーとファッション関連で出演するライブイベントがあるが……」

くしゃくしゃにしていた髪を纏めると、美緒がその会場の詳細を尋ねる。

回答された会場の規模と、集まるマスコミ、さらにパピプ以外の出演者を思い描く。

「駄目だわぁ……。パピプ以外にもすっごい迷惑かけるもの。うちら単独じゃないのはさすがに無理ね」

「だろうな。すると次の新曲発表してからの、お披露目コンサートツアーでブッ込むってのが一番現実的か……」

「もう、嫌なの。頑張って頑張って頑張ってあのクソ親父の借金、やっっっっと返し終わったの……。大学行く学費も用意できたし、もうアイドルやらなくてもいいのにぃぃぃ」

「お前のその選択はすごいもったいないと、俺は今でも思ってるぞ。これはマジだからな？」

間島が真顔で美緒へ話しかける。

一切のお世辞も誇張も含まないそれを、真正面から受けても美緒は揺るがない。

「本っ気で興味がない。ただただ面倒くさいだけよ、この仕事？」

「それをお前より下位のプリンセスに言ってみろ。総スカンだぞ」

パラダイス・ピクシー・プリンセスの看板など一切使う必要もなく、事務所の後押しすらもいらない。

極まれに現れる真《しん》に芸能界という世界で輝くべき逸材。

ただし、彼女はその才を持っていることを理解しているというのに、その心が全くそこに向かっていないというだけだ。

「グループに愛情のない、大きく育てていこうって意思のない場違いな女がトップにいる。これだけでパピプってグループにとっては害悪でしかないわよ。私みたいなのを憧《あこが》れだって本気で言ってる子も、大きく羽ばたきたいって夢を持って新しく入った子もいるし。あまりに心苦しくて胸が締め付けられるくらいだもん」

鏡台から起き上がると、テーブルに積まれたお弁当を眺《なが》める。

一番上のカツサンドを手に取り、いただきます、と手を合わせると、がぶりとかぶりつく。

はくはく、とおいしそうに食べ進めていく。

「なあ？　それ幾つ目だ、美緒」

「とりあえず、二個目？」

視線を楽屋のゴミ箱へ移すと、綺麗《きれい》に平らげられた弁当の空が捨ててある。

「はぁ……。いつもお前の楽屋にある弁当、俺が全部食ってるとスタッフさんに思われてんだぞ？

少しは遠慮しろよ！」

「食えるときに食え！　がうちの家訓ですぅー」

「来週、グラビアの仕事もあるんだが？」

「食べないと逆に肌の色艶がくすみまーす。えーよーこそが美の秘訣《ひけつ》だってのも、母の教えでしてぇー」

にっと笑う彼女はとても嬉《うれ》しそうだ。

「このあとの収録は、グルメコーナーなんだぞ？」

「出てくるのスイーツだけでしょ？　イメージを大事にしないといけないから、全部食べるわけにいかないし……。だから逆に食べ物系の収録ってストレスなのよね。麺屋猪八戒《ちょはっかい》のオオモリミソバターコーンラーメンチャーシューマシマシニンニクオオモリアブラタップリ、ライスオオモリカラアゲセット……。おいしかったなぁ、あれ……」

一種独特な呪文のようにも聞こえるその注文を一切何も見ずに淀《よど》みなく唱える、現役のトップアイドル。

「アイドルのイメージ云々《うんぬん》を宣《のたま》うやつが、変装してそういう爆盛の店の行列に並ばないでくれるか？　俺の胃のためにも」

痛む胃を押さえる間島を横目に、美緒は幕の内弁当のフィルムをはがそうとしているところだった。

「前向きに善処いたします」

「約束します、と言わないのはずるいと思うぞ？　腹黒い政治家じゃあるまいし」

にこりと笑う彼女の姿はどこか猫を思い出させた。

＊＊＊

「ただいまー」

茂ががちゃりと扉を開けると奥から光が漏れていた。

どうやら猛《タケル》は先に帰って来ていたらしい。

確かに時刻は夜の二十二時半を過ぎている。まあ、帰って来ていてもおかしくはない。

「あ、お帰り。遅かったね」

「まあな」

猛は軽く腕を上げ、茂を出迎える。部屋のど真ん中で座布団《ざぶとん》を二つ折りにした簡易の枕を頭に、ごろりと横になっている。そのだらけきった姿はどちらがこの部屋の持ち主かを問いただしたくなるほどだ。

その彼の足もとには、この部屋に来る際にがらごろと転がしてきた旅行鞄《かばん》がパッケージされている。

「明日、駅何時?」

「十一時七分発だね。昼は駅弁でも買おうかな。それとも駅前で軽く飯でも食おうかってカンジ?」

スマホの画面を見ている猛。恐らくは時刻表示の画面でも見ているのだろう。

「なあ、猛。一つ相談があるのだが」

「んー?　なにー?」

ごろごろとしていた猛が起き上がる。

視線の先にはどうもバツの悪そうな兄の顔があった。

その様子に猛は鋭く厄介ごとの気配を感じて、口を開く。

「……金は貸せないよ？　今日はちょっとカラオケとかで使っちゃったし」

「そうじゃない。いや、貸してくれるなら貸してほしいけど」

「金はないので貸せません。じゃあ、金以外なら何さ？　俺、明日東京に帰んだよ？」

ふぅ、とため息を吐いて茂を見る。

「俺も、急遽東京で人に会う用事が出来て。……悪いんだけどお前の家、数日泊めてくれないかな、と」

「はぁ？　何で急に？」

猛が迫ってくるのを見て、ここ数日急な展開が多すぎるな、と少しめまいすら覚える茂であった。

「数日でしょ？　そういうわけなら東京の宿くらいは、別に俺は良いけどさ。兄貴、滞在中の金はどうしたのさ？」

「……ちょっと別の人に借りた」

その一拍の間を空《あ》けた返答に、猛が本当に真剣な表情で、兄に諭《さと》す。

「……ヤミ金とかは絶対にダメだって母さん言ってたよね？」

「そんなとこから借りないよ！　知り合いから無利子で借りたんだよ‼」

金がないと兄の尊厳は守られない。

その事実を茂は大切なことなのだと心に刻んだのだった。

＊＊＊

「これはいい酒だな。主張しすぎない程度に花の香《こう》が感じられるのと、普通のものより幾分強い酒精がたまらん」

「そうですか、気に入ってもらえて何よりです」

時折がたん、がたんと揺れるマイクロバス。

改造された後部座席にはテーブルと、革張りのシートが設置され、冷蔵庫やテレビなどの調度品も置かれている。

車内の照明は落とされており、後部座席側全体に厚手のカーテンが窓を覆っているせいで酒を楽しむ二人の表情はうかがい知れない。

一方がその冷蔵庫の中から、冷えた瓶《びん》と氷を取り出し、目の前の相手に酌をする。

その際に一瞬外から光が入る。

瞬く間の出来事ではあったが、その姿が光にさらされた。

スーツ姿の柔和な表情を崩さない男だった。

男から酌を受け、とくとくと注がれる日本酒をぐい、ともう一方が呷《あお》る。

車内にはふわりと芳醇《ほうじゅん》な酒精の香が立ち上る。

幾分、車内の空調を強くしているため、その匂いは一気に車内全体を包んでいった。

「……戻ってきて最も喜ばしいのは、酒の種類が増えていることだな。この山猿如きにもわかるくらいに、質が上がっている。クカカッ、よい時代となったたな」

深くシートへ体を沈めると、酒杯を握るのと逆の手が横に置かれた太刀の鞘《さや》に触れた。

がたん、がたん、とまた車が揺れる。

車のカーテンが再び揺れ、外を走る対向車のライトが車内へと入る。

「おっと」

男がさほど慌てるでもなく、カーテンを再び閉じる。

だが、一瞬ではあるが男と酒を酌み交わす相手が、闇の中に浮かぶ。

真っ白い骸骨の頭に、鎧装束《よろいしょうぞく》。

兜と、太刀は横の座席に置かれている。

そう、彼は黒《クロ》木《キ》兼繁《カネシゲ》。茂が定良《サダヨシ》さんと呼んで酒盛りをしたあの相手である。

世間では「骸骨武者」として認知度が上がっている。

「私としては呪霊と酒を飲むなど、初めての経験ですが。まさか酒の趣味が合うとは幸いでした」

「しかしな、本山？　見ての通り俺には肉はもちろん舌もすでにない。本当は酒の味など判らず、適当を抜かしているかもしれんぞ？」

「おお、それは思いもしませんでしたな。ですが先程の酒、花の香気を感じられたなら、問題ありません。そういうコンセプト、ええと、主目的で醸造されたものでして。あまり流通はしていないのですが私の生国がその蔵の辺りなもので、送ってもらったのですよ。そこを楽しめるなら私としてもお出しした甲斐《かい》があるというものです」

「そうか、だが安酒でも構わん。この体、酔う訳でもない。ただなにか喫していたいとそう思っているだけでな」

からからと笑いながら少し前傾になった定良が身を乗り出す。

テーブルの上の瓶をとり、本山と呼ばれた男に返盃《へんぱい》してきた。

本山はそれを受けとり、にやりと笑うとこちらも一気に喉にそれを落とし込む。

本山自身は感じていなかったが、どうも緊張で喉はからっからに渇いていたのだろう。

今までに飲んだ酒の中でもトップクラスに美味《うま》い酒であった。

彼の役割は一つ。

この目の前の特級呪霊、黒木兼繁を彼の所属する組織の本部がある東京郊外まで、問題なく移送することだ。

現地到着時刻は翌朝五時三十分の予定。

それまでは委細問題なく過ごすことが求められている。

ここからは見えないが外にはカモフラージュされた車両数台に、重装備の精鋭が満載されている。

スカーレットこと火嶋早苗《カジマサナエ》救援のため送られた、組織最精鋭の部隊であった。

現地到着前に事態が急変し、定良の捜索へと任務が変更となり、今はその身柄の護送となっているわけだ。

いざとなれば、本山ごとこの特級呪霊を処分する手はずになっていた。

「定良さん。もてなす側の私が言うと非常に失礼とは思いますが、ここからは私は水で良いでしょうか？　何分まだ仕事の最中ですので」

「ああ、かまわんよ。俺も無理に飲ませようとは思わん。無粋《ぶすい》だからな。勝手に飲《や》っているさ」

がちゃりと鎧の金具を鳴らしながら、冷蔵庫の前に移動する。

かぱ、と音を立てて開いた冷蔵庫の中は酒類でいっぱいだった。

さらに横のカウンターには蒸留酒を中心に酒精の強いものが幾つか並ぶ。

何を選ぶのだろうと本山が興味深そうに定良を見つめる。

暫《しば》しの停滞ののち、その中から冷やしたグラスを指で摘まんでとりだし、ウイスキーの大瓶《おおびん》をカウンターから強奪して、本山の隣の座席へと戻ってきた。

やっている内容は立派に酒飲みの仕草であるが、如何《いかん》せんその行為の主が骸骨。

シュールな雰囲気が流れるのは仕方ないと言えた。


「……さて、と」


からん、とグラスに氷を幾つか入れると、とくとくとウイスキーを注ぎ入れる。

ゆっくりと氷と酒が混じりあい斑《まだら》に揺れる様を、空っぽの眼窩で眺めていた。

「ウイスキーをロックで、ですか。どこでそんな飲み方を？」

「この酒瓶《さかびん》は以前見たことがある。甘いが、酒精は強く、更に香りも良い。酒に強いならこの飲み方が一番間違いないのだ、と聞いた。一度試してみようと思ってな」

「その話をどちらで？　もしや件《くだん》の『騎士』殿と？」

「本山、それは言えんと先に言った。まあ詮索してくれるな」

笑うようなそぶりで、定良としては軽い注意だったのだと思う。

だが、本山は忘れていた。

目の前のコレは、本来は軽々しく触れ得る存在ではない。

その彼と、口約束とはいえ〝約束〟したのだ。

迂闊《うかつ》だったとはいえ、そうせざるを得ない状況下で他に彼の取り得る術はなかった。

その〝約束〟を違《たが》えかけたのだ。

ぶわり、と定良から発せられたナニカに、心臓が鷲摑《わしづか》みにされたような感覚がまだ残っている。

（……危うかった。もし彼が少しでも気分を害していれば、何かしらの呪詛《じゅそ》に汚染されていたはずだ）

呪霊との契約。

一方的な破棄は死を意味する。

その恐怖は先程、さびれた廃工場の旧従業員室で目《ま》の当たりにしてきたばかりだったというのに。この黒木兼繁と「光速の騎士」の大立ち回りの追跡調査で「女禍黄土《ジョカオウド》」の関係者を追いかけた結果がそこにあった。

壁一面に前衛的という表現では収まりきれない、くすんだ赤のアート作品をこさえていたのだ。

キャンバスは壁面、画材となったのは……あえて言うまい。

その〝アトリエ〟で呪霊との交渉という前代未聞《ぜんだいみもん》の出来事ののち、色々調整やら根回しやらを終えてようやく彼は車上の人となったわけだ。

いまは別働隊が必死に〝後片付け〟と〝証拠集め〟をしている。

しかも相手はあのスカーレットが初見で上級若《も》しくは特級と叫んだほどの存在。

ぼたぼたと冷や汗が床に敷かれた絨毯《じゅうたん》に落ちた。

染みこんでいく汗を見つめながら、ある間違いにも気づく。

外の精鋭、あれでは足りない。

コレを制するなら、間違いなく今の倍の数は必要だと。

空調はよく効いており、これから暑くなる時期とはいえ少し肌寒いと感じる程だったはず。スーツの中のインナーに冷や汗が吸われてべっとりと張り付くのを感じた。

「気を付けましょう」

「そうしてくれ。どうした本山。暑いのか？」

不思議そうに聞く定良に、無理矢理に笑顔を作ると本山が言う。

「いえ、その様子を見たらもう少しご一緒したくなりまして。私も紹介した酒をそこまで喜んでいただけるのなら嬉しいですからね」

「そうか！　ではこのういすきーというもの以外で頼む。取りあえずは数をこなして、どういう酒がどういう味なのかを知りたいのでな！」

「かしこまりました。ではワイン、南蛮の葡萄酒《ぶどうしゅ》の良い物を幾つか出させていただきますよ」

秘蔵のワインを幾つか開けよう。

本山はそう思った。

今日はっきりとわかったことがある。

人生は何時《いつ》ぷっつりとその道が途切れるかわからないものだということ、そして死んだ先に溜《た》めこんだコレクションを持っていくことはできないのだということを。

その教訓の戒めに、とっておきを開けることはきっと有意義で、大切なことなのだと心に刻んだのだった。

＊＊＊

ばたん！


勢いよく閉じられた軽自動車のドアに向けて、鍵のスイッチを押す。

軽い電子音のドアロックがかかったのを確認すると、目的地に向け歩き出した。

「くぁぁぁっっ！　体、ばっきばきだ！」

猛の友人の松下《マツシタ》ことマツが大きく伸びをして軽自動車の中で凝り固まった体を伸ばす。

右、左と大きくウェーブするようにストレッチをするたびにごきごきと音が鳴る。

「兄貴、俺とマツはトイレ行ってくるから、先に注文しといてー」

「わかった。席だけ用意しとくから」

とことことスマホをいじりながら猛はマツとトイレに連れションしに歩いていった。

ここは東京へ向かう高速道路のさびれたＳＡ《サービスエリア》だった。

最近流行《はや》りの大型のハイウェイオアシスではなく、トイレに自販機、小さな土産物屋に食事のとれるコーナーがあり、その隅っこでホットスナック類を売るという、中規模なそれ。

そのＳＡへと杉山兄弟とマツが降り立ったのには訳がある。

前日に急な東京行きが決まってしまい困っている茂。

猛としては押しかけて兄に迷惑をかけているという引け目はあったので、兄には押しかけ宿泊を強要し、自分は拒否るというだけの狡賢《ずるがしこ》さは持っていなかったのだ。

兄弟そろってお人よしの家系であるとも言えるだろう。

では一緒に東京へと、いうことになったところで猛が思いつく。

大人数で実費を割ればレンタカーで帰った方がちょっとだけ安いし楽じゃね、と。

杉山兄弟だけでは赤字だが、もう一人二人いればトントンか黒字で行けそうなライン。

スマホでさくさくと猛がゼミの友人数名に連絡したところ、マツともう一人、チケットをまだ取っていない者がいたのである。

マツに直接電話すると、乗っけていってほしいとのこと。

もう一人は東京駅についてから行きたいところがあるとのことで同乗は断られた。

ネットで猛が取った自由席のチケットは、まだチケットを取っていなかったその友人へと定額で駅にて受け渡し、三人はその足で駅近のレンタカー屋に向かい、兄弟＋友人一名でそろって移動中というわけだ。

正直、猛の家は都内とはいえ、中心部からは少し外れており、東京についてから家までが帰り道の本番という場所にある。

友人のマツの下宿先もそこからは徒歩数分とのことであった。

それならば車で各々の部屋に横づけしてからレンタカー屋に返す方がいいかも、と判断した次第である。

「えーと。ここらへんだよな、と」

自販機の並び立つエリアを抜けると、こぢんまりとした飲食スペースが見える。

カウンターの向こうに数人のおばちゃんやおじちゃんが働いていた。

時刻は十三時五分過ぎ。

昼食の時間は過ぎて少しだけ余裕が出ているのだろう。

カウンターの中で談笑している姿も見受けられる。

その横に年月の経過と、しみ込んだ油で少しくすんでいる券売機があった。

「確か、豚生姜《しょうが》だったよな。えーと六百五十円。うわ良心的っ……！」

ポケットから二千円を取り出し、券売機に投入。

ぴぴぴ、と連続して豚生姜焼き定食六百五十円を三枚購入した。

ジャラジャラと落ちてきた少しばかり油っぽい気がする硬貨をポケットに突っ込み、食券をカウンターに置く。

「お願いしまーす」

「豚生姜三枚ね。じゃあ、これ」

「ありがとうございます」

ぱちんと使い込んだ感のあるプラ製の呼び出し札が渡される。

席自体はまばらに人が座ってはいるが混雑はしていない。

適当な四人掛けの座席に向かって歩いていく。

かたん

「あ、すんません」

「いえ、大丈夫です」

すこし急《せ》いていたのだろう。

足が隣の座席に軽く触れてしまった。

目深に黒のニット帽をかぶり、卓上のペットボトルのジュースに口を付けている女性に茂は謝ると、座席に座る。

（店長、こういうとこの店も知ってるんだよな。守備範囲、広いぜぇ……）

この店を紹介してくれたのはあの森のカマドの伊藤店長だった。

今朝方申し訳ないが数日バイトのシフトを休みたい、と連絡したところ、快く応じてくれたのだ。

どうもあの隼翔のガン泣きが功を奏したらしい。

おおらかな口調で人助けは大切だからねぇ、と言われてしまった。

だが、急に休むことで穴をあける分、しっかりと謝罪だけはしておいたのだ。

その話の中で高速を使って東京へ行くと伝えたところ、このSAを紹介されたというわけだ。

その話がなければ、昼食はこの先十五キロの有名なハイウェイオアシスの方に入っていただろう。

（しかし、東京か……。俺、あんまり人のいる所、好きじゃないんだよなぁ。なんか忙《せわ》しない感じがするし）

手に持ったままのレンタカーのキーを摑んだまま、ぱかっとガラケーを開くと三通のメールの受信が告げられている。

ぽちと一件目の本文を開くと、送り主は隼翔からだった。

文面はと言えば、茂の予想通りだった。

（そりゃあ、家出したばっかの奴に、東京へ行きたいって言われてOK出す親がどこにいるんだよ。隼翔、どう考えてもお前は無理じゃないか？）

色々と書き込まれているが要約すると、先に東京に向かってもらったが自分はどうももう少し時間がかかる、申し訳ないということだ。

他に届いたメールは博人と由美からだった。

彼ら二人の合流は明後日《あさって》以降、里奈はスマホを取り上げられたらしく連絡できていないとのこと。

まあ、普通の家庭であれば当然の反応と言えるだろう。

がさり、とポケットの折りたたんだコピー用紙を開く。

それは拡大された地図で、住所が横に書かれたピンが目的地を指し示していた。

その場所の名称は「白石コーポレーション精密機械、IT技術開発拠点・試作機試験場」。

件の「聖女」白石深雪がいるのではないかと推測される場所であった。

「兄貴、注文終わったー？」

「おにーさん、すんません。席とってもらっちゃって」

茂を見つけて猛とマツが四人掛けに向かって歩いてくる。

A４の紙を折り畳みポケットへと滑《すべ》り込《こ》ませる。

合流した男三人で座ると四人掛けとはいえ、少しばかり狭くは感じるが、それは仕方のない所だろう。

「あ、俺、水持ってきますよ」

マツが席に座る前にそう言って、給水器へと歩いていく。

給水器の横には山積みのカップが置いてある。

「……でさ、兄貴。この店ぽっちゃり伊藤推薦って話だよね？」

「ぽっ……！　いやお前の中ではそれで上書《うわが》きされてるのか……。そうだな、ぽっちゃり伊藤ご推薦だよ」

「期待していいのかな？」

「この辺りのＳＡとかは出張でよく利用するらしい。こっちサイドは激ウマだけど逆サイドはギリ及第点の味らしいぞ」

「上下線で味、違うの？」

「まあ、人間のやることだからな。東京方面行きならここで、逆に東京から離れるならこの先のハイウェイオアシスに寄るのが無難だってさ」

「へぇ、じゃあここ。ハイウェイオアシスより美味いの？」

「店長の話だとそうらしいな」

茂がそういうと猛はそわそわとし始める。

ちょうど奥の調理スペースから、じゅわぁぁぁと肉の焼ける良い音がし始めていた。

店内の古い空調がその匂いを茂たちの四人掛けの席まで運んでくれる。

豚肉の脂が焼ける匂いに混じる生姜の焦《こ》げ、そして醤油《しょうゆ》の香り。

少しばかり昼の時間を過ぎていることで、腹の減りも最高潮である。

「うわ、超美味そう。ぽっちゃり伊藤マジ最高」

器用に持ってきた三人分の水の入ったカップをテーブルに置き、マツがカウンターに置かれる定食を見ている。

「マツくん。君の中でもぽっちゃり伊藤になってるのか……」

「え？　なんすか、おにーさん？」

「いや、いいよ。うん、ゴメン」

最後の〝ゴメン〟はきっとマツではなく伊藤に向けられていたのだと思う。

ただ、そんな謝罪の気持ちはすぐに吹き飛ぶ。

「ブタショーガー！　三名でお待ちのかたー！」

威勢のいい呼び出しの声にグリーンの引き渡しの札を摑んでカウンターに向かう。

それを厨房《ちゅうぼう》のおばちゃんに差し出し、お盆に載った豚生姜焼きの定食を手に取る。

「おお！」

思わず出る声には期待感が十二分に含まれている。

山盛りのキャベツにマカロニサラダ、柵切りのトマトにメインの豚生姜焼き。

茂の好きなのは一枚肉ではなく、薄切りと玉ねぎを炒《いた》めたタイプの方だが、ここの店は後者の茂の好きなタイプである。

しかもご飯とみそ汁だけでなく、小鉢に切り干し大根とヒジキの煮物が付いているのもポイントが高い。

「お箸《はし》は向こうで取ってってねー」

「ありがとうございますー」

にこやかに割り箸の場所を指さすおばちゃん。

そして更なる高ポイント。

割り箸の置いてある卓には、調味料や取り皿がある。

そう、そこには立派な〝業務用マヨネーズ〟が鎮座していた。

迷うことなく割り箸と取り皿を盆に載っけると、マヨネーズを手に取る。

すこしばかり油っぽい手触りがするがそんなことはどうでもいい。

むにむにっと取り皿にマヨネーズを取ると、席へと帰還する。

「おにーさん、マヨラーなんすか？」

「ん？　豚生姜の時だけね。それ以外ではむしろ使わないかな？」

戻ってきたマツのメイン皿には気持ちだけマヨネーズが載っているくらいだ。

ただ、戻ってきた猛は茂と同じく取り皿にマヨネーズの小山を作りだしている。

ああ、兄弟だな、となぜか茂は思ってしまった。

＊＊＊

「「「いただきまーす！」」」

後ろの卓の兄弟と男友達と思われる集団が、食事を始めた。

それを背中で感じながら、神木美緒は悶絶《もんぜつ》している。

激烈に腹が減った、と。

（お、おなか減ったよぉ、間島さん！）

朝一に福岡でテレビの外ロケ撮影、その足で大阪に行きラジオを二本収録。

そして帰京し、夜の音楽番組へ出演する、というのが本日のスケジュールだった。

最初の二つは上手《うま》くいった。

時間が押すということもなく、滞りなく仕事を終えたのだがここでトラブルが発生する。

件の「光速の騎士」「骸骨武者」による地方都市のターミナル駅前広場の破壊である。

警察や消防や関係機関やらが調査することになり、一部列車に遅れが発生していたのだ。

大阪まではたどり着くのにさほど影響はなかったので油断していたが、発車時刻の遅延までは読み切れなかったのである。

そこで、空路又は車での陸路の二択となり、最終的に陸路を選ぶことになったというわけだ。

彼女のチーフマネージャーの間島はいまＳＡの駐車場内で運転手兼任のサブマネージャーと仕事の調整をしている。

移動中に急遽入った仕事の話で、最も近いこのＳＡに取りあえず駐車して確認を取ることになったわけだ。

美緒だけはぽつんとこのさびれたＳＡの食事処《どころ》兼休憩所で待機しているが、調整が終わり次第この先のハイウェイオアシスで遅い食事にする予定であった。

ただし、空腹も限界に近い。

「いや、マジで美味い！　ここも当たりだよ、流石ぽっちゃり伊藤！」

「すごい、伊藤センセ、マジ神がかってんな！」

「あー。うん、今度喜んでたって伝えとく」

男三人、揃いも揃って健啖家《けんたんか》なのだろう。

かつかつかつ、と音がする。

その音は美緒の脳内で、箸が食器にぶつかって、その上に盛られた湯気の立つ肉が、豪快に口へと放り込まれていくイメージとして鮮明に描き出されていく。

背中越しに漂う濃厚な生姜と醤油の匂い。

掻きこんでいるだろうと思われる咀嚼音《そしゃくおん》に、美味い美味いとつぶやく声。

（ぽっちゃり伊藤って、誰⁉）

あまりに混乱してスマホの検索に〝ぽっちゃり伊藤〟と入れてしまったくらいだ。

結果としては不思議な売れない芸人くらいしか検索には引っかからなかったのだが。

あとは検索サイトでこのＳＡの食事関連の画像とかは特に出てこなかった。

検索に引っかかるのはこの先のハイウェイオアシスだけだ。

「うむ、満足」

「兄貴、俺今回の旅で一番の収穫はぽっちゃり伊藤だった。いや、マジな話で」

「伊藤センセ、すごい。ただ、東京の店は無理ですよねぇ」

「ははは、そこは無理だって！　でも、ここは知ってたから少しくらいは判るのかも？」

「あ、じゃあもし判ったら猛に知らせてください！　ゼミ生で量食える奴らでソッコー行くんで！」

どうやらいつの間にか食事を終えたらしい彼らはまったりとし始めているようである。

美緒が自分の腹のぐるるると鳴る音を、必死にこらえているというのにだ。

「おにーさん、すんません。俺タバコ、一本フカしてから車戻るんで」

「あれ、マツ。彼女できてタバコやめたんじゃ？」

「振られたんだよー。二週間前にー」

全員が盆を持って食器の下げ口へと歩いていく。

ちらと見えた彼らの皿は何ひとつ残っていない完食状態であった。

「兄貴、俺もう一回トイレ行っとく」

「わかった。そしたら俺、ここらで時間つぶしてるわ」

「うん、悪いねー」

一人は喫煙スペースへ、もう一人はトイレに向かった。

兄貴と呼ばれた人は席に戻り、ガラケーを手にしてポチポチ操作を始めている。

そこで美緒は思ってしまう。

これはチャンスではないか、と。

「あの、そこの方？」

「んぁ？　どうしました？」

こちらは変装用にメイクは極限まで薄く、服装も周りに埋もれる様な格好である。

自分が〝神木美緒〟とばれるかどうかは微妙だが、ばれない可能性が高いと美緒は踏んでいる。

すると目の前の凡庸などこにでもいそうな〝兄貴さん〟は不思議そうにこちらを見ている。

その表情はアイドルが目の前にいるということに気づいた風ではない。

「ここって、そんなご飯美味《おい》しいんです？」

「え？　ああ、知人が美味いと言ってたんで……。すみません。周り気にしてなかったんで騒々しかったですよね？」

「いいえ、そうではないんですが……」

急に話しかけられて〝兄貴さん〟は困惑している。

当然だ、変な人と思われただろうか？

「安い、美味い、デカいの三拍子そろう店が好きな人で。その人の推薦《オススメ》でして。一応今まで外れ引いたことはないんですよ」

〝兄貴さん〟がテーブルの上の車のキーを忙しなく手の中で動かしている。

向こうも落ち着かないのであろう。

そのとても速く、落ち着きのない動きは彼の動揺を示していたと思う。

「ああ、そうなんですか。でもこの先のハイウェイオアシスは美味しいって話ですけど」

「なんていうか、そういうところって当たりを〝買う〟感じがするんですよね。絶対間違いなく美味しいんでそれは正しいと思うんですけど」

「はあ、〝買う〟ですか？」

「その知人に言わせると、飯の当たり外れは〝買う〟より〝当てる〟方が満足度は高くなるって言ってまして。高い金で美味いのはお約束だし、と。ペイに対するリターンのとらえ方だと思うんですよ、きっと」

その言葉に美緒がはっと気づく。

「まあ、味の好みは人それぞれですから。絶対にあそこは美味いって言われてあんまりなぁ、ってこともあるでしょ。俺らが騒いでたのは気にしない方がいいですよ。いや、騒がしくてすみませんでした」

頭を下げて〝兄貴さん〟が立ち上がる。

彼の視線の先には〝弟さん〟がいた。

「じゃあ、ツレが来たみたいなんで」

「あ、はい」

そうして頭を下げて、〝兄貴さん〟はSAの休憩所を出て行ったのだった。

ただ、神木美緒の手は自然と自分の財布へと伸び、視線は少しくたびれた券売機を見つめていたのである。

＊＊＊

「なに？　兄貴女の子と話してて ー。ナンパー？」

「馬鹿、そんなことしねーよ。多分だけど、飯系の写真をSNSにあげたいとかじゃないかな？ここの飯美味いかどうか聞いてきたし」

「そっか、最近そういうのアップするのみんな好きだしなぁ。でもさ、可愛かった？　可愛かった？」

「帽子でよくわからなかった。声は綺麗な感じだったけど？」

バカ話をしながら軽自動車に戻る。

マツは車の横で茂たちに手を振っていた。

「お前、神木美緒が好きなんだろ？　そういう話するのは浮気じゃないのかよ？」

「実際問題、ミオミオにはコンサートとか物販で愛情注いでるし。直《じか》で会うと多分俺、死ぬかもしれん」

「そこまでか。燃え上がるのはいいけど、財布すっからかんになっても助けてやれねえからな」

「なんだよー。その言い方ー！」

「かあさんは闇金には手をだすなって言ってたんだろーに。炭通り越して真っ白な灰になるんじゃねぇぞ」

男三人東京までの車旅。

若干一名が憧れのあの人とのニアミスに気づくことなく、昼が過ぎていくのであった。

＊＊＊

「……では、あの『騎士』と『武者』に関して、ガウチョさんは何らかの大掛かりな政治的意図を持ったパフォーマンスではないかと仰《おっしゃ》るんですか？」

ハの字形に置かれたテーブルの真ん中で、ＭＣである年配のアナウンサーがそう尋ねる。

コメンテーターとして座るお笑い芸人ガウチョ轟《トドロキ》は、少しだけ口元に笑みを浮かべながら、その問いに答える。

「いえいえ、パフォーマンスという表現は不適切でしょう。実際に被害が生じていますし、それに法を犯し逮捕されているとはいえ、怪我人《けがにん》も出ています。今日の新幹線のダイヤにも一部乱れが出ていると、先程ニュースでも流れましたよね？　今日は日曜日ということですから、明日からは通勤・通学などの市民生活に混乱が生じると考えられます。おそらく経済活動にも少なくない影響が出るでしょう。人命に深刻な被害が出ていないとはいえ、実質的には大規模なテロが起きたのと変わりありません。テロの本質は恐怖を以《もっ》て行う政治的・宗教的意図を持った宣伝活動です。多少はその可能性も考えるべきではないか、と思うのですが」

派手派手しいピンクのジャケットに、同色の山高帽のガウチョはそう言って自分の意見を締める。

それを見て、ガウチョとは逆のサイドに座る男が、反論を始める。

「ガウチョさんが言ったことはある程度筋が通っています。ですが……」

「ある程度とは?」

自分の言葉を半笑いのガウチョに遮《さえぎ》られた発言者は少しむっとした表情で自分の言葉を再度紡ぐ。

彼はこの番組の出演者の中では王道のコメンテーターである。

平時より事件事故政治芸能スポーツ関連で広く見識を求められるが、それに見合うだけの意見を準備できる努力を買われて使われている自信がある。

当然ガウチョが場を騒がしくする役割でここに呼ばれていることは充分わかってはいるが、わかっていても多少は腹立たしい。

「今回、こちらのTV局が独占放送した『騎士』『武者』の決闘シーン。あれは、パフォーマンスとして判断しても良い物でしょうか？　報道各社が検証を行っていますが、あの『騎士』の槍の一撃は……映像出ますか？　……出そう、ですね。ではお願いします」

メインの画面が「光速の騎士」の槍が、「骸骨武者」へと向かっていくシーンに切り替わり、スローモーションで映し出される。

右下にはスローモーションの倍率が表示されている。

今まで解説していた人物がワイプでその横に表示された。

「……この速度、ご覧いただいたと思いますが、スローモーションでこの速度です。あの槍がたとえイミテーションであったとしても直撃すれば大怪我、もしくは死に至らしめるだけの威力があったであろうことが推測できます。同様に、『武者』の方は、……そう、そのバス停で映像を止めてください！」

今度は静止画が映し出される。

ストップされた映像は「骸骨武者」が「光速の騎士」に蹴り飛ばされた先でめり込んでいたあのバス停を映している。

先程までの中継映像では規制線が張られ、青のビニールシートで覆われた先で奇妙なオブジェと化していたそれ。

映像の中では隠される前の破壊されたバス停がひん曲がって、今にも倒れそうな無残な姿をさらしていた。

「このバスの時刻表示板。粉々になっていますが、同様の構造の物が周辺駅にも存在します。材質は金属製で、万が一の強風や事故に備え、深さ九十センチまで支柱が埋められています。それが、見てください。抉《えぐ》り取《と》られるようにしてコンクリートの地面が浮き上がり、土が露出しているんです。大型トラックでも突っ込んでこない限りあのような壊れ方をする造りではないと、当時の施工関係者からも情報を得ています」

映像を見ていた全員が頷く。

それを見た彼は言葉を続ける。

「官房長官の会見や公の機関では、〝当該人物〟と呼称されていますが、アレは本当に人という前提で話を進めて良いものなのでしょうか？　家族や国家、人種、宗教というカテゴリーに所属している我々〝人間〟と同じ扱いで、論じても良いものなのか。そもそも、政治的な意図が〝当該人物〟に存在していたのか否か。まずはそれを考えるべきではないか、と思うのです」

ここで手を挙げる者がいる。

「巷《ちまた》では〝超人〟と呼称されています。人の域を超えた〝人〟故に超人。ですが、双方共に身にまとうものは、どう見ても人が作り出したものであるとの見解です。つまり、知性を持たないわけではない。だからこそ、まずは対話をというプランを考えるべきではないですか？　あなたの言う人であるか否かは、それが為《な》されてからの問題だと思いますわ」

スーツ姿の四十半ばの女性がそう意見を述べる。

元はどこぞの一期限りの市長経験者で、そこそこのルックスと強気な意見がウケて最近はテレビに引っ張りだこになっている人物だ。

「そうは仰いますが、アレと対話ですか？ 『騎士』はトラック事故から人を救ったことからして、その可能性もありえますが、『武者』は論外ではないですか？ なにせ警察に襲い掛かったあげく、銃撃されているんですよ？ 彼が人であれば、銃刀法違反に公務執行妨害、不法侵入に、テロ未遂《みすい》、いやテロの実行犯で捕まりますが？」

恐らく画面に華を足したかったのだろうか、スーツの女の逆サイドには女性タレントが座っており、意見に真っ向から反論した。

彼女も知性派として売り出している高学歴のタレントだ。

元々はグラビアアイドルであったが、いまはその活動も下火になり、女優に転向。

しかしそんな道をたどる芸能人は思いつく限り、両手の指では足りないほどだ。

だからこそ彼女はここで成果を出す必要がある。

いつまでも事務所は自分を推してくれるわけではない。

それは先輩諸氏の成れの果てを散々見てきた彼女自身が一番よくわかっていた。

「では、堂本《ドウモト》さん。実際にその目で『光速の騎士』そして『骸骨武者』を見たあなたの印象を視聴者に伝えていただきたいのですが」

喧々囂々《けんけんごうごう》の議論がなされた。

やれ、誰がこの件で一番得をした、損をした。被害にあった企業や個人への補償はどうする。その前に彼らは「仲間」「敵対者」「同族」「人間」「バケモノ」あるいはそのどれでもないのか。誰が責任を取る。取らない？

結局、推論から築き上げることができるのは推論の上積《うわづ》みでしかないのである。

真実など、本人以外には判りようがない。

だが、人は何らかの答えを欲する。

間違っているかもしれない、仮説にしかならないかもしれない。

それでもなんらかの形の答えがいるのである。

「はい、私個人の印象では……」

テレビの中の彼らにはきっと真実は遠いままである。

＊＊＊

「ありがとうございましたー」

自動ドアが開くと同時に掛けられる定型文の挨拶。

茂は職員全員分のそれを背中に受けながらレンタカー屋を後にした。

今、茂は東京にたどり着き、住んでいる場所と違う空を見上げる。

いや、ビルの谷間に隠れてあまり空は見えなかったが。

「さてとー。時間潰せって言われてるなー」

当初の予定通りまずマツを家の
そして杉山兄弟が猛宅へと荷物だけをもって到着したのだが、そこで衝撃の一言。

〝ちょっと片付けるので、二時間。時間を潰して欲しい〟と猛が宣ったのである。

片付くまでは決して中に入れるわけにいかない、と言われたわけで。

ちょっとした押し問答の後、茂が折れてこうなったのである。

結局、車をレンタカー屋へ返却する必要があったのだから良いのであるが、さすがに一時間半は長い。

（昔からアイツ。部屋汚かったしなぁ……）

実家の片付けがあまりされていない彼の部屋を思い出す。

そこから考えることは一つ。

本当に一時間半で片付くのだろうか、ということだけである。

（……どこに行こうかなぁ。クッソ暇なんだけど……）

くぅっ、と苦渋の決断をする表情を茂が見せる。

これは仕方のないことなのだが、先日のコンビニエンスストアでの一件で、若者の時間潰しの一つである漫画雑誌の立ち読みという選択肢はなくなっている。

だがしかし、時間が出来てしまった。

一時間半、いや猛のあの様子では二時間は確実にかかるはずだ。

茂とて流石に寝床となる床に必要なもの、不必要なもの、さらにはゴミが転がっている状態での休息は避けたいのだ。

悩む茂の目線の先にはパチンコスロット優良店、と染め抜かれたのぼりが店までの道のりを照らし出していた。

「いや、駄目だろ。借りた金でギャンブルだなんて、どんな罰が当たるかわからん」

金がないなら増やせばいい。

そんな考えの奴はきっと罰が当たる。

それは、きっと絶対、間違いなくだ。

「さて、そうするとなぁ……。やることがない。なにか面白いものでもないもんかねぇ？」

きょろきょろと周りを見回すと、茂の目に〝それ〟が映った。

「あ！　そうか、金曜日から始まってたんだっけ。うわ、ならそうしようかな」

茂は今、レンタカー屋の前にいる。

基本、レンタカー屋というのは、人通りの多いところや旅行者の利便性の高い場所に存在する。

当然それは、空港・港湾周辺。そして駅前にあるものだ。

そして駅前は人が通る。

ということは客が入る場所であるということで。

全ての駅前にそんなものが出来ているわけではないが、ここは東京。

茂の目的地となったモノもあるような駅も中にはある。

猛の家の最寄り駅はそんな駅の一つだった。

「久しぶりだなぁ！　よく考えれば映画なんて三年ぶりだもんなぁ！」

茂の視線の先、駅ビルの外壁一面に大きく引き伸ばされた映画の宣伝ポスターが掛かっている。

題名は「決死の狩人《かりゅうど》たち～都庁クライシス～」。

茂の記憶が確かならば日本の若手実力派俳優が総出演する今年一番の話題作だったはず。

原作あり・シリーズものというわけではない、完全オリジナル脚本の単発のアクション作品というのもまた良い。

好きなジャンルであるアクションもので、オリジナル脚本であるなら、ここ最近の情報に疎《うと》くとも楽しめるはずだ。

向こうでも演劇、というものがなかったわけではないのだが、やはり大画面で見るド迫力の映像というのはまた違うカテゴリーではあるのだ。

「よし、映画だ、映画だ」

茂はメールを一本猛に送る。

〝映画見て時間潰す。その間に片付けを〟と。

すぐに返信がある。〝どうぞ、ごゆっくり〟と。

「うん、明日から忙しいし今日まではゆっくりしよう！」

さて、言うまでもなく茂には金がない。

弟に金を借りようとするくらいに金がない。

高校生に旅費を借りるほどに金がないのである。

だというのに、そのお金を遊興費に当てようという暴挙。

……茂はこの後キツい天罰が自らに下ることになるとは思いもしていなかった。

＊＊＊

「ち、ちくしょぉぉぉっ……」

茂は必死に自らの過ちと戦っていた。

いや、当然の報《むく》いと戦っていたのである。

（く、くそぉ……。ば、罰があたったぁ……）

茂以外の映画館から出てくるほかの客の顔は総じて満足そうである。

それは当然と言えた。

今週金曜に公開された「決死の狩人たち～都庁クライシス～」は僅か二日間で本年度に公開された映画の中でトップのスタートダッシュを切ることができた。

洋画に押されていたここ数ヵ月のランキング一位を久々のヒットで邦画が奪い返し、映画関係者も大喜び。

主演俳優の葉山剣のアクションシーンが見事であり、それを再度見に来るリピーターもいるくらいである。

SNSを主体に口コミもどんどん広がっていて、どこまで興行収入が伸びるのかを楽しみにしている大人たちが、すでに続編の制作を決定したとのソース不明のニュースまでネットでは流れていた。

（こんな、こんなひどいことがまだあったのか！　……ちくしょう）

茂はふらふらとした足取りで映画館を出て駅前を歩いていく。

猛の家までの十五分の帰路を歩む足が非常に重い。

時たますれ違う人からは奇異の目で見られていたりもする。

（……マジでここまで影響が出るとは思わなかった。つ、つらい）

「……超、つまんなかった。アクションもの、もうまともに見られないのかもしれん……」

ポップコーンとMサイズのコーラを手にわくわくと映画を見た。

最初の十五分はドキドキ。次の十五分は困惑。そして三十分は諦観。最後の一時間は灰になったように、ただスクリーンを見つめていただけであった。

内容は確かに会心の出来で、脚本も演者も最高だったというのにである。

さて、この頭を抱えてとぼとぼと歩く茂。

三年の過酷な生活は彼を〝異世界で〟普通の兵士に鍛え上げた。

もうお分かりだろう。

つい先ほどまで見ていたアクションシーンが〝異世界の普通の兵士基準で〟まぁ、温《ぬる》い温《ぬる》い。

極限まで引き上げられた身体能力が、間断なく襲う騒音と目をつぶらんばかりの光の乱舞の映像作品を、芝居なのだと解《わか》らせてしまった。

最初はさほどでもなかったのだが、差し込まれるアクションシーン。

それが流れるたびに、〝あれ、避《よ》けられるぞ？〟〝え？　何でそのキック当たるの？〟〝いや、そこは追撃じゃん？〟となった。

〝異世界の普通の兵士基準で〟ツッコミの嵐。

ちりも積もれば山となる。

ドキドキの十五分が過ぎ去り、盛り上がりのはずの時間帯に館内トイレにまっしぐら。

顔を洗い、席に戻るもそれ以降もアクションの勢いは全く変わらず。

恐らく高校生から借りた金で映画を見ようなどと思わなければ、そのうちＴＶで流れるアクション映画でそのことに気づいただろう。

だが、期待度一〇〇%で向かった映画館でこの事実を突きつけられるとかなり精神的につらいものがある。

はっきり言おう。

正しく天罰を受けたと言える。

（お、俺。なにを楽しみにすればいいのだろうか……）

「う、あ。アカン。これはアカン……」

頭を押さえて周りを見回す。

こみ上げる動揺がひどく精神を消耗させていた。

それを押さえ込むのは限界に近い。

猛の家までに一度、休みが必要だ。すると近くに運良く公園が見える。ベンチに、煌々《こうこう》と灯《とも》る自動販売機の明かりも。

（や、やった！　ちょ、ちょっと水を!!）

ゆっくりとその自販機に向かい歩いて行く。

自販機の前に立ち、一番安いミネラルウォーターを買おうとポケットの小銭を漁《あさ》ろうとしたところだった。

「なんじゃ、コラァ!!?」

少し離れた公園の公衆トイレの中から怒声が聞こえてきたのである。

「はい？」

＊＊＊　二　騒動　のち　捜索　＊＊＊

「なんじゃ、コラァ!!?」


目の前のアホ面《づら》が何かを叫んでいる。

……ああ、思い出した。

このアホ面は井上とかいうマジモンのアホだ。


「ふ、ふへへっ」


マジでウケる。

このアホはなにを言っていたんだったたろうか？

ああ、思い出した。

確か、俺がイケナイお薬の売買に協力しないと言い出したら、セーサイだ何だのとがなりたててうるさかったのだ。

いつの間にお前は俺のダチになった？

ああ、思い出した。

いつの間にか勝手にツレだなんだと言い出したんだろう？

「ナニ笑っとんじゃ、このガキゃぁぁあ!!?」

ドウッ！

「ぐはっ！」

いつもはこんなダルダルに腹を肥《こ》えさせた野郎に負けたりなんざしない。
転がってる身動きのできない俺にしか手も出せねぇダッセェ男。
ここぞとばかりに蹴りつけてきやがる。
当然だ、こんな群れないと何もできないような、こんなクズ共に、この俺が負けるわけねぇ。

「ブタが……。人様の言葉しゃべって……のが面白くてよ……」

ガンッ!!

後頭部を誰かがオモックソ蹴ってきやがった。
野郎、タイマンですらねぇってどういうことだよ。
ちくしょう、目に血が入ってまるで見えねぇ。

だけど、絶対見つけ出してタイマンでボコってやっからな。

覚えてやがれ、クソ野郎ども……。

＊＊＊

（あーと、うん。コレは駄目だな、やり過ぎ。止めないと死ぬな。加減ってものをわからないどころか、喧嘩《けんか》のやり方も知らない奴《やつ》が喧嘩するなってーの！）

はぁとため息が出る。

茂《シゲル》の使える汎用スキル「気配察知：小」によれば、壁一枚向こうのトイレの中でどうやら喧嘩、いや私刑《リンチ》が行われているようである。

しかもどうやら度が過ぎている。

……今日は非常に疲れている。

朝から運転して東京までたどり着き、つまらない映画を見終わって、ようやく寝床が完成しているかどうかわからない宿への帰路に就いたばかりだというのに。

確実に〝誰か〟が介入しないと人死にが出るレベルの事故が発生しようとしている。

「しゃあない、しゃあないよな」

こういうのはきっと「勇者」たちの専門分野だと思うのだが、なぜかここ最近〝彼〟へと回されている。

「勇者」も帰還したことだしきっとこれからは彼らに今のような状況は割り振られるはずだ、と思うと覚悟を決める。

幾度目かわからない〝仕方ない〟を心でつぶやきながら重い腰を上げる。

「やるかぁ……」

薄暗い公衆トイレの裏の木立の中で、〝彼〟の漆黒の布地が大きく翻《ひるがえ》った。

＊＊＊

コンコン！


硬質なものを軽く叩《たた》いただけの、しかししっかりと耳朶《じだ》に残る大きさのノック音が聞こえた。

「アアン⁉」

その音に反応した男が三名、目をそちらに向ける。

ちょうど街中で目標を見つけて連れ込んだこの公衆トイレで、話し合いという名の脅迫に屈しない生意気な餓鬼の教育的指導に夢中になっていた所だった。

後先考えず勢いのまま、いまトイレの床に這《は》いつくばっている生意気な餓鬼をシメていたので、外に見張りをつけるということすらも怠っている。

それだけでも十分考えの甘い連中といえた。

紫のスーツと黒のシャツを着た太った男は井上という。

ここ最近、あまり行儀のよろしくない連中から、急に羽振りが良くなったと陰口を叩かれている男だが何のことはない。

法に触れるようなあくどい仕事をこなして、人に言えないような金を稼いでいるだけの下衆《げす》だ。

ただ、虎の威を借る……を地で行っているだけではあるが、金はある。

だが、頭はない。

だから、調子に乗ってわかりやすい力を求めるのだ。

より多くの金、暴力を集めるという選択肢を選ぶ。

それにつられる同じような者を束《たば》ねてより多くの金を、トカゲの本体にせっせと運ぶ役をする者を用立てることが自分の栄達につながると半ば本気で信じ込んでいるアホだった。

当然のことだが、そんな突然金回りの良くなる奴などは、トカゲの尻尾《しっぽ》切り要員の使い捨て。

同じクズでも要領がいい奴はその金回りを誇示したりはしない。人目を引いて検挙されるリスクが高まるからだ。

だが井上はそれを理解できない、いや理解しようとしない残念な脳ミソを装備しているということだろう。

「ここは、立ち入りきん……、何だお前？　アッタマいかれてんのか？」

呼びかけた先の奴にメンチを切ろうと振り返った井上の取り巻きは、相手の姿にその正気を問いかけざるを得なかった。

侵入者は上から下までを完全に「光速の騎士」のコスプレでコーディネートしており、その姿は完璧に失笑物である。

「今流行の『騎士』のコスプレって、お前なに考え……がっ!!?」

そんなイカレた奴に向かい、一番近い位置にいた男がその肩に手をかけようとした瞬間であった。


有無を言わせずに飛び出してきたその右腕が男の顔を摑《つか》む。

最後の声は無理矢理に口を覆われてこぼれた声だ。

「てめぇ、何を！」


ぶんっ！


顔面を摑まれた男とは別の金属バットを持った金髪の男が叫ぶ。

しかしその怒声を意に介さずコスプレ男が動いたように見えた。

すると顔を摑まれた男の頭が、一瞬だけ二重三重に見える。

いや、次の瞬間には再び頭が元の一つだけになった。

「な、に？」

つぶやく男の前で、コスプレ騎士は顔を摑んでいたその手を離す。


どしゃっ!!


気づいた瞬間、全身から力を失った男が、汚れたトイレの床と熱烈なディープキスをしていた。

その男は、そのまま床の上に両の手を広げて白目を剝《む》いて口からよだれをたらしている。

あまりに異様なその光景に、井上ともう一人の金髪が戦慄した。

これは、どういうことなのか、と。


じゃりっ！


砂とトイレの床の水気がまじって軽く音を立てる。

目の前のコスプレ野郎は、よく見るとスニーカーなどではなく古風なブーツを履いていた。

どう考えてもおかしい。

だが、確実に言える。

こいつは本物臭いと。

なぜ自分たちがいきなり「光速の騎士」といざこざに巻き込まれなくてはならないのか。

そんなことを考える彼らの前にはコスプレ野郎改め、「恐らく本物」が立ちふさがっている。

槍《やり》やら盾やらは持っていないが、格好は「騎士」そのもの。

しかもトイレの出口は普通一ヵ所である。

そこから「騎士」が入ってきたということは出入口がふさがっているのだ。

「な、なんだよ。なんなんだよ！」

恐怖に駆られ、金属バットを振りかぶった金髪は、勢いよく「騎士」の頭部へとバットを叩きつけた。

ぱしぃぃん！

革のグローブの右手が金属バットを何と言うことなく掴んでいる。

「は、離せっ！」

金髪は掴まれたバットを取り戻そうと、ぐいぐいと全力で引っ張るが、微動だにしない。

金髪は両手で顔には青筋が出る程踏ん張っているのに、相手の「騎士」は最初に金属バットを右手で受けてそのままの体勢である。

「騎士」の側が膠着《こうちゃく》を嫌ったのか金髪が掴んでいるバットごとぐっと地面から引っこ抜かれた。

「うわっ⁉」

金髪の人生で初の出来事。

空を生身一つで飛ぶという経験の最中、ゆっくりと視界がスローモーションに切り替わる。

ゆっくり、ゆっくり。

バットを握られた「騎士」の逆の手がグーになって自分に向かって飛んでくるのをただただ眺《なが》めることしかできなかった。

ごっ……。

顎にめり込んだ拳《こぶし》から鈍い音がすると同時に、金髪が「光速の騎士」に抱きとめられていた。

こちらも先程の男と同様に両手両足はだらりと力を失ってぐったりしている。

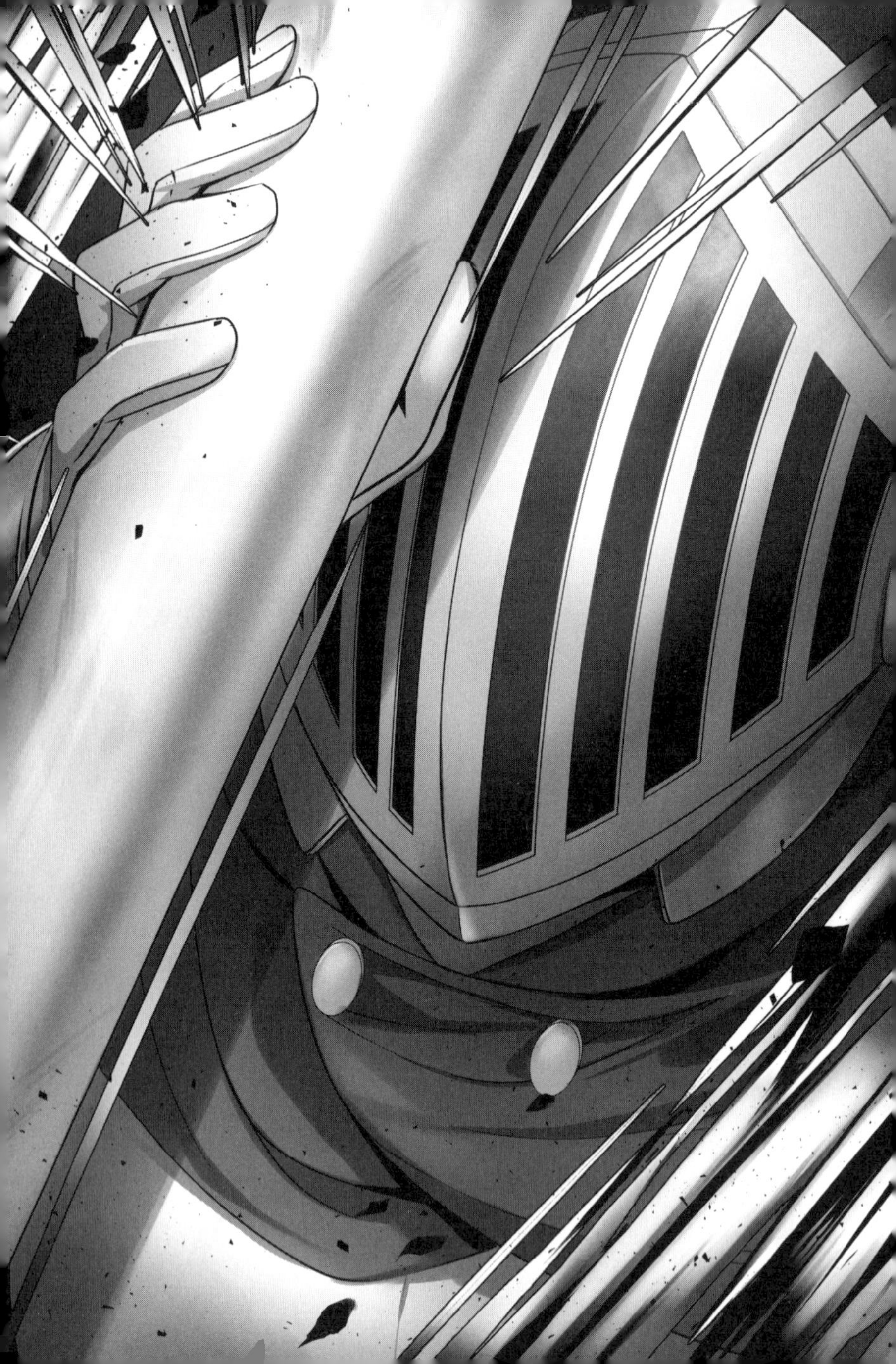

「光速の騎士」が抱きとめた金髪を丁寧に洗面台の横に座らせ、その体の横に金属バットを転がす。

そうしてからゆっくりと振り返る。

無機質な兜《かぶと》に包まれて、その奥に見えるはずの瞳は全く見えはしない。

ただ、間違いなく井上は自分がその瞳に射竦《いすく》められていることを感じていた。

（な、何だってんだ。くそっ！　コイツが仲間でも呼んだのか⁉　……いや、もしかして他の奴らが俺を嫉《ねた》んで⁉）

ぐるぐると井上は、横で血だらけになったシメたばかりのクソ餓鬼のせいか、いやシマを荒らされたせいでムカついた他の組織の差し金か、と足りない上にオクスリでやられている頭をフル回転させる。

ただ、残念ながらその全てが間違い。

実際の所は運悪く偶然の結果、こうなっているだけだ。

「光速の騎士」の出目もなかなかに悪いが、井上の出目はそれ以上のファンブルを叩き出したのである。

「く、来るなっ⁉　来るんじゃ、ねぇっ⁉」

井上は、スーツの懐《ふところ》から、ナイフを取り出して構える。

臆病者にふさわしく、柄はぎらぎらとして装飾過多であり、それでいて凶悪な光を放つ波紋。

それは、どこからどう見ても自衛用という範疇《はんちゅう》を超えている。

相手をビビらせるためだけに井上が持っていたナイフは初めて、〝自衛用〟としての役割を果たそうとしていた。

……ふう。


聞こえた。

井上には確かに聞こえたのだ。

目の前の「光速の騎士」がため息を吐《つ》いたのを。

心なしか「騎士」の肩がやれやれとばかりに揺れたようにも感じる。

「て、てめぇ！　舐《な》めてんじゃねぇぞ！！！？」

かっとするのがお前の悪い癖だ。

仲間内でも、金を納める上役《うわやく》も、今では絶縁状態の家族からも散々言われてきたその台詞《せりふ》。

その忠告を全く無視して、井上が感情のままナイフを騎士に向けて突きだす。

装飾過多のナイフであっても、当然のことだが刃物である以上、切ろうと思えば切れるし、刺そうと思えば刺せる。

むしろナイフを扱いなれていない分、刃物を向けた相手に思いもよらない最悪の結果が訪れることも十分に考えられるのだ。

だが、相対するのは本物、マジモン、真正の「光速の騎士」であった。


ぱんっ！

「ああ⁉」

避けるでも弾《はじ》くでもなく、掴む。

真剣白刃取りの要領でナイフがぴた、と止められている。

井上の脂肪だらけとはいえ体重百キロを超える重量が掛かっているはずのナイフをそのまま両手でぴた、と微動だにせず静止させていた。

混乱が井上を襲う。

ここまでの異様な存在に本能的に恐怖を感じる。

先程まで迸《ほとばし》っていた怒りの熱が恐ろしいほどの速さで引いていく。


ふわっ……。


無理矢理押されるのではなく、体の重心をずらされて井上の足がもつれた。

自然と「騎士」に体を預ける体勢になりそうな瞬間に、騎士が少しだけ、鋭く動く。


パンッ！


「んごぉぉぉぉ……!!!」

鋭くそして軽く放たれたブーツでの一撃は、倒れ込んでくる井上の股間《こかん》に吸い込まれていった。

そして、目にもとまらぬ速さでまた元の位置に「騎士」の足が戻る。

柔《やわ》らかく、そして弾力のある〝タマ〟の感触がうっすらと「騎士」の足の甲に残る。

打たれた井上はワンテンポ遅れてやってくる股間、そして腰の神経からの脳天を貫くような途方もない激痛に襲われる。

「おぉぉぉ……」

ナイフを取り落とし、それが床とぶつかってちゃりんと音が鳴る。

すっ、と「光速の騎士」が半身ずれ、そのスペースに白目を剝いて口から泡を吹いた井上が、数歩歩き、倒れていく。

数秒とはいえ激痛にさいなまれた分、先の二名に比べ若干であるが、長く感じることになった彼も公衆トイレの床と熱烈なキスを交わした。

びくん、びくんと痙攣《けいれん》しながら井上のズボンの辺りからアンモニア臭い液体が床に拡《ひろ》がっていく。

一応「光速の騎士」も男の子である。

ぶるり、と背筋を走る悪寒を振り払う。

武士の情けで、潰さない程度の力で撫《な》でてやるにとどめたつもりだ。

いや、あえて何をとは言わないが。

きっと男の子だったら解《わか》ってくれると思うが。

うん、解ってくれるはずだ。

いや、むしろ解れ。

そうして「光速の騎士」は最後の壁に背を預けた男、いや少年といっていい年齢だろうか。

額から血をしたたらせている革ジャンを着込んだその人物に向き直る。

どうも彼は意識がもうろうとしているようだった。

「応急処置でヒール、二発ってとこで大丈夫だろ。それ以上は病院のお仕事だ」

トイレに入ってから初めて「光速の騎士」が口を開く。

チンピラ三人が気絶しているのは確認した上で、少年に話しかける。

「……生きてるか？」

「う、ぅぅっ……」

どうも返事もできない程やられていたらしい。

取りあえず一度目のヒールを強めに放つと、苦しげな革ジャン少年の声が幾分落ち着いた。

変な喘鳴《ぜんめい》をしていた呼吸音が収まっていく。

どうも肋骨《ろっこつ》か胸骨でもやられていたのではないか、と思われる。

念のため、ダメ押しヒールもう一回は、最後の最後、ここからの逃走直前に放つつもりである。

「さて、とりあえず電話、電話と」

少年が一分一秒を争うような窮地を脱したようなので、取りあえずスマホかケータイを探すことにする。

こういうときこそお巡りさんと救急車の出番である。

自分のケータイで連絡すると色々不都合があるので、倒れている三名の懐を探すことにする。

すると、である。

「……うわ、マジで？　本物って初めて見た」

井上の上着の隠しから出てきたのは、親指と人差し指でばっちいものを触る様にしてつままれた白い粉入りの小さなパッケージ。

このような暴力的な行為をする人物の懐にあるということは、小麦粉とかではないだろう。

触っているのもけがらわしく、ぽいと床へと捨てて、グローブの指先を井上のスーツで拭《ぬぐ》う。なんというか綺麗《きれい》に梱包《こんぽう》されていても、精神的にすごくばっちい感じがする。

さらにがさごそ漁《あさ》ると先程のと同じパッケージが幾つかと、スマホとガラケーが出てきた。

詳しくは知らないがこれは〝仕事用〟と〝プライベート用〟ということであろうか。

まあ、そこは「光速の騎士」的にはどうでもいい。

ガラケーをぱかっと開けると、〝仕事〟のためなのかロックがかかっていて使えない。スマホも個人認証が必要であるが、本人は今気絶している。

だが、緊急連絡はロックとかは無視してできるはずだ。警察にトイレで人が倒れていると通報すれば、救急車もついでに呼んでくれるだろう。

当然、使い終わればスマホはここに放り投げていくつもりだ。

「ほんじゃ、諸々《もろもろ》やって逃げるかね」

「騎士」は逃走までの手順を頭に思い描き、指折り数えて満足がいったのか深く頷《うなず》く。

そうして「光速の騎士」は肩の黒の外套《がいとう》様にした布に手を掛ける。

ばさっと「騎士」が一瞬漆黒に包まれると、次の瞬間には日本のどこにでもいる、いたって平凡な男、杉山茂《スギヤマ》がそこに立っていた。

＊＊＊

ぴんぽーん！

茂は猛《タケル》の家のインターホンを鳴らした。

時刻はすでに十九時を回っており、猛が時間をくれと発言したタイミングからすでに三時間以上の時間が経《た》っている。

（どうなったんだろうな？　アイツ結構、掃除始めると変にマメだからなぁ）

普段は整理整頓に無頓着だが、やるぞっ、と一度火がつくと徹底的に片付けを始めるタイプの人間。

猛は、いや今はもっとやるべき場所があるだろうに、と言ってしまうくらいの細かい片付けを始めるという困った類いの人間だった。

どたどたっ！

がちゃん!!

「あ、兄貴。ちょうど片付いたとこだったんだよ。ナイスタイミング！」

「いや、今終わったって。二時間で終わるんじゃなかったのか？」

「掃除機掛けたりとか色々やってたら収拾がつかなくなってさぁ」

「……やっぱりか」

「でっへっへ」

照れ笑いする猛の横を通り、玄関に入ると堆《うずたか》く積まれた透明なゴミ袋と、通販サイトのロゴが印刷された段ボールの山。

入口にある単身者用の電熱コンロの上には洗い立ての皿が置き場所をなくしたのだろう。直置《じかお》きで置いてあった。

「すごい汚かったんだな、ということがよくわかる」

「まあ、入って入って！」

追及を誤魔化すように、ぐいぐいと背中を押してドアの向こうの部屋へ茂を押し込む。

東京の単身者向けのアパートだと、あまり広い部屋は借りられない。

最低限の居住区域になんとかスペースを作ってくれたようで、客用布団が端に寄せられている。

ローテーブルと机は何故《なぜ》か雑誌やゲーム・ＤＶＤ等が堆く積まれており、その用途を為《な》していない。

「無茶苦茶大急ぎで片付けたろ。お前普段どういう生活してるのよ？」

「どうって、こういう生活だよ⁉」

「嘘《うそ》吐け、父さんに東京行くときにゴミ屋敷《やしき》にしないって約束してたはずだろうに」

白々しい嘘を吐く弟を詰問する。

言葉に詰まる彼をさらに追い詰める。

「使った皿とかもすぐに洗ってないだろ、お前」

「いや、それはさ」

「飲食店従業員を舐めんなよ？　あんな無茶な洗い方、いったいどれくらい溜《た》めこんでたんだよ」

「いやぁ、三日くらい？」

「というか、まず俺のところに来る前に洗い物だけは片付けてから来いよ……」

茂はため息をついた。

「ゴミの回収日は？」

「燃えるゴミは多分明日かな。資源回収は明後日《あさって》」

「……はぁ。一緒に持ってやるから朝一で出しにいくぞ？」

「あははは！　いやぁ、ありがと！」

茂は床に腰を下ろし、テレビを付ける。

猛は飲み物を買ってきたようで、二リットルのペットボトルから麦茶をカップに入れて茂に渡すのだった。

＊＊＊

そんな杉山兄弟の部屋の外。

遠くから、救急車のサイレンがかすかに大気を震わせていた。

――――同日　深夜　都内某警察署内にて――――


「んで、医者の先生方の話だとバカ共の容体は？」

日本国内では肩身のすっかり狭くなった喫煙者たち。

隅に追いやられた喫煙スペースでは老いはじめた感のある男が隣の中年の男と話をしている。

二階ベランダという屋外に設置されたそこは、遠くから見ると、蛍火が灯るようでどことなく寂しさを感じる。

「一応、全員検査入院ってことになりました。四人部屋に纏《まと》めて放り込んで部屋の前に警備のローテーションを立たせてます。ただし、泌尿器の先生によると井上のヤツの〝ヤツ〟。見事にパンパンに膨れ上がってるそうで。アイツだけちょっと入院長引きそうです」

中年の男が股間を中心に両手で膨《ふく》らんだ様子を形容する。

あえて何が、とは言わない。

きっと解ってくれると思うので。

いや、解れ。

「ぶははは、そりゃ気の毒に……。んで、持ってたのはやっぱり？」

笑い飛ばした後、手元の缶コーヒーを中年の中堅刑事に手渡し、真剣な表情で老刑事が尋ねる。

相手の中年の目が鋭くなる。

タバコをくゆらせながら、缶コーヒーを一口すすり唇を湿らせた。

「最近話題の新型薬物で間違いないみたいです。変な混ぜ物なしの〝高級品〟ですよ。あんな尻尾切りクラスが捌《さば》いてるってなると、かなり本格的に流通し始めてるんじゃないですか？」

「こっちも本腰入れて潰してぇなぁ。どうにか人員増やしてさぁ」

ふーっと紫煙をくゆらせながら老刑事がぼやく。

今回の小物を捕まえてもあくまで尻尾、本体まではなかなかたどり着かないのがこの仕事の厄介なところだ。

それを見た中堅刑事がにやりと笑う。

「石島さん、実は、ルートは違うんですが、人員増やして捜査範囲、広げることが出来るかもしれないんですよ。今課長の所に、連絡来てるんですがね？」

「ああん？」

老刑事、石島は吸い終わったタバコをシケモクで一杯の灰皿に押し付け、怪訝《けげん》な顔をする。

「ほら、井上がだんまりだったんですけど、ほかの二人が私刑《リンチ》してたって話、ゲロしたでしょ」

「おお、なんか言ってたな。『光速の騎士』にやられたって」

井上はオクスリのバイヤーをする程度には頭が悪いが、自分の身の安全を確保するために黙秘するくらいの脳ミソはあったらしい。若《も》しくは捕まったときにはそうしろ、と命令されていたか。

そういうわけで弁護士の到着まで一切口を割らない《カンモクする》と決めたらしく、黙秘権がある以上それはどうにもできない。

ただ、その取り巻きまでがそうだとは言えない。

怖くなってすぐにその時の出来事を吐いてしまったのだ。

というよりも「光速の騎士」との圧倒的な戦力差を感じて心が折れたとも言えるが。

「被害者の方に関しては軽症で、脳のCT撮って一泊入院したら以後は通院です。ただ、意識がもうろうとしてよく覚えてないってことでそれ以上こっちも聞けなくって。でも四人中二人が『光速の騎士』を見たってことで、上が動いたそうです」

「どのくらい上なのよ?」

「知りません。結構〝上〟らしいですけど。そんで大暴《おおあば》れした『武者』の件もあり、情報収集を兼ねて井上の薬物入手ルートの捜査、今回大々的に動くみたいですよ。民間も含めて」

人員が増えると聞いて嬉《うれ》しそうだった石島の顔が歪《ゆが》む。

「民間? 何処《どこ》の誰だ?」

「えーと、ですね。……正式発表ではないので忘れました」

「アホゥ。……課長のトコ行くぞ。お客さん、まだ帰ってねぇんだろ?」

「はい」

中堅刑事もタバコを押し消すとコーヒーを一気に飲み干し、缶をゴミ箱へ放り込む。

二人は喫煙コーナーを出て自分の課に戻る。

すると大きな荷物を持った数名の集団が課長とにこやかに話をしているのが目に入った。

課長はそれに気づいたのか、二人を呼ぶ。

「石島、加藤! こっちへ来てくれるか⁉」

呼ばれるまま、課長席に近づくと集団が道を譲る。

「本件の民間協力団体の方々だ。『光速の騎士』が噛《か》んでるので、〝上〟からこちらに協力するようにと言われている」

「そうですか。私は石島、こっちは加藤です」

「加藤です。よろしくお願いします」

すっと出した石島の手を相手の代表が握り返してくる。

柔らかく見えたが、ごつごつした石島の手を握る力は思った以上に強い。

空手有段者の石島が興味深そうに、自分より背の高いその〝女性〟を見やる。

真《ま》っ直《す》ぐに石島を見つめ返すその瞳。

シルバーフレームのメガネの奥に、まるで炎が滾《たぎ》るような熱を感じさせた。

「初めまして。犯罪心理学を専攻しておりま……」

茂の落としたほんの小さな火種は、思った以上の速度で大きく燃え上がろうとしていた。

＊＊＊

「兄貴、朝飯食う？」

「んー。何かあんの？　冷蔵庫の中」

起きたばかりで兄弟そろってぼさぼさの頭をした杉山ブラザーズは、同時に欠伸《あくび》をする。

茂はとりあえずＴＶをつけ、猛は眠たげな表情のまま冷蔵庫へと向かう。

電源のついたモニタには朝の七時ということもありニュース番組が流れている。

流石《さすが》に土曜に報道されていた「光速の騎士」関係のネタはニュース一覧の後半へと移動してお

り、軽くアナウンサーが概要を伝えるに留《とど》めていた。

今朝《けさ》は違うニュースがトップに来るようになっており、久しぶりに茂は穏やかに朝のひと時を過ごしていた。

「ああ、これ。この近くじゃん」

「……へぇ。そうなんだ」

昨晩の残りのペットボトルの麦茶を冷やしておいた猛は、兄と自分の分のカップと共に戻ってくる。

テレビは、複数の逮捕者があった事件を報道していた。

事件現場は件《くだん》の公衆トイレであり、通報を受けた警察により所持の現行犯で逮捕、とされていた。

（昨日のあのデブか。結構すぐに報道されるんだなぁ。そういうものなの？　現行犯だから？）

そこらへんはよくわからないので、くぴくぴと麦茶と共に疑問を飲みこんでいく。

昨日のあの少年のその後が報道されていないのが若干気になったが、捕まったのが井上某《なにがし》と、住所不定無職の未成年×二だったことから、きっと何らかの配慮でもあったのだろうと無理矢理納得することにする。

流石に重体であれば併せて報道もするだろうし、と。

「うわぁ、こいつらこの近くでやべぇ薬売ってたのか。やめろよなぁ、バカどもが」

「そうだな。やめとけよな」

（もしかして警察の仕事、邪魔したかなぁ。……でも人命優先だし、仕方ないよな。うん、仕方な

いよ、きっと）

考えても答えの出ないことは考えないことにして、寝ていた布団を簡単に畳んで脇へと追いやる。

猛はそのスペースに、小さな折り畳みテーブルを持ってきた。

自然とその周りに二人は座る。

「んで？　飯何か残ってる？」

「インスタントの味噌汁《みそしる》。あとは梅干しくらい。兄貴のトコ行く前に在庫全部食い切ってたんだよね。ちょうど買い出しのタイミングで教授に誘われたからさ。米は昨日炊いておいたから十分あるけどね。おかず的なものが冷凍食品でいいなら、から揚げとかあるけど？」

「朝には重いな……。取りあえず、飯と味噌汁、梅干しだけでいいだろ」

「そだね。ちょっと準備する」

「悪いな」

立ち上がった猛は、廊下に設置されたキッチンへと向かう。

一方の茂は、今日一日の予定をどうするか考えていた。

＊＊＊

「じゃあ、ちょっと借りてくなー」

「事故にだけは気を付けてくれよ。兄貴結構、抜けてるから」

スペアキーと自転車を借りた茂は、アパートの前で見送る猛にすこしばかりむっとする。

「なんだよ、それ」

「だって、会いに行く人のトコまでの地図印刷してたのに失《な》くしたんだろ？　抜けてるじゃんか」

「……いや、まあ、うん、そうかも」

段々と小さくなる茂の抗議の声。

多分どこかで落としたのだろうとは思うのだが、どこでだっただろうか。

最後に確認したのは昨日の昼のＳＡが最後である。

朝から昨日のズボンのポケットをひっくり返したが見つからなかったのである。

「まあ、もう一回印刷し直して手に入れたから。住所はケータイのメールに残ってたしな」

「じゃあ、俺も学校行くからさ。俺、今日飲みだし先に帰ってきたら、寝てていいよ」

「ふーん。ゼミの人と？」

「そうそう、『光速の騎士』調査のお疲れ会でさ。ギョーザ美味《うま》い店なんだよ」

「ギョーザかぁ……。いいなぁ」

疲れてギョーザをパクつきながら、ハイボールとかビールで流し込む。

茂はちょっと匂い強めだが、ニンニクギョーザとかニラギョーザが好きであった。

「ゼミってことは火嶋《カジマ》教授とかマツくんも一緒だろ？　よろしく言っておいて」

「わかった。じゃあ、俺も行くからー」

手を振りながら猛と逆方向に別れた茂は、チャリを漕《こ》ぎ始める。

後ろを振り返るとすでに猛も歩き出している。

（うし、頑張るぞ！　でも、ちょっと遠いんだよなぁ）

特にシティバイクとかオフロードとかでもない通常の自転車である。

ギア変速は付いてはいるが低・中・高の三種類のみ。

この普通のチャリで、目的地の「白石コーポレーション精密機械、ＩＴ技術開発拠点・試作機試験場」までは、約二十五キロ。

ただ、通常の人間よりも茂は体力には自信がある。

件の建物周辺は駅も遠く、バスも猛の家からは路線がかなり入り組んで迷いそうであった。

それに如何《いかん》せん金がない。

タクシーなどというブルジョアな乗り物なぞもってのほかである。

茂は強く、借り物のチャリのペダルを踏み込むのだった。

＊＊＊

「お父さん。いつまで私を此処《ここ》に？」

呆《あき》れる様にして目の前にいる〝実父の姿〟に尋ねる少女。

言葉通り相手を責める様な表情をしているが、はっきりとした鼻筋に鋭く細められた切れ長の瞳。

全体的に大きめの各パーツが日本人離れした小顔の上に絶妙な配置で収まっている。

まだ少女と呼べる年齢でありながら、すでに美女として完成されている感すら漂っている。

その髪は日本人によく見られる黒一色の髪色ではなく、それよりも若干色素の薄いダークブラウン系である。特に染めたような不自然さがなく、眉も同系色なので生まれつきなのだろう。

『そういう顔以外を私に見せてくれることがない、というのが本当に残念だと思っているのだがね？』

「……お父さんが私に本当のことを言ってくれるまではあきらめてください。それも、〝顔と顔を合わせて〟です。こんな形で連絡してくるのは卑怯《ひきょう》だと思います」

さらに渋面を深くした少女。

苛立《いらだ》ちを隠すことなく目の前のモニタにぶつける「聖女」こと、白石深雪《シライシミユキ》。

彼女こそ、「勇者」たちと引き離され、「光速の騎士」がその様子を見に来ようとしている人物だった。

『……すまない。私もこういった事態が本当に起こるとは思ってもみなかったのだよ。隼翔《ハヤト》君も怒っていただろうな』

深雪の語りかける先にはタブレットが置かれている。

通信相手は、実父であり「白石総合物産」ＣＥＯである白石雄吾《ユウゴ》であった。

モニタに映る彼は五十代とは思えない若々しさを持ち、きっちりとしたスーツにネクタイを締め、恐らくは車内から彼女と連絡を取っていた。

そんな通信の状況からか若干のタイムラグがある。

「怒る怒らない以前の問題で、あの状況で隼翔たちに何一つ説明できないままここに身柄を移されたんです。もし、ボディガードの中に門倉《カドクラ》さんがいなかったら、誘拐と言われても仕方ない状況でした！」

「申し訳ありません。あなたをお連れすることが最優先でしたので。隼翔君が私の顔を覚えていたのは驚きでしたが」

深雪の側《そば》に老紳士が黒一色のスーツで佇《たたず》んでいる。

彼が補足の言葉を発し、モニタの向こうの雄吾は声にならない唸《うな》り声をあげる。

ちなみに門倉と呼ばれた男の横にはスーツ姿の女性も控えており、彼女はこの部屋へと身柄を移されてからの深雪の身の回りの世話を担当していた。

「隼翔はよく但馬《タジマ》のおじ様と東京の家に遊びに来ていたから。彼、人の顔を覚えるのは得意中の得意だったもの」

「六年ぶりでしたが、懐かしいことです。ガードの質が落ちたのかと心配しましたが……。手合わせしてみるとよく鍛えられておりました。但馬の坊ちゃんはお強くなられましたな」

『門倉、それは良《い》い。……スマンな、深雪。この場で説明するわけにはいかんのだよ。明日の午後には日本に戻れる。そこで会って話そう。こういった形でお前と話をするのは私としても不本意なのだ』

その声に嘘はないだろう。

そして彼が深雪を心配しているのも事実だ。

だが、それでもこの親子の間には壁が残っている。

『母さんに似たのだな。そんなにむくれないでくれ。必ず、必ず説明する』

「金曜にここに連れられてきたときもそう言いました。お父さん、私は中学時代に最後に会ってから直接顔を合わせての会話をしてきていないんです。その娘と約四年ぶりのまともな会話がこれですか？　……必ず説明してもらいますから」

『分かっている。必ず、必ず明日、日本へ戻る。待っていてくれ』

深雪は返事をせずに、タブレットを操作し通信を切断。

側で控えていた門倉にそれを渡す。

一番近くの窓にはシースルーのカーテンがかかっている。

そこからは大き目の公園と池、その周りをぐるっと囲むようにサイクリングやジョギングを楽しめるコースが整備されているのが見えた。

この公園は「白石総合物産」がこの地で試験場を建設するに当たり、環境整備を目的に周辺全体を開発した結果だ。

十年ほど前まではこの場所には小高い丘と小さな川くらいしかなかった。

それが今や住宅地ができ、他の企業も進出する土地へと変わっている。

一企業の開発で街ができているのだった。

「雄吾様も、タイミングが悪かったのです。このような時に国外での商談が入っておりまして。私の方にも但馬様からアポの連絡が来ていまして」

「隼翔から？」

「いえ、お父様の真一《シンイチ》様からです。隼翔君はどうも家で反省中のようですが。妹様も家を勝手に空《あ》けた隼翔君に御冠《おかんむり》のようで」

「そう……」

「堀田《ホリタ》家からもお電話が一本。里奈《リナ》さんが一度だけご家族に許しを得て掛けてこられました。ただお繋《つな》ぎできないと丁重にお断りをさせて頂きましたが」

　個室にしてはだいぶ大きなその部屋の真ん中にはテーブルが置かれている。

　客用の特別室に軟禁状態の深雪は、ため息とともに細工の施されたソファへと体を沈めた。

　しっかりと体全体をホールドするそれを感じながら再びのため息。

　そっとテーブルに差し出された白磁のカップに、そこから漂う紅茶の湯気。

「アールグレイ、ね」

「あの頃、お好きだとのことでしたので」

「今も、紅茶は好きよ。でも今はブラックのコーヒーのほうが好きなのよ」

「……時は流れていきますな。私の好きなブレンドで恐縮ですが、今度お持ちしましょう」

「ええ、お願いするわ」

　沈黙が下りる。

　一口、二口と紅茶を飲むと、深雪が口を開く。

「お父さん、あんなに話をする人だったかしら？」

「……奥様から影響を受けたのでしょう。留美様は、非常に明るい方です。よく笑われるようになりました」

「そう。秀樹君は、元気？」

　深雪は人当たりの良い継母《ままはは》の顔を思い浮かべ、半分だけ血の繋がった弟の様子を尋ねる。

「今日も幼稚園へ元気に行かれました。ここ数日は『光速の騎士』に夢中ですね。先週まではマントマンが一番、二番目は雄吾様でしたが」

「……『光速の騎士』はちょっとやめた方がいいと思うわ。一応姉の忠告だと伝えて」

「承りましょう」

「光速の騎士」の中身を知っている一握りの立場としては、少しばかり弟の成長に不安を禁じ得ない。

なにせ、中身はここ三年ほど付き合いのある彼だろうから。

映像を見た限り、ほぼほぼイニシャルS・S氏で間違いない。

「門倉さんは今回の件、どう聞いているの？」

「幾たび聞かれようとも、お伝えできません」

「そう言われているの？」

「お伝えできません、という言葉を繰り返すことになります。それは無為です」

はあ、とそれでも金曜日から何度も繰り返し、答えてもらえない質問を深雪は繰り返した。

「あれだけの人数を、あの時刻に動かすには誰かからの指示がいるわ。どうして、私たちがあの時、あの駐車場にいることを、あなたたちは、いえ、お父さんは知っていたのかしら？」

＊＊＊

清々《すがすが》しい風が頬を撫でる。

街路樹は緑を蓄《たくわ》え、その間からは月曜の昼の陽の光が差し込み、木陰《こかげ》とその隙間《すきま》を縫う光のコントラストを道路いっぱいに描いていた。

綺麗に整備されたそのジョギングコースには、時折若い女性や、ミドルエイジの奥様方や、年老いたマダムが美しい汗を流していらっしゃったりと優雅な雰囲気。

高級そうなワンコの散歩中の方々も数組目にしている。

そんな穏やかな木漏れ日の中で、茂は横に自転車を置いて日陰になった休憩所の木調のベンチに腰かけていた。

「むぐむぐ……。んー、無理だったなぁ」

眉を寄せながら、手に持ったシャケのおにぎりを食べてる。

個包装ではなく、二個入りで海苔《のり》がしっとりしているタイプの奴だ。

すでに一個めの昆布のおにぎりは茂の腹の中に納まっており、もう一つのシャケにぎりを頂いているところである。

「途中のスーパーで買い出ししたけど、正解だな。この周り、飯屋高いとこしかないんだもん。いや、貧乏人には生《い》き辛《づれ》ぇ土地だぞ、ここ」

ぱりぱりとおにぎりの横に添えられたタクアンを齧《かじ》る。

茂としては柴《しば》漬けの方がポイントは高いのだが、ないのだから仕方ない。

こういう二個入りのしっとりおにぎりも、個包装のぱりぱりもどちらも捨てがたいが、漬物分だけ二個入りが勝ると茂は思っている。

ただし、休憩用のテーブルの上にはスーパーのビニール袋が置かれており、そこにはフィルムをはがす海苔がぱりぱりのタイプのおにぎりが入っている。

ベンチには五百ミリリットルの緑茶のペットボトルが置かれている。

んが、と大口を開けてシャケのおにぎりの残りを口に放り込み、緑茶で流し込む。

んんっと伸びをして体をほぐす。

池の周りのジョギングコースは公園を含む開発計画で整備されたため、少し目を凝らせば公園にシートを広げる子供連れや、茂と同じように休憩所でランチボックスを広げて食事を楽しむ老夫婦の光景も目に飛び込んでくる。

なんというか平和な光景である。

(んー、しかし広すぎだな。ちょっと深雪がどこにいるかわかんないわ、これ)

視線の先には高さ五メートル近いコンクリの壁がででんとそびえたっている。

ある程度の距離を開けて監視カメラまで設置されているようだった。

(ぐるっとチャリで外周回ったけど、「気配察知：小」だと敷地内の真ん中の辺りまでは捜索できないんだよな。取りあえず壁の周り五十メートル弱の中にはいないってことくらいしか判《わか》らんし)

ううむ、と悩む茂。

要するにゲームのマップを埋めている感覚に近い。

黒く表示される場所を埋めたいが、壁の向こうの少しだけが表示されて、その先は判らないわけだ。

新しく印刷した周辺地図を取り出す。

それによると、この目の前のコンクリ壁で囲われた研究施設は茂の後ろの公園の倍の広さがあるらしい。

公園自体があまり見ないくらいに大きなものであるというのにだ。

その大きな閉鎖空間の真ん中のマップを埋めるのであれば、ゲーム的な表現でいえば「イベントキー」が必要になる。

具体的には「白石コーポレーション精密機械、ＩＴ技術開発拠点・試作機試験場」に入れる許可証が。

（壁を越えると、不法侵入だしな。それは犯罪だし。隼翔に深雪を家に帰すのを手伝ってほしいって言われたけど、今深雪のいるのは親父《おやじ》さんの仕事場って考えると。……無理に連れてくと俺たち誘拐犯になるよなぁ……。そうなると成人してる俺の名前はニュースで流れるよなぁ）

またも悩む。未成年者略取、とかの罪状を背負っての人生。かなりのハードモードであろう。

隠れて侵入してこっそり連れて帰ればいい、という意見もあろうが、それは無理だ。

茂はデジタル系の監視装置に弱い。

「気配察知：小」を全開にすれば人の視線には気づくことができる。

ただし、機械操作式のカメラや、「気配察知：小」の範囲外からの視線には全く意味をなさないわけだ。というか、普通の人は監視カメラの類いがあるなら映り込む。

それにこの場所はＩＴ技術開発拠点・試作機試験場と命名されている。

産業スパイなどを想定した日本トップクラスの監視網が準備されているはずだろう。

「博人《ヒロト》と由美《ユミ》は明日来るって言うし、『軍師』さんに相談しようかねぇ。ちょっとこの凡骨の脳ミソじゃなんも思いつかん」

そうそうに諦めると、袋に手を突っ込み最後のたらこおにぎりを取り出す。

ぱりぱりとしたおにぎりをパクつきつつ、涼しげな風を茂は一心に感じながら、隼翔と軽く手合わせした時の事を思い出していた。

＊＊＊

「んで、お前らが弱体化したのは判った。そこで、もう一つよくわからん項目というのはだ。なんでそんな人気《ひとけ》のないとこに深雪の親父さんのボディガードが大挙して準備万端で待ち構えてたんだってことだ。……深雪の親父さんってデカい会社のトップだけど、深雪本人は実家じゃなくてじーさんばーさんの家で慎《つつ》ましやかに暮らしてるって、よく皆に言ってたし。よくわかんないけど親父さんとはギクシャクしてるって話だよな？」

「……色々あったのは確かです。昔は結構僕も白石のおじさんとは会ったりしましたし、疎遠になったのは中学に入るくらいの頃で、五、六年くらい前ですけど。父親同士が友人だったもので、よく東京の白石家には遊びに行ってました。白石のおばさんが病気療養でこっちに戻ってきて、すぐに亡くなられて。……おじさん、白石雄吾さんが再婚されてからですかね。決定的におじさんと深雪の仲がおかしくなったのは」

「その辺りは俺にも結構サバサバと深雪自身が家庭の事情、話してくれてたしなぁ。金持ちの家ってのは貧乏人には判らん苦労もあるんだろうけど」

車庫から戻ってきた全員で博人の部屋に車座になると、茂は白石家についての情報を求めた。

複雑な家庭環境の他人のお家《うち》の状況を根掘り葉掘り聞くのはあまりいい気分はしないが、今回ばかりは仕方あるまい、と無理矢理に納得させる。まあ、深雪自身が結構あけすけに自分のことを話してくれていた分、大きな驚きがある情報はなかったが。

それでも茂は少しばかり、深雪に負い目を感じてしまう。

「戻ってきた瞬間、ほぼノータイムで三十人くらいに囲まれまして、混乱していたんですけどその中に白石の家の、なんて言えばいいか……。執事頭というか護衛のトップといいますか。そういった立場の門倉さんって人がいまして。まあ、僕が覚えてるくらいなので当然深雪もすぐ気付いて」

「……完璧、待ち構えてたってことだよな。それって」

テーブルの上に置かれたウーロン茶。

若干温《ぬる》くはなったが、それをとくとくとカップに注《そそ》ぎ、ぐいと飲む。

「……では『軍師』、説明を」

「わっかりましたー！　……って無茶言わないでよ！　これだけで説明ができるわけないでしょうっての⁉」

「まあ、なぁ」

急に博人に振られた由美がおどけて見せる。

当然このような状況で一体全体どうしろってのよ、という話ではあるがそれでも伊達《だて》に「軍師」を名乗っていたわけではない。

なんとかかんとか理屈をひねり出してくる。

「絶対にない、と断言できるのは偶然あの場所に彼らがいた、ってパターン。私と博人は違うけど、どうも隼翔君と里奈ちゃんと深雪さんの家からは火曜日のうちに警察に連絡が行ってたみたい。だから、まあ白石の家が人を集めて探してた、って可能性はないわけじゃない。そのままだったら、ね？」

「そのままだったら？」

「多分警察へ連絡したのは水曜日だろうけど、それが白石家から木曜の夕方には取り下げられてるんだよねー。そんで、但馬家、堀田家両方に〝心配する必要はない〟って白石家から連絡があったこともわかってまーす」

由美の説明に茂が隼翔に向き直る。

隼翔が茂をしっかりと見つめながら頷く。

「ちょうど、『光速の騎士』が大々的に報道されたタイミングのようですね。最初の不鮮明な画像ではなく、しっかりとしたシルエットの映像が各局に流れたころに、です」

「……なるほど」

茂が頷くのを見て由美が続ける。

「そんで考え付くのは二パターン。……まあほかにもあるかもだけど、大きな範疇で考えればこの亜流に落ち着くだろうし。ただしどっちにしてもトンデモ意見と推測の域を出ないことは間違いないんでそこは理解してくださいね？」

「わかった、無理を言ってるのは確かだから」

「……一つ目は深雪さんの動向をモニタ出来る術《すべ》を持っていた。若しくは、向こうの世界の情報を手に入れる術を持っている。二つ目は召喚という行為に対して、何らかのデータがあるという場合」

「一つ目はどういう意味？」

「……ちょっと前ですけど元カノのスマホに位置追尾が可能なアプリ仕込んでた奴が逮捕された、ってのあったでしょ？」

茂は少し思い出す。

ちょっと前、といえどもカレンダー通りのちょっとではなく、実時間でいえば三年プラスちょっと前である。

「……あったな、そういえば。恋人同士が勝手に入れたとか、奥さんのに入れてみた、とかで話題になってたよな。子供の位置確認とか、認知症の人が家族の知らないうちに外出してしまったりとかにも対応できる、とか利点も出てたけど」

「アレみたいなのが深雪さんに仕込まれてた場合、助けには行けなくてもどこにいるかは確認できます。世界と世界の壁を超える様なチョーゼツ技術が開発されてれば、ですけど」

「本当にトンデモをぶち込んできたな、それ。なかなかトンデモが過ぎるけど」

「私としてもほぼほぼないとは思ってます。そんな技術があれば、スマホの圏外なんてとっくにこの世からなくなってますし。第一向こうに基地局なんてものもありません。確率五パーセントってとこですか」

「五パーセントはあるんかい」

「白石総合物産って日本だと総合商社のイメージですけど、海外じゃ超巨大コングロマリットって印象が強いとこみたいですよ。思いもよらないチョーゼツ技術の入手があり得ないと断言できません」

由美はそう言うとテーブルの上のちょっとだけ残っていたポテチを一気に浚《さら》うと、ぱりぱりと噛《か》み砕《くだ》く。

いつの間にかテーブルの上のスナック類は誰かが摘まんでほとんどなくなっている。

「そして、もう一個のこっちが本命。白石家が召喚陣、又はそれに類する手段のデータを持っているという可能性」

「データって、向こうで言う観測用の魔術道具みたいなものの事か？」

「そういう事ですけど、ちょっと違いますかね。気圧変動とか、大気の成分変化とか、あとは周辺の家電とかの変調なんかのちょっとした変化を関連性があるデータとして連結し、分析する。普通に使っている個々のデータを統合処理できるなら、予測の精度は上がると思いますし。それであれば、不可能ではないかなと。さすがに世界と世界の間を通る通路を開けるなら周りになにも影響がないっていうのは考えにくい、とは思います。科学技術で総合力を上げて分析してって感じですかね」

一理ある。

だが、それでも確信できるほどではない。

「当然、私が昨日から今日までに思い付いた範囲のパターンですけど、説明できるのは深雪さんのお父さんだけです。嘘吐かれるとそこで詰みですしね。でも、思い付いたのでいくと、これが一番可能性高いかなぁと思いますよ。それに……」

「それに？」

言葉を切った由美を見つめる一同。

彼女が見つめる先のテレビには消音設定の「光速の騎士」が映し出されていた。

「茂さん、つまり『光速の騎士』が現れてからのタイミングがそれに重なるのが引っかかります。白石家が動き始めたのは『騎士』の出現が広く知られるようになってから。しかも、『超人』っぽいレベルの存在だと確認されてから」

「……続けてくれ」

茂に促《うなが》されるが、一度由美が自分のカップに手を伸ばす。

少しだけ残るウーロン茶を飲みこむと茂、いや、その場の皆を見回してこう言いだした。

「私たちの召喚は時間が経ちすぎていて結果としては〝失敗〟だった。それは確かだと思います。でも、そうならあの遺跡の造りはおかしいんですよ。〝失敗したから〟放棄されてしまったのは事実でしょうが、召喚が出来るかどうかを確認しないまま陣を作って、遺跡を造って一発勝負の儀式やらの実証に挑んだということになります」

「？　話がずれてきていないか？」

博人がいきなり飛んだ話を始めた由美に問う。

しかし、由美は首を振る。

「皆にも聞きたいんですけど、そんな大事な大事な本番前にリハーサルってしないものですか？　異世界の大国がぶつかり合う大戦の真っただ中、死霊術を使うバカも、戦地の少年少女の奴隷を盾にしたクソもいたっていうその時代に。倫理観なんてぶっ飛んでいるそんな環境で」

由美が息を吸う。

「地球から『勇者』とかを呼ぶのも有効でしょうけど。それよりも、戦争するんなら茂さんみたいな『兵士』を大量に呼び込んで使い潰す方が断然コスパが良いですよ。何せ元値はタダ。無から有を生む打ち出の小づち。魔力は必要としますけど、戦争するならまずは質より量です。これ以上ないブラック全開のクソッタレ強制ハローワークですよ、あの召喚陣っていうのは」

「そうか、そういう事か。ようやく言いたいことが分かったよ」

隼翔は理解して深く頷く。同じく博人もだ。

由美は向こうで召喚陣の解析の担当で、その仕様の意図についての考察は重ねてきている。ある程度の確信を持って話しているところもある。

未《ま》だピンと来ていないが、茂は何となくクソッタレな結論が目の前に迫ってくるのを感じていた。

「嫌な話ですけど、あの召喚陣は最後の最後に失敗しただけで、実は最低限の目的は果たしていたんではないかと。最初に試しにやってみたら『兵士』を呼び込むことが出来て、〝使える事〟が分かった。そして『使い潰した』ものを、要《い》らないゴミとしてゴミ箱に放り込むようにして帰すことも〝試してみて〟成功した。だからいざというときには陣を守れるような立派な建物を作ってみたのではないか。そういう事だったんじゃないか、と」

「……ようやく分かった、頭鈍いな。俺」

かちりと歯車がかみ合った気がする。

「召喚陣の責任者が資料とともに中央から左遷されたって話ですけど、本当は違うんじゃないかと。資料まで一切合財《いっさいがっさい》処分したってのはそういった事実を隠したかったからじゃないのかな？　結局人間は最後は綺麗で美しくありたい。でも汚くて悲しいことを飲み込まないと生きていけない生き物ですよ」

由美は自らの仮説を述べる。

「白石家は私達の前に異世界へと召喚され帰還した人物を知っている。白石家一族かその関係者にそういう類いの人物がいるということかもしれませんが。『光速の騎士』の装束《しょうぞく》、一般兵士の装備のデザインは昔から然程《さほど》変わっていないそうです。テレビで流れた『光速の騎士』の鎧《よろい》やら兜やらと大戦時の装備品との間にデザイン的な共通点があるんじゃないですかね？　その大戦ってのもかなり古い時代の話ですけど、私達は三年をわずか数日に圧縮されています。場合によってはその時使い潰された帰還者《センパイ》が生存している可能性すら考えられます」

「怖いな、それって」

はぁ、と一気に話した由美が最後に告げる。

「ですが、私の考える確度の高い仮説です。何を目的に深雪さんがさらわれたのかわかりませんが、茂さんの『光速の騎士』の手助けなしで東京へ向かう。考える限り最悪の選択肢でしょう。私はそれだけは避けた方がいいと思いますよ？」

＊＊＊

「……あれ？　あの子、なんでここにいるわけ？」

そんな「勇者ご一行」との会話を思い出しながら、昼を食べたことで若干午睡《ごすい》モードに近い状態になりつつある茂は、周りを見回してなぜか見たことのある人物を見つけた。

肩で風を切って歩くようにしているが、少々背丈《せたけ》が足りないため、どこか子供が背伸びをしているようにも見える。

少しばかり擦れたりしたせいでダメージ感のある仕上がりになっている革ジャンは、そういう仕上げをしたわけではなく、多分昨日の件でそうなっただけだろう。

試験場の門の前で、きょろきょろと周囲を見回し、警備所を越えて中に入っていく車や従業員を、穴が開くのではないかと思うくらいに凝視している。

ハードワックスでびしっと固めた頭は少しばかり威圧感を周りに与えている。

隣に置かれたバイクもその威圧感をブーストさせることに一役買っていた。

彼は昨日、公衆トイレで酷《ひど》くボコボコにされていた少年であり、その革ジャンに見覚えがあった。

「入院とかしてねーのかよ？　結構盛大に血が出てたように見えたんだけど」

茂は最後に残ったペットボトルの緑茶を飲み干すと、おにぎりのゴミと一緒に一纏《ひとまと》めにして自転車の籠に放り込む。

帰りにどこかゴミ箱でも見つけて捨てていければラッキーだ。

取りあえずではあるが、今日の所は様子見ということで帰宅することにする。

自転車に跨《またが》るとペダルに足を掛けて、ゆっくりと漕ぎ出すと、ちょうど帰り道がその少年の前を通り過ぎるコースのため、自然と少年の顔が茂へと向けられる。

ただ、少年は茂以外にもジョギングする女性や、犬の散歩に来た老婦人などにも周りをうろうろとしながら、ほぼガンつけに近い凝視を繰り返しており、不審者感は半端ではなかった。

（こっわ、何。この子。変な子だからああいう薬の売人と関わるのかなぁ。関わらない様にしてそっと帰ろう……）

目をふせて、少年と視線を合わせないようにチャリを漕いで行く。

無論、それは茂だけではなく少年の前を通る人全員であるが。

絡《から》まれたり、カツアゲに遭うこともなくその場から茂は離れることができた。

内心ほっとしながら茂は思う。

東京って変な人が多いんだなぁと。

「うん、帰ろう。今日のトコはこのまま帰ろう。今から帰れば、スーパーのタイムセールに間に合うはずだし」

事前に猛から聞いた近くのスーパーの特売時間もある。

さほど急ぐ必要はないが、ゆるゆると帰るにはいい時間ではないだろうか。

取りあえず、明日合流すると連絡のあった「軍師」「魔王」と計画を練るためにも、今日の所は下見だけということで帰路へと就くのであった。

そんな茂は顔を伏せていて気づかなかった。

昨日助けた少年の腕組みした手を見ることがなかったから。

その手には皺《しわ》くちゃになったA４のコピー用紙が握りしめられていたことに。

＊＊＊

「ええ!!　教授、『突破』来ないんですか!?」

朝から始まったゼミ生全員による「光速の騎士」のデータの洗い出しと整理がいち段落ついたところで、早苗《サナエ》は今日の打ち上げに参加できない事を詫《わ》びた。

先程の驚きの声はそれを聞いた学生のものである。

大学のゼミ生が集まった早苗の研究室。

少し人が集まりすぎて手狭な印象すら受ける。

「スマンな。野暮《やぼ》用、というには少しばかり込み入っている用事が入ってな。私が行かない事には作業が進まないのだよ」

「え、でも教授。宿泊先『光速の騎士』の出たホテル・スカイスクレイパーだって話ですよね。お疲れさんの労務手当ってわけじゃないですけどどっかから休め、とか言われたりしないんですか？」

早苗はふふっと笑うとそれに答える。

「私の宿泊階は事件現場のもっと下だよ。『騎士』が出たのは最上層のスイートクラスのフロアだったからな。せっかくの研究対象が目の前にいるのに会えなかった。惜しいことをしたもんだ」

大学職員のＩＤでセミスイートの部屋を取ってあったが、学生向けには早苗の泊まった場所は機密保持関係でホテルの一般フロアと説明することになったのだ。

流石に警察沙汰《ざた》になった経緯を彼らに話すと情報の管理が複雑になるためだ。

そのため、あの時のフィールドワーク参加者全員、早苗が「光速の騎士」や「骸骨武者」に直接接触したことは知らない。

「教授も大変ですねぇ。でも『突破』の予約、長めに時間取ってあるんですけど。後で合流とかできないんですか？」

「難しいな……。恐らく深夜までかかりそうだからな。少しばかり億劫《おっくう》な仕事でギョーザの誘惑に負けそうだ。ただ、言いだしっぺは私だしな。後で領収書を渡してくれ。向こうの協力者に請求して精算する。多少は高い物も頼んでいいぞ」

ゼミ生全員から、うわぁと歓声が上がる。

皆で飲み食いしかもタダ。

いやがうえにも盛り上がる。

「一応、節度を持って飲めよ？　目玉が飛び出る値段の物が『突破』にあるとも思えんが。後で管理不行き届きで始末書など御免だからな！」

はーい、と返事がする。

「うわ、それなら兄貴も呼べばよかったかも。タダメシ食えるなら来たかもしれないし」

「あ、おにーさん予定通り約束してた人に会いに行ったんだ？」

「ああ、俺のチャリ乗って出かけてった。ちょっとお金渡してスーパーで買い出しも頼んであるから、多分もう家にいると思うけど」

猛とマツがかるくじゃれながら自分のカバンを片付け始めた。

飲みに行くのであればいい席で飲みたい。

店までは大学を出て徒歩五分。

腹も喉も、ギョーザとビールを欲していた。

「……杉山。お兄さん、茂さんが来ているのか？」

「あ、そうなんですー。ちょうど人に会う用事が出来た、って話で。今、家《うち》に居候してるんですけど」

「俺とおにーさんと猛で車借りて、三人で帰ってきたんですよ。いや、やっぱ男三人でもワイワイやりながら帰る方がたのしかったっすわ！」

「あ、昼飯もマジウマだったしな！　流石ぽっちゃり伊藤《イトウ》。レベルじゃなくて格が違うね、格が」

ほぉ、と早苗の瞳が細められていく。

にやにやという笑みでなく、猛獣が肉の塊に食らいつこうかという瞬間にも似た強い笑みを浮かべて。

「えー！　ぽっちゃり伊藤の推薦メニューって、なになに！　どこの店？」

ぐいとその二人に間に入ってきたのは以前、絶品スパゲティ屋「ヤミ・ヤミィ」で茂と共に飯を食べた梅戸という女子であった。

明るく活発であり、ゼミではムードメーカー的な存在となっている。

「ウメよ……。残念ながら、そこはＳＡ。まず飯を食いに行くなら運転免許を取れ。いい加減仮免の期限切れるんじゃねーの？」

「う……。こ、今回こそは受かるから！　三度目の正直って昔の人も言ってるしさ！」

「二度あることは……、ってことも昔の人が言ってるけどな」

意気込んで宣言するウメの言葉を猛がスポイルしてきた。

仮免まではたどり着けたが、路上講習に難があるらしく落とされているのだ。

「ぐぅ……」

「まあ、受かったらゼミの皆で飲みに行こう！　お前の分くらいはマツと俺で出してやるから！」

「スギ！　何で俺がウメの飲み代出すことに⁉」

唐突の負担発表におののくマツ。

「だってお前、今回の『突破』の予約忘れてたろ？　ウメが念の為予約確認して気付かなかったら今日、全員で路頭に迷うとこだぞ。俺もギョーザ食える機会失うとこだったし」

「く、そ、それは……」

「うふふふ。マツ、ゴチですー」

ガクリとうなだれるマツを尻目にウメがおほほほと、お嬢様的な笑い方で煽《あお》っている。

その光景を見てゼミ生がまたか、と笑いだす。

穏やかな学生のゼミ活動の一幕であった。

「……杉山、松下、昨日お前らの家の近くで事件があったよな？」

「ん？　ああ、なんかヤクの売人が捕まったらしいですね。捕まった公園、近くの道はよく通るんで怖かったすわー」

猛が肩を抱えてぶるりとしてみせる。

それを見てマツも続けた。

「俺のトコもスギの家に近いんですけど、見たことある公園が事件現場ってなるとやっぱ緊張しますよね」

「……教授、ゼミ生の家の場所知ってるんですか？」

「いや、昔お前ら二人が酒に酔って話してるのを聞いたことがあったからな。……終電終わりでどうやって家に帰るか、とべろべろで騒いでいたときだ」

ゼミ生の一人が早苗に尋ねると、そう答えが返ってくる。

どの飲み会かはわからないが、確かにこの二人はよくべろべろになっている印象がある。

だからそういった光景を早苗が見ていたのだろうと思った。

「茂さんはお前の家近くがそんなところだと思わなかっただろうに」

「うーん。兄貴ですか？　そういえば、一緒にニュース見てましたけどあんまり何も言わなかったですけど。ふつーに朝飯食ってましたし。昨日は事件のあったくらいの時刻にあの辺り歩いてたはずなんですよね。いや、巻き込まれなくてよかったですよ」

「そうだな。〝巻き込まれなくて〟幸いだな」

ふふっと笑う早苗。

今のどこに笑う要素があっただろうかとマツと猛が？を頭に浮かべる。

「いや、何でもない。茂さんが東京に来ているなら礼をしなくてはと思ってな」

「礼ですか？　兄貴、教授に何かしましたっけ？」

「今お前たちが話していたぽっちゃり伊藤の店を教えてもらっただろ？　その分の飯でも一緒にどうかと思ってな。借りを返さないといけないしな」

「おお、そうかぁ。でも東京の良い店って高いですよね？　兄貴、今知り合いから旅費借りてヒーコラ言ってるような状況だし、あんまり嬉しくないかも……」

「……茂さん、大変そうだな」

「失くした財布もスマホも結局見つかんなかったみたいで。バイト代の振り込みがあっても借りた旅費で全部吹っ飛ぶとか言ってましたし。うちの親からの仕送りも、学校は卒業したからって兄貴はもらってないですしね」

「え、仕送りいらないって言ったの？　おにーさん。スゲーな、俺だったらプータローでも絶対金くれって言うけどなぁ」

マツが驚くが、まあそういうものだろう。

大学まで学費と下宿代を出してもらって、実質今はフリーターなのだ。

弟がまだ東京で在学中であり、金がかかる以上、家計を考えると茂への割り振りは削らざるを得ない。

アルバイトのシフトをキチキチに入れている茂だが、そういう生活をしているフリーターやアルバイターは多いのではなかろうか。

「就職浪人なんて、心苦しかったみたいだしねー。まあ、森のカマドの就職が内々だけど出来そうだって話だし。将来的には茶店の店長、ぽっちゃり伊藤みたいなのを目指すんだろうなー」

「あー、なんかしっくりくるかも。ああいう客商売に向いてそうな印象あるわ。おにーさんって」

ウメが一度会った茂の印象を思い出す。

森のカマドでの働きぶりには、特に強い印象があるわけではないが、ポイントポイントで気が付くし、テーブル周りをよく回っていた。

ああいうバイトリーダーとか、スタッフの配置を考えたりは得意そうだ。

「任せられた仕事を一生懸命に、がモットーだって。兄貴が言うにはこれで人生生きてける仕事があるのは最高だってさ」

「ふーん。そういうもんかね？」

「……茂さんが、そういう普通の仕事を、ねぇ？」

そういう茂の思う未来の展望を聞いた早苗がくすりと笑う。

杉山茂が、普通の仕事を、だそうだ。

「？　どうしたんです、教授？」

「いや、何でもない。……茂さんへの礼はまた何か別の物を考えるとしよう。帰ったらよろしく伝えてくれ」

「あ、はい。じゃあ、失礼しまーす」

火嶋ゼミから早苗以外が出て行った。

唯一残った早苗が、そっと胸に手をやる。

チクチクとした痛みがまだ残るそこはすでにかさぶたになっているが、痕は残らないだろうと診断されている。

「さて、何をしようとしているのかな？　あの人は？」

＊＊＊

金持ちは大きく分けて三つに分類できると思う。

まず一つ目は、自身の才能や運、コネ、環境などを最大限利用して金を稼ぎ、金持ちになったというグループ。

良い言い方をすれば、成功者。悪い言い方なら成り上がり、だろうか。

当然本人が自らの力で稼いだものであり、真っ当に働いて得たのであれば、これに恥じるべきことなどないはずだ。

二つ目は、生まれ落ちた家が金持ちだったという部類。

良い言い方をすれば名家、歴史ある家の生まれ、ノブレスオブなんちゃらを体現するような家系。これの悪い言い方であれば、苦労知らずのボンボン、親の七光りがあてはまるだろうか。

生まれ落ちる家を自分で選べない以上、これにも恥じるべきことはないはずだ。

勿論《もちろん》その家が法を順守する限りであるが。


そして三つ目。

良い言い方、悪い言い方。そんなものはない。

それはただ一言で済む。


金を持った「悪人」だ。

＊＊＊

夜、もうすぐ翌日になろうかという時間帯にも拘《かかわ》らず、必死に作業をしている男たちがいる。

ヘルメットをかぶる筋骨隆々《きんこつりゅうりゅう》の男たちが、肩に担《かつ》いだ鉄の棒を一生懸命に運んでいた。

「よーし。ここ、固定してー!!」

「ういーっす」

ギシギシとスパナやら番線やらを使い地面に置かれた足場が固定されていく。

今は全体の七割といったところであるが、これを明日の昼までに九割九分まで完成に持っていかねばならない。

昨日の昼から必死に組み立てを行っているが、未だ完成に至らず、ローテーションで休息を取りながらこの会場設営の完了を目指していた。

「よし、確認して!」

「うす! 固定具確認、緩みもない。大丈夫です!!」

「じゃあ、次、運ぶぞ」

ダブルチェックをして、次の部材をはめ込みにかかる。

イベント用の大道具関係が多く、運び込んだ素材やモニタなどの配線に音が出るかどうかの確認と同時進行で進んでいるようなものも数多い。

大道具などを設置するニッカボッカ姿の男たちの横で、高級そうなスーツにヘルメットをかぶる若い女性にアロハを着た男や、この会場の責任者と思《おぼ》しき男も現れている。

「……すごい作業ですね。少しですが別のフロアにまで音が漏れています。もう少し騒音を低くすることはできませんか?」

「なるべく配慮していると思っています。もしかして、苦情が出てますか?」

この会場の責任者、いや会場のある船の責任者である船長が、ヘルメットをした隣のイベントスタッフに話しかけていた。

汗を拭《ふ》き拭き答える彼は、今回この豪華客船レジェンド・オブ・クレオパトラの船内で行われるファッション関連イベントの総責任者であった。

当初の予定では、入港は五日前だったのだが、昨今の異常気象の影響なのか季節外れの荒天の余波を受け、若干遅れてしまったのだ。

結果三日前に入港したレジェンド・オブ・クレオパトラに器材類を一斉に運び込み、準備可能な日程ギリギリで完成させることとなった。

大慌てで関係各所に発破をかけてようやく明日の夜に行われるイベントがどうにか開催可能であろうというところまで来ている。

「いえいえ。船内の防音は厳重にしております。音漏れというのもほんのわずか。ただ、それでも快適な滞在を用意するのに手を惜しまないのが船長の役目ですので」

「夜間に音を出しているのは申し訳ないと思っています。こういう超豪華客船でのイベント、ファッション関連の大物もいらっしゃるとのことでウチの会社も社運を賭けて取り組んでいますから」

「わかっています。私ども『白石・グランド・ホワイト海運』も協力を惜しまないようにトップから言われていますので。グループ本社のＣＥＯにもお越し頂きますからね。他にも船内のスイートフロアのお客様方も楽しみにされているようで」

「……責任重大ですね。万が一にも失敗などしない様に、もう一度確認をしてきます」

そういうと、軽く頭を下げてイベント監督がスマホ片手に駆け出していく。

その様子を見ながら船長は一人ごちる。

「……準備を始めますか」

こつこつと床を革の高級靴で鳴らしながら、レジェンド・オブ・クレオパトラの船長は会場を後にしたのだった。

＊＊＊

「搬入完了の目途は？」

「現時点ではまだ完了していません。最短で明日の朝一番という状況です」

「そうか……」

暗闇の中、吐息が漏れる。

うっすらと香るそれはアルコールの匂い。

さらにワインの果実臭がうっすらと室内に漂う。

「ままならない、ということだ。この国では」

「はい。可能な限り急がせていますが、如何せん入港の遅れが痛かった。あと一日、いえ半日早ければもう少し余裕のある〝取引〟だったのですが……」

「いくつかリストに線が引かれているが。……足りるのか？」

カーテンが閉められた窓は外の光を持ち込まない。

夜だというのに電気もつけず話し込む二人の人物。

一人は男、もう一人は女。

男は年を重ねた貫禄《かんろく》を放ち、女は若くはないが老いてもいないながら、その男に傅《かしず》くような口調である。

「ルートがいくつか使えなくなりますので、十分とは言えません。ただ、最低限目的を達成する程度には」

「個人で持ち込みが可能ならば、それも考慮に入れるべきだな。あとは数を捻出するように再策定を。無論、練り直されたプランは出来るだけ早く見せて欲しい」

「承知しました。搬入に際して、急がせるためにも、交渉用のカードを切ってもよろしいですか？」

ぱたんと何かが閉じられた音。

恐らくはファイルの類いを〝暗闇の中で〟確認した彼。

その時、月が雲の間から現れる。

「……まあ、彼と彼の家族には運が悪かったと思ってもらおうか。もし従わないと言うなら。……わかっているな？」

「はい。今回は彼らがババを引いた。それだけのことです」

一瞬だけ強く月が輝くと、遮光ではないカーテン越しに部屋がぼんやりと浮かび上がる。

テーブルに載せられたファイルを、月の光すら厭《いと》うように避ける女性が引き取ると、ゆっくりと礼をして、部屋から辞去した。

「全く……楽しい船旅で終わるはずだったのだがな。『女禍黄土《ジョカオウド》』め。面倒なことにならねばいい

むのだった。


が……」

テーブルの上に置かれているグラスに手酌でワインを注ぐと、男はぐいっとそれを喉へと流し込むのだった。

＊＊＊

「へー。すっごいな、超豪華客船じゃん。一生に一回でもいいから、ああいうのに乗って地中海クルーズとかしてみたいなー」

スーパーで買ってきた特売の税込み七十八円、一家族さま三個までのカップ麺と、茶碗《ちゃわん》一杯のご飯に、総菜コーナーで買ってきたパック入りのホウレン草とベーコンの炒《いた》め物《もの》を食卓に載せながら、茂が叶《かな》わない妄想を垂《た》れ流《なが》す。

うらやましいことに宿泊者には美味《おい》しそうなローストビーフやら高級寿司《すし》やらフレンチの巨匠の三ツ星店の料理やらが、提供されるとのことだ。

宿泊費に含まれるサービス料で賄《まかな》われるそうだが、そのサービスを享受するためには目玉の飛び出る金額が必要だと、テロップでデカデカと表示されて茂はげんなりした。

しかももっとも安い料金プランで、である。

ああいう豪快な金の使い方は理解に苦しむ。

テレビのニュース番組で流れているそのレジェンド・オブ・クレオパトラを所有する「白石・グランド・ホワイト海運」の全面協力の元、明日の夜に船内でとある有名ファッションブランドのパーティーが行われるのだそうである。

そのオープニングアクトとして、知名度のあるミュージシャンたちによるコンサートが開催されるとの内容であった。

予定されている演者の中にはパピプのアイドルグループのトップチームが出演するとのことだった。

件の「光速の騎士」により一時延期されているプリンセス・オブ・プリンセスの発表があるのかどうか、あのイベント中断よりトップ５揃《そろ》っての声明発表が未だされておらず、あれ以降初めて一堂に会すこの機会に芸能関係者の注目が集まっているようである。

ちなみに、ネット局がこの内容を独占で生配信する予定らしく、その加入者が増えていると、ネットのニュースサイトでは盛り上がっていた。

「でもなぁ、超高級ローストビーフ食うってのもうらやましいけど、俺的にはカップ麺にネギ刻んで入れることが出来るか出来ないかの方が現実的なんだよな……」

ずずっとすする麺には刻んだばかりの長ネギが入っている。

カップ麺をそのままで食べるのも良いが、チョットだけ豪華にして食べるのもまた良い。

刻みネギをドカンと突っ込んで、テーブルコショウをばさばさと振りかけると、それだけで豪華な食事になった気分がするのだ。

ただし、気分がするだけなのは悲しいほど事実なのだが。

ちなみにもう少し頑張るとこれにモヤシの油炒《あぶらいた》めが加わる。

「ごちそうさまでした。もう少ししたら、シャワー入って寝るかなぁ」

がつがつ、ずるずると簡単に夕飯を平らげ、シンクに洗い物を放り込む。そして、明日の朝にゴミ捨て場に持っていく物を玄関に移動させる。

大きなゴミ袋に三袋の陣容で、どれだけ溜めこんだのかと弟を詰問したくなるような量である。

「明日は目覚ましかけておくから、起きてすぐにゴミ出しをして。……さすがに往復五十キロ。遠かったし、疲れたー」

行きは良かったが、帰りは若干疲れてしまった。

しかもチャリが五十キロの行程に耐えられず、帰り着いた頃には空気が抜けかけている始末。猛の家にたどり着いてしゅこしゅこと空気入れでタイヤをパンパンになるまで補充すると、もうぐったりだった。

それは夕食もカップ麺になろうというものだ。

玄関へゴミ出しの準備が終わり、テレビの前に座り込んだ茂がケータイを開くと、メールが届いていた。

読んでみると結局里奈には連絡が付かず、隼翔は父親を説得中で、博人と由美が来ることまでが確定。

ただし、隼翔は来る気満々だそうだ。

東京到着のタイミングでまた連絡するとのことである。

しかも少しばかり〝お土産〟もあるそうだ。

そのもったいぶった文面に、〝食い物?〟と送ったところ、〝内緒〟とのことで詳しくは判らないのであるが。

「……なんだよ、思わせぶりじゃんか隼翔？　どうする気なんだろ？」

どうも彼の崩れた心は茂の前で晒《さら》した醜態以降、立ち直った様子である。

というか、まず立ち直ってから来い、とも茂は思うのだが。

どうも、この前までの「勇者」と、今の隼翔とのイメージにずれが垣間見《かいまみ》えてしまう。

「まあ、合流まではゆっくりしようかね。面白いバラエティとかやってないかなー？」

勝手知ったる弟の部屋。

適当な漫画雑誌を手に、リモコンでザッピングしながらぐでっと茂は寝転がるのだった。

＊＊＊

「君ねぇ。いい加減に家に帰った方がいいと思うよ？」

「何だよ、何か俺がアンタらに迷惑かけたってのか？」

盛大に唾を飛ばしながら、少年が目の前の男に叫ぶ。

暗闇の中に立っているのは三名の男で、積極的に話しているのは二人だった。

片方は、懐中電灯を持った警備服姿の中年男で、そのすぐ後ろにはもう少し年の若い同じく警備服姿の男が困ったような表情で立っている。

そしてもう一人はもう深夜だというのに外を出歩いている少年で、バイクにもたれかかるようにして警備服の男に苛立ちをぶつけている。

「昼の警備からも申し送りを受けているんだよ。君、朝からずっとここにいるよね？　何がしたいんだい？　従業員の人からも君に睨《にら》み付けられて怖いって苦情が来ているんだよ」

「……別に、睨み付けてるってつもりはない。喧嘩売ろうってわけじゃないし。公園で突っ立ってるのが悪いっていうのか？　ここはアンタらの職場の〝外〟だぜ？　そんな権利ありゃしないと思うけど？」

「そうかもしれないが、君の態度は目に余るよ？　ずっと門を見て一日中立ってるなんて普通変だと思うだろう？　あくまで忠告だけど、もし明日も理由も言わずにここにいるのであれば警察に通報することも考えないといけない。常識的に考えてくれ、我々はそういう対応を取らざるを得ないんだ」

「……人を探してるんだよ。恩人なんだ」

不承不承でようやく出た一言。

なにか理由があるとは思ったが、そういう事情だとは。

「……会社に問い合わせたりしたわけじゃないんだよね？」

「顔、知らねぇし。どうすりゃいいかわかんねぇし。とりあえずココに来るんじゃねえかと思ったからさ」

「それは、どうにも出来ないんじゃないかい？　どんな顔の人かもわからないんじゃあさ」

「……いや、顔はわかってるんだ。でも、これなんだけど？」

ずいと出されたスマホには、どこかのサイトから取ってきた画像がそのまま貼り付けられていた。

真正面から写されたその画像は、確かに顔が写っていた。

「君ぃ、これ、本当に？」

「たぶんだけど」

怪訝そうな警備の男に示された画面には、「光速の騎士」のアップが映し出されていた。

「ふむ……だがな？　もう遅い時間だぞ。今日のところは帰りなさい」

「……わかったよ。わりいな、おっさんたち」

バイクのキーを革ジャンから取り出し、エンジンをかける少年。

警備の者たちは自分の所属する職場のゲートへと戻っていった。

そのときには、轟音《ごうおん》を立ててバイクが走り去って行くのが見えた。

この深夜にそんな音を立てるのは近所迷惑だが、周りは試験場と公園だけ。

「はた迷惑なボーズだな」

「まったく、その通り」

警備所で待っていたもう一人が、トクトクとカップにコーヒーを注いでいる。

差し出されたカップを受け取ると、苦笑いを浮かべる。

「で、何だって？」

「……気にする必要はないさ」

「俺もそう思います。むしろ関わると逆に面倒なことになるかもしれないですし。最悪突っかかってきたら、ソッコーで警察に通報ってことにすればいいんじゃないですか？」

コーヒーを受け取った、今まで少年と話していた中年の警備の男が、一緒に後ろで様子を見ていた若い警備の男と笑いあう。

言葉にせず、二人で同時に口をその形に形作っていた。

〝イカレてる〟と。

＊＊＊

「あ、いたいた。おーい！」

一夜明けてチャリで再び二十五キロの道のりを疾走して、「白石コーポレーション精密機械、IT技術開発拠点・試作機試験場」へと移動。

その併設された公園までたどり着くと、約束していた二人がすでに待っていた。

「あ、茂さーん！」

ぶんぶんと小さな体で跳び上がりながら体全体で自身を主張する女の子と、遠目からでも、それを恥ずかしそうに抑えようとする男の姿が目に入る。

「由美、恥ずかしい。物凄《ものすご》く恥ずかしいから。ちょっと落ち着け」

「えー！　何、博人自分だけその落ち着いた感じー？」

頭を抱える「魔王」と姦《かしま》しい「軍師」がそこに居た。

博人の横にはバイクが停められており、由美はヘルメットを持ってそれを鈍器代わりに博人を軽くどついている。

「待たせたか？　流石にすぐここまで来られるとこに居候先がないからさ」

「俺たちも着いたのは一時間くらい前で、ちょっとコーヒー飲んでましたし。さすがにバイクで来るってなると東京って遠いっすね」

「博人、一回変なとこで道間違えたんですよ。そんで遅くなったんですけどー」

にやにやと由美が博人の腹をつんつんと突《つつ》く。

「……俺、都会嫌いです」

「……偶然だな。俺も嫌いだわ」

「私は結構いろんなものがあるから好きですよ？」

二対一になってはいるが、疲れた風情の男どもはため息をつく。

「ごみごみしてて忙《せわ》しないからなー。ゆっくり生きていきたい、俺」

あとこっちに来て早々トラブルに巻き込まれたし。どうなってるんだ、東京。

「俺もですかね。何か必要ならネットで買えばいいじゃんって思うタイプですんで」

「えー！　何で茂さんも博人もジジクサいこと言ってるんですか！　外出ましょうよ！」

そんなことを話していると、ふと茂が思い出す。

彼らがここに来るときの〝お土産〟である。

「そういやメールで連絡のあった土産って？　特に何か持ってるって様子もなさそうだけど？」

「あ、やっぱ気になりますよね」

「ふふふふっ！　ここで問題です！　さて、お土産の正体とは、なんでしょーかっ⁉」

拳を握り、マイクを向けるようにしてずいと茂の前に差し出された由美の手を、そっと手で包み込み、下へと追いやる。

「博人、土産って何？」

「ずっる⁉　ずるい、ずるくないですか！　答えいきなり聞きます、フッー⁉」

「朝からメンドクサイんだよ。お前、テンション高すぎ」

「ははは、容赦ないですね。茂さん」

遺憾《いかん》を表明する由美を追いやり、博人に話を振る。

なんと言うかこの朝早くからこの由美のたがの外れた高いテンション。

正直、ウザい。

「〝深雪さんに会える道筋を作れるか、もしかすると直《じか》で本人に会えるかもしれない〟チケットって感じですかね。これなんですけど」

「何だそれ？」

差し出されたそれを受け取ると、目の前に持ってくる。

「乗船チケット？　レジェンド・オブ・クレオパトラ？　なんか日本に寄港してるってあの超豪華客船の？」

「そういうことです。どうもこの船内のファッションショーっていうのか、いろんな歌手のコンサートっていうのか、お金持ちの皆さんの世界一周の無聊《ぶりょう》を慰《なぐさ》めるイベントってのが混じりあった不思議なものになってますけど」

「船主が白石関連の海運会社なんですよ。この大騒ぎイベントの共催にも名前がありまして。深雪さんのおとーさん、昨日までどうも海外で仕事してたみたいですけど、今夜はこのイベントに出るそうです」

茂は、はあ、と言ってチケットをぴらぴらと振る。

裏面を見て、紙質を確かめる。

「あの、茂さん。それ本物です。偽物じゃない、本物のチケットですから」

「……証明用のバーコードまで印刷されてるし、そうなんだろうけど。どっからコレ、手に入れたんだよ？　そんな伝手、あるなんて言ってなかったじゃん」

「いやあ、やっぱり最後は金とコネなんですよー。私、この年で世界の現実っていうのをまざまざと見せ付けられましたわー」

乾いた笑みで由美が手をお手上げポーズに形作る。

零《こぼ》れた台詞は諦観混じりだ。

「隼翔の親父さん、今あの試験場の中にいるんですよ。結局隼翔は来られなくなったんですが、代わりに親父さんが来たんで」

「ああ？　但馬アミューズメントの社長だっけ？　隼翔の親父さんって？」

こくんと高校生二名が頷く。

茂も就職活動中には県内企業の有名どころがどんな会社か調べたりもしたことがある。

但馬アミューズメントは茂の住処《すみか》辺りの地元ではよく知られたデベロッパー。

県内のみならず、周辺地域にもどんどん進出しているという、茂の住む辺りでは有名な一流企業。業績はうなぎのぼりで、とてもとても茂のスペックでは一次選考も通過できないようなスゴいところ、という印象くらいしかない。

「深雪さんって隼翔の親父さんにも好かれてて、家族ぐるみでの付き合いがあったそうで。それが急に家出して、見つかったと思ったら東京に拉致《らち》られて、ってなりゃどうなってるのか知りたいのが普通の感覚ですって。しかもどうやら自分の息子の家出にも関わるってなると、ねぇ？」

「隼翔くん、おとーさんにも異世界に吹っ飛ばされた辺りの詳しい話してなかったんだよねー。いや、強情強情。そんで、おとーさん業を煮やして直に話をしに乗り込んできたってすんぽー。その話の中で私らに協力するように話したらしくって。お会いしたのは試験場に入って行く、つい一時間前ですけど」

視線の先にはその乗り込んでいったであろうゲートが鎮座している。

「すごいな、隼翔。さすがに異世界の国のお偉いさん方と交渉した時の根性は残ってたか。……そんで、このチケットどう関係あるわけ？」

「これ、イベント関係者が企業向けに配ったチケットだそうで。但馬アミューズメントに割り当てられてたものらしいです。本当はもらったけど行くつもりはなかったらしいんですが。こんなことになると思いもしなかったんでしょうよ。主催《ホスト》の白石雄吾氏の出席は不可避。逆に深雪さんがこの試験場にいるかどうかよくわかんないんでしょう？」

メールで昨日の結果はすでに報告済みだ。

ぴらと片手で持ったチケットが急に輝いて見える気がした。

「最悪、白石雄吾って最大の壁はありますが、深雪さんの一歩手前まで案内してくれるチケットです。この騒動でゴタゴタしてる中なら、件の家出娘も一緒の会場に呼ぶんじゃなかろうかと」

「茂さんの『気配察知：小』頼みでここで張ってるってのも一つの策ですけど。どうします？」

そんな話をしていると、試験場の中から白い軽自動車が出てきた。

運転手がゲートで首から外したゲートパスらしきものを返却し、そのまま外へと出てきた。

「あ、但馬のおじさんの車。出てきましたね」

「え？　但馬アミューズメントの社長さんだよね？」

「そうですけど？」

トコトコトコと音をさせながらゲートから走ってきたその軽自動車が茂たちの横へと停車する。

後部座席のドアには「但馬アミューズメント」のロゴが印字されている。

「なあ、君が杉山茂君、でいいんだよな⁉　隼翔が世話になってるって話の⁉　向こうのコーヒーショップで話をしよう！」

運転席から首だけを出して、五十そこそこの男が大きな声で叫ぶ。

勢いに押されて、茂が頷くと、男は首を引っ込め、右手を出してサムズアップをすると車を発進させた。

「……豪快なお父さんだな」

「……豪快ですね」

「……ごーかいっていうか、ごーいんって言うんじゃないかな？」

三名は軽自動車が向かった公園に併設しているコーヒーショップに向かってバイクとチャリを押しながら歩きだすのだった。

＊＊＊

「いや、駄目だ駄目だ！　話にならないな！　まったく」

コーヒーショップにたどり着くと、先着した人物が注文を終え、先に着席していた。

そこに合流するとほぼ同時に注文していたらしい皿が届く。

ブラックコーヒーとアメリカンクラブハウスサンド。

クラブハウスサンドに噛《かぶ》りつきながら、但馬隼翔の父、但馬アミューズメント社長、但馬真一が大きな声で話し出す。

「深雪ちゃんに会うのに東京まで来たって言うのに、ほとんど門前払いだよ。お会いできません、雄吾様の許可がないので、を繰り返すだけでね？　まあ、アポとれない時点でそうなるだろうな、とは思ったけど」

真一はコーヒーを啜り、またサンドウィッチに噛りつく。

スモーキーなベーコンとレタスが少し固焼きなパンとともにしゃきしゃきと音を立てて咀嚼《そしゃく》されていく。

その音を聞いて茂の腹がくぅ、と小さく鳴る。

そして考えるわけである。あの古くからあるベーシックなスタイルのサンドウィッチの最大のウリは何か、と。

実のところベーコンや、レタス、チーズなども美味いには美味いが、真実はそれではない。

間違いなくトマトである。

異論反論が出てくることは承知で宣《のたま》うが、ほんのり温かくなったトマトのちょっとくたっ、とした果肉が、ベーコンなどに絶妙に絡む。

はっきりと解るほどではない。もしゃもしゃと一気にほおばってしまうと解らないので、一噛み二噛みと噛み締めてほしい。

その時にトマトのあの酸味がどのようにサンドウィッチにアクセントを効かせているかがわかるはずだ。

少し話がずれるのだが野菜が嫌いだから、とハンバーガーはバンズとパテだけで十分だという人間がいる。しかも、わざわざ出来上がった完成品から野菜を抜いて食べるという暴挙をするわけだ。

いやいや、待てやお前、と茂は一言物申したい。

のっぺりとした画一的なその小麦粉と肉だけのエサ（これに関しては言い過ぎであるという自覚はある）へと格下げされたそれのどこに食の喜びを覚えることができるのか。

最初からそのように計算されたバンズとパテのみで構成されたタイプのハンバーガーではないのだぞ、と。

その製作側の意図しない軽量化をされた後の〝それ〟と本来の〝オリジナル〟との乖離《かいり》は大きすぎると思うわけである。

一度、しっかりと味と味を噛み締めて、それを脳できちんと処理をしてみてほしい。

いらないと省いていたそのトマトやレタスが、どうして長年パテと共にあるのかを理解してもらえることと信じている。コンビネーションやマリアージュという類いの言葉がどういうものかを解ってもらえるいい機会でもあるのではないか。

さて、サンドウィッチを半分ほど平らげた真一を見て茂がおずおずと話しかける。

「但馬さんは、それなのにここまで来たんですか？　仕事もあるんじゃないですか？」

それに向かって微笑《ほほえ》み返す真一。

「心配無用さ！　一応今回のは出張扱いだからね。個人経営の社長なんでね。こういう融通は利《き》くんだよ。レジェンド・オブ・クレオパトラのイベントの視察。まあ、体裁《ていさい》は整えるのに良い言い訳だからなぁ」

「但馬アミューズメントってそういう規模の会社じゃないと思うんですけど」

地方の雄と言えるほどの規模の会社だ。

それはそれは色々な決裁事項もあるはずで、こんな急な出張など本来あってはいけないことのはず。

「部下が優秀でね。まあ、明日の夕方には会社に戻る必要があるけどね。こっちにも支社はあるから、最悪そっちで仕事をすることも出来るから。車もそこで営業車を借りたんでね」

「運転手とかいないんですか？　俺、社長ってそういうもんだと思ってましたけど」

博人が率直な疑問をぶつける。

「地元で会合とかに行くときとか、役所関係に行くときはね。さすがに格好つかないこともあるし。社用車もあるにはあるんだ。でも、基本的には自分で運転して出歩くかな。そのほうが早くて楽なんだよ。あと、軽自動車は小回りが利くから街中で使うには便利でね」

「そんなものですか」

ぱくついていたサンドウィッチがなくなるときを見計らい、茂が話しかける。

「あの、隼翔、じゃない。息子さんの失踪の件ですが……」

「話してくれるのかい？」

茂はほんの少しトーンを落とし周りに聞こえないようにした。

それに合わせて真一も声を落とす。

「どういうふうに聞いていますか？」

「……アイツも詳しい部分はだんまりでね。正直、親としては監督不行き届きと言われても仕方ないかとも思うんだがね。里奈ちゃんも家に来てさ、二人で僕に君たちに協力してくれというんだよ。隼翔だけなら叱りつけるだけなんだが、里奈ちゃんもとなると話は別だ。詳細は君が〝話して良いと思うなら〟聞いてくれと言われたんでね？」

（丸投げ？　俺に、丸投げ？　それは酷くないかい？　「勇者」に「聖騎士」よ）

どうするかと顔を横に向けると、「軍師」「魔王」ともに困った顔をする。

よく考えると、ここでぶちまけても影響が出るのは茂だけであることにふと気付く。

それもあり、自己責任でお願いすることにしたのだろう。

「……仕方ないですし、お話しします。ただ、ここじゃ何なんで別の場所でお願いできますか？」

＊＊＊

「まじ、うなぎ、さいこう」

ひらがなになってしまった。

いや、ひらがなになってしまうだろう。

茂たちの前には、真一が出前で頼んだうな重（特）がでんと置かれていた。

マジでいいんですか？→いいよ→マジですか⁉　というくだりを三人分繰り返し、苦笑する真一に深々と礼をして、まず一口。

「ああ、俺、頑張る。何かわからんけど、超頑張る」

箸《はし》を入れた瞬間にわかる、うなぎのふっくらと蒸《む》しあげられたほくほくな身と、継ぎ足し継ぎ足しされた歴史をその液体に凝縮した濃厚なたれの香り。

鼻腔《びこう》一杯に拡がるそれを感じながら、舌が濃厚なたれとともにうなぎ自身の脂をミックスして脳髄までパルスを駆けあがらせる。

流石は江戸前の高級うな重、しかも特ランク。

今までに食べたスーパーの冷凍中国産うなぎ賞味期限間近の四割引きの品とは格が違う。

あの中国産ですら実家では猛と、大きいウナギがどちらの皿に配られたのか、で小競《こぜ》り合《あ》いをしていたというのにである。

「段違いに美味い……。すげえな、江戸前高級店」

「私、次いつこれ食べれるかな……。五年、いや十年後とか？」

生まれ自体は茂とさほど変わらない「軍師」さま、「魔王」さまが唸っていらっしゃる。

その気持ちが痛いほどにひしひしと分かる茂は、震える手で二口目に挑もうとしている。

何せ、次にこれを食べられるのは何年後か判らないからだ。

「はく……はく……。すげえ、うなぎさいこう」

脳ミソが小学校低学年レベルまで退行している茂は、重箱の隅に残るうなぎの小さな皮に挑戦し

ている。

一片たりとも残すつもりはない。

「喜んでもらえて何よりだね。ここの店、美味いだろう？」

「「はいっ!!!　ありがとうございます!!」」

元気のいい返事が三つ重なり合う。

笑う真一をよそに、隣り合って座る博人と由美がこそこそ話を始める。

「これ、いくらするもんなの？　俺、あんまりよく知らないんだけど」

「多分だけど千円とかじゃ絶対ないし。というか聞ける？　博人、これいくらですかって、真一さんに聞ける？」

「無茶言うな。俺はこれを美味しくいただきたいんだ。値段聞いたら胃がびっくりしちゃうだろ！」

こそこそする高校生のカップル未満の二人。

一言も言葉を発することなくもくもくとうな重に真剣に向き合う茂。

「うま、超うま」

ようやく口を開いたかと思えばもう、知能指数は幼稚園児クラスまで退行している。

「さて、食べたままでいいんだが。茂君、さっきの話なんだけどね？」

「うま、う……。あ！　すんません。えっと、確か異世界に飛ばされてましたってとこまで一通り話しましたよね？」

「もう一度、アイテムボックスっていうのを見せてくれないか？」

「いいですよ？」

茂は割りばしを重箱に載せて立ち上がると、少しスペースのある場所へ移動する。

手を伸ばし、中空にアイテムボックスの出入口を出現させると、そこからずるりと取り出してみせる。

床にタイヤが触れ、がちゃんと音を立てるとそれが唐突に出現する。

杉山猛所有の自転車であった。

「……本当に魔法ってものがあるとは、この歳まで信じていなかったんだがねぇ」

「魔法とか魔術とかとはちょっと違うんですけど」

頭をポリポリと掻《か》いて、苦笑する茂の前で、湯呑《ゆの》みに淹《い》れた緑茶を真一が啜る。

気持ちを落ち着かせるため、空になった湯呑みに急須の茶を注ぐと、又一口飲みこんだ。

「あの時、どこかにいった自転車だよなぁ。本当にどうなってるんだろうか？」

真一は立ち上がり、応接室という場に全くふさわしくない使い込まれた自転車を撫でまわす。

本当に何の変哲もないただの自転車。

唯一普通の自転車と違うのは、間違いなく一度白石の試験場前の公園でこの世界から消えさり、今再びこの世界に戻ってきたということだ。

あの公園でもあまりのことにパニック気味になった真一を全員でクールダウンさせ、その混乱ぶりを危惧した茂が真一の代わりにこの東京支社まで営業車を運転して帰ってくるくらいだった。

勿論、後部座席に座らせて由美になだめさせたのだが、道中の質問攻めには息子の失踪騒ぎを心配する以上の感情が前面に出ていた。

但馬真一、五十近くの、成功者たる「但馬アミューズメント」社長という重職に就いている傑物。

だが、それ以前に彼は日本男児である。

子供時代にヒーローもののテレビ番組にガッツリはまるという、典型的な日本男児のルートを一歩も踏み外すことなく歩いてきた男の子の、行き着く先。

説明のため「光速の騎士」の装束がアイテムボックスから助手席に現れた瞬間の声は、間違いなく彼のここ数年で最大の声量だったに違いない。

「それも良いんだが、ほら。ほらっ！」

いい歳したおっさんが眼《め》をキラキラさせている。

日曜日のショッピングセンターの広場とか、遊園地のヒーローショーの最前列に陣取る小学校低学年の目と同じ輝度を放ちながら。

わくわくが止まらない御様子である。

ここまでくる間に、「光速の騎士」の中の人は内緒にお願いします、と言って「当たり前じゃないか」と威厳ある大人の対応をしてくれたあの人間と同一人物とは思えない有り様。

（なんか、ヤダ。仕方なく変装してた時の倍はヤダ）

ふと、内心乗り気でない新人のグラビアアイドルってこんな気分なのだろうかと思う。

カメラマンたちの前で薄手の布地一枚だけを身に纏い、仕事のためだと覚悟を決めて出ていく心境。

あの人たちも大変なんだなぁ、と思いながら茂も覚悟を決める。

何せうな重（特）をごちそうになっている身分だ。

しかも息子さんから借金もしている。

わがままは言えない。

「はぁ……。じゃあ、いきますよ？」

真一からは茂が左手を宙に持っていき、そこから何かを掴んだようにみえた。

左手が目に留まらない程の速度で振られると、ばさっと大きな音がして、今までなかったはずの漆黒の布地が茂の体全体を包み込むと、真っ黒な球体のように見えた。

布が大きく翻り、また元の場所に戻る。

そしてその場所に立っているのは、杉山茂ではなく最近ＴＶ、ネット、新聞、雑誌を大いににぎわせている「光速の騎士」であった。

槍はアイテムボックス内にあるので装備していないが、盾は持っている。

その姿はネットで自作して「光速の騎士」のコスプレした画像を上げているレイヤーの物とは一線を画し、実際に〝使われた〟重厚な圧迫感を見ている者へと与えていた。

「おおっ!!　一瞬で変身できるのか!!　すごい、すごいなっ!!」

「茂さん、何やってんですか？　趣味的すぎますよその変身」

「ウケる！　茂さんウケる！　カッコ良いです!!」

三者三様の表現で茂を評価する。

褒《ほ》めているのはただ一人。

残りの二人は茂的に微妙である。

「まず、変身ちゃうし。変装だから、コレ」

「いや、変身だろうに」

「変身ですね」

「へーんしんっ！　って言わないのに疑問を感じそうですけど？」

完全否定される茂。

「あと、瞬間的に着替えるのは兵士の心得だし？　アイテムボックス使えるようになった時に先輩から真っ先に教えられたんだけど。博人、由美、お前らが出来ないってのがよくわからん」

「俺たち、そういうのはすっ飛ばしてもっと実践的な訓練が始まったんで」

「隼翔君も里奈ちゃんも深雪さんも出来ないと思うけど？」

まさかの帰還者六人中、茂だけのマイノリティな技術という事実が発覚する。

「いやあ、すごいなぁ。本当にヒーローそのものじゃないか！　うらやましいなぁ」

ぺたぺたと鎧やら盾を触る真一。

やはりこういうところで剛毅《ごうき》というのが分かる。

社長となるのにはこういうぶっ飛んだ感性も必要なのだろうか。

「いや、ヒーローっていうなら、息子さん、隼翔君こそ『勇者』なんですけど？」

「ああ、そうだったか。しかしね、アイツがヒーローねぇ……。親からするとどうもしっくりこないんだよな。何というか少ししっかりした気はするけど」

ポリポリと頬を掻く真一は自分の息子をどうも評価しにくいらしい。

彼は席に戻り、また茶を飲んだ。

「……元に戻って良いですか？」

「ああ、構わんよ。いやぁ、異世界かぁ。そういう設定のヒーローものは僕の子供時代にはなかったけどなぁ」

自転車をアイテムボックスに戻し、マント状の布の端を摑む。

再び左手を振り、「光速の騎士」が漆黒の塊に包まれ、それが宙へと消えていく。

「ああ、やっぱ変身だね」

「変身、です」

「茂さん、へんしーんって言わないと！」

元の姿に戻った茂に全員が突っ込んでくる。

「言わないから！　というかコレは全部廃棄予定なんだよ！」

全員がえー、と非難の声を上げる。

ただし心からの声は真一ただ一人で、残りの二人はどこかからかい混じりの声だった。

茂は座席に座ると自分のうな重に向き直る。

ただでさえ金がないのだ。

真剣にうな重と向き合う。

それはとてもとても大切なことだった。

＊＊＊

「く、首が苦しい……」

きつきつのワイシャツの一番上のボタンが留まらないことで、茂は四苦八苦していた。

横のスツールには今まで着ていた麻のシャツが置かれている。

壁一面にどこぞの紳士服店もかくやというくらいに、スーツ類がハンガーに掛けられていた。

「茂さん、そのサイズじゃ無理ですよ。もう一つ上のサイズ試してみた方がいいと思いますけど」

こちらはすでに上から下まで紺《こん》のスーツに身を包んだ博人が、ワンサイズ上のシャツを手に茂に近づいてきた。

それを受け取ると、茂は苦戦していたシャツを脱いでハンガーに通し、ラックに戻した。

インナーがめくれあがり、鍛え上げられた腹筋とそこに疾《はし》る三本の傷跡が痛々しく博人の目に映った。

ただ、それもすぐに新しく手渡されたシャツに包まれて見えなくなる。

少しばかり大き目のサイズで、しかも茂は若干細マッチョな体形のため、自然とぶかぶか感が発生するのは否めない。

「あ、でも首回り楽！　俺、これで良いや」

「着せられてる感すごいですよ？　本当に良いんですか？」

スーツの上着を羽織ると、それも若干隠れて見えるが、着こなしに詳しい者には笑われてしまうかもしれない。

何せ、出かける先は曲がりなりにも〝ファッションイベント〟であるのだから。

「……まあ、俺そんなに気にしないし。というか借り物にそこまで求めるのも悪いだろ？　人さまの物だしさ」

「本人がそれで納得してるなら別にいいですけど」

そういう博人はその体形に合ったスーツが見つかったらしく、特に変な雰囲気はない。

スーツマジックで高校生だというのに、もっと年上のモデルっぽさすら感じさせている。

一方の茂はリクルートスーツのとっぽい青年が精々だというのにである。

今、彼らがいるのは「但馬アミューズメント」の東京支社ビル。

その上層部の社員用のドレッシングルームで今夜の装《よそお》いを選んでいる真っ最中だ。


コンコンコン！


「入っていいかね？」

真一の声がドアの外から聞こえてくる。

ドレッシングルームの外にいる家主を待たせるわけにいかず、まだネクタイをしていない茂が答える。

「大丈夫です、どうぞ」

かちゃりとドアを開けて家主の但馬真一が姿を現す。

その姿は社長職に就くにふさわしい堂々たるもので、きっと名のあるテーラーが仕立てたであろう余所《よそ》行《い》きのジャケットを羽織って、男ぶりが増していた。

隼翔の父親ということもあり、大人になった姿を知る二人からすると、真一のオフィシャルなその姿は血のつながりを感じさせた。

きっといい感じで年を取れば隼翔もこういう大人になるのだろうな、と。

「ふむ……。やはりお仕着せでは合わなかったかな。社員のパーティー用にサイズは各種取《と》り揃《そろ》えていたんだが」

「いやぁ……。着られればいいんで。ちょっとシャツがぶかぶかでも」

「うわ、博人はともかく。茂さんすっごいリクルート感満載ですよ。どこの就活生かって」

「うるせぇよ。本人が一番感じてるんだから」

ひょこ、と首を出した由美は青い布地のドレスを身にまとい、少しばかり髪や首元にアクセサリーを付けている。

幼げな風貌にデザインドレスが非常に映える。

「……頑張れ、由美。三年、三年努力すればもしかすると」

「博人、それ以上言ったらぶっ飛ばすからね！」

「いやぁ、娘のドレスが残っていてね。〝中学一年〟の時の物だが、捨てなくてよかったよ」

がくり、由美の首が垂《た》れる。

昨今のローティーンというのは、それなりに成長が早い子は早い。

無自覚で真一に止《とど》めを刺されたようである。

「ここのビルは上の階を社員のためのホテルスペースにしていてね。東京出張時にここに泊まる社員も多いんだよ。アミューズメント系のデベロッパーなんてしてると唐突にパーティー形式のイベントに出席しないといけなくてね。スーツ類はそれ用に準備してあるんだ。ただ、一応僕も社長だしね。自分の家族分のドレスとかに関しては別で保管してもらってる。それで由美君のドレスがあったんだよ。まあ、支社兼出張用の宿として管理してもらってるぶん、贅沢《ぜいたく》は言えないんだけど」

「社員の福利厚生ってことですか？」

「そうそう。申請すれば、家族で宿泊も可能さ。そこらのビジネスホテルくらいの設備はあるから、夜まではゆっくりできるだろう？」

ただしこの部屋に入るまでに目にした設備を考えると、ビジネスホテルの中でもかなりの高グレード扱いになると思う。

さすがは「但馬アミューズメント」。

大企業の金の掛け方は常人には計り知れない。

「うちはアミューズメント施設に併設するホテル事業にも一枚咬《か》んでるところがあるから、そういう点で新しい備品の具合を確認したり、色々と情報収集をしないといけなくてね。流れに取り残されるとこの業界、致命傷になりかねない。実際この部屋と別の部屋にはライバルメーカーのバスセットが付けてあったりとかするしね。使い勝手も少し違うんだよ」

「金の掛け方って人それぞれですね」

「本当にそう思うわ。私、高いドライヤー貰おうって思ったもん」

若干朝に見たときより由美の髪質がつややかな気がする。

そういう発想が出るというのはうらやましい限りである。

茂などは今日の朝飯の納豆に卵を入れるか入れないかで大いに悩んだところだというのに。

金はあるところにはあるのだな、と本当に思い知らされた気がする。

「まあ、皆今日の夜の衣装は準備出来たんだろう？　一度脱いで下に行かないか？　応接室に出前取って昼食を準備してあるから」

「あ、そうですか。ありがとうございます」

「ありがとうございます。でも、ちょっとお手洗い借りても良いですか？」

「場所はわかるかい？」

「大丈夫です」

二人して礼を言うと茂はシャツに手を掛けて脱ぎだす。

そのわきを抜けてトイレに向かうため、ドアを抜けるときに博人が由美に目配せをする。

「私もちょっと、行ってきます」

「そうか、では僕は下で待っているよ」

部屋で服を着替える茂、階下へ向かう真一と別れ、博人がトイレ前で立ち止まる。

ほんの少し遅れて由美が到着する。

「どうしたの？　博人」

長い付き合いでアイコンタクトに気づいた由美が、博人の後を追いかけてきた形だ。

「……俺の、ここにあった傷、覚えてるか？」

腕まくりをして由美の前に晒した右腕には〝傷〟と言えるようなものはなかった。

だが、二人に共通の記憶が蘇《よみがえ》る。

「あったねー。結構深手の火傷《やけど》でしょ？　深雪さんが他で手一杯になってて、結局ちょっとうっすらと残ったんだよねー」

「今は綺麗サッパリなくなってるけどな」

難しい顔をした博人を見て由美が真剣な表情に変わる。

茶化す場面ではないということだ。

「何、見たの？」

「……茂さんの腹、〝あの時〟の傷が残ってる。二年前のあの傷だ」

「お腹《なか》のって？　深雪さんの時の？」

「ああ、それだ」

二人は無言になった。

「茂さんのあの傷、二年前の時にできた傷で間違いないはずだ。何度か見たことがあるからな。そんで俺のこの右腕の傷も同じくらいの時に受けて残った傷。……俺のはなくなってるのに、なんで茂さんの傷《アレ》はそのままで残ってるんだ？」

＊＊＊

「はい、じゃあこれで最終チェック入るので、いったん休憩ですー！　お疲れ様でしたー‼」

イベントの総監督という肩書を持つアロハの男が手に持ったメガホンで休憩を告げる。

とはいえ、休憩に入るのはイベントの出演者のみで、音響や映像、細かな演出用の機材の点検などは別のスタッフの仕事となる。

煌《きら》びやかな衣装の少女たちがステージから引き上げると同時に、スタッフが一斉に照明の位置取りや、カメラを微調整し、細かな最後の仕上げを始める。

船のデッキ部分に急遽《きゅうきょ》作られたイベントスペースでのリハーサルは一先《ひとま》ず終了となり、今度は船内のダンスフロアに作られたファッションイベントのランウェイの状況を確認しに向かうパピプのメンバー。

その最後尾の神木美緒《カミキミオ》は疲れた顔をしながらも、しっかりとした足取りで歩いていた。

ただし、その内面は疲労感で一杯一杯だった。

「うぅ……疲れたぁ」

誰にも聞こえない様にぽつりとつぶやくと、太っちょのマネージャー、間島がスポーツドリンクを手渡しに来る。

「美緒、調子はどうだ？」

「どうだも何も。新曲だから皆緊張してるし、ダンスも昨日振りを一部変えたりした分、完璧じゃあない。しかも音がトラブルで急に止まったから、中断中断でしかできなかった。一曲フルを通しでできなかったのはねー？　正直、マズいかも」

「……演出ってことでどうにかできないか？」

「カメラワークでごまかしながら、ってことか……。それも失礼な話じゃない？　ネット配信するってことは画面の向こうの人は新曲を期待して見てるんだし」

「お前、仕事に関しては手を抜かないな。……どこまでやるか踏ん切りはついたか？」

声の最後は消え入るようで隣の美緒にしか聞こえなかった。

それを受けて美緒が答える。

「とにかく、今日のこの仕事が終わってから。今月のビッグイベントはこれで最後でしょ？」

間島は手帳を取り出し、ページをその太い指で繰る。

「……一応そうなるかな。収録とかはあるが、生放送で、というのはこれが最後だ」

「時間もできるだろうし、今後の事考えるためにもこの仕事は問題なく終えないとね」

その美緒の横をがらがらと衣装を満載した荷物が通る。

ファッションショー用の衣装を身につけた、外国のすらっとしたモデルと思われるような人もちらほらと見える様になってきた。

「すいませーん！　通りまーす‼」

前方が見えないほどの大きな花束《はなたば》を抱えて行ったり来たりする人や、出演者やスタッフ用の弁当を各所へと運ぶのに必死の若者、船外の喫煙コーナーへとまっしぐらのタバコと百円ライターを握りしめた一団など、混沌《こんとん》と化している。

「楽屋、というか宿泊用の船室が用意してある。ショーのランウェイの確認終わったタイミングで一度戻ってすこし休むことにしようか？」

「さっきのダンスの映像、できるならタブレットで見れるように落としてきてもらってもいい？休憩中にもう一回見ておきたいから」

「確認しよう。後は何かあるか？」

美緒は手に持ったスポーツドリンクを一気に飲み干し空にすると、それを渡すようにして間島に近づく。

ウィスパーボイスで間島の耳元に美緒の声が届いた。

「……さっきのデリバリーの中華っぽいお弁当、すごいおいしそーだった。取りあえずお部屋に二つ確保で」

「お前、さっきケータリングでバジリコのパスタ食ってなかったか？」

「もうその分のカロリーは消化し切りました。アタクシ、もうすぐガス欠でやんす。間島さん、お助けくだせぇ」

　間島から離れて美緒はくすくすと笑う。

　間島がジト目で見つめる美緒のスタイルは、あれだけの暴飲暴食をしている人間の体とは思えない。

「一つは俺のでいいんだよな？」

「あ、それなら四つ。四つ確保でお願いしますー」

　ぱたぱたと駆け出した美緒の後ろ姿を見て間島がため息を吐く。

「スタッフさんにまたあのデブ、バカ食いしてやがるって思われるんだろうなぁ……」

　神木美緒のチーフマネージャー間島。

　最近ダイエットを開始し、食事も低カロリーのダイエット食に変えたというのに、人は見た目で相手を判断するのだ。

　間島は結局外見がやはり大事なのだということを、美緒のマネージャーになってからひしひしと感じるのであった。

＊＊＊

「組対二課から応援を増員してもらえることになった。指揮系統の確認も含めて急ぎで準備中だ。さすがに根っこや本体までは無理だろうが、このガサで枝葉の馬鹿どもを一斉に引きちぎってやるぜ」

昨日と同じく喫煙者という肩身の狭いステータスを持つ老刑事、石島はぷかぷかと煙をくゆらせながら満足げに語りだす。

にやつきが止まらないのは、これから始まる徹夜のカチコミに向けてやる気がぐんぐん充填されているからだ。

「あのねーちゃん、すげえよ。上からの指示って話で、どうなるんかと思ったがあれは相当ヤバい橋わたって来てるぜ。取り調べのアドバイスも、弁護士相手の交渉もドンピシャ。結構ギリギリの線から金と兵隊引っ張って来てくれたからな。情報漏えいの可能性があるからって速攻で。しかも手弁当で兵隊の準備まで仕上げてくると思わなかったしな！」

「別組織って話ですけど。『光速の騎士』『骸骨武者』の対策関連部署らしいです。所属があいまいな関係上、誰が統率取るかって問題もありますが。まあ、今回の件は本当にあいつらが関係してるのかわからないですけど……」

隣でぼやく中年の加藤刑事。

石島はばしばしとその背を叩くとこう続けた。

「いいんだよ！　何でも使えるもんは使うってことで。火嶋教授も言ってただろ？　最悪『騎士』は建て前で構わない、クスリの撲滅が出来るんなら成果として報告できるからって。民間と共同ってとこが心配だったが、力ずくで押しこみゃある程度成果も出る」

「ただ、大分危険な香りがしますよ？　最悪ヤクザで済むかと思ってたのが、大元が海外資本の闇社会って、予想の上行きましたし」

「まあな。だからこそ、って課長も思ってるんだろうさ。家の中に入ってきそうな涎《よだれ》たらした狂犬を玄関先でおもっくそ蹴飛ばしてやる。これが出来りゃ、後々相手に効いて来るさ。運び込むルートの再検討に、協力する反社会勢力どもの調整に、根回し。動きがありゃ地方の警察の情報網に引っかかる可能性も増えるからな。ここで粉みじんになるくらいに徹底的にぶちのめしてやる。お前だってたまんねぇだろ、こういうの」

「ですね。それ、最高に楽しいですからね」

「おおよ！　最っっっ高に決まってんだろ!!」

　タバコをもみ消して灰皿に放り込む。

　腕時計を見ると十六時を回っていた。

「やるぜ、加藤。しっかり飯食って、歯ァ磨《みが》いて、きっちり正装して、パトカーずらりと並べて参上仕《つかまつ》ってやるぞ！　この国の中で、クソ以下のゴミカスのヤクの元締めをのさばらせるなんざありえねェかんな!!」

「いいっすねぇ、石島さん。定年間近のおっさん刑事には見えないですよ」

「あったりまえだろうが！　こういう〝最後は拳骨《げんこつ》〟ってので大切なのはな、自分が二十《はたち》のガキだと思い込むことだ！　青春真《ま》っ只中《ただなか》、石島参上ってな!!」

　喫煙コーナーを出ると、ちょうど岡持ちを持った近所の飯屋の出前が帰るところだった。

「お、言ってたら来たぜ。飯だ、飯！　はち切れる位に食ってやんぞ！」

「そういや石島さん、何頼んだんですか？」

加藤に尋ねられ、石島がにやりと笑う。

「俺ぁなぁ。当然、こういう時にはカツ丼に決まってる。医者に血圧が高いって言われようが、看護師に塩分控えめにって言われようが、ここ一番にはカツ丼一択だぜ！」

＊＊＊

「うわ、でっか、想像以上にデッカいし。首痛くなりそう……」

スーツ姿の茂は真下から見上げたレジェンド・オブ・クレオパトラの船体の大きさに圧倒されていた。

乗船の手続きを取り、てくてくと案内されるまま移動している彼の姿はおのぼりさんでしかない。

それに比べ、但馬真一、「軍師」、「魔王」の三名はこういった催《もよお》しに慣れているため、堂々としたものである。

「茂さん、あんまりきょろきょろしないで下さいよ。変に目立ちますから！」

「え、そうなの？」

腹を軽く小突かれた茂は真っ直ぐ前を見つめる様に姿勢を正す。

そうすると出来の悪いロボットダンスをしているような具合となり、逆に今度は周りから生温かい視線が浴びせられた。

「さっきまでとどっちもどっちですよ。……こういうパーティーに出たこともあるでしょうに」

「……〝出る〟の意味が違うじゃんか。俺がこういうパーティーに出たのは周辺の〝警備〟としてだけだよ。棒立ちの俺の後ろで、お前らはなんか綺麗で高貴な方々と料理片手に歓談なさってらっしゃいましたけど？」

「そういやそうでしたね。茂さんを〝ゲストで〟呼んでもらったはずが、話が食い違って〝警備〟に来いってなったんでしたっけ。あの時はなかなか気付けなくてすんませんでした」

「あの日は、せっかくの訓練休息日だったんだぜ。おかげで飲みに行く約束がドタキャンになるし、飯は乾いたパンとワイン一杯だけって、すごいきつかったんだかんな⁉」

貧富の差をものすごく感じた瞬間だった。

最終的に隼翔が気づいてくれて、料理の残りをもそもそと頂くことはできたが、宰相のゴルドには爆笑され、「勇者」メンバーも笑いをこらえていたのがいまだに忘れられない。

「じゃあ、こういうパーティーは初参加なのかい？」

「そうですね。だからちょっと緊張してます」

真一が笑いながら茂に話しかける。

「まあ、緊張するのも判るが。ただ、ここにはファッションショーの視察に来ただけだ。そのついでに主催者に挨拶して、その娘さんに会えたらいいな、というだけのことだよ。危険や何かがあるならともかく、東京のど真ん中でここまで注目されてるなかで何か起きるほうが珍しいよ。警備もしっかり仕事してるだろう？」

周りを見渡して、茂がその様子を確認する。

「……乗船入口にもう数名、配置した上で、そこを視認できる位置に連絡班員を準備するべきですね。突発的に何かが起こった場合にすぐにゲートを閉めて、中に入ったゲストを守れますから。入口受付にも男性だけでなく、女性の警備も入れておいた方が威圧感は減ると思います。女性差別だと言われるかもしれませんが、やはり多少の彩《いろど》りは必要でしょうね。あまりに過ぎた圧迫感は無用の不安を煽るだけです。後は、警備スタッフに本職と、恐らくバイトだと思いますが練度の違う警備スタッフが混在してますね。動きがぎこちない奴が何人かいますし、それがバイトとか新人さんかなぁ？　会場が大きい分、人数を充足するためには仕方ないですが、事前に連携がきちんと取れているかどうか疑問ですね。最低でも非常時のマニュアルを全員が理解していることが必要なんですが、あの動きからするに若干不安を感じます。船内に関しては見てないので何とも言えませんが」

「え？」

疑問符が浮かんだ真一に茂が続ける。

「仮に船内の警備が船に所属している契約社員だとすれば、本当はもっと緊密な連携が必要だと思います。エントランスがいち段落して、あの混在したままの警備スタッフがそのまま船内の警備に就く場合、その割り振りは出来ているんでしょうか？　当然、最低限の連絡はしているんだろうけど、トップダウン式での一元化はしてなさそうですし。命令系統が二本三本あるのはよろしくなさそうです。もしそうであるなら責任の所在を分散してでもある程度のリーダーシップをとる人間を配置しておくべきでしょう。ほら、あそこで明らかにバイト君と思われる子と、パーティーイベントのために雇った本職さんがかち合ってますね。緊急時の連絡が幾つかのルートに分かれているのかもしれませんね？　責任の所在が明確でない分、トラブル時の対応が難しいかと。ほら、あっち見てください。トラブルが起きてますが、どんどん警備と関係ない立場の人まで集まってきてます。レシーバーでどこかと連絡を別個にとっているみたいですし。トラブルの解決には統一したマニュアルを準備して徹底させることが何より大切なんですが……」

まったく、と腕組みしてそれを見る茂。

他三名はぽかんとした表情で彼を見ている。

「……どうした？　急に黙り込んで」

「いや、詳しいんだなー、と思っただけですけど」

「まさか。俺のこれはあくまでシロウトの私見だ。実際プロがどう判断するかはわからんし。案外今のこの警備方針がベストの可能性もあるけど？」

そう言った茂の後ろで大きな声がした。

振り返ると先程のトラブルの現場で客の一人が大声を上げていた。

そこで慌てた様子のスタッフが右往左往しているのを遠目で確認する。

「……まあ、頑張ってほしいなーと思う限りですな」

「そうか、まあ。そうかもしれないな」

茂はどこか他人事《ひとごと》のようにつぶやくと、真一は少し疲れた口調で答えるのだった。

＊＊＊

「ふぅぅ……。肩凝るなー、やっぱり」

由美がふかふかのベッドに上半身を沈めた。

流石は豪華客船、由美の体の沈み具合からベッドも何処か高いメーカーの品であろうことは間違いなかろう。

ゲスト用の割り当ての船室のキーを入口で手渡され、船内に入ると取りあえず一息つくために部屋へと直行した。

首元のネクタイを少し緩めると、茂も鏡台前の木製の椅子《いす》に座り、息を吐く。

ただし、真一だけは顔の広さもあり船内に入った瞬間、リッチな格好の人たちに捕まってしまった。そのため、今は別行動中だ。

一応その包囲網を突破して主催の白石雄吾へとアポをとってみようと言ってはくれたのだが、あの様子ではできたとしてもだいぶ時間はかかってしまうだろう。

「真一さん、アポ取りに行ったけど、どうなるかなー？　門前払いってのだけは勘弁してほしいんだけどー」

「こればっかりは判らん。というか、アポも取らずに押しかけてる分、常識がないのはこちら側って言われても仕方ないんだけど」

「んあー。そっか、そーなるのかー」

「……ダメだな。ちょっと深雪がどこにいるかここからじゃわからん。というか、本当に来てるんだろうか？」

だべっている二人をよそに茂は「気配察知：小」で深雪が船内にいるかどうかを確認しようとしていた。

今の所、反応はなしである。

「ここ、なかなかいい部屋ですけど船首に近い部屋ですもん。深雪さんとかおとーさんの入るのは船尾あたりの最上層でしょうし。真一さんの居所はわかります？」

「んー。ちょっとばかし船内に人数が多くってなぁ……。人口密集度高いと、一度認識から外れた人探すのは難しいんだよ。……この周囲五十メートルにはいない、かな？」

「レジェンド・オブ・クレオパトラ。全長三百二十メートル強、ってパンフには書いてありますよ。豪華客船にふさわしい、世界でも大きいクラスらしいですが？」

「それに、高さも加わるし、探すの大変そうですねー」

博人の持つ船内パンフレットを覗《のぞ》きこんで由美が補足してくる。

茂としてはあまり嬉しくない情報だった。

「アポの結果待った方がいいか？　それとも船内を散歩してるふりでポイントポイント回って確認してみるか？　どっちがいいかアドバイスをくれ、『軍師』さん」

「うむむっ。そうですかっ。私の頭脳が必要だと！」

「……ふざけてないでアドバイス。ほらほら！」

眼を閉じてうむむっと悩む由美を横目に、茂は喉の渇きを覚えた。

ほかの者と違い、こういう場に慣れていない分、緊張で喉が渇いていたようだ。

室内に備え付けられている冷蔵庫を覗いてみようとベッドルームからバスルーム横の冷蔵庫へと

足を延ばした。

冷蔵庫を覗くと、瓶《びん》に入った外国のミネラルウォーターがよく冷やされて中に入っていた。

さすがにここは豪華客船、旅館でよくある〝一本いくら〟のシステムではないと思うので、サービス品だと判断し遠慮なくいただくことにする。

瓶のふたを栓抜きも使わずに、指の力だけで弾《はじ》き飛《と》ばし、卓上のグラスを人数分掴んでベッドルームへと戻る。

「ほら、水」

「あ、すんません。気ぃ付かなくって」

「ありがとうございます」

とくとくと人数分をグラスに注ぎ、ごくごくと全員が喉を潤し、一息ついた。

茂は自分だけだと思っていたが、どうも「軍師」も「魔王」もさほど実情は変わらなかったのだろう。

「んで、アドバイスなんですけど」

「おう、どうする。どうする?」

両手でグラスを抱えてベッドに腰掛けた由美が提案する。

「真一さんが戻るまではここで『気配察知:小』を使って深雪さんを探しましょう。もしかすると船内を移動する可能性があります。イベント会場は船首にありますから、それを見に来るかもってことですけど。うろうろしてそれを見逃すのは嫌ですし。あと、真一さんがアポ取れたら何も問題ないですから、そっこーで会いに行けますしね。うちらがうろついて行き違いになると時間も無駄になりますから」

「まあ、そうだよな。相手も動く可能性あるか……」

「それに動き回りながら『気配察知：小』使うと疲れるでしょ？　楽な姿勢ならあんまり魔力使わずに済むでしょうし。自然回復分も考えればその方がよくないですか？」

「うむ、じゃあ俺ここでちょっと探ってみるわ。お前らはどうするの？」

由美はベッドに倒れ込む。

「動きたくないんでここにいまーす。コンサートもファッションショーも始まるまで時間もあるし、ゆっくりしますよ」

「俺はすこし外見てきます。無料の軽食コーナーがあるみたいだし幾つか適当に持ってきますよ」

「悪いな、頼むよ」

スーツのジャケットだけをハンガーに掛けて博人が出ていく。

茂は深く椅子に座り再度「気配察知：小」を使って船内の様子を探る。

幾つかの反応を確認し、その全てが違うことを確認しながら、チェックを入れていく。

違う、違う、違う、ちが、あれ？

「あれ？　ええ？」

「どうしました？　深雪さん、見つかったんですか!?」

疑問を呟《つぶや》いた茂に鋭く由美が反応するも、茂が首を横に振る。

「いや、深雪じゃないいんだけど。……なんでか知らんが知り合いが船の中にいる。……偶然かなぁ？」

＊＊＊

というわけで、不審者がいる。

露骨に怪しい人物が、通路の陰からそっと船内のダンスフロアに設置されたファッションイベントの招待客用レセプションが開催されている会場を覗きこんでいる。

通行人はさほど気にはしていないが、挙動は明らかに不審であり誰かが警備に話を通せば即〝お話、聞かせてもらえますか？〟クラスの対応が行われるだろう。

「……やっぱ、そうだよなぁ。あれって火嶋教授じゃんか。やだなあ、こういうところでごたごたの時の知り合いに会うなんて」

不審者こと杉山茂が目線を送る先には、シックな紺のイブニングドレスに身を包んだ火嶋早苗が、レセプションの出席者とアルコールの入っているグラスを手に歓談していた。

彼女らはフォーマルな場にふさわしい高級な洗練された礼服であるが、一方の茂はお仕着せのスーツである。

場違いということで会場に入っての確認はハードルが高く、遠くから見つめるだけに留めているが、早苗は化粧をして派手目の美貌がより前面に押し出されて、振る舞いにも余裕が感じられる。

場馴《ばな》れ、とでもいうのだろうか。

「やっぱ、教授とかそういうクラスの人間って、こういう集まりにもよく参加するんだろうなぁ。カッコいいねぇ」

うむうむと一人で納得する茂は、早苗の姿を確認してその場を離れようと身を翻す。

偶然この豪華客船内に知人がいたということで、念のため確認に出向いただけで、茂としては特に話すこともないのだ。

精々、弟をよろしく、お仕事頑張って、くらいだろうか。

真一が戻ってきたらケータイに連絡してもらう予定ではあるが、わざわざ連絡してもらう手間もある。

割り当ての船室に戻ろうかと思ったときであった。

「おや？　茂君、どうした？」

通路の向こうから但馬真一が顎に手を当てて、難しい顔をしながら歩いてくる。

お偉いさんに連れられてどこかに行っていた彼とバッタリ出くわしたのであった。

「あ、真一さん。ちょっと、知り合いがいたみたいで、様子だけでも見ておこうかな、と」

「会場の外でかい？　中に入って挨拶すればいいだろうに」

不思議そうな顔をして尋ねる真一に苦笑する茂。

茂はへらっと作り物めいた笑みを顔に張りつかせて、自分のスーツを指でつまむ。

「就活生《リクルーター》っぽい格好のぺーぺーの若造が入っていくレセプションじゃないですよ。それより、アポは取れました？」

「まあ、ね。ただイベント終了後に改めて、って言われたよ。雄吾の奴も船内にいるんだが、対応してくれたのがガードの門倉氏だったたから。向こうもさすがに根負けしたんだろ。深雪君もいるみたいだし、君らがいることも伝えたら話に加わってほしいってさ。まあ、及第点じゃないか？　ただ、結局深雪君の顔は見られなかったからなぁ」

「いや、ものすごくいい感じの前進です！　ノープランの出たとこ勝負の万倍いいですよ」

ぱん、と手を打つ茂。

正直、上々の結果と言える。

昨日までの系列の試験場の前で、ただただぼーっとしている状態よりはよっぽどいい。

そんな気分の中、床が軽くガクン、と揺れた気がした。

「ん？　出航したのかな？」

「ですかね。いま丁度十八時ですし」

腕時計を見ると文字盤を長針と短針が一直線に分けていた。

十八時出航で、最初のコンサートイベントが十九時から。諸々を終えた後にファッションショーが二十一時スタート。ワンナイトクルーズを行い、次の港には翌朝十時着の予定と聞いている。

「まあ、そういう訳でだ。やることもなくなったし、そこの会場で軽く酒でもどうかね？　博人君や由美ちゃんは酒が飲めない年齢だから、誘えないし。君は飲めない訳じゃないんだろう？」

「いや、確かに弱くないですけど。格好がちょっと……。それに、ですね」

そんな及び腰の茂をばんばんと真一が叩く。

「それに？　どんな理由だい？」

「さっきも言ったんですけど、出来たら会いたくない知り合いがいまして。偶然なのか、そこの会場に」

声を潜めて茂は真一に告げる。

「……しかもその人、『武者』とチャンバラやった時の被害者なんですよ。ほら、車で話した」

「ああ、弟さんの大学の先生だったか。……それは、あまり会いたくないな」

「でしょう？　だから、部屋で飲みましょう。軽食くらいは博人が軽い食事を持ってくるみたいですから」

「そうしようか。ああ、なんならルームサービスで何か頼むとしようか。付き合ってくれるよな？」

「……金持ちの発想ですねぇ。はい、でも軽くですよ？」

「ははは、安心したまえ。酒は口実で、僕は君らの話が聞きたいんだよ。そんなにでろでろになっては話が聞けないだろ？」

二人で連れ立って、レセプション会場の前から逃げる様にしてその場を離れる。

＊＊＊

さて、茂は気づかなかったが、その姿を途中から遠目に見つめている視線があった。

その視線の送り主は、今まで話していたナイスミドルの男前と軽く手を振って別れ、壁際《かべぎわ》の隅に移動する。

手に持ったポーチからスマホを取り出し、通話先を表示し連絡する。

髪を掻《か》き上《あ》げた婀娜《あだ》っぽい姿の火嶋早苗は数コールの後、相手が出ると口元を笑みの形にした。

『何か動きが？　スカーレット？』

通話の相手は椿《ツバキ》だった。今日はこの場から離れた東邦文化技術大から遠隔でのサポートに徹する予定である。

「港で待ち構えて、アホどもを根こそぎ掻《か》っ攫《さら》う予定の石島さんたち警察側の人員、もっと増やせるか？」

『急な話だね。でも……まあ、可能ではあるかな？　そういう話をするってことは予想外のトラブル発生と考えた方がいいかい？』

「いや、そういうわけではない〝今のところは〟な」

『嫌な言い方をするなぁ。一応、予定通り計画は動いてるんじゃないのかい？』

わざと笑みを浮かべた彼女に、遠くから先程のナイスミドルが軽く挨拶してきた。

早苗もそれに応《こた》え、軽く会釈《えしゃく》をする。話している内容は中々過激であるが。

「予定はあくまで予定でしかないさ。ターゲット以外に〝少し気になる人物を〟見かけてしまってな。対処できるときに対処しないと、それで失敗するときのダメージがどれほどかは知っているだろう。悪寒がしたなら薬を飲んで、温かくして、水分を取ってさっさと寝るべきだ。それでも風邪を引いたなら仕方ないが、その後の治り方が違うものだろう？」

『それは、もう風邪を引くと確定した言い方だけどね。警察の方の後詰めはどうにか動かしてくれるように掛け合ってくる。……で、ウチの部隊はどうしてほしい？』

「本部の警備は万全に。ただ、動かせる者はコール一本で動かせるようにしてくれ。動員数はお前の権限の限度いっぱいでだ」

『……あー、と。わかった、……けどさ？　マックスってことは、もしかして「彼」も動員対象に考えてる？』

「当然」

電話先ではぁぁぁぁぁぁ、と長いため息が漏れる。

そのあまりの深いため息に早苗がくすり、と笑う。

『……わかったよ。じゃあ部隊派遣の準備と「彼」の説得に入る。まだ飲んだくれてるんだろうけど、酔っ払わないってのだけはありがたいねぇ……』

「丁度良かったじゃないか。自分の酒代くらいは働いてもらわないとな。それにどれだけ飲んでも『彼』は素面《しらふ》なんだろう？　ならば何一つ問題はないじゃないか」

『ははは、ザルのように飲むってのがどんなに怖いか知ってるかい？　そのせいでこっちは大赤字なんだ。ちなみにどんな酒を飲んでるか教えてあげようか』

「いい趣味なら今度一緒に飲むのも悪くないな。全部終わった後で教えてくれ」

『リスト化して渡してあげるよ。……でも、今夜は君の予想が外れることを本気で祈ることにしよう。じゃあね』

ぷつ、と切れたスマホをポーチに放り込み、近くを通るウェイターからカクテルグラスを受け取る。マティーニだ。

オリーブを口に含み、一息でアルコールと果実の香りを喉に注《そそ》ぎ込《こ》むと、早苗は吐息をもらした。

「ああ、どうなることか、どうなることか……ね」

ちゅぴ、とグラスから唇を離し、少しだけピンクに染まる頬をした早苗がうっとりとした表情で呟いた。

＊＊＊

「あ、コンサート始まった」

茂はテーブルの上にある出来立てのピザのチーズをみょーんとのばして、落とさない様にすすってもぐもぐと食べる。

濃厚なチーズとバジルの香りを楽しみながら、コップに外国産のビールを注ぎ一気に空にする。

片手にステージの映像が流れているスマホを持ち、同じくピザにとりかかっていた由美がコンサートの始まりを報告する。

全員でせっかくだからと船室のバルコニーまでルームサービスでお願いした食事やドリンク類を運んで、海を感じながらの食事をしてみようとなったわけだ。

暗闇に包まれつつある海の光景に、沈んでいった夕日がほんの少しだけ残る残照が風流であった。

時折、波と風の音がするのもまた良い。

贅沢な夜を堪能《たんのう》するというのであれば、船旅というのは良い選択肢なのかもしれない。

「ふーん。もう十九時か。さすがに一日が長いな。ファッションショーが二十一時からだっけ？」

こちらはネクタイも外してシャツとズボンだけの博人が、ステンレスの皿に扇状に盛られた各種チーズを摘まみ、ジンジャーエールを飲んでいる。

流石に一流のサービスである。

チーズも様々な種類を取りそろえ、飽きの来ない様に適度なバランスで置かれていた。

まあ、中には人を選ぶような強烈な臭いの物もあり、偶然何も考えずに一欠け摘まんだ茂がクリティカルヒットを受けていた。

ウォッシュタイプのチーズは本当に人を選ぶ。マジで。

ただ、ぐぃとそれを洗い流すためのワインが極上に旨《うま》く、それはそれで楽しめたのだが。

「僕はあまり最近の歌手には詳しくなくて。正直、よくわからないんだよね。だから皆が熱狂する様はどうも、ね？」

ミートソースのパスタを食べながら、一本いくらか教えてくれないワインを口に含むのは真一だ。

昼間のキラキラ目のおっさんの姿を見てしまってはいるが、こういうきちんとした正装で優雅に食事を嗜《たしな》む様は、やはり堂々とした貫禄が全面に押し出されている。

「えぇぇ。でも、隼翔君とか娘さんとかはこういう歌好きだったりしないんですか？」

スマホに流れる映像は、今売出し中のパピプの妹分という触れ込みで人気の出てきているユニットの楽曲だった。

茂は都合三年前の記憶を振り絞り、ああそういうのもいたよな、という感覚であったが、高校生二名は違ったようである。

「好きな男子結構いたと思いますよ。たしか配信ランキングの良い位置につけてるってニュースでやってましたし」

「友達でカラオケ練習してる子、いたよーな気がしますねー」

「仕事で必要になることもあるから上位陣の顔と名前は憶《おぼ》えてるけど、楽曲までは流石にね……。しかもアイドルグループってどんどん大きくなるし、派生は増えるし、二匹目のどじょう狙って似たモノが出来たり、色々とね……。大変なんだよなぁ、流行を摑んでいくってのはさ」

「大変なんですねぇ」

ふふと乾いた笑いの真一はぐいとワインを呷《あお》る。

茂が思うにそういう飲み方をしていいお値段のワインではないと勘ぐっているのだが。

まあ、真一の自腹である。そこはご自由にというところだが。

「僕はまだそういうところにアンテナを張ろうとしているからね。ただし、もう少し上の世代の経営者になると、もうお手上げさ。顔も名前もおんなじに見えるんだってことで、代理店の営業は大変らしいよ？　誰を推しても反応が同じだって。だから目に見える数字として〝ランク付け〟が大切なんだってさ」

「ほぉぉ……」

全員が現役の企業経営者からの生の声を聞いて思わず唸る。

どんな仕事でも思いもよらない問題がでるもんだなぁと。

「というか、茂君はそこらへんの人たちに、すごく嫌な顔をされているって知っておいた方がいいなぁ」

「へぇっ⁉」

思わず出る素っ頓狂な声。

「君がこの前、ぐちゃぐちゃにした、というかどうにもできない理由でぐちゃぐちゃになったことを僕は判ってるんだけど。パピプのプリンセスなんちゃらって順番付けのイベント、結果として台無しになっただろう？」

身も蓋《ふた》もない言い方をしているが要するにパピプのこの間のイベントだろう。

年に一回の生放送の大イベントの最中に、横から「光速の騎士」が登場。その大立ち回りのせいでイベント内容としてはいまいち盛り上がりに欠けてしまったのは事実である。

ぽかんとしつつも茂は頷いた。

「あれでさ、この後にどういう風に売り込んでいくのかを計画してた代理店とか芸能事務所の企画、けっこうポシャったらしいよ。第何位のダレソレをつかいませんか？　って企画書、全部パーだからね。まあ、時間を置いて順位が出れば使える企画書もあるだろうけど、賞味期限の近いイベントはその手は使えないし。このたった数日で別のアイドルとか若手女優にそういう仕事、奪われてるみたいだね。まあ、僕も又聞きなんだけどさ」

とはいえ、地方の雄「但馬アミューズメント」の社長である真一のに耳に入ってくる程度には、事実なのであろう。

茂はこの間の短慮を反省する。

もう少し、おとなしく定良《サダヨシ》を制圧すればよかった、と。

「ああ、そういえば。その件が原因だと思われる殺害予告、出たって聞きましたよ、俺」

「おおぉぅ!?　さ、さつがいよこくぅ？」

コンサートを流す由美のスマホは使えないので、博人が自分のを取り出し、さくさくと操作する。

目的の画面に変わった。どうやらニュースサイトのようだが、タイトルがまあ剣呑《けんのん》。

太字で「パピプの非公式ファンサイトに『光速の騎士』への殺害予告、相次ぐ」である。

「これによると、どうも非公式サイトだけじゃなく、公式にも茂さんへの殺害予告が来たので、運営会社が警察にって形ですね。そんでネットの監視を強化したところ、狂信的なパピプファンが燃え上がった感情のまんま茂さんへの殺害計画を書き込んでいたのを発見、ということらしいです。アカウントの開示からの逮捕って流れで。おそらく文面からするとイベントを台無しにされたことによる逆恨みが原因ではないかと」

「……俺、人死にが出そうな凶行を防ごうとしただけなんだけど？」

「他のサイトにも複数のアカウントからの似たような書き込みが見られるらしいです。オシラベデスネーの質問コーナーに最近問いかけられた、超人をどうやれば無力化、拘束できるか、という質問に対して数十件の回答があるとの情報もありますが？」

「すごい、茂さん人気者ですね」

「嬉《うれ》しかないわい！　命狙われてんだぞ⁉」

ビビる。

まさかの外を歩いていたら刺されて死ぬ可能性が僅かだが発生しているとは。

切実にふざけるなと言いたい。

ルールがあやふやなネット世界だからといってもやって良い事、悪い事の判断くらいは付けないといけないだろうと思うわけだ。

「警察は『光速の騎士』に名乗り出てもらい、その身柄にしかるべき警護を付けるとのこと。連絡先は下記に、だそうですが。連絡しますか？」

「しねぇよ！　できるわけないじゃん⁉」

何故に警察にガードされる生活を送らねばならぬのか。

「……このニュースについたコメントを抜き出すとですね。『いや、一〇〇パーセント返り討ちじゃん』、『まずバズーカ買えバズーカ』、『警察の警備十人より騎士の方が強い気がする』、だそうです。ネットの世界の人は常識人が多いですね」

「そうかい、そりゃよかった」

何故だろう、さきほどまでのピザと同じはずなのに、今口に運んだピザがちょっとばかり美味しくない。

「あと、オシラベデスネーのグッドアンサーに選ばれたのを探しました。何が選ばれてるか知りたいですか？」

「……答え選んでるのかよ。こええよ、日本国民の頭の中、一体どうなってんだ」

海の風はこんなに冷たかっただろうか。

背筋を寒気が奔《はし》り、ぶるりと体が震えた。

「僕は、興味あるなぁ」

「私も、私も！　博人、どんな答え？」

「……俺も、一応知っておきたい。頑張って対策するから」

観念した茂が博人へ回答の発表を願う。

スマホを見つめた博人が咳払《せきばら》いをしてそのグッドアンサーを発表する。

「えーと、まずアメリカへと移住し、地元政治家の子供となんとかして結婚。親の地盤を継いで政治家へ転身。元日本国籍の人間でもアメリカ大統領に立候補できるように法改正を目指そう。アメリカ大統領へ立候補。頑張って大統領になる。その後、在日米軍全部隊を動員し、騎士を包囲殲《せん》滅《めつ》、だそうですけど。最短で十年、二十年単位の時間と莫大《ばくだい》な資本、あと怒濤《どとう》のカリスマが必要と追記されてますが」

「まず目的が捕縛から殲滅に変わってる！　対象も超人だったはずなのに明確に俺に変わってるし！　対策も何も、国相手に勝てる個人がいるかっつーの！」

「……本当に勝てないかい？」

何故かキラキラした眼でこっちを真一が見ているのかの理由を、何となく察知して茂はげんなりする。

「無理ですよ⁉」

「……全盛期の隼翔なら、こっちの小さな国くらいなら行けるかも？」

断言する茂の横で、要らぬ茶々を由美が放り込んでくる。

「……隼翔の奴、そんなに強かったのかい？」

「人間戦車、ってのが生易《なまやさ》しいレベルですしね。ただ、向こうだと個々の武力が高い人材もいます。最悪数さえそろえればどうにか対抗できる手段もありますから」

「ワイバーンを単騎で迎撃できるって人外だし……。そう言われれば考えて動けば確かにできるのかなぁ？」

「でも、こっちだとそこまでの人材って見たのは茂さんに、『骸骨武者』くらいだぜ？　なら、ワンチャンイケるんじゃないか」

「物騒な話するなよ。こええよ、お前らも」

苦々しい表情でつぶやく茂。

ただ、目の前の「魔王」は過去、「勇者」と同程度の戦闘力はあったことを考えると、それはそれで怖いものがある。

しかも魔術特化型で、接近戦を得意とした「勇者」よりも対集団戦には勝るわけで。

「軍師」はそういう点ではあまり戦闘に特化したわけではなく、一歩後に続く形になるが、それでも茂が万に一つにも勝てる気がしないクラスの実力は持っていたといえばどんな程度かをわかってもらえると思う。

要するに、どいつもこいつも戦車より強かったと思ってもらえればいい。

「でも、アホな話は別にして」

もしゃもしゃとフォークで刺したサラダのアボカドとレタスを食べながら由美が忠告する。

「あんまり目立たないようにしないと、誰かに本当に刺されますよ？　茂さん、仕方ない仕方ないって言って最後には変なとこに首突っ込んだりするでしょう？」

「……ここまで俺を連れてきて、お前がそれを言うのかよ？」

＊＊＊

コンサートは上々の出来で終えることができた。

今は、十年ぶりに再結成された人気ロックバンドが爆音を響かせながら会場を揺らしている。

美緒は正直な話、もっとグダグダになってしまうのではないかと思っていたのだ。

プリンセス・オブ・プリンセスのトップに成った者がこの新曲のセンターに立って歌うことになっていたのだ。

前回の生放送イベントでは中間発表の上位陣のみに曲の歌詞とメロディーがすでに伝えられていた。

ダンスと完全に連携させるのは難しいので、その時は立ったまま曲が流れ、トップが歌う形での発表予定であった。そしてトップ五名により歌われる新曲には、コンサートまでにそれぞれのパートが割り振られる。

それはつまり、全員がトップになっていてもおかしくないように、全員に見せ場のある振り付けが割り振られたことで、想像以上に五人全員に負担を与えていた。

連日のほかの仕事と掛け持ちでできるようなものではないそれを、それでも全員が本番の一発勝負までには仕上げてきたのである。

(……これなら、大丈夫。私が抜けても十分以上にパピプを大きく出来るはず)

美緒はステージの袖《そで》にハケてから、大きく息をついてタオルを持ってきたマネージャーの間島に微笑む。

「お疲れ、というのには早いが、いいショーだった。だが、すぐにファッションショーの準備に入ってくれ。メイクもそれ用に変えないといけないからな」

ひょいと投げられたゼリータイプのドリンクを受け取り、ＣＭで宣伝している通り一息でずぞぞっと喉に流し込んで行く。

幾分かエネルギーがチャージされた体をコキコキとならして空のパックを間島へと返す。

「ご馳走様《ちそうさま》。じゃあ、行きますか！」

「ああ、頼む」

パンと手をハイタッチさせてから颯爽《さっそう》と去って行く彼女の後ろ姿を見て、間島は思う。

本当にもったいないな、と。

あれほどに芸能の世界で輝ける人材はいないというのに、本人がまるで興味も未練もないというのだ。

「畜生、ああもったいない。でも、やる気のない奴が残れる世界でもない。最後の最後にそこが成功するかそうでないかを分ける。……仕方ない、のさ」

間島はきっと自分が寂しいのだと思う。

あの神木美緒がこのまま芸能界から消えて行くのだということを知っている数少ない人物だから。

このステージも残り少ない彼女の記録となるだろうから。

＊＊＊　三　蠕動《ぜんどう》　のち　憧憬　＊＊＊

「……では、そろそろ始めよう。各チーム、準備状況を知らせよ」

……ザザッ!!


『……アルファ準備完了。指示を乞《こ》う』

『……ベータ、完了』

『……』

『……』

『……』


幾つかの報告を元に、最終のゴーがかかる。

「……各班、作戦開始。……幸運を！」


二十時十五分。

東京湾でクルージング中の豪華客船レジェンド・オブ・クレオパトラにて、所属不明の武装集団によるシージャックが発生した。

＊＊＊

『キャ――――！！！！！』

それは猛《タケル》がトイレに行っていたときに聞こえた悲鳴だった。

ちょうどパピプの新曲が終わり、猛が小学生の頃に人気だったロックバンドが昔のヒットナンバーをメドレー形式で演奏し始めたところで飯・トイレ・風呂という流れに入っていた。

猛にとって懐メロを奏でるそのロックバンドには全く興味はなかったし、夕飯を食べるにはちょうどいい時間で、二十一時からのパピプメンバーの出るファッションショーまでに粗方を片付けてしまうにはちょうど良かったのである。

ＰＣはネット配信の映像を流しっぱなしにしていたので、その会場からの声だったはずだ。

「何だ、何かあったのかな？」


じゃー!!


トイレの水を流して、手を洗って部屋に戻る。

あれだけの声が聞こえたのだ。

もしかすると、なにか重大発表でもあったのではないかと、少しばかり焦《あせ》る。

濡《ぬ》れた手を寝間着替わりのＴシャツで拭《ぬぐ》いながら、ＰＣのモニタを見ると、映像が停止していた。

不思議に思う猛の前で、停止していた画像が〝少々お待ちください〟の画面へと変わる。

「んん？　どうした、もしかして放送事故でも起きたのか？　海上からだから電波悪くなったのかなぁ？」

モニタ前の椅子《いす》に座り、ＰＣを操作するが一向に画面が戻らない。

不思議に思い、テーブルに放り投げていたスマホを手に取る。

開くのはパピプのファンサイトだ。

ものすごい数のファンが書き込みを行うこのサイトであれば、当然パピプの出番が終わった後でも惰性でファッションショーまでの時間を先程までの配信で潰している奴《やつ》もいたはずなのだ。

「……何？　はぁ？　いや、えぇぇぇっっ⁉」

書き込まれたそのコメントを目で追いながら、今度はテレビを点《つ》ける。

この時間帯だとまだニュースを放送している所は少ないはずだが、それでもどこかで、と猛は考えた。

幾つかの局をザッピングしている最中、お笑い芸人が体を張ってリアクションをしている映像の上部に〝緊急ニュース速報〟のテロップが流れる。

数回瞬くようにテロップが周囲に注意を引く音を奏でて、そのニュース内容を放送した。

たった数行のそれはこう書かれている。

『東京湾内を航行中の白石・グランド・ホワイト海運所有船籍、客船レジェンド・オブ・クレオパトラ内にて複数の銃声を確認。負傷者等《など》の詳細は確認中』

＊＊＊

いい感じにお腹《なか》も膨れ、一休みしたらファッションイベントに冷やかしに行ってみよう、と皆で話している所だった。

運良くか悪くかは判《わか》らないが、船外で凪を感じながら穏やかな時間を過ごしていた茂《シゲル》たちの耳に、船内各所から小さく何かの炸裂《さくれつ》音が聞こえてきたのだ。

最初は爆竹的な演出だと思ったのだが、どうもそうではない様で。

ほんの数秒遅れで、スマホ画面に流れる凶行の様子。

「おいおいおい！　マジか⁉　これ、この船の会場だぞ⁉」

スマホの画面に映るライブ映像は、ほぼリアルタイムで送られてくるこのレジェンド・オブ・クレオパトラの混乱を伝えていた。

コンサートのラストナンバーにかかろうとしたボーカリストの横に唐突にスーツに黒覆面の男が現れる。

件《くだん》のロックバンドは曲自体に人気があったのに加え、そのステージでのパフォーマンスに凝った演出をしていたことで有名だった。

今回のこの乱入も、何かの演出だと思った往年のファンたちは黄色い声援を送る。

音も最初の茂たちと同じく爆竹かなにかだと思ったのではないだろうか。

ステージ上で動揺しているバンドメンバーの様子も、演出の一環だろうと思いながら。何かを覆面の男に語ろうと近づいたボーカルは、スーツの男が上着《うわぎ》に手を突っ込むのを見た。

次の瞬間にはスーツの上着から出た覆面の手が、拳銃を握っていた。そして握りしめた拳銃の銃床で思い切りボーカルの顔面を殴りつけていた。

ステージと客席の間の通路へと転げ落ちた彼を見て、演出ではないと気づいた客が、一斉に声を上げる。

先程までの物とは違う、本気の恐怖を含んだ悲鳴を。


ダンッ！


その悲鳴の中、空へと向けて、覆面の男が拳銃を発砲。

音響を考えたコンサートステージでは、その音がとてもよく響いた。

そして、映像が静止画に変わる。

「うわ、ハイジャック、じゃなくてシージャックか？　マジで？　コレ、テロリストってことか？」

「テレビ、テレビ点けましょう‼」

全員が一斉に室内へと戻り、備え付けのテレビを点ける。

どのチャンネルもいつもの日々と変わらずバラエティや、クイズや、グルメやらを流していた。

当然、ニュースを取り扱うチャンネルはどの局にもない。

時間にして一分経《た》つか経たないか。

しかし、その映像の上に残酷な現実を告げるテロップが流れる。

内容は、同時刻に茂の弟、猛が目にした内容と同じ。

レジェンド・オブ・クレオパトラにて何かきな臭いことが起きたのだということだった。

「……船内地図、探そうか。非常時の脱出経路をまず確認する。どっかのバインダーとかに入ってないか調べてくれないか？」

落ち着いた仕草でまず茂たちに指示を出す真一《シンイチ》。

だが、ほんの少しだけ体が震えている。

彼を支えているのは、年長者としての責任感だけだった。

なにせここへと目の前の三名を連れ出したのは彼であるのだから。

最低限、この三名に対して真一には大人としてしなくてはいけない責任がある。

だが、なけなしの気力を奮《ふる》い立《た》たせる真一の心配をよそに、若者三人が動く。

「脱出用のボートの確認に、外部への緊急連絡方法、後は周囲の安全確保だと思う」

「……ですね。俺はドアの側《そば》で誰か来ないかを調べてみます」

茂はドアの近くに陣取ると、「気配察知：小」を発動する。

流石《さすが》にここ一番のイベントを仮設のコンサート会場で行っているからだろう、それを見に行っている者ばかりで船首付近の客室に残っているものは少ない。

そしてその中で移動している者がいるが、スキルを使った反応からすると、周囲への敵意を発していた。

恐怖ではなく、明確に敵意である。

八割九割犯人側、若《も》しくはそれと近しい目的を持つ誰か、ということになる。

「犯人の奴ら、客室の中を確認しているみたいです。部屋の中にフリーパスで入ってるから、多分オートロックは解除されてるみたいですね」

「……少なくても保安部門の管理システムは掌握《しょうあく》されたということか？」

「電子キー的なものはおそらく。まあテロリストなら真っ先に保安部門は押さえに行くはずでしょうね。それにどんなに体鍛えても、銃持ってるやつに反抗なんてなかなか難しいと思いますけど」

真一が吹き出した汗を、備え付けのバスタオルで拭っていた。温《ぬる》くなった瓶詰《びんづめ》のミネラルウォーターの残りを一気に呷《あお》っている。

「どうすれば、いいかな？」

真一が半ば呆然《ぼうぜん》と呟《つぶや》く。

その質問に尋ねられて答えることができる者は普通はいない。

こんな特殊事例に対応できる者を、日本人に求めるのが間違いなのだ。

混乱してはいてもパニックを起こして騒ぐまではいかないところは、真一の対応は及第点といえる。

ただ、この場の三名はその分類から少しばかり外れていた。

危険地帯にその身一つで飛び込んで、そのまま圧殺《おしころ》していた「魔王」と「軍師」に、異世界での暴力事案の対処についてなんでもござれの「一般兵士」である。

前者は切り抜けた場数と質、後者は単純に対人戦闘の数が物をいう。

「とりあえず、ドア封鎖しますか。室内に引くタイプのドアだから、持って運べるものをドアの前に積んでいきましょう。それで開かなくなるし。ああ、でも重い家具って床に直留めしてあるんだー。そっか、船だもんねー。……まあ運べるものだけでも運んでバリケード作りましょう」

「茂さん、予備の武器って在庫あります？　いくつか貸してくれませんか？　後で返すので」

「なあ、この部屋の真上、壁伝いに上がっていけばこの図のプールの周辺に出ると思うか？　今一つこの図、わかりにくいんだけど。あと、やっぱスタッフ以外立ち入り禁止の区画、どうにかわかる手段ってないかな。この案内図のバーとかレストランとか今は本当にどうでもいいんだけど」

「念《ねん》の為《ため》、バスタブに水張りますよー！　あと何か水貯《た》めておける容器とかにも！」

「お願いー。俺はちょっと外の壁面見てくるから」

三人がやいのやいと言い合いながら、てきぱきと運べるものをドアの前に放り投げ、ビス打ちされた家具を茂が引っこ抜いて簡易的なバリケードを作っていく。

もし仮に電気が止められたときのために、最低限トイレ用の水の準備も進める。バスタブにどぼどぼと水を流し込むなか、氷の入っていたペールと、空になったワインボトルなどを抱えて由美《ユミ》がちょこまか動く。

茂の姿はすでに「光速の騎士」装束《しょうぞく》である。

そんな若者たちが率先して、てきぱきこの非常事態に対処していくのを見ていると、真一の頭も一時の混乱から醒《さ》めてくる。

こういう室内に閉じこもる籠城者がいる場合、攻め手としては火計等の強硬策を選ぶ可能性もあるが、流石に船内で火を放つほど相手もアホではあるまい。周りは真っ暗で海の上。そんな中での船上火災などリスクしかない。

一通り船内地図を確認し、茂は外に置かれていた食べさしの軽食や、ドリンク類を一纏《ひとまと》めにして残数の確認を行い、以前使った「聖騎士」のお土産ナイフと、家庭用の包丁を取り出して博人に手渡す。

ベランダに出ると、茂はいっちに、さんっしっと、屈伸運動を始める。

「な、何をする気かね？」

真一が恐る恐る尋ねると、茂がこともなげに言い放つ。

「ちょっと壁登って船内の様子見てきます。思ったよりも凸凹《でこぼこ》してるし、部屋の窓の縁《ふち》とか摑《つか》めば行けそうなんで。助けを呼べそうなら呼びますし、ダメそうならソッコーで逃げましょう。あ、なるべく早く戻る気ですけど、ヤバかったら先に逃げても構わないですよ」

「いや、そんな危ないことをさせる訳には！」

「まあ確かに危ないんですけど、どう考えても警察とかそういう人たちが来るまでにだいぶ時間がかかりそうですし。動けるうちに動いておいた方がまだマシかなーと思うんで。だから由美、博人《ヒロト》。お隣の部屋留守みたいだから、犯人がバリケード突破してきそうになったら、いざというときはそっちに逃げろよ。そんで真一さんのガードは頼む。多分下のフロアから順に部屋の中確認してるようだから、ここに来るのはもう少し時間かかるはずだけど」

「オッケーです。言うまでもないですけど命は大切に。私らじゃ今は足手まといになりそうなのでー」

「……隣のバルコニーまで、結構ギリギリの距離ですしね。足を滑《すべ》らせて海に落下なんて目も当てられないですから、それは最後の手段にします」

「無理はするなよ。どうにもならなきゃ、降参するってのも考えてな。テロ対策のプロフェッショナルに任せるってのもいいかもしれん。……そういえばこういう救助って海だし、海保とかが担当するの？　それとも警察のテロ対策部門？　自衛隊？　交渉窓口の行先《いきさき》次第なのか？」

「テロ行為ですし、もしかすると茂さんの将来の敵、在日米軍かもしれないですけど？」

「……なんで敵認定されてんのよ。俺は、皆と仲良くしたいっての。それに将来的に米軍と戦おうって方向で話し進めないでもらえるかな、博人よ」

バルコニーから身を乗り出して上層をのぞき込み、溶接されたテーブルの上の瓶ビールを掴む。この状況下、酒の勢いも必要といえば必要だ。酒の力の一つも借りたくもなろう。

行きがけの駄賃で残り少なくなったそれをぐびぐびと飲み干し、空の瓶をアイテムボックスへと放り込んだ。

「行ってらっしゃーい！」

「んじゃ、行ってきますよぉ。……行きたくないんだけどなぁ、怖いなぁ。はぁ……」

テーブルの上に登ると、ため息一つとダンッという音を残して「光速の騎士」の姿が消える。

誰もいなくなったスチールのテーブルの天板には、くっきりと凹《へこ》んだ足形が一つ刻み込まれていた。

「彼は、本当に大丈夫なのかな。相手は銃を持っているようだが」

真一の心配をよそに、後ろも振り返らず二人が部屋へと戻っていく。

「普通の人間相手なら、逃げるだけならどうとでもできますよ。茂さんって、抜けてますけど基本的に慎重派ですから。きっと隠れてこそこそ動くでしょうし。あと、レベル十五前後だし、多分鎧《よろい》とか着込んでれば、拳銃くらいなら一発二発当たっても死なないんではないかと」

「トラックに撥《は》ねられて痛たた、で済むってそういう事です。まあ慎重派って言い方変えるとビビりともいうけどねー。さて、テレビテレビ。ギリギリまではここで籠城ということにしましょうか」

人知を超える超人の耐久性についての説明を、元超人《どうるい》たちから受けてもどうも安心しきれないが、ここは従うしかない。

真一は部屋に戻ると、テレビを見ることしかやる事がなくなっていたのだった。

＊＊＊

粗末なパイプ椅子に座らされているのは、今回の生配信に際し、船内で映像を撮影していたチームの責任者でアロハシャツの男、穂高だった。

その両サイドに二人が座り、正面には先程ステージ上でバンドのボーカルを殴打した男もいる。

全員が顔を隠す覆面や目出し帽をしている。

右の側に座る男がアロハの耳元で彼だけに聞こえる様に囁《ささや》いた。

パイプ椅子の前にはテーブルが置かれており、その前にはスピーカーで通話状態にしたスマホが置かれている。

そして、プロンプターが一台、起動状態で置かれていた。

通話先の表示はネットテレビ「ハイパーエンジョイ」、略してハイエンの本社となっている。

ステージの周りには誰もいない。

コンサートの観客、演者含め全員が別の場所へと移動させられている。

あの〝気持ち悪い何か〟に連れられて、だ。

相手が銃を持っていても言葉で抵抗する者もいたにはいたが〝アレ〟をみて以降全員がおとなしく従った。

穂高としても色々なものを見てきた人間だという自負はあるのだが、〝アレ〟は何だったのか。

形容しがたいが一番近いのは動くヘドロ。それも人一人分ほどの質量のあるヘドロだ。

しかも水彩画の筆洗いバケツの汚れた水を、全て混ぜ合わせたような、気持ちの悪い色の。

「では、話せ」

右側に陣取る男が穂高に耳元で囁いた。

「わ、私は現在、レジェンド・オブ・クレオパトラ内のコンサートステージ横でこの電話をしています。私は現場プロデューサーの穂高です。ほ、本社聞こえていますか？」

『……聞こえている。こちらはハイエン本社企画推進部の東山だ。ハイエンの専務でもある。社長は現在不在のため、私が最上位の役職者だ。こうやって連絡してきたということだが、要求があるのだと考えている。何が目的なのかを聞かせてもらいたい』

くいと、覆面が顎をしゃくり、穂高がプロンプターを読み上げる。

元々はコンサートの司会用のそれが今はテロリストの言葉を代読させる機器として利用されていた。

「これから先、この男に我々の要求を代読させる。……まず最優先でハイパーエンジョイへ一点指示する。現在中断されているレジェンド・オブ・クレオパトラの配信映像を即時再開すること。その際には提供のCM等配信を中断させるような映像の挿入は一切《いっさい》許可しない。加工や中断のない連続した配信映像を全国へ流し続けること。映像に対してのコメント欄も開放状態とし、書き込みは制限しない。これらの要望が許可されない場合には、人質の安全を保障しない」

『……軽々に判断出来ることではない。……時間が欲しい』

覆面の横にいる男がプロンプターと直結させたPCを操作する。

カタカタとキーボードが打ち込まれ、新しく表示された文章を穂高が読み上げる。

「……これは指示である。拒否は認めない。即時の再開とは〝即時〟である。今の返答は拒否であると判断した。ひ、ひぃっ!!　せ、制裁を加えるっ!!」

『ま、待てッ!!』

ダンッ!!

スマホの向こうにもわかる一発の銃声。

「ひっひっひっ………」

ひきつけを起こしたように過呼吸気味になった穂高の声だけが、その場に響く。

横に置かれていた資材のゴミ山に向けて一発発砲したのだ。

『何をしたんですか⁉　誰かに危害を加えるなんてことは、ゆるさ……』

ドンッ!

覆面がスマホを置いた机を強く叩《たた》くと、東山の声が止まった。

頭を抱えて身をかがめていた穂高を無理矢理に引き起こし、髪の毛を摑んで、再度プロンプターの画面を見せる。

先程までの文の後に続きが入力されている。

助けを求める様にして周りを見ると、覆面が頷《うなず》いた。

読め、という指示だ。

「い、いま、今のは警告だっ。つ、次は誰かの身に取り返しのつかない事態が降りかかることを覚悟しろっ！　現在時刻は、二十時二十八分。よ、四十五分までに配信が再開されなければ、一名ではなく、複数を対象に制裁を加えるっ。我々には日本の各所に協力者がいる。かれらは君たちのハイエンの映像を他の視聴者と同様にスマホ等で現在も視聴している。その彼らから映像が視聴できていると連絡があれば、次の要求について連絡をさせてもらう。無論、視聴できなくても連絡はする。当然、こんな騒ぎだ。警察が到着している頃だろう。彼らに相談してもいいが時間はあまりないぞ。な、何だって？　っ、うそ、嘘《うそ》だろ⁉」

最後の文章を見て、穂高が叫ぶようにして目の前のテロリストたちに叫ぶ。

前のめりになった彼の肩を両サイドの男が押さえた。

『穂高⁉　どうした、穂高ッ！』

東山がスマホの向こうから叫ぶ。

映像ではなく、音声だけであるため東山にはどうして穂高が大声を上げたのかが分からない。

「あ、アンタら。正気なのか⁉　こんなことしてても、正義だとか、やっちゃいけない事があるって、そういう守るべき一線ってモンはないのかよ!!」

先程までとは違う。

穂高の中にあるのは恐怖である。

それは間違いない。

だが、それを上回《うわまわ》る激情が迸《ほとばし》る。

これは、憤《ふん》怒《ぬ》だ。


かちり……


わざわざ、穂高の耳元で聞こえる様に拳銃の安全装置が外れる音がした。

ごくりと自分が唾を飲みこむ音すら聞こえる穂高の耳元で、今度は逆サイドの男が囁く。

「サッサト、ヨメ」

たった一言であるが、日本人のアクセントではない。

奇妙な〝訛《なま》り〟のある命令を発し、男が目出し帽から覗《のぞ》く青い瞳で穂高を睨《にら》む。

「……彼らに相談してもいいが時間はあまりないぞ。……その際に犠牲になる複数の対象には、船内にいた子供を含むことをここで宣言する。確実に、間違いなく、君たちが拒否することで、子供が死ぬのだ、と理解した上で動いてほしい。我々としては無駄な血が流れない事を祈る……ちくしょう」

恐怖を上回る憤怒。

穂高には五歳になる息子がいる。

結婚してからしばらく子供が出来ず、やっと授かった我が子だ。

当然この船内にはいないが、きっと家で母親と夕飯を食べ、今は風呂にでも入って寝ようかどうしようかというところだろう。

あまり良《い》い父親である自信はないが、子供を愛していると誰にも臆することなく断言できる。

子供が、好きである。

だからこそ思うのだ。

子供を盾にしてこんな要求をするこのテロリストたちに。

確かにどうすることもできない。

だが、それでもこのクソどもに対して湧き上がる気持ちは止められない。

『待て、それでも時間……』


ぷつ……


東山が話している途中で通話が切断される。

近くに置かれたモニタにハイエンのネット配信が映っていた。

先程の銃声から〝お待ちください〟の画面に切り替わり、そのままで流され続けている。

「良いアナウンスだったよ。次の連絡をするまでの時間、しばらく別室で休んでくれたまえ」

ぱちぱちと手を叩く覆面の男。

彼を睨む。
真《ま》っ直《す》ぐ、しっかりとした目でこの目の前のクズを睨む。
穂高は決めた。
人命がかかっているのだ、従う、彼らに従うと決めた。
だが、決して脅されようとも何があろうとも、心だけは屈してなるものかと。

がたん！

ぐいと摑まれて、無理矢理立たされる。
恐らく別室へと移動されるのだろう。
穂高は手を握った。
血の気が引くほどに強く握った手は内出血をして少し血がにじんでいる。
だが、その手に今朝《けさ》抱きしめてきた我が子の温《ぬく》もりを感じた気がした。
普通に考えて、ただの勘違いだとは思う。
すこし興奮しているから、体温が上がったのだろうとも。
だからこそ、鈍い痛みを感じながらも穂高はさらに強く強く手を握りしめた。

＊＊＊

コンサートステージは船首屋外に設置されている。

軽い日よけや雨避《あまよ》けになる構造物がある以外は吹き抜けで空が見える設計になっている。

つまり、その真上はただただ夜空が広がるばかりであったはずだ。

しかし、そのステージをなめ上から俯瞰《ふかん》で見ることのできる位置で何かが蠢《うごめ》いた。

すっかり暮れた星空が広がるだけの暗闇の中、ほぼ垂直の壁面に何かがへばりついている。

黒い、何かだ。


がさっ……


限界近くまで引き絞られた弓にも似た左腕が、〝槍《やり》〟を矢として今にも放とうとしていた。

だが、それがゆっくりとほんの僅かな衣擦《きぬず》れの音と共に、元の位置に戻され、〝槍〟は何故《なぜ》か中空へと消えていった。

そして誰にも気づかれぬまま、狙われていた覆面の男にも当然気づかれぬまま、その何かは再び壁面を登っていったのである。

＊＊＊

「……銃持ってるじゃん。……本気のテロリストなんだよなー。嫌だなー」

テロリストに本気も嘘もないとは思うが、言いたいことは何となくでいいので理解してほしい。

茂としてはあんなに簡単にぶっ放すとは思っていなかったのである。

流石に銃を構えている覆面の怪しい男が、人質っぽいアロハのおっさんを脅してるところだったので、もし少しでも殺気が漏れ出る様なら槍を投擲《とうてき》して腕を貫くという暴力的な解決策を選択せざるを得ないところだったのだが。

あの覆面にとっては幸運なことに、真横の資材置き場に撃っただけだったので見逃されたわけである。

ただし、その会話は茂に聞かれていた。

途切れ途切れであるが、どうやら時間制限を決めて、要求が受け入れられなければ、人質を害するということだ。

つまり、その時刻までに何かしら対策を取る必要があるのではないか。

「と、思い付いたんだけど……。俺一人でって難しいし。協力者探すべきだよな」

よじ登ってよじ登って、上層階のＶＩＰ用のプールに常設されたバーカウンターの陰に隠れて一息ついたところだがあまり時間がない。

カウンターの中にある冷蔵庫からオレンジジュースを勝手に取り出して、ぐびぐびと喉を潤す。

冷えた柑橘《かんきつ》の爽《さわ》やかな喉ごしがたまらない。

よく考えるとドロボーであるが、緊急事態である。そこは勘弁してほしい。

プール脇の時計を見ると二十時三十分を回っていた。

「四十五分がデッドか。うーん……。保安部門、セキュリティを管轄してるのって何処《どこ》だろ？」

懐《ふところ》から船内の案内図を取り出し確認。

拾得物とか迷子案内とかは書かれているが、それ以外にセキュリティの文言は案内図には書かれていない。

こういうときの保安上の対策であることは解《わか》っているが、逆にそれが面倒なことになっている。

（船首部分に人が集められて、「気配察知：小」で反応があるのは三ヵ所。一つは余りにも大人数だから、イベントの出席者と乗客だろう。そう考えるとここは違うな。他の二ヵ所、ここの上と、船内の奥。……この上は、外が見られるから操舵《そうだ》関係かな？　映画とかでも操舵する所から氷山にぶつかったり、街に入り込んだり、タンカー真っ二つにするのを見たりしてたのってやっぱ上の方からだったよな。……だとすりゃ、船内の奥、こっちが本命か？　……自信ないけど）

案内図と「気配察知：小」の反応を照らし合わせると、パンフに描かれていないスタッフオンリーの区画のようだ。

こっそり移動するつもりではいるが、そういうところには間違いなく監視カメラが設置してあるだろうし、この状況下でその映像を確認する人員が配置されていないことはまずありえない。

しかもそういう重要拠点であるならきっと鍵は厳重に掛けられているはずだ。

つまり、動きだせば間違いなく「光速の騎士」のコスプレをしたイカれた奴がいると船内中に知られることになるわけで。

（弱った。純粋にマンパワーが足りない。目的地まで全力で駆けぬけても確実に数秒は掛かるし）

運良く誰にも見つからず、セキュリティを統括している保安部門にたどり着き、ドアのカギを破って侵入。他のテロリストに連絡をされるまでに制圧する。

（……無理だ。そんな神業に等しい技術は持ち合わせてない。どうやったって時間はかかるだろうし、入口でガチャガチャしてたらカメラにも映る。一人で動くにはこの船、デカ過ぎる……）

むむむっと唸《うな》るが、いい考えが出ない。

そうこうしている間にも時間は過ぎていくわけで、出たとこ勝負のギャンブルをするしかないか、と思ったときである。


………ラララララッ！


遠く、遠く、船以外には月明かり程度しか周りにないこの大海原で何かが近づいてくる音が聞こえてきた。

しかもそれは徐々に大きくなっていく。

それでわかることがある。

（音としてはヘリだけど⁉　東京湾のど真ん中で夜間飛行って⁉　しかも複数、だよな？）

バラララと何かが空から接近してくる。

ライトを点けているものを数えると都合三機だと思われる。

「や、やった。助けが来たのか。……でも、どこから？」

小躍りしそうな自分を抑えつつ、頼もしい味方の到着に茂は喜ぶ。

正直、海保だろうが警察だろうが自衛隊だろうが、特殊な部隊だろうがどこでもいい。

今ならば、動ける。

『〜〜〜‼』

何語なのか判らない言葉で大声を上げながら、プールと繋《つな》がっているドアから男が飛び出してくる。

茂が隠れていたのはこれが理由だった。

ＶＩＰ用のプールサイドのバーカウンターからすぐそばの客室へと続く扉に、明らかにテロリストでございい、と言わんばかりのピエロのマスクをかぶったスーツ姿の男が立っていたのである。

しかも、ちょっとばかりゴツい見た目の得物を手にして。

先程下のステージで見たのは覆面の目出し帽であり、どうも統一感がないのであるが、まあ手には自動小銃らしきものを両手で構えて近づいてくるヘリを睥睨《へいげい》している。

近くまで来たならばぶっ放すつもりなのだろう。

しっかりと物陰に隠れて様子を見ているようだ。

（「気配察知：小」だとこの近くにはアイツだけ。後はまだこの近くにはいない！）

覚悟を決める。

ピエロの注意が空を駆ける三機のヘリコプターに向いた瞬間、茂がバーカウンターを飛び出す。

爆音とともに、ヘリが船上を通過したことで、物陰から音もなく急にあらわれた〝それ〟にピエロは気づくのが遅れた。

『……オッ⁉』

銃口を〝それ〟に向けた瞬間には、すでに懐近くまで踏み込まれていた。

トリガーに掛かった指に力が入り、誰もいない空間に目掛けて自然と引き金が引かれる。

……かと思われた。

ゴキィッ‼

『ガッ！！！？』

踏み込んだ瞬間に摑んだ、引き金に指が掛かった側の白手袋を付けたピエロの手首を、一瞬の躊躇《ためら》いも見せずに握り、即座に砕く。

その激痛に悲鳴を上げようとしたマスクの下の顎へとかちあげる様にして掌底を放つ。

ミシィ……

手首を摑まれているため、首から上がスイカの様に爆《は》ぜるのではという衝撃が、一度にピエロの顎を襲う。

当然体ごと吹き飛ばされそうになるが、摑まれたままではそれも防がれる。

極めて静粛に、且《か》つ迅速にピエロを無力化すると、その体を抱えたまま再度バーカウンターへと戻る。

「さて、どんな顔してるのかな、と」

失神しているピエロのマスクを剝《は》ぎ取《と》ると、その下から出てきたのは日本人ではなかった。

まあ、先程何語か判らない言葉を発していたのだから当然だろうが。

取りあえずわかるのは英語っぽくない言葉を話す白人系の男性、というくらいか。

年齢とかは正直よくわからない。

若くも見えるし、実は年がいってるという可能性もある。

なぜならば歯が見事なくらいに粉砕されている上に、血まみれになっているので、そこは仕方ないだろう。

ただ、トランシーバーとは別に、ピエロマスクの下の耳にイヤモニが付いていた。

あとは何かないかとスーツの上着の中をまさぐってみる。

「拳銃、弾薬、ミントタブレット、タバコにライター。……財布とか、身分証はなし、か。通信機器はトランシーバーと、もう一つトランシーバー？　二つ持ち？」

先程から手に持っていた方のトランシーバーにガンガン音が入ってきているが、母国語が日本語である「騎士」には、何を言っているのか解らない。

多分もう一つのトランシーバーからイヤモニへ音声を飛ばしているのだろう。

〝ヘリ○○＋なんちゃら＋かんちゃら〟という音が聞こえてきているので、ヘリコプターに関する何かを話しているようだ。

ただし、下で脅迫していた男は流暢《りゅうちょう》に日本語を話していたように思う。

その辺りがいまいちしっくりこないのであるが。

「うーん、まあ船内へ進むか。後十分くらいしかないみたいだし」

ピエロの砕けていない側の手首の腕時計を見ると三十五分となっている。

立ち上がり、失神したピエロをバーカウンターに隠すと、茂は船内へと向かおうとした。

「……あ、そっか」

あることに気づいた茂は一度、ピエロの男を隠したバーカウンターへと戻るのだった。

＊＊＊

（来たか、思った以上に早かったな）

火嶋《カジマ》早苗《サナエ》は囚《とら》われの身となりながらも、周りでおろおろとしているセレブリティな方々と比較して落ち着いた様子であった。

コンサートには興味がなく、レセプション会場で酒を軽く嗜《たしな》んでいる所に、顔を隠した男たちが闖入《ちんにゅう》してきて、天井《てんじょう》に向け発砲。

そのまま全員が拘束され、船内の一室へとまとめて放り込まれ、その際にはスマホをはじめとする通信機器も取り上げられていた。

だが、取り上げられる寸前に、先程まで連絡を取っていた相手にＧＯとだけ通信できたのである。

そこからおよそ二十分で船外からヘリの音が聞こえたわけで、恐らくではあるが部隊が到着したということであろうと、推測された。

「た、助けが来たのか？」

「ヘリコプターの音よね？　そうよね？」

ざわつく室内を嫌ったのか、出入口に立った男が大声を上げた。

「静かに！　先程も言ったが騒ぐ者は力ずくで黙らせるぞ！　何度も言わせるな‼」

途端、ざわめきがトーンダウンする。

その時、男のトランシーバーが連絡を入れてくる。

『……こちら操舵室。ヘリコプターが三機編隊を組んで一時接近したが、船上を通過しただけだ。船体後方から一定距離を保って追跡している。所属については不明。計画通り、航行ルートは維持しつつ周辺の監視を続ける』

『了解。セキュリティルームの制圧部隊は念のため、船室の全ドアの電子ロックを掛けてくれ。隠れた客人の捜索と捕獲はここまでとする。やけを起こして騒がれない様に客室への電源の供給をカットしておけ』

『こちらセキュリティルーム。了解した。通常の電源系統をオフ、船内照明について非常灯以外の全照明を落とした』

この場の全員が人質を見張る男のトランシーバーの音声を聞こうとしていた。

ただ、その言語が分からずぽかんとする大半と、早苗の様に聞き取り理解できる少数へと分かれていたが。

トランシーバーから漏れ出る音声は、スペイン語だった。

流石にこういった豪華客船の利用者。

早苗以外にも幾人か、スペイン語を通訳できる学のある人物がいたようだ。

その数名が、周りにいる人質へとその内容を伝えている。さざ波のように全体へと情報が伝播《でんぱ》していく。

あえて情報を完全に遮断するのではなく、一部をわざと人質側へと提供しているのだろう。

結果として、人質に伝わったのは助けのヘリは通り過ぎた、セキュリティは掌握されている、船内のあちこちに銃を持ったテロリストがうろついている、という三点だけだ。

（伝えてもいいような大まかな通信はあのトランシーバーで行っている。恐らく重要な事項については、別の通信手段があるんだろうな）

時折、覆面の口元へ手を持っていったり、耳を押さえたりする仕草が目に入る。

恐らくその行動から類推するに、もう一台、別のバンド帯で通信手段を確保して連絡しているのではないか。

人質への意識操作と、情報管理をかねた方法である。

しかも、何も考えずにテロリスト側のスピーカーになっている人質は、その情報が正しいのかどうかを判断できていないのだ。

その中に虚偽が混じっていたとしても取捨選択をできる状況でないということも含めて。

（しかし、〝彼〟はどう動く？　動かない、ということはないと思うのだけど……）

早苗の放り込まれたこの部屋の中に、〝彼〟はいない。

そしてその横にいた「但馬《タジマ》アミューズメント」の社長も。

当然、早苗はこのパーティーの、主要な出席者リストには一通り目を通している。

このレジェンド・オブ・クレオパトラ上での薬物取引の検挙に至る案件にほんの少しだけ、「光速の騎士」と書き込まれていた事実がある。

そして、「光速の騎士」の出現した地方都市に本社があり、その辺り一帯の経済界で知られる傑物で、さらに前日になって急に出席を決めた人物ということであれば、顔と名前くらいは脳に刻まれる。

その但馬真一《シンイチ》社長もこの場にはいない。

コンサート会場で捕まり、レセプションの出席者とは別室に分けられているという可能性もないわけではない。

ただ、そうであっても「光速の騎士」は動くだろう。

「我慢、我慢の時間だな。今は無駄に体力を使わないことが大切だ」

床に座らされて疲れ始めている者もいる。早苗は彼らと同じように、疲れたふりをする。

擬態だ。草原の真ん中で体を休める草食獣の様に。

人質を見張る覆面の男は気づかない。

羊を見張る羊飼いを任命されたのだと思っていたのに、羊の中に一匹、虎が混じっているということに。

＊＊＊

「もうすぐ時間だな。どうなると思う？」

腕時計を見て時刻を確認したピエロマスクのテロリストが隣の男に聞いた。

話しかけられた男もピエロマスク。

最初に話しかけたピエロAは、コンソール脇の椅子に座り、船内の防犯用の映像を見ながら、時折スイッチングして別の監視カメラの映像をメインモニタに切り替えて確認している。

ここは保安部門の中枢部。

船内のセキュリティを一元管理する部屋であり、つい三十分ほど前まではその安全が脅かされない様に全員が緊張感をもって職務に励《はげ》む場所であった。

今は残念なことに、暴力の権化であるテロリストに占拠され、真逆の役割を果たす場所となっている。

話しかけられたピエロBは、構えた自動小銃をいつでも発射できるように人質を見張っていた。

彼ら以外にも二名のピエロが自動小銃を手に彼らを取り囲む。

テロリストの姿は全員同じ。全てピエロのマスクにスーツ、指紋の対策用に白手袋。

コンソールの位置から一段下がったところにセキュリティ担当の本職のスタッフたちが、縛られて床に転がっている。

数人が口を切って血を流していたり、鼻血が出ている者もいた。

抵抗した結果であるが、如何《いかん》せん銃があるテロリスト側と、精々あっても警棒や、暴徒鎮圧用の催涙スプレーくらいでは戦力に差が生じてしまう。

最終的には、警備用のモニタへと一発打ち込まれた銃弾により、無駄な血を流すことを避けた警備責任者の判断で降伏することになった。

その責任者は、やっと止まった鼻血が喉に流れ、鉄臭さで充満する口から痰《たん》を吐き散らかしたい気持ちを必死に抑えている。

ただ、大声を上げない様に縛られて猿轡《さるぐつわ》までされていては、喉の奥に流し込んでいくしかないだろう。

「……恐らく最初の映像配信の要求は通るさ。この国は、〝問題を起こさない事〟が最優先される国だからな。まず対話のルートを作るためにも、それは飲むだろうよ。警察にしても、自分たちが交渉に入る前の段階で、人質が死ぬことは避けたいだろう。余程受け入れがたい内容以外はしぶしぶOKを出すと思う。テロリストの要求を受け入れた、と後々言われるかもしれんが交渉の窓口をネット配信で確立するためと、俺たちの情報収集のため、人質の安全のため、と後付けの使いやすい言い訳まで与えてやった。……そういう見栄えを大事にする奴らは食いつくだろう」

「やっぱり、そういうとこまで見据《みす》えてやってんだな。あの人。俺みたいな凡人にはそんなとこまで考えつかないけどさ」

「大丈夫だ。実は俺も全く同じことを聞いてな？　今のは全部、受け売りだ」

「何だよ！　そりゃひでぇ‼」

ひゃひゃひゃとピエロのマスク越しに笑う声は、比較的若い。

この二人に関しては日本語を流暢に話し、よどみなく会話が成立している。

「配信はどうなってる？」

「ん？　ああ、ちょっと待てよ」

コンソール脇のスマホを手に取ると、画面が一部変化している。

「ははは、ビンゴぉ！　生配信、まもなくスタートだぜ‼」

画面をピエロBに見せる。

未《ま》だ映像は流れていないが、〝お待ちください〟の文字が消え、代わりの文章が表示されていた。

拡大してみると、ハイエンの広報発で東京湾航行中の豪華客船レジェンド・オブ・クレオパトラにて正体不明の勢力によるシージャックが発生したこと、乗客が人質となっていること、その安全を守るため犯人と思われる人物からの要求で、船内から撮影された映像を流すこと、そして映像をカットすることは禁じられているため、未成年や体の弱い方は視聴しない様に厳に依頼する旨が記載されている。

下へとスクロールすると、警察から中止を求められたが、人命を優先する観点からハイエンの責任により配信を行うとされている。

配信開始は二十時四十五分とされており、コメント投稿も一切の制限がない状況で、現時点ですでに相当数のコメントが書き込まれていた。

そのほとんどはテロリスト側へ向けられる怒りの羅列であるが、一部不適切な物も混じっている。

「コメント欄も暴言から応援まで色々あるねぇ。これ、超面白いな！　同接数のカウンタもガンガン上がってるぜ！」

「……興味本位で何も考えずに〝見たい〟ってだけで動いてるんだろうさ。実際に人が死ぬかどうか、そんなこと考えもしないでな」

「そんなところだろうな。銃で撃たれて脳ミソが弾けて人が死んでいく。アクション映画とかでもよくあるシーンだしな。きっとそうだろう、この程度だって感覚で生きてんだよ。想像はどうやっても現実に追いつかないってのが今一つ判ってないのさ、日本人ってのは。実際あんなキレイな死体なんてありゃしねえのにな。ゲロ吐き散らかす奴らがどれだけ出るか、ワクワクするねぇ……」

へへっと笑う声がマスクにくぐもって消える。

先程までの喜色満面のものと違いどこか自嘲染みて聞こえた気もする。

気のせいかもしれないが、そんな気配がピエロBには感じられた。


ドン！


大きな音がして、セキュリティルームのドアが大きな音を立てる。

ピエロBは入口の重厚なドアに向けて銃口を向けた。

他の二名はそのサポートとして人質へとしっかりと銃口を向け、万一の抵抗を封じている。

「なんだ？　何が、っておい‼　アイツ、外で倒れてるぞ⁉」

ピエロAがセキュリティルームと外の廊下を繋ぐドアを監視しているカメラの映像をコンソールの正面へと表示させる。

そこに映っていたのはジャケットを大きくはだけさせ、下のシャツを赤く染めたピエロ姿の男が、少しだけ身じろぎしながらこの部屋の前のドアにもたれかかっている映像だった。

銃を廊下に放り出すようにして転がって倒れている姿は、明らかに何かが起きたことを証明している。

「監視映像はなにも映していないのか⁉　無駄話をして、見逃したんじゃあるまいな⁉」

「そ、そんなわけない！　さっきまで、アイツが普通に歩いていたのは確認してる！　何が起きた⁉」

Bがピエロ Aを強くなじり、Aが反論すると、モニタに映るピエロがかすかに動くのが見える。

まだ、生きているのだ。

「一人、来い！　中に引きこむぞ!!」

「ワカッタ！」

呼びかけに片言でピエロCが応《こた》える。

倒れているピエロの母語は日本語ではなかったはず。

ならば、Cの方が状況を聞き出すには都合がよかった。

ドアの横の認証用のカードリーダーに胸元のセキュリティの認識カードを翳《かざ》し、数ケタの暗証コードを手早く入力。

ぴぴ、という電子音と共にドアが開くと、もたれかかったピエロマスクの男が崩れる様に室内に倒れ込んでくる。

それを抱きとめ、室内に素早く引き込むピエロB。

外を警戒したピエロCが銃口を周囲へと忙《せわ》しなく向けて警戒する。

「ドアを閉めろ！」

抱きとめた男をそのまま室内へと引きずり込んで、警戒するピエロCに施錠を命じる。

それに従い、室内に戻ったピエロCが再びドアを施錠《ロック》する。

その時に気づく。必死で混乱の中抱きとめたこのピエロ。

その体から立ち上る甘い、甘い香りに。

気づかなかったそれに、安堵《あんど》から戻った冷静さがピエロBの脳髄に大音量で警戒を告げる。

若い女性が好んで選びそうなカクテルなどから感じる甘ったるいその香り。

カシスの香りだった。

「お、おま！」

脱力してまるで肉の塊だったそいつが、軽くなる。

いや、〝自分の足〟でその体重を支えたのだ。

密着状態から、腹へと拳《こぶし》が当てられたのを感じた、その瞬間。


ドゥッ！


ピエロBの体が、〝く〟の字になって折れ曲がり、マスクの下から胃液が逆流した。

瞬間、だまされたと確信する。映像はどんなに鮮明でも映像でしかない。

血染めのシャツの色がどんな物かは知っている。だが、映像の色バランスがまちまちでその場その場に適したように調整されている各カメラにどう映るのか。そこまでは解っていなかった。あの場で、本当にすべきだったのは仲間と思ったこの偽ピエロを引き入れることではなく、周囲への警戒発令だった。鍵を開けて負傷者を迎え入れるのではなく、逆により厳重な引きこもり策を選択すべきだったのだ。

そこまで考えたところで視界が暗く、ぼやけていく。腹から上に向けて拳を突き上げられ、衝撃で肺を含む内臓関係全般を揺さぶられてしまった。

結果、一撃でピエロBは昏倒《こんとう》してしまう。

そしてBが空を飛んだ時間は僅か一秒もなかったというのに、血染めシャツの偽ピエロがピエロ

Bを追い抜いて、ピエロCの目の前にまで一足で踏み込んできている。

ピエロCは咄嗟《とっさ》に銃を構えようとしたが、すでに振りかぶられた右拳が、砲丸投げの軌道で顔面に発射されているのを眺《なが》めるしかなかった。


メキィ!!


頑丈なドアとピエロの拳に挟まれたピエロCは、そのままズルズルとドアに沿ってずり落ちていく。

「クソッ!」

じゃき、と銃を向けたのはピエロDだったが、それでも血染めピエロの動きは止まり切っていなかった。

ピエロCを殴りつけた勢いのまま、人質の方へと体を捩《ね》じり、向き直ったときには先程までは持っていなかったビール瓶を持っている。

プールサイドに残されていたものを幾つか失敬してきたのである。

それが、間髪入れず投球、いや投瓶《とうびん》される。

通常はこんないびつな形の瓶を投げたところで、速度は出ない。

そう、通常は。


ヒュゴッ……!

「ガッ⁉」

困惑と共に頭蓋骨と正面衝突した時速百キロ超のビール瓶が割れる音を聞きながら、銃を構えたピエロDが昏倒する。

下手をすると頭蓋骨が割れる程の威力だ。

クッション材が入っているパーティーマスク越しとはいえ、まず間違いなく脳震盪《のうしんとう》は免れない。

結果としてこの部屋に血染めの偽ピエロが担《かつ》ぎ込《こ》まれて五秒足らずで、銃を持ったテロリスト三名が沈黙した。

「な、何だ、てめぇ⁉　そんな傷で、どうして。いや、裏切ったのか‼」

血染めのピエロに最後に残ったピエロAが怒鳴る。

このピエロAは荒事専門ではなく、船内のセキュリティをクラッキングするために来ている。

そのため銃火器は所持していなかった。

幼児に刃物を持たせてろくな結果にならないのと同じことだ。

ピエロAの言葉を受けて、少しばかり血染めが悩む素振りを見せるが、こう言い放った。

「まず、これは血、じゃない。良く見りゃ、判る、だろ？」

それは無理矢理声音を変えようとしているのと、マスク越しでおかしなイントネーションに聞こえた。

だが、それを指摘できる余裕はピエロAにはない。

そして一歩、血染め、いやカシス染めがピエロAに近づいてくる。

「あと、オレは、最初から」

非常にゆっくりとした動きで白手袋が自分の顔を覆っていくのを、呆然とピエロAは見つめ、その後にミシミシと自分の頭蓋が軋《きし》む音を聞くしかなかった。

「オマエの、敵だ」

最後に彼が今思ったのは、きっと生涯、命尽きるまで、このピエロの笑い顔を夢に見て飛び起きることになるのだろうということだった。

＊＊＊

「世間からの反応もあるだろうに、早急な英断を下したことに感謝する。これで交渉のテーブルにようやくつくことが出来る。当然そちらには警察の交渉チームが到着し、指示を出しているだろう。面倒な探り合いは排除しよう。この事件の責任者かネゴシエイターに変わってくれ」

指定時間前にハイエンから配信される映像に、指定時刻以降船内の映像を流すと表示されたことに伴い、テロリスト側は再度ハイエン本社と連絡を取ることにした。

穂高は読み上げたプロンプターの文章が、通話先へと伝わったことに安堵していた。

テロリストの要求に屈したのは事実であるが、とりあえず第一段階を乗り越えることができたと考えていいのではないだろうか。

今も先程と同じくプロンプターを読み上げる役に徹しているが、その安堵から僅かばかり落ち着いて読み上げることができていた。

『……私は本事案の交渉担当の野島と言います。そちらをどう呼べばいいか教えて頂きたい。そして人質解放に際して要求があるという認識で良いでしょうか？』

警察側の交渉担当者が声を出す。

緊張をしているのかマニュアルがそうなっているのかはわからないが、硬くそして穏やかな口調で端的な質問がなされる。

「……挨拶などは排除してさっさと話を進めるのがスマートだと思う。まず我々はトゥルー・ブルー。個人が開いた小さな小さな環境保護団体だ。そして代表者のここでの呼称はブルーとしている。交渉は代理人にこの穂高氏を立てて行う。ここまでは理解したか？」

どうしてもプロンプターに打ち込み、表示し、穂高が読み上げるという作業を間に挟む分、レスポンスが悪い。

だが、徹頭徹尾証拠を残さない様に動いているのだろうということは判る。

つまり、彼らはこの後に逃げ出すつもりでいる。

追われることを想定して、証拠を残さない様にしているのだ。

『理解しました、ブルー。要求の前に人質の安全確認を行いたい。それは可能でしょうか？』

要求をされる前に、一つ試しにジャブをしかけてみた、というところだろうか。

駆け引きができる度合いを探るための小石を投げ込んでいる。

「船に乗り込んだ人員のうちこちらは二百八十八名の所在を確認している。これには我々トゥルー・ブルーのメンバーも含まれている。これ以外の人員については把握していない。乗船リストはそちらも持っているはずだ。その記載上の数と二百八十八名の差については船内に隠れている、若しくは船室でおとなしくしているのが大半だと思われる。ただ、現時点では確認できている二百八十八名のうち今すぐに生命の危機にある者はいない。我々が船内を制圧する際に抵抗した負傷者が存在する。先に述べたとおり、彼らも今すぐに命の危険があるというレベルではない。我々は敵であるなら全て殺戮《さつりく》すべしという過激な思想は持ち合わせてはいない。そちらが紳士的にふるまう限り、我々も紳士的な対応を心掛けよう。無論、要求が通れば、人質は解放したいというのが我々の総意である」

『分かった。その要求を教えてほしい。検討部門へと伝えよう』

通話先のハイエンからの音声が何かが動く音を船内へと伝えた。

当然、この音声データの分析を行っているのだろう。

プロンプターにトゥルー・ブルーの要求が表示される。

「まず、当面のトゥルー・ブルーの運転資金として、仮想通貨のカカクコインで五十万枚をこちらの指定する海外の取引所四ヵ所へ等分して振り込んでいただきたい。検討の時間と振り込みの手間の猶予《ゆうよ》として三時間と少しだけおまけをつけよう。丁度日付の替わる午前零時ジャストをリミットとする。請求先は日本政府並びにこの船主の白石・グランド・ホワイト海運とする。請求額の負担割合はそちらで調整してくれていい。今日はＶＩＰも多いので少し欲深な数字を出してみた。各取引所へのコイン移動は随時こちらで確認する」

『……要求内容を記録した』

仮想通貨カカクコイン。

高騰《こうとう》に高騰を重ねる仮想通貨のうち、主流とはいいがたいものの一つ。だが一時期の沸騰熱は下がってしまったが、穂高も馬を買う代わりとして少しだけやっていたことがある。

結果として少しばかり損をしたので買い足すのはやめてしまったが取引所にいくらかは残っていた。

たしか先週確認したときは一コインあたりの価格帯は八百円から八百五十円周辺をうろうろしていたはずだ。

現金で直接というのでもなく、振り込みでもなく、仮想通貨での取引。

「次に、移動手段を準備してもらう。このレジェンド・オブ・クレオパトラが本来明日帰港予定の港に、車両を準備してもらう。細工をするな、というのは君たちに言っても無駄なのはわかっている。だから、燃料を満タンにした四人乗りの軽自動車を十台準備してもらう。オートマであれば車種・年式は特に指定しない。取りあえず走ればいい。君たちで適当に選んでくれ」

『……同じく要求内容を記録した』

穂高はだらだらと汗を流している。

この目の前の覆面は一体何を考えているのだろうか。

こんなテロをここまで成功できているということは間違いなく頭が切れるはずだ。

なのにシージャック。

成功する確率の方が低いだろう。

いくら日本が平和ボケだと揶揄《やゆ》されていたとしても、ここまで大事《おおごと》にした事件を日本警察が指をくわえて眺めているだけではいない。

その威信をかけて事件解決に全力を注《そそ》ぐだろう。

あの気持ち悪い〝アレ〟を目にしたとしてもだ。

『これで全部なのか？』

「あとの要求についてはハイエンの配信映像を使って全国に流すつもりだ。君たちは金と足をどうするか。それだけを上役《うわやく》に相談してくれ。……一度、通話を切る。次の連絡を待て」

ぷつ、と一方的に切断したスマホを隣の男に渡し、黒覆面が席を立つ。

「あとは、頼む。私はあちらへ向かう」

「了解しました」

目出し帽の男が袖口《そでぐち》を口元に寄せてぼそぼそと話している。

周りにいるテロのお仲間たちも耳元に手を当てていた。

エンタメの世界に浸《つ》かって長い穂高も、早苗や「光速の騎士」と同じく気づく。

こいつらは連絡手段を最低二通りは持っている、ということに。

本当に重要な情報は覆面の下のイヤモニを使って連絡しているのだと。

「では、穂高。君にはファッションショーの会場へと移動してもらう。すまないが煌《きら》びやかな芸能人の方々に我々を紹介してもらうぞ？」

両脇の男たちに立たされると、銃口で小突かれる。

逆らうわけにもいかず、歩き出す。

その横を黒覆面が違う方向に一人で歩いていく。

（なんだ？　アイツ、一人でどこに行くつもりなんだ？）

＊＊＊

「我々は、これから操舵室の解放に向かう。外部への緊急連絡はこのセキュリティルームからも発信できるが、同時に操舵室を含め船内各所に一斉に通知されてしまう。その前に最重要区画を何としても確保しなくては」

昏倒しているピエロ四名から銃火器を奪い取り、さらにセキュリティルームの防弾防刃ベスト、携帯用の盾に、ヘルメットを被《かぶ》り、完全武装した警備主任が同じ格好の警備スタッフ全員にそう話し出す。

海外にも出ることのあるレジェンド・オブ・クレオパトラ。

銃火器を実際に取り扱ったことのある警備スタッフは多い。

人種もアジア・アフリカ・ゲルマン系等様々で、警備スタッフの中には奪い取った銃を、堂に入った構えで照準合わせしている者もいた。

乗客・乗員の安全確保の実行部隊には入らなかったが、この部屋で連絡調整する警備スタッフには女性もいる。

彼女の座るコンソール近くのすぐに手に取れる位置には、ゴツイ拳銃が置かれていた。

そんな中に一人いる、汚れたシャツを脱ぎ捨て、代わりにピエロから剝ぎ取った青みがかったシャツに警備の防弾防刃ベストを着こむという怪しさ爆発中のピエロマスクの男。

彼は鍵付きのロッカーに残る警備用の盾をしげしげと眺めたり、手にした伸縮式の警棒をぶんぶんと振りまわしたり、さすまたを手に取って構えたり、渡された無線機のスイッチの位置を確認していた。

「……ピエロ君。君には船内下部のエンジン部の制圧に向かう部隊の護衛とサポートをお願いしたい。構わないか？」

「問題、ない。同行は、俺を入れて、三名で、いいのか？」

「頼む。恐らく捕まっているスタッフがいる筈《はず》だ。エンジンルームを解放できれば、そこから繋がったイベント会場の照明関係の点検用通路へと抜けることが出来るだろう。詳細位置は先程渡した船内マップを確認してくれればいい。ただ、事が終わったらこちらの援護もお願いできないだろうか？」

体《てい》の良いお願いではあるが、このどう見ても不審者にそんなことを頼むものだろうか。

若干の疑問を抱きながら、ピエロ君が自分の考えを述べる。

「最低限、知人を助けたら、警察に任せたい。銃を持つ、テロリスト。関わりたくは、ない」

「ということは警察やそういった者の突入までは協力してくれると？」

揚げ足を取るわけではないが、少なくともテロリスト側でないと確定できる戦力をみすみす逃したくはないのだ。

「……ふぅ。わかった。出来る範囲で、協力する」

ため息を吐《つ》くピエロの耳元まで警備主任が近づくと小声で話しかける。

「マスクを取る気は？　犯人と同じ扮装《ふんそう》では誤射の危険もあるが」

「ない。あまり、人目につく気、はない。勝手に避ける。心配は要《い》らない」

「……そうか、もしいつか仕事がなくなったら、いつでも来てくれ。君ならすぐにチーフくらいにはなれるぞ?」

「ありがとう。考えて、おく」

「それと、恐らく船内に内通者がいる。皆にはまだ言っていないが、操舵室の突入前には伝えるつもりだ」

「……事実か?」

「セキュリティカードの発行は上位権限者のみ可能だ。認証コードも日々ランダムに変更している。つまり誰かからそれが漏れていることになる。ハッキング等も考えたが、この部屋へはオフィシャルな手段でエントリーしてきている。船内のシステムのクラッキングに関してはここへの入室以降だからな」

一歩下がったピエロに、警備主任が軽く笑う。

「私以外にそれが出来るとなると、数は限られる。各部門の責任者権限のある数名が該当者だが……。人質が全員味方だと思い込むのは危険かもしれん」

「俺は、信じて、大丈夫か?」

「流石に敵を騙すのに、自分の味方にここまでの重傷を与える奴はいないと思うしな」

警備主任の視線の先にいる拘束された連中が、気絶してぴくぴくと小刻みに震えるさまを見ての感想だ。

「いくら何でもそうだったらもう少し上手《うま》くやるだろうさ。まあ、消去法だよ。……タイミングはその無線にするからな。くれぐれも間違わない様に」

彼がどこをどう信じてくれたのかが分からないが、ピエロ君はとりあえず動くことにする。

頷くとエンジンルーム解放班の残り二名を引き連れて、ピエロ君はセキュリティルームを出ていった。

＊＊＊

「主任、あのピエロ信じていいんですか？　怪しいったらないですが」

場に残る警備スタッフが疑問を呈《てい》する。

結局ピエロは自分が偶然船に乗り込んだ客でしかなく、消極的にだがシージャックの解決に協力するとだけしか明かさなかったのだ。

マスクを取らず、おかしな声で途切れ途切れに話す様、そして圧倒的な暴力。

セキュリティとして真っ先に拘束すべき人物だが、それ以上に警備主任が考えたのが彼の人物像《バックボーン》だ。

間違いなく温室栽培の平和な日本以外の世界を知っている。

主任と同じく、軍や警察の一部門などで荒事を主とする類いの仕事についていたのだろう。

イントネーションを崩してはいるが、文法上正しい並びの日本語を使っていることから日本語を最も使う地域の生まれ、育ちであることは間違いない。

だが、それ以上に。

「あのピエロ、あれと俺たちが連携の一つでも取れると思うか？　どう考えても俺、いや俺たちでは圧倒的に〝足りん〟。他に二人付けたがあれは、エンジンルームへの道案内がせいぜいだ。彼個人でどうとでもしてしまうだろう。それほど、俺たちとピエロの彼とでは差がある』

「主任、最近日本で『光速の騎士』ってのがいるらしいんですけど」

ぽつりとつぶやいた操舵室の解放班のメンバーがいる。

同じことを考えていた他のメンバーも頷いて主任を見る。

苦笑しながら主任はそれに応えた。

「ああ、ネットで話題の超人だろう？　知っているさ。何というかあの『ピエロ』も同類なのかもな。世界にはたがの外れたのが間々いるが、そういうのとも明らかに違う。そういう外れ値に当たるような連中が表に出てくる時代なのかもしれん」

「恐ろしい時代ですね」

「……もう人相手に警備をする〝だけ〟の会社では廃業せざるを得んかもな」

「腕っぷしだけの俺らには嫌な話です」

「まったくだよ」

だが、それでも今は手に持った銃を使って暴力を行使するタイミングだ。

ただ、ほんの少しだけ、その銃が軽く感じたのは気のせいだったのだろうか。

＊＊＊

現在時刻は二十時四十二分。

テロリストにレジェンド・オブ・クレオパトラがシージャックされたとの情報が日本全国へと流

れ、情報を見聞きした多くの人々がその動向について固唾を呑《の》んで推移を見守っていた。

当然、ハイエンで配信される船内映像がどんなものかを確認すべく多くのスマホやタブレット、ＰＣの所有者がハイエンの動画アプリをダウンロードして、一斉に開いている。

パピプの新曲発表のため、サーバーダウンに備えた強化を行っていたこともあり、辛《かろ》うじて配信映像に遅れはないものの、仮に対策がなければ落ちていたことは確実だった。

それほどの数の視聴者数があるハイエンの静止映像の閲覧数カウンターはすでに百万を超えて、さらにどんどんと数を増やしている。

「何がどうなってんだよ！　さっきからおんなじことばっかり伝えてるし！　どっかに違う情報って出てないのか？」

杉山《スギヤマ》猛もそんな大勢の一人だった。

自宅のＰＣはハイエンの配信を開き、テレビはその話題を伝えるニュース画面。スマホはパピプのファンサイトに繋いでいる。

当然パピプのトップアイドルの一人である神木美緒がコンサートを終えて船内にいることは確実であり、その安否を心配する彼が必死に情報を集めないわけがない。

しかしどのニュースツールも何一つ新しいことを伝えてはくれないのだ。

と、いうよりは新しい動きと言えばニュースのコメンテーター席に〝海外テロ対策専門家〟と〝大型客船元船長〟の肩書の人物が大急ぎで招集されて座らされたくらいである。

ちなみに各局それぞれ似たり寄ったりの専門家を呼んでいて、同じような内容の代わり映えのしないコメントをそつなく話している。

今は元船長がシージャックの際の初期対応について説明していた。

「いや、初期対応って。今シージャック真っ最中に初期対応聞かされてどうしろって⁉」

もっともであるがお門違いな八つ当たりをテレビの向こうへと叫ぶ。

こんなときに限ってまた茂はいない。

昼過ぎくらいに〝知人のお父さんが飯おごってくれるから、帰りは明日になる〟とメールが来たのだ。

どういうことか確認の電話をするとどうも美味《おい》しいご飯をごちそうになれる、少し格調高いところだから電話は切っておく、と言っていたので格式だけでなくお値段も高級なお店であろう。実にうらやましい限りである。

きっといま実兄は酒でも飲んで、ちょっと高いご飯でも頂いているのだろう。

「電話、切ってるって話だよな。また午前様で帰ってくるんだろうし。兄貴ってよくよくこういう大きな事件の時と飲み会が被るよなぁ」

楽しいお酒を邪魔することもないだろうと、猛はため息を吐く。

風呂に入る前に色々と大慌てになったこともあり、若干体がべたついてきている。

小腹も散々大声を上げたことで空いてきた。

人間、生理現象には逆らえない。

もし兄が家にいるのであれば、ビールと大袋のポテチでも買い出しを頼もうかと思ったのだが。

「仕方ない。……デリバリーでも頼むか」

スマホをちゃかちゃかといじると、登録してある連絡先を呼び出してコール。

三コール目で相手が出るまでの間に、机に置かれたくたびれたチラシを手に取った。

「……あ、デリバリーお願いします。……はい、この番号で登録してある住所で。……えーとコーンマヨとプルコギスペシャルのハーフ&ハーフをMで。……サイドは、もりもりポテト一個をハニーマスタードとケチャップソースで。あ、ドリンク要らないです。……ああ、やっぱそうですよね。……はい、待ってますー」

テキパキとピザカイザーへと電話をして、スマホを元のパピプファンサイトに戻す。

「やっぱり皆、一斉にデリバリー頼んでるよなー。すこし時間掛かるか。仕方ない」

どかりと椅子に腰かけ、ＰＣの画面を見つめる。

流石に書き込みの内容に品のない者が増えすぎたようで、つい先ほどまで開いていたファンサイトの書き込みのフォームが〝不可〟へと変わっていた。

最後に残った履歴は不謹慎なものから、今回のコレにまるで関係ない個人への中傷などである。

「……うぉっ⁉　映った、本当に映った！　マジか、コレ。シージャックの真っただ中の映像かよ……。うわぁ……」

今日の本番前に舞台裏を放送する三十分番組を見ていた猛にはその場所が分かった。

開いていたハイエンの配信が映し出したのはレジェンド・オブ・クレオパトラのファッションショー会場だ。

船内に元々設置されていた特徴的なモニュメントに覚えがある。

どこかで同じ大掛かりなセットでも組まない限り再現は不可能だ。

「ランウェイにスタンドマイク。誰か出てくるのか？」

見てはいけないものを見ている感覚になってどうも心が落ち着かない。

どくどくと心臓から全身に血が流れる感触がした気がする。

勿論《もちろん》気のせいだろうが、そんな鼓動を持った血液が全身を跳ね回るようだった。

そんな猛の見つめるモニタに動きがある。

ランウェイに置かれたマイクの前に一人の目出し帽をかぶったスーツ姿の恐らく男性が立つ。

その瞬間にファッションショー用のスポットライトが彼一人に集まった。

カメラはその男の顔に向かいズームしていく。

バストアップになったところでズームは終わり、目出し帽は自分のネクタイを軽く直すとカメラ向こうの視聴者に話し出した。

『ハイエンにてこの配信映像をご覧の皆さま。初めまして。この放送を見ているということはおよその出来事はご存じと思います。……我々がこの船、レジェンド・オブ・クレオパトラを占拠し、人質を取り、船の航行を掌握しました。我々はトゥルー・ブルー。環境保護を訴える小さなしがない団体です。短い間ですが、どうぞお見知りおきを』

深々と頭を下げてこちらに自己紹介をしてきた。

タイプでいえば劇場型の愉快犯と分類されるだろう。

人の神経を逆なでするような振る舞いをあえてしているわけだ。

『さて、我々の要求の一部はすでにハイエンを通じて日本政府並びに白石グループへと通知済み。ですが、それが一番上の最終決定者に伝わるまでには多くの過程があるでしょう。ですのでハイエンを使って発信を求めたのはそれとは別の、間違いなく、〝多くの方に〟伝わる手段が欲しいと思った次第からです。それは何か⁉』

ぱんと手を打ち、前かがみになる。

いちいち動きが道化じみて、外連味《けれんみ》を持たせているのがありありと判る。

遠回しに言えば、もったいぶった、はっきり言えば、ムカツく動きだ。

スタンドからマイクを取り外した目出し帽の上半身を、カメラが追いかけている。

こつこつと靴音が響くことから、どうもランウェイで左右にうろうろと歩いているようだ。

『大人数で人質を取って要求を通す。シージャックはテロです。それは判っています。だからこそ、テロ対策部門には来てほしくない。当然ですねぇ。……ですので先《ま》ず要求を言います。これより先、この船へと船舶・航空機・ドローン等の接近を禁じます。受け入れられない場合、皆さんでも知っている有名人のお葬式を挙行することになります。悲しいことですねぇ。嫌でしょう？　なら、やらないでください。二つ目は警察の方々に逃走用の車両の準備をしていただいています。我々はその車両に分乗して逃走します。これまた当然ですが、その車両に船のお客様も乗せて出発します。我々と同じような格好をさせて、です。間違えて制圧しようと狙撃すれば無関係のお客様が傷つくかもしれませんね？　はい、これもお止め下さい。そして、最後になりますがご覧いただいている方の中で、未成年や体の弱い方は視聴を即刻お止め下さい。何せ、我々』

目出し帽が言葉を切ると、ズームが解除される。

ランウェイ全体が見える様に画角が引かれた。

目出し帽の横には先程までは無かった机と、花が活けてある大きな壺《つぼ》が置かれている。

視聴者全員がその壺に注目する中、目出し帽が懐に手を入れると黒々としたそれをずるりと取り出した。

「け、拳銃だ！」

猛が叫ぶと同時に、引き金が引かれた。

ダンッ！

バキャッ!!!

たった一発の銃声と同時に、的《まと》となった壺が割れて中の水と草花が床へと飛び散った。

多分、多くの日本人が猛と同じことを思った。

コイツ、撃った。撃ちやがった、と。

猛のアパートの別室から、小さい悲鳴が幾つか聞こえてきた。

恐らく猛と同じように、この配信を見ているのだろう。

『我々はテロリストだ。くだらないことを考えているなら次は客人の誰かの頭がこうなる。平和ボケだなんだと言っておかしなことをするなよ。理解しろ、ジャパニーズ？　次はお前らの見たことのあるヤツの頭がこうなる』

最後の最後、その部分だけが全くおふざけを感じさせずに言い放ってきた。

九割九分の視聴者が本気のテロリストを視聴することなどこれまでなかった。

だからだろう、今まで増えていた視聴カウントの増加が一気に鈍化した。

人死にが実際に起こり得る可能性を感じて逃げたのである。

実際この瞬間にハイエンの視聴数は一気に落ちた。

一方でニュースを伝えるＴＶは若干だが視聴率を伸ばしている。

まだ、ＴＶであればフィルターを掛けているとの思いからだろう。

「コイツ、俺たちを舐《な》めてやがるな」

ただ、相手の意図を理解するものはいる。

これは要するに警察やテロ対策の部隊に足かせを付けようとしているのだということに。

無理な突入や、交渉の破棄をした場合に一般の国民から批判されるように情報をわざと与えたのだろうと。

当然、無謀な作戦は非難される。無交渉であればそれも非難される。

だが、その動きが遅くなればなるほど更にテロ側に有利に働く結果となるのだ。

二の足を踏ませるための一斉放送。

恐らく効果は覿面《てきめん》だ。間違いなくこれで役職にしがみ付いているような役人には、そして国民の票が必要な政治家共には即決はできなくなった。

「……わかった奴ら、動き出してるな。やっぱ、こういうとこ怖いよな日本人って」

スマホのシージャックの情報板にはガンガンとテロリストの身に着けた品の特定、イントネーションから推測する出身地予想、日本周辺でテロを行うかもしれない集団の情報に、トゥルー・ブルーという環境保護団体の捜索作業が始まっている。

真偽の程は判らないながらも、数多くの情報が流れ込んできていた。

警察への激励や、犯人側の意図を発信する者もいる。

三人寄れば文殊の知恵、その究極版の一人が最近話題のネットワークを介した集合知である。

しかも、わざわざこんな煽《あお》りをカマされて、沸点が低い彼らが黙っているはずはなく、且つテロリストの正体を暴《あば》くという目的であればその参加者の正義感を満たすには十分すぎるほどだ。

明確に、相手が悪であるという免罪符があるのだから。

『では、この後は各人質の部屋の様子を順番に映していく。また何かあればこのように連絡するつもりだ』

そういうと、画面が人質と思われる人々が詰め込まれた部屋を映し出した。

画面はある部屋の人質を一つずつ映していく。

音声はないが、その疲労感に包まれた顔は見ていて痛々しい。

苦虫をかみつぶした顔で猛はそれを見つめた。

その中で、ある点に気づく。

「ピエロ？　テロリストか？」

ほんの一瞬、そのピエロがカーテンの向こうから現れたのが映った途端、画面の外から覆面が走り込んできた。

それが全国に流れると同時に画面がブラックアウトした。

「え⁉　えええええ⁉」

いや、違う。

映像が切れたのではない。

何かぼんやりと映し出されている以上、映像は届いてはいる。

光源が失われたのだ。

だから、画面に映らない。

ほんの少しだけうっすらと見えるのは、緊急用の脱出経路を示す表示板の光が漏れ出ているからだろう。

音もなく、何かが動き回るだけの時間が過ぎる。

実際、二十秒もなかったのではないだろうか。

恐らく非常灯と思われるライトが再び点灯した。

「ぬぉぉ……な、何だ、あのピエロ。超、怖ぇ」

モニタには顔面を踏みつけられたテロリストと思《おぼ》しき男が、ピクリともせずに転がり、ピエロの周りにはさらに数名が倒れている。

ただ、異様な恐怖をモニタの向こうに与えているのはそれではない。

さほど筋骨隆々《きんこつりゅうりゅう》とは見えないピエロが、明らかにがっしりしたプロレスラー然とした体格の覆面の大男を高々とネック・ハンギングツリーで持ち上げていたからだ。

しかも、両手ではない。右腕一本で、である。

もう片方の左手は、なぜか大きなスパナを握っていた。

「うわ、なんだ。え、生放送だよな？　混線してるわけでもない、し？」

じたばたと暴れる大男が、喉を摑む手を両手で引きはがそうとしたり、自由な脚で思い切りピエロの頭部に膝《ひざ》を入れたりしているが、ピエロはまるで動じる様を見せない。

一ミクロンも痛痒《つうよう》を感じさせず、びくともしないその様相に加え、マスクが笑い顔で固定されて

いるピエロの顔は見ている者にただただ恐怖以外与えることは無かった。

じたばたと暴れている男の顔が赤を通り越し、チアノーゼで紫じみてきたところでピエロが手を離す。

ぐしゃりと崩れ落ちた男がぴくぴくと痙攣《けいれん》しながらも、動いていることに安堵したのは猛だけではないだろう。

「と、特殊部隊とか？　そういう人？」

こういうときは人間、一番合理的な答えを出そうとするものだ。

だが、その格好はどう見てもまともな立場の人間の扮装ではなかったのだが。

＊＊＊

「あ、あが……」

酸欠で気絶した男を床に転がし、ピエロマスクの不審者がゆっくりと出口の扉に向かって歩き出す。

イベントホールに閉じ込められていた人質たちの安否は確かに気になるが、ここはそのうちの一室でしかない。

ピエロの使う「気配察知：小」の反応によれば、ここの隣のホールと、さらにその隣のホール。

そして、ファッションショーの別会場に多くの人が拘束されているのだろうということが推測できる。

船室からだと有効範囲の外にあったので、位置関係がよくわからなかったのだが、そうであれば現場に行ってみればいいわけで。

（……結局深雪はどこにいるんだよ？　結局ここらへんにもいないぞ？　アイツ、そうすると船尾のＶＩＰエリアとかの離れたとこか……。探すの大変なのに。一塊《ひとかたまり》に人質は纏めてほしいよなぁ。助けに行くの大変なんだけどなー）

まあ、犯人側からすれば助けに来にくいように分散するというのがセオリーなのかもしれない。

マスクの下でため息を吐いた不審なピエロこと、杉山茂は外へと続くドアへと向かい歩き出す。

特に人質に話しかけることもせず、てくてくと歩き出すと、まるでモーゼの前の海の様に座り込んでいる人質が綺麗《きれい》に二つに分かれた。

ただ、それは〝なんかヤバい奴がいる〟的な視線がビシビシと突き立てられる、針のむしろ状態であった。

（ううぅ。ピエロマスクってのは失敗したなぁ……。人質から超怖がられてるじゃん。映画とかだとこう、綺麗なドレスのおねーさんをマッチョなＳＷＡＴ隊員が抱きとめるシーンとかなんじゃないのかなぁ）

ちょっとばかりヒーロー的に持ち上げられて、博人や由美に送り出された手前、ちょっとそういう色っぽいのを期待していた自分が恥ずかしい。

悔《くや》しいことに全員の視線は歓喜や羨望ではなく、畏怖《いふ》と拒絶である。

完璧にヤバい奴扱いであった。

（いいさ、さっさと片付けて帰ろう……。きっと最終的にはテロ対策のマッチョさんが助けに来て

くれるだろうし。警備の人もその内合流するだろうしな)

カーテンの向こうの、一見判らない様になっている壁の向こうには空調用の緊急点検通路がある。

船員の持つ社外秘の船内地図では省略されているが、警備用のさらに機密扱いの地図だけには記載されている通路だ。

エンジンルームまで護衛した警備班の皆も、そこにいる船員の保護が終われば、あそこから出てくるだろう。

「あ、あのっ!」

そんな恐怖の権化、不機嫌全開のオーラを纏わせたピエロ君に話しかける勇者がいる。

ドアノブに手がかかる瞬間、視線を向けると、カメラを構えた男がREC中を示す赤ランプを灯《とも》しながら茂の撮影を続けている。

「ナニ、カ?」

カメラに取られていることに気づき、先程以上に念入りに声を変えると、ひっくり返ったカエルのような奇妙な音が声となって発せられる。

それに引きつった顔で無理矢理に笑みを浮かべる男の首には、安物のネームプレートが掛かっている。

ハイエンのロゴと自身の名前が書かれたそれを首から下げ、撮影したままの状態で話す。

「た、助けに来てくれたんですよね?」

「イチオウ。タダ、アブナイ、コノヘヤニ、イタホウガ、イイ」

「え、でも。あのテロリスト」

「ケイビイン、スグニクル。シジニ、シタ、ガエ」

がちゃりとドアを開けてピエロは外に出ていく。

外に出歩く人がいないことはすでに「気配察知：小」で確認済みだ。

流石にテロリストがいるかもしれない外へまで出ていく根性はカメラマンの彼にはなかった。

「……こ、怖かった。マジで、怖かったぁ……」

失礼かもしれないがテロリストに脅されて撮影をしているときよりも、あのピエロの前に立った方が何倍も恐怖を感じたのだ。

助けに来てくれたのだというのにである。

＊＊＊

『く、くそっ！　話が違うんじゃないか⁉　突入部隊は近づけさせないはずだろう⁉』

『セキュリティ、セキュリティィルーム制圧部隊！　応答しろ！』

当然、人質を集めている部屋にはトゥルー・ブルーのメンバーが銃火器を持って万全を期していた。

突然の船内照明の消失と非常用の照明の再点灯までに、船内の電気系統を押さえたセキュリティルームを制圧していたはずの部隊へ、隠していた方の無線での連絡を行う。

だが、何度呼びかけてもなしのつぶて。

一向に返事が返ってこないのである。

『おい、ほかのチームはどうなっている⁉　さっきから連絡のない所はないか⁉』

がなり立てる様に色々なところから状況確認の連絡が飛び交う。

そこで思い出す。

セキュリティを含め、幾つかの部隊から返答がないことに。

『っ！　そういえば船倉部のエンジンルーム‼　先程から応答がない‼』

『はっ⁉　エンジンルーム、エンジンルーム！　聞こえるか‼』

気づいて連絡するのは、ここ五分以上連絡のない場所である。

ざざっと無線が繋がる気配がした瞬間、スマホを確認していたメンバーが叫ぶ。

『隣に、敵！　侵入者だっ！』

『なんだと⁉』

「ひぃっ‼」

だんと苛立《いらだ》たしげに地団駄《じだんだ》を踏んだ音に驚き縮こまっている人質が悲鳴を上げる。

ここまでの会話は全部、日本語ではない。

英語で話している者もいればスペイン語もいる。

多くの人質には現状が分からず、怒鳴り声を理解できた学のある少数も、照明が一度落とされたことによる犯人側の焦りを感じておどおどするだけだ。

そんなときに限界を迎えるものがいた。

「う、うわぁぁぁぁん！！！！！」

きれいな洋服を着せられている小学生になろうかなるまいかという年齢の男の子だ。

パーティーに親に連れられてきたのだろう。

そんな年頃の子供が、いきなり来たテロリストに怯《おび》え、必死に我慢していた感情が一気に決壊する。

ひくひくとぐずっていたのは周りの大人も判っていたが、父親だろう男が必死に彼を抱きかかえ、その背と頭を撫《な》で続けて落ち着かせていた。

むしろ、よくここまで我慢できたね、と褒《ほ》めてあげてもいいくらいだった。

「ダマラセロ!!! ナクナ、コノガキ、ガ!!」

「マコト！　静かに、大丈夫だ、大丈夫だから!!」

「うえっうえええええっっ！！！！」

必死に泣《な》き止《や》ませようとする父親の焦りを感じたのだろう。

この年頃の子供は周りの感情には非常に敏感なのだ。

皆が怖がって、怖がって、どうしようもないのだということを感じてしまったのだ。

「ダマレ、トイッタゾ！！！！」

必死にマコトという男の子を守ろうとした父親を、苛立つ覆面の男が思い切り殴りつける。

それでも子供を守ろうと、父親は倒れながらも少年を抱きしめて離さない。

その必死さが、自分に逆らっていると、事実を誤認させるのだ。

それが余裕のなくなったテロリストの怒りの導火線に火をつける。

「クソ、ガッ!!」

どうっ！

硬いつま先で思い切り父親の顔面を蹴り飛ばす。

思い切り蹴りつけられた父親は鼻が折れ曲がり、盛大に鼻血を吹き出した。

それでも子供を離さない父親を二度三度と蹴りつける。流石にそこまでの本気の蹴りを受けると、父親が子供を離してしまう。

勿論そんな無体に、周りの人質もざわつく。

だが抗《あらが》おうとした数人の人質は、蹴り付けた男のサポートに回った別の男の自動小銃の銃口を向けられて引き下がってしまう。

「コイ、ガキガ!!」

「い、痛い！　痛いよぉぉ!!」

がし、とこの日のために整《ととの》えられた男の子の髪を掴むと、無理矢理に引きずっていく。

ずるずるとカメラの前に男の子を引きずり出すと、カメラマンに言い放つ。

「オイ、コイツヲウツセ」

「え、ええっ!?」

かちゃ、と銃口をその男の子の頭に向ける。

全員がその意図を瞬時に理解した。

それは人質だけでなく、犯人側もだ。

『おい、お前、正気か⁉』

『一度身の程を知らしめる。それに、敵がいるということは我々の要求を無視したということだ。その責任は取ってもらわねば』

「あ、アンタら！　相手は子供だぞ⁉　そんなものを向けるなッ！」

あまりにも悪辣が過ぎるその行為に我慢できない大人が声を上げる。

うつむくもの、唇をかむもの、様々な人質がいたが、その言葉は全員の総意でもあった。

子供を撃つなど、あまりに人の道に外れているのではないか、と。

『日本人は平和ボケだと聞いていたが、ここまでとはな。テロの本質はよりセンセーショナルな映像や情報を流させることでやっと現実味をもって拡散されていく事だ。弱者が踏みにじられるのが一番視聴者に訴えるには都合がいい。救出側も二の足を踏むだろうしな』

覆面に隠れて見えないが、苛立たしげに子供の頭を掴む男の額には青筋が走る。

冷静さを失っているが、それでも誰かを撃つ必要があることは認識している。

約束という名の要求が受け入れられないのならば、どちらが上の立場か知らしめねば。ギリギリのラインで均衡《きんこう》を保っているこの場を制御するには、暴力の行使はマストではある。

『……やれよ。報告はしておく』

『ふん……。臆病者が』

どのタイミングからだろうか？

自分がこんなことをしても、一切心に波が立たなくなったのは。

きっと、昔、どこかで、何かを失《な》くしたのだ。

周りで騒ぐこの日本人たちが声を上げる気持ちを。それに共感する感情を持ちえない自分が壊れているのは知っている。

だが、憐憫《れんびん》の眼差しを向けていた頃の人間味も悔やむ感傷《かんしょう》もすでに摩耗し切っているのだ。

「ハッ！　ジャパニーズ！　コレガッ、ゲンジッダ!!」

ゆっくりと構え直した銃口がマコトへと向けられる。

ひぃっ、と声にならない悲鳴が響く。

自動でスイッチングされた映像が今、全国へと流れていた。

この瞬間、多くのハイエン視聴者が耐えきれず、接続を切った。

そう、誰もがこの瞬間に、マコトの頭が爆ぜるのだと覚悟をした。

だが、きっと。そんな時にこそ。

いや、そんな時だからこそ。

誰もが諦め、嘆き、天を仰《あお》いで、決して届かないと判りながらも、神や仏に真摯な祈りを捧《ささ》げる瞬間にだけ。

願いは、届くのだろう。

どがぁぁん!!

驚きと共に、その音のしたホール出入口の扉に全員の視線が向いた。

当然のことながら、テロリスト側もそこへと視線と、銃口を向ける。

マコトの頭に突き付けられた銃口もだ。

当然鍵を掛けて、隣の部屋の襲撃者がこちらに来ることを見越した対応はしていた。

ドアへと照準を合わせたメンバーがいつでも大丈夫なように敵の侵入に身構えていたのだ。

だが、あくまでそれは普通の常識の範囲内で起こり得る事象への対応策でしかない。

重厚な扉が鍵どころか蝶番《ちょうつがい》ごと〝吹き飛びながら〟敵が侵入してくるパターンは想定していない。

ドアを吹き飛ばすなら爆薬がいるだろうし、もしそうだとしたら爆破と〝同時に〟突入してくるような者は存在しないのが道理である。

だが、〝それ〟はその道理を知ったことかとばかりに、部屋へと突っ込んできた。

『な、な、な！　ぐぼっがぁぁ！！！？』

マコトを手放し本能的に両手で銃を構えようとしたテロリスト目掛け、眼前に突っ込んでくる〝ピエロ〟。

爆音と共に一足飛びでドアからの数メートルを瞬時にゼロにまで縮めて。

そう、突っ込んできたのがピエロだと視認した瞬間には、引き金側の右腕の付け根辺りに、鋭く激しい痛みが疾《はし》った。

周りの景色がスローモーションのように感じた瞬間、自分の腕がピエロの白手袋に殴られていることに気づく。

ゆっくりとゆっくりと、すりつぶされるようにして変形していく自らの腕を見ている。脳自体が危機を感じて今までにない処理速度で情報を取り入れるという生体上の神秘が、余すところなくテロリスト自身へとその光景を伝えていった。

そして、その神秘が唐突に切れる。

どがしゃぁぁっ!!

全員が驚愕《きょうがく》から大きく息を吸い、また吐きだすまでの一拍で、泣き叫ぶマコトの横にスーツ姿のピエロ男が立っていた。

絨毯《じゅうたん》にくっきりと靴底で擦れた跡を刻み込み、マコトをテロリストからかばうようにして。

そして先程までマコトの横で銃口を向けていたテロリストは、大きく吹き飛ばされ、壁に半ばめり込んでいる。

がらん、がらん、がらん……。

一瞬の沈黙を、吹き飛ばされた扉が床に転がる音が遮《さえぎ》った。

ゆっくりと音が静まっていくその中。

『う、撃てッ!!!』

テロリストで一番先に気を取り直した者が、はっとした声で明確に敵であるピエロへと一斉射撃を命じる。

人質は一斉に地面に這《は》い、射線から身を隠そうと悲鳴交じりの声を上げた。

ピエロは自身の体でマコトを包み込むと、先程と同じく人とは思えないほどの速度で、部屋の角へと駆け出す。


ズダダダダダダダ！！！！


非常灯の届かない部屋の角へと射撃されながら逃げ出すピエロを、容赦なくテロリスト側の銃弾が襲った。

高価な絨毯が射撃でえぐられ、織り込まれた糸が宙に弾《はじ》き飛《と》ばされる。

各々《おのおの》が一斉に撃ちまくり、部屋の角の真っ白な壁には弾痕がくっきりと刻み込まれた。

たとえ、ライオンだろうと、重装備のテロ対策員だろうと確実に仕留めただろう銃弾の雨の中、ピエロが立ち上がってきた。

その足元には、潰れた銃弾が排水溝に流れてきた落ち葉の様に溜《た》まっている。

ピエロの足に縋《すが》る様にして、マコトが抱き着いていた。

ただ違和感を覚えるのはピエロが左手に、銃弾の跡をくっきり残した〝どこかで見たような盾〟を何時《いつ》の間《ま》にか翳していること。

間違いなく、さっきまではそんな物、どこにもなかったというのに。

「よし、大丈夫だからなー。もう、安心していいから」

ピエロが右手でマコトの頭をわしわしと撫でる。

少しだけマコトの力が緩むと、抱き着いた足からマコトの手が離れる。

マコトを後ろに庇《かば》うようにしてピエロが一歩だけ前進した。

「ト、トマレッ‼　ソコ、ウゴクナ‼!」

じゃき、と片言の日本語と共に銃口が一斉にピエロを捉《とら》える。

ピエロは、苛立たしげに首をゴキゴキと鳴らし、右手をピエロのマスクに掛ける。

「……ったく、ガキ泣かしてナニ偉そうにしてんだ？」

その声はマコトにしか聞こえない程小さかった。

だが、怒っていることは子供のマコトにもわかった。

このピエロさんは凄《すご》く怒っていると。

「この外道どもが。刑務所の隅っこで一生反省してろってんだよ……」

顔を覆うようにして翳された右手が、何かを掴むようにして振るわれる。

何もなかったはずのその空間に、黒い何かが翻《ひるがえ》り、ピエロの全身を球状に包みこんでいく。

ばさばさとその黒い何かが音を立てているなか、右手が〝槍〟を掴んでいた。

その有り様にテロリストが一瞬我を忘れる。

犯人だけでなく、人質も呆然とする中で布がピエロ〝だった〟男の背にマント然として収まる。

その黒い球体から現れたのはここ最近、いやがおうにでも目にした鎧と、兜《かぶと》。

先程見たばかりの盾、そして槍。


ブンッ!!


残像すら見えない速度で振られた槍が、空気を唸らせる音だけを部屋の全員に聞かせた。

足が竦《すく》みながらも、この部屋のカメラマンが〝彼〟を距離がありながらも、真正面からしっかりと捉えていた。

「ひ、ヒーローだっ……!!」

マントの背中越しに聞こえる若干喜色混じりのマコトの声。

それに彼は苦笑する。

『き、貴様。な、なんで!?』

母国語でテロリストが尋ねてきた。

テロリストも知っているのだろう。

目の前の男の事を。

レジェンド・オブ・クレオパトラ、身代金《みのしろきん》を要求したシージャック事件。

テロリスト、日本政府と順にこの悪辣な遊戯盤へと駒を進める中で。

全くの盤外から、「光速の騎士」が甲高い音を立てて、このクソッタレな遊戯盤のど真ん中へと自分の駒を叩きつけた瞬間だった。

そして、ハイエンの配信を見ている全視聴者が一斉に叫ぶ。

「「「騎士、出たぁぁあぁぁぁッ！！！！」」」

＊＊＊

『騎士、出たぁぁあぁぁぁッ！！！』

このワードがあっという間に日本中を掛け巡った。

すでに二十一時三十分を過ぎたころの夜間であるというのに、多くの人々がその一言に飛びつく。

どこで、どのように、何をしていようがその波に皆が飲みこまれていく。

ネットのトレンドワードはシージャックの関連項目の間に「光速の騎士」が挟まり、テレビ各局は人気ナンバーワン女優を前面に出した豪華な連続ドラマの一番いいクライマックスを中断し、クイズバラエティを差し替え、ニュースを流していた所はその後の深夜バラエティの中止と、ニュースの延長をアナウンサーが謝罪する事態となっている。

そんななか一番真っ先に駆け出すのは誰か。

それは当然、第一報を報じることに心血を注ぐ各テレビの中継班であった。

「……くそ、こんな時間だってのに、道が混んでるってどういうことだ？」

ぎりぎりと歯ぎしりをしながら、遅々として進まない車列に呪詛《じゅそ》の言葉をぶつける。

一分一秒でも早く現着し、中継の準備を整え、テレビ前の視聴者に現状をお伝えするのが今彼らのやるべき仕事の全てである。

「ディレクター！　帰港予定の港の画像、いくつかアップされてます！　……現地、もう警察が来てますよ⁉　規制線張って、一帯を封鎖してる感じです‼」

「何ぃ⁉　速すぎだろう⁉　いくらなんでも速すぎないか！　貸せ、貸せ！」

ひったくるようにして隣でネットに上がる情報を確認しているＡＤのタブレットを奪い取る。

そこには笑顔でピースサインをする投稿者の後ろで、重装備の警察と思しき面々が、侵入禁止のテープで道路を封鎖し、港へと入ってこられない様に立ち番をしてる様子がアップされている。

実の所、こういった事態で最初に情報が飛ぶのはこういった一般人の投稿画像だったりする。

スワイプしていくとその画像を含め、数枚がアップされているが、どう見ても現場が完全封鎖されているようだ。

「どういう事だ？　警察の奴らはどのルートから情報を？　こっちだってシージャックの第一報とほとんどノータイムで局を出たんだぞ？　警察が先行するのは判るが、もう封鎖済みってのは動きが速すぎる」

「……ディレクター、警察に詰めてる奴らから情報です。どうも今日の夕方に秘密裏に召集掛けられたトコがあるみたいです。緊急車両が出てったのを確認してるようで。場所はどこかまでは判らないみたいですが」

「この事、警察内部では事前に察知してたってことか？」

「今すぐに情報の裏付けはできません。他の局も同様の情報は得てると思いますが、速報出してるとこは今の所ないですね」

タブレットで情報収集する以外にも、すし詰めの車内では忙しなく関係各所に連絡を取ろうとしていた。

玉石混交。

クズから、金、中にはプラチナ級の情報もあるのだが、それをどう生かすかはディレクターの腕一つである。

（あの野郎。くたびれて腐っちまったと思ったが……やりやがったからなぁ、あのスクープ。見て思わずガン泣きしちまったもんな。あんなの一生に一度あるかねぇか。……いや、普通はねぇよ。でも、あの場面でビビッて怯《ひる》まねぇ。あんな根性入った映像《ネタ》、うらやましいったらないぜ）

ここ数日、仕事の飲みの場で必ず、どこかのタイミングであのパピプの大イベントをブッチ切って流された映像が話題に上がる。

それはそうだろう。

彼らは全員がテレビマン。お茶の間の視聴者に映像を届けることを至上命題とした集団だ。

ちょうど、局内のスタッフルームでかなり遅い夕食にカップ麺を啜《すす》っていた所、飛び込んできたADが、騒ぎながらチャンネルを合わせたのを覚えている。

新聞のテレビ欄ではパピプのイベントを放送しているはずのその局のチャンネルでは、「光速の騎士」が「骸骨武者」と斬り合う鉄火場が映し出され、それが生放送の実況中継で全国に流されている。

唖然《あぜん》とすると同時に、羨望すら覚えた。

報道というものの本質をぶつけてきた映像だった。

むやみやたらに騒ぎ立て、ぎらぎらと飾り立て、後から体裁《ていさい》を整えるのではなく、真実をそのままダイレクトに放送したのだ。

その現場ディレクターが旧知の男と知ったときにも驚いた。

あの場、あの時、あの状況で。ウチの局の上は、いや現場に俺がいたなら、あの映像を流せるかどうか。

当然皆に酒が入ってくるとあの話題がいの一番に上る。同年代や少し上の若手幹部、新入りのスタッフを交えて各々が自分の意見を述べ、幾夜も同じ討論をした。

至極《しごく》青臭いもの、堅実堅調なつまらないもの、現行の体制に阿《おもね》るもの。

それぞれの立場があり、それぞれの正しさを以《もっ》て意見をぶつけ合う。酒も入ったその話題はここ数年で一番の熱のあるディスカッションのネタだった。

それだけは間違いない。

そして、きっとそれは彼らの局だけではないはずだ。

全ての局の彼と同じような立場の人間が、同じような議論を酒でも飲みながら叫びあっていただろう。

「……情報の整理は局に任せる。俺たちはとにかく、港だ。港で情報集めに全力疾走すりゃいい！

とにかく急げ!!」

赤信号で止まっていた中継車が、信号が青になった瞬間に、ロケットスタートよろしく排気口から煙を吹き上げた。

＊＊＊

ケンくんもとなりのマサシおにいちゃんもウソツキだった。

ぼくは、きのうヒーローなんていないんだって、ともだちのケンくんにいわれた。

あれはテレビのつくりもので、あのへんしんスーツのなかはおじさんがはいっているんだって。

レッドのリュウはへんしんなんてしていない、ヒーローなんてこのよにはいないんだって。

それで、くやしくって、となりのものしりなマサシおにいちゃんにきいたんだ。

ヒーローはいるんだよねって。

そしたら、こまったかおでマサシおにいちゃんがぼくにいったんだ。

じつはあのヒーローたちは〝やくしゃ〟だから、ほんとうにたたかってたりはしないんだよって。

あくのそしきも、だいしゅりょうも、ほんとうはいないんだよって。

うそだっていったぼくは、マサシおにいちゃんとけんかしたんだ。

ヒーローはぜったいにいるんだもん。

だって、ほら!!　ほら！！！！

「よし、大丈夫だからなー。もう、安心していいから」

あたまをぐしゃぐしゃって、してくれた。

「ったく、ガキ泣かしてナニ偉そうにしてんだ？」

ほら！　ぶんってやりをふって、マントのヒーローが、わるいやつらにむかっていくじゃんか！

ね？

やっぱり、ヒーローはいるんだよ!!!

＊＊＊

時刻は若干さかのぼり、ハイエンの配信が再開される少し前。

そして、場所は東京湾の海上、レジェンド・オブ・クレオパトラの後方を追いかける三機のヘリコプターの中へ場面を移そう。

バラララララ！！！！

彼はけたたましい轟音《ごうおん》の中、腕組みをしてじっと座席に鎮座している。

流石にこの場まで酒を持ち込むことは禁じられたため、特にやることがないのだ。

時折外を眺めて遠くに映る街の明かりを見ているようだ。

それ以外には特に何かを話す様子もなく、脇に置いた太刀に軽く触れるくらいだった。

この三十分弱。

同じヘリへと同乗したチームは寒くもないというのになぜか悪寒を感じていた。

幾度も討伐任務に従事した古参であればなおさらだった。

敵として相対した場合に、完全武装の精鋭部隊が損耗五割を超えるレベルでどうにか制圧する、というのが呪霊のなかでも段違いの〝特級〟というバケモノだ。

それが極々自然に自分たちと同じヘリに乗り、会話し、今から鉄火場へと乗り込もうというのだ。

だが、いまは最後のGOサインを待っている段階である。

じっと待つこの時間が耐え難《がた》いほどのストレスをまわりに与えていた。

「夜、か……。潮《しお》の香りと欠けた月。良い風情なのだが、酒はダメと言われてはなぁ……。ただ待つだけでは、つまらん」

ヘリから見える月は空高く昇り、うす雲を纏いながらも夜の波間を煌々《こうこう》と照らしている。

肺というものがないというのに、はあとため息を吐くという器用なことをして見せたのは、黒木《クロキ》兼繁《カネシゲ》。杉山茂曰《いわ》く定良《サダヨシ》さんである。

世間一般では「骸骨武者」と呼称されている戦国期の戦人《いくさびと》であった。

「…………はい、はい。……了解しました。後はお任せください」

ヘッドセットで今までどこかと連絡していた男が、ヘリの前方から突入部隊の待つヘリ後方部へと移動してきた。

「なんとか無理筋をごり押してだがGOを分捕ってやったぞ。この件で詰め腹を切る運のないトカゲの尻尾役《スケープゴート》も準備したそうだ」

「どのくらいが、何人ほどです？」

ガチャガチャとこれからの突入に向けた装備品の確認を始める隊員たち。

その中の一人が何の気なしに聞いた台詞《せりふ》に、男が答える。

「とりあえず上は軒並み減俸数ヵ月。現場担当は降格処分と左遷の嵐で行くそうだ。対象の数はこれからの結果次第で変わるってところか」

「よく、オッケーしたもんですね。お堅い役所仕事の癖に」

女性のメンバーが呆《あき》れたように言葉を吐き出す。

「俺たちの所属はどこ扱いだ？　実際、ゴーストと然程《さほど》変わらんのよ。無茶させるならこういう愚連隊が一番後付けの〝言い訳〟がしやすいのさ」

にたり、と笑う男。

「最終的には一度もお会いしていない〝上司閣下《かっか》〟の指揮系統が混乱しており、突入の許可があいまいになってしまった、ということになるらしい。いらない奴を中心に首を切るつもりだそうだ。こういうときに生き残るのに必要なのは、カネとコネなんだと。まあ、本流ではないラインと対抗派閥《はばつ》をばっさりいったってことさ」

「うわ、怖い怖い。かくして、さらにお堅い役所仕事は磐石《ばんじゃく》にって？」

「そういうことだ。出る杭《くい》は叩かれる、さびた釘《くぎ》は捨てちまえ、ってことなんだろうな」

「大丈夫なんですか？　そこまで露骨に人を切るって？」

「この後の事後処理に別部門を立ち上げるつもりなのさ。そこに人員が必要ってお題目でそいつらをまとめて放り込めれば、人の確保も出来るし予算もがっぽがっぽ。国民からも文句は出にくい。一通り終われば、テロ情報を分析する部署にでも改組すればいい。どこもかしこも予算削減されるご時世だ。金を搾り取れる木は多い方がいいだろう？」

かくて、世は事もなし。

無駄をなくすと言いながら、いつの間にか金の流れる支流ができているわけだ。

「まあ、そこら辺の政治のお話は良いです。突入はいつに？」

夜間用に艶消しのくすんだ色合いの装備に身を包み、夜の闇に沈めばほぼ姿は見えなくなる。

そんな突入班に組み込まれた面々は、話をしながらも降下準備を整えていく。

「ハイエンが配信を再開すると同時に降下開始。そのタイミングであれば混乱を引き起こせるかもしれんし、国のお偉いさんがたはこれ以上無茶な要求をされるのは嫌なんだろう。テロには断固とした対応をってのが世界の共通認識なんだしな。金で解決するってのも実際アリなんだが、一般的に公表はしないのがセオリーだ。ただ、その裏が表ざたにならなきゃってのが前提で、仮想通貨での取引ってんならそれは出来ないだろ。どこからどのようにして振り込まれたか調べることが出来るからな。クッキリハッキリシッカリ、日本政府と白石グループがテロに屈したと記録が残る。要はそのマーキングが目的だろうさ」

「金が欲しいわけではない、と？」

疑問を呈した部下へと教師が教えるように解説する。

「そりゃそうだろう。闇でマネロンしたところで目減りはするし、手間もかかる。各国政府の子飼いのホワイトハッカーどもの追跡を掻《か》い潜《くぐ》るのも一苦労だ。それにそんな犯罪に使われた仮想通貨だとばれりゃあ、次の日にどれだけ暴落すると思う？　シージャックが出来るような銃火器があるんなら、地方の銀行でも襲えばいい。もっと簡単に現金で身代金以上の金を強奪できるんじゃないか？　このご時世、シージャックなんて割の合わない手段で仮想通貨を手に入れようとはしないさ。振り込まれた瞬間にどっかからリークするつもりなんだと、ウチのテロ犯罪アナリストは言ってる。ま、日本の国際的な信用はがた落ちだろ」

「それをやられたら、国の信用も白石の株価も右肩下がり。官僚全員が残業地獄で済めば万々歳でしょう」

「いまは白石関連の株を大量に空売りしてるやつがいないかを確認中だとさ」

「金融の世界ってのはよくわかんないですね」

「ま、だから仕組みを知ってる金持ちはどんどん金持ちになって、何も知らない俺たち貧乏人は貧乏人のままなのさ。だからこそ金持ってる奴らは、さっさとこのシージャックを終わらせてほしいんだろ」

という話をしていると、時間がだんだんと突入時刻へ近づいてくる。

「突入まで百五十秒！　船体への接近を開始します！」

『一班、船首甲板プールサイド。二班船尾サブプール。三班は船体上部、可能なら操舵室へのエントリーを』

ヘリ同士で無線を交わすと、レジェンド・オブ・クレオパトラの後方に位置する各機が一斉に速度を上げる。

「各機、狙撃手による援護射撃を行いつつ降下せよ。敵の対空用火器の有無は不明。戦闘は極力避けることが望ましいが、接敵時は容赦するな。上に話は通してあるがあくまで俺たちは所属のあいまいな勢力扱いだ。出来るだけ、人死には避けろ。あとあと面倒なことになる。ただ、面倒事よりも人質とお前らの安全の方が、俺は大切だ。どうにもならなけりゃ、遠慮するな。ぶっ放せ」

『了解、そういうとこ好きです』

『同じく、了解』

無線越しに了承の返答がなされる。

それを横目で見ていた唯一の部外者が事もなげに言い放った。

「……では、話も終わったようだから、俺はもう行くとしよう。露払いでもしておくぞ。お前たちはゆるりと来い」

「な！　ちょ、ちょっと待ってくれ！」

「ンン？　何だ、青柳。どうしたのだ？」

勢いよく風防のサイドドアが開かれ、身を乗り出して真下を確認し始めた定良を、いままで連絡を取っていた部隊責任者である青柳が引き止める。

今にもヘリのそこから飛び出そうとしていた彼を引き止めると、入ってくる風に負けない様に大声で話す。

「どこに行くつもりなんだ!!　まだ速度が落ちていない!!」

「何を言っている、お前は。何をおいても一番槍《いちばんやり》は誉れ。奪い返すのは船と言っていたが、この大きさならばもうこれは城攻め。その一番槍。譲れんだろうに」

「いや、だから!!　垂直降下、って判らないか!?　このヘリを船の上でホバリング、静止させて綱を下ろす必要があるんだ！　ただでさえ操縦が難しいのに、何を!?」

摑みかかる青柳の手を摑み、ゆっくりと自分から引きはがすと、そのまま定良が自分の太刀を摑み、腰に括《くく》りつけていた面をその骸骨に被せる。

その骸骨を覆うは翁《おきな》の面。

ただしよく見ねばわからないが、前回茂と交戦し破損した物よりも若干であるが古く、そして彫りも精緻《せいち》であった。

「大丈夫だ、青柳。話の内容から大体のことはわかっている。要するに殺さぬように〝気を付けて〟斬り倒していけばいいのだろう？　質《しち》となった者たちを解き放ちつつ、な？」

ベテランであるはずの青柳が気圧《けお》される。

内容が微妙に咬《か》みあっていない気がした。だが、なぜか言葉に詰まり二の句が継げない。

〝やる気〟になった戦国期の武人の圧はそれほどまでに濃密であった。

「ッ!?　操舵室、いえっ、船内各所の照明！　一斉にブラックアウト!!!」

「ハイエンからの配信映像、途切れ、いえ、照明が消えて確認不能です！」

「三班より報告！　操舵室内より閃光《せんこう》！　マズルフラッシュの可能性が！　何者かが交戦中です!!」

そこへと立て続けに報告が入る。

降下に向けた位置合わせに手間取る中に新たな情報が飛び込んできている。

「チィッ！　しまったな。話し込んでいる間に一番槍を逃したらしい。だが、大将首は俺がもらうぞ？」

「ちょ、ま、待てっ……」

だんっと体勢を整えようとしているヘリから、定良が船首甲板の一般用プールサイドへと飛び降りた。

無論、この騒ぎに気づき駆けつけたテロリストも来ており、自身の持つ銃火器でヘリへと銃撃を行おうとしているタイミングで。

つまりどういう事か。

降下するために船体に近づいたが、まだだいぶ距離が離れているということだ。

単純な目測で甲板まで優に三十メートル以上の距離がある。

「パラシュートもケーブルもなしで飛び降りたのか！　自殺行為だぞ⁉」

「あ、いや。青柳さん。大丈夫です。あの骸骨、今テロリストに斬りかかってます。うわ、ホントに手加減してんの、アレ？」

ヘリのライトに照らされているのは身を守ろうと翳したライフルごと、袈裟《けさ》切りにしてテロリストを斬り捨てている定良の姿だ。

遠くからで見えなかったが、犯人の体積が一：九の割合になっているような気がする。

勿論、気がするだけでそんなはずはない。

そんなはずはないと見てしまった全員が思い込むことにした。

「私あの骸骨さんがホテルの二十階くらいから落ちて無事だった、って報告書読みましたけど」

「ああ、うん。お前ら急いで降下しろ‼　このままだと全員なます切りにされちまうぞ⁉　こちら一班、客人の〝老翁《ロウオウ》〟が先行！　〝老翁〟が先行している！　敵と誤認し、決して敵対するな！　繰り返す、決して〝老翁〟への誤射はするなよ‼」

大急ぎで別班に連絡を入れる。

だが、どこのだれがそんな恐ろしいことをするものか。

ヘリの操縦士も銃撃の恐れが減り、一気に船体へとヘリコプターを近づけることができる。

狙撃銃でカバーするつもりだったチームメンバーも、定良の〝露払い〟を受けて白身の降下準備に入ることができた。

「では、降下！」

だんとヘリの中から第一陣が甲板へと降下していく。

彼らが無事に降りると、次は青柳を含めた第二陣になる。

「……ウソだろ⁉」

「どうした！」

情報確認にギリギリまでハイエンの配信映像が流れるタブレットを見ていたメンバーが絶句している。

「船内、別勢力によるテロリストとの戦闘を確認！　その、その……」

「はっきりしろ！　どうした！」

驚愕に開かれた目をさらに剝《む》いて、その隊員が告げる。

「こ、こ、『光速の騎士』が、船内でテロリストと交戦を開始しましたっ!!」

「……今日は一体全体、どうなっていやがるんだっ!!?」

＊＊＊

『た、助けてっ!!』

順々にきっちりと斬り倒されていったテロリストたち。

その最後の一人が銃もトランシーバーも何もかもを放り出すと、腰を抜かし、目の前のサムライソルジャーに命乞いをした。

歯の根が合わず、がちがちと不愉快な音をさせているが一向に収まる気配がない。

しかも、気のせいだとは思うのだが、床に投げ出した自分の体をなにか黒い靄《もや》のようなものが這いずりまわっているような気がする。

ピリピリとした肌を刺すこの刺激が、気圧されているせいだけではないのは間違いない。

「こちとら異国の言葉はとんとわからん。貴様、何がしたいのだ?」

時代錯誤な古風なサムライが空から降ってきたと思った瞬間、ヘリコプターに一番近い位置にいた同志が、ずばっと斬られていた。

十分な距離はあった。だが、最初はヘリに揺られて落下したのだと誤認したのだ。

着地と同時にその脅威度を測り損ねたこちらにも問題がある。

そうだとしても誰がその判断を責められようか。

着地と同時に陸上選手のロケットスタートなど目ではない速度で、距離を詰められ、そのまま斬り捨てられた。

人が無慈悲に死ぬという状況は全員に経験がある。

こんな日本などという東の果ての平和なお花畑の奴らと違い、自分たちは戦場の中で生きてきた自負がある。

だが、それは爆風や銃弾などでの死だった。

サムライソードで斬られるなどという状況は想定していなかった。

辛うじて近いのはナイフ等で刺し貫かれたり、事故などで鋭利な破片に貫かれたりだ。

まかり間違っても、胴とそれ以外の箇所が切り離されるなどということはなかった。

その恐怖に、体が自然と平伏する。

「コ、コウフク。コウフク、スル！」

「……何だ、貴様。同胞が潔《いさぎよ》く散ったというのに、自分だけは命永らえようというのか。……いくさ場の興が削《そ》がれるな」

ちっ、と穏やかなジジイの仮面の下で舌打ちされたのが耳に入る。

うっすらと笑う翁面が、周りの惨劇を演出したという事実が、テロリストの心を折った。

「まあ、奴も〝できれば〟殺すなと言っていたしな。〝一人ぐらいは〟丸のまま捕縛するか」

「ヒィ‼」

降伏するため手を床についていた彼に、翁面のサムライが血の脂で滑るサムライソードを握るのとは逆の手をテロリストに翳した。

瞬間、気のせいだと思い込もうとしていた黒い靄が、彼の床に置いた手を覆い、そしてひじ、肩、とゆっくり這いあがってくる。

『な、なんだ、なんだっ⁉』

「やはり、異国の民。言葉がどうも判らん。身柄は青柳に任せるか」

黒い靄に侵された腕は、もうぴくりとも動かない。

彼は知らないが、定良が甲板一帯に張り巡らせた瘴気《しょうき》が、抵抗力を持たないテロリスト全員を侵食していた。

当然、その対象は敵だけであり、ヘリでの突入班には及ばない様、定良の意思により除外されている。

ゲーム的に分かりやすく言えば、敵全体だけに効果のあるデバフである。

効果は心が弱い者から麻痺《まひ》、混乱、恐慌を引き起こすという仕様。それはゆっくりとその柔《やわ》らかな心を蝕《むしば》んでいくのだ。

その瘴気が狙いを定めた〝普通〟のテロリストに襲い掛かる。

『い、嫌だっ！　と、止めて、止めてくれっ！　だ、誰か、助けてっ‼』

「全く、城攻めの基本は即断即決だというのに。敵の心配をするとはなぁ。時代も変わったものよ」

言葉が通じないため、定良にはその叫びが聞こえない。

彼の興味は、自身が斬り倒した敵の様子を確認するヘリの降下部隊に移っている。

目の前で転がる哀れな捕虜にはすでに何の感慨も覚えていなかった。

哀れな男は首だけが動く中、後ろを無理矢理に振り返れば、薄汚れてしまったスーツの背を虫が這いずる様な速度で、ゆっくりゆっくりと瘴気が上がってきている。

すでに腰から下は黒靄に包まれ完全に感覚を失っていた。

だというのに、一番床から離れている首から上がまだその瘴気に包まれていない。

『な、何だよっ⁉　これ、何なんだ！』

「……いちいち癇《かん》に障る声を出すな、貴様。きぃきぃきぃきぃ囀《さえず》るな。全く、戦友《とも》の仇《あだ》も討とうとせんような腑《ふ》抜《ぬ》けの分際で、女子供の様に騒々しい」

翁面の男が呆れたようにしゃがみこむと、必死に瘴気から逃げようと首を空へと伸ばす男の顔面を掴む。

アイアンクローの格好となったと思ってほしい。

ごり、と体温を感じさせない冷たい硬さがダイレクトに顔面に伝わる。

口をふさがれ、意思表示できるのはその青い瞳だけだった。

『……ッ！　ガッ⁉︎!』

暴れる男を覗《のぞ》き込《こ》む翁の面。

その奥に当然あるべき瞳の光が見えない。だが、ぼんやりと何かが見えた。

その瞬間、男から顎の感触が消える。

眼《め》だけを下に向けると顔を掴んだ手から、あの黒靄が染みだし、顔を覆っていくのが見えた。

自然とぼろぼろと涙が零《こぼ》れていく。

こんなひどい泣き方はガキの頃以来だった。

「めそめそと女々しい、女々しいな。いくさ場に出たならば、どのような形であれ死ぬ覚悟をしておかんか、貴様。それでもいくさ人か？」

握りしめられたためか、瘴気が首まで回ったからか、全く動かない首を必死に振って反論をしようとした。

違う、これは真っ当な戦場での死ではない。

どこか別物の、自分の知っている戦場の生き死にで語るものではない、と。

神への信仰はとうに捨てたはずの男にすらわかる。

このまま死ねば、間違いなく魂などというものが存在するのかは知らないが、〝囚われて、終わる〟と。

どん、と甲板へサムライソードが突き立てられると、その空いた手が、サムライの顔を覆っている穏やかな翁の面に触れた。

そしてゆっくりとそのトラディショナルな面が外され、一言。

彼の耳朶《じだ》を震わせたその一言は無事に彼の脳まで届いたのだろうか。

「震えて、眠れ、女々しき愚者よ」

真正面から見た狂相の骸骨の眼窩《がんか》の奥。

瞳のあるべきはずの位置に、ほの暗い青白い色の鬼火を垣間見《かいまみ》て、脳が焼き切れる音がした気がする。

そうして男はようやく意識を手放すことができたのだった。

＊＊＊

「……わかった。可能な限り、時間を稼《かせ》げ。こちら以外は全て瑣事《さじ》でしかない。量産の試作型はこの際だ。全て起動《おこ》してかまわん。所詮使い捨てだ。ただ、〝本命〟は貴様がタイミングを図《はか》れ。盾役の寄せ集めがどれだけ損耗しようとも我々には関係ない」

目の前の客用ソファに深々と体を沈ませた黒覆面がどこかと連絡を取っているのをただただ見つめるしかなかった。

恐らくは部下への指示であろうそれは言葉としては理解できても、あくまで文章としての理解で、その真意までは理解できない。

そこを判った上でこの場で堂々と通信しているのだ。

船内のＶＩＰエリアのさらに奥。

最上級のＶＩＰルームでこの場に似つかわしくない覆面姿の男たちと、燕尾服《えんびふく》姿の男性が向かい合っている。

「さて、お待たせして申し訳ない。白石雄吾《ユウゴ》さん。このように監禁まがいの蛮行に出た我々をどうか許してほしい。ああ、あと一応言っておいた方がいいかな？　先程顔を出した船長は我々の共犯であるが、ちょうどランチの最中のご家族を我々が〝保護〟したからだ。その関係で無理を言ってご協力いただいている。当然、彼の中では家族と同様に会社と乗客、船員への愛情は依然として何ら変わらない。ただ、優先順位がどの順番なのかを我々が教えてさしあげただけでね？　だから彼を強く責めないであげてほしい。万事終わって、この会話が彼の汚名を雪《すす》ぐ一助となれば幸いだ。無論、君の気持ち次第ではあるがね？」

「……とことん外道か。貴様らはっ！」

青筋を額にくっきりと刻み、この豪華客船レジェンド・オブ・クレオパトラの実質的なオーナー企業のトップである白石雄吾が侮蔑の意を込めた嘲りを吐き捨てた。

長年付き合いのある船長の家族とは何度か食事なども同席したことがある。

船長は年を取ってからできた子供を本当に大切にしていることを彼は知っている。

だからこそ、謝罪の挨拶をした船長の目に光るものが真実であると確信したのだ。

子を持つ親だからこそわかる、胸を締め付けられる痛みから出た発言だった。

その発言に周りで銃を構える男たちが動く。

彼らの動きを覆面の男が手で制した。

顔は隠されて判らないが、目の前の男は薄く笑ったようだった。

「外道、クズ、アウトロー。その評価については一切否定しないし、甘んじてお受けする。さて、そんな外道である我々がどうしてここにいるか。何となく想像はついているのではないかな？」

「……テロリストの心の内など私には理解しかねるよ」

「まあ、落ち着きたまえ。怒るのは当然の事だが、怒りは冷静さを失わせる。もっとビジネスライクに話を進めたいのだがね。だからこそ隣室の御嬢《おじょう》さんにも暴力は振るっていないでしょう？」

その言葉に、雄吾はふぅぅぅっ、と大きく深呼吸を繰り返す。

ビジネス。ビジネスと目の前の男は言った。

ならば受けて立とう。

それこそが自分の戦場。

善人悪人魑魅魍魎《ちみもうりょう》と夢と希望、絶望と慟哭《どうこく》の入り混じる世界だ。

「白石与三郎《ヨサブロウ》著『幻想詩篇』。異界を旅する放浪者の綴《つづ》る二十五の詩篇。発刊当初は全く売れず、増刷もかからずにすぐに絶版となったそうですが。我らの求めるものは、その草稿段階の四十篇から削除されたとされる残り十五篇の詩だ。出版社ごと買い取ってオリジナルの原稿は破棄されたそうだが、データ化して本社のアーカイブの貴方《あなた》だけが閲覧できるブロックに保管しているはずだ」

「……それをどうやって知ったかは知らないが。その頭の沸いた君らが然程、文学に興味がある様には見えないがね」

「ふふふ。まあ、売れない詩集などに食指は動かないですがね。ですが、その十五篇の〝削除させられた〟物がどうしても見たくてたまらない物好きがいる。ですので、どうかそれを拝読する機会をいただけませんかな?」

そういうと、横の男がネットに接続されたノートＰＣを雄吾の前に置く。

「なに、たかが十五篇の素人《しろうと》の詩ですよ。どうか気楽にお考えください」

＊＊＊

「ト、トマレ！」

銃口を向けられた茂は少しばかり困っていた。

（いやぁ、間に合って良かったのは良かったんだけど。この後の事全然考えてなかった。うははは、……どうしよう）

室内の様子を「気配察知：小」で確認したところ、テロリストと思われる反応の敵意が周囲に危害を加えるレベルに跳ね上がったので、思わず飛び込んでしまったわけだ。

そういう後先考えない行動が今のこの状況を作り出している。

（もう、ヤダヤダ。なんでどいつもこいつも殺《や》る気まんまんな訳？　平和的な解決法ってないのか？　アッタマ悪いんだよ、ド阿呆《あほう》が!!）

兜の下で渋面になる茂と、同じく顔を隠したテロリスト側はその仕草からしても慌てているのがありありと判る。

銃口から今にも銃弾が飛び出してもおかしくない状況であった。

この部屋の犯人連中の人数は全部で五名。その内、子供に銃口を突き付けていた馬鹿が壁にめり込んでいるため、残りは四名。

三名は比較的近くに、一名だけが少し離れており若干人質たちに近い。

（さっきの部屋みたいに真っ暗ならこっそりと対処できたんだけどなぁ。もう一回真っ暗にはならないだろうし。……仕方ない。小細工でもしてみようか）

茂が片足だけ前に出すと、それに倍する距離をテロリストが取る。

それはそうだろう。

自分たちの持つのは銃、そして相手はリーチがあるとはいえ手持ちの槍一本。

自然と距離を取って制圧するのが正しいのは誰が見ても明らかだ。

じゃき、じゃき、じゃきと全員が再び「光速の騎士」に照準を合わせる。

そして万全の体勢を整えたと思った瞬間。


ちゃきっ！


「光速の騎士」の手元から槍が消え、その代わりに拳銃が握られていた。

当然全員がその挙動を見逃すまいと目を血走らせている最中にである。

茂がアイテムボックスに槍を放り込んだと同時に、ピエロセットの拳銃を取り出したのだ。

それはまるで手品のようにいきなり手元に現れたわけで。

犯人グループ全員が、ぎょっとしたことで一瞬だけ、硬直した時間が流れる。

そこを、衝《つ》く。


どんっ！


豪華な絨毯に音が消され、さほど響きはしないながらも、床を蹴って風を切りながらテロリストまでの距離を詰める茂。

その中で再び忽然《こつぜん》と拳銃が消え去り、槍が右手に戻る。

出し入れ自在の槍の存在に驚く間もなく、一気に詰められた距離は致命的であった。

照準を想定以上の速度で外されたほとんどの者、そして真っ直ぐ正面から向かってくるため、

「騎士」へと角度的に唯一銃口を向けることのできたテロリスト。

ダダッ！


勿論、当然のことながら引き金は引かれる。

連続して発射されるはずの銃弾は数発分の音を立てて確かに発射された。

だが、「騎士」が槍の石突きを振り子のようにしてテロリストの顎をかちあげる方が僅かばかり、早い。

めき、と確かな感触を槍から受け取り「騎士」は自分に向けられた銃弾を「シールド・バッシュ」で弾く。

弾《はじ》き返《かえ》す先は、顎を砕かれて吹き飛んでいく男の隣の犯人。

真っ直ぐに飛んでくる銃弾を丁寧に「シールド・バッシュ」で方向を決めて弾き返す。

意図的に跳弾する先を茂が誘導したのだ。

「ギャッ！」

太腿《ふともも》に食らった弾が肉を抉《えぐ》り、鮮血がほとばしる。

だが、彼は未だ銃を手放していない。

当然、追撃がなされる。

弾き返すのに振りぬかれた盾をそのままの勢いで、撃たれた男へと放り投げる。

反撃に銃を向けようとした瞬間に、盾の縁が男の顔面にめり込んでいった。

「フグァっ⁉」

都合三名を排除。残り二名。

「クッ‼」

盾を放り投げた分、左手側が幾分自由に動かせる。

茂が突っ込んだ先は、ちょうど三人目、四人目の位置と直線状に重なっていた。

この位置取りであれば、射線上の問題もあり少し離れた四人目のテロリストは三人目へのフレンドリーファイアの可能性を除外できない。

戸惑《とまど》う四人目を考えることなく、三人目を刈り取ることにする。

ほんの数歩分の距離を空《あ》けて、最初の銃撃を行う選択肢を取ったのが間違いだったのかもしれない。

制圧された二名からあと二メートルも離れていれば少なくとも一発は茂へと発砲できるチャンスがあったはずだ。

だが、しかし現実的にはその距離は存在せず、人外じみた脚力はその数歩分を一足までに縮めたのであった。

どんっ！

再びの足音が鳴る。

茂の自由な左手が、テロリストの引き金に掛かる右手首を摑んだ。

一度やったことのあることを再現する。

まず掴んだ手首を握り潰し、折る。


めきっ！


「ガッ⁉」

怯んだ顎目掛け、槍をアイテムボックスへと放り込んで空にした右手で掌底を放つ。


ごきぃっ！


ＶＩＰエリアのプールサイドの際と同じく、手首を掴まれているため吹き飛んでいきそうになる体がその場へと残る。

当然、覆面の下から首にかけて、生温かな血が流れ落ちて、支えている茂にはびくびくとした痙攣だけが伝わってきた。

「ク、ハ、ソイツヲ、ハナセ！」

そんな体勢なものだから、最後の四人目には撃つところがなくなる。

自然と失神した三人目が茂の体を守る肉の盾になっているのだ。

もし撃ったとしても狙える場所はほとんどない。

がたがたと全身が震えるその指先で正確に射撃する事は不可能だった。

（……周り見るのって大切なんだぜ？　余程慌ててるんだな）

体をぐったりとしたテロリストで覆い隠し、その間から周りを見ている茂は気づいた。

ゆっくりとゆっくりと人質の輪の中から移動するその姿を。

まわりの人質も気づいたが、誰もそれを口には出さない。

当然だ。この場にいる全員がテロリストの敵対者なのだから。

『く、くそっ‼』

苛立たしげに、半ば投げやりになった男が、銃口を「光速の騎士」と肉の盾となった仲間のテロリストに向けた。

そのタイミングで船体を貫く爆音が響き渡る。


バラララララ……‼‼


先ほども聞いたヘリコプターのローター音だ。しかも一機だけではなく、複数の音がする。

それに気をとられ、ほんの僅かだけ犯人の視線が天井を泳いだ。

恐慌が彼の冷静さと注意力を散漫にしていたのだ。


ごりっ……。

テロリストの後頭部に、硬い何かが突きつけられた。

その瞬間に冷たく鋭く、女の声が耳に届く。

『動けば、容赦なくぶち抜くぞ？　解っていないかもしれないが、いまお前の頭に銃口をピッタリ着けて話をしているからな？　私は日本人だが、こういった銃器の取り扱いは手馴《てな》れている。いいか、言っていることが分かったなら、ゆっくりと引き金から手を離せ』

日本語ではなく、テロリストにも聞き馴染《なじ》みのある英語で話しかけられた。

後ろにいる相手の本気具合を理解し、指示の通りゆっくりと引き金から指をはなし、両手を見える様に体の外に出す。

『そのまま跪《ひざまず》け。その後は腹這《はらば》いだ。最後は手を頭の後ろに回せ。いいな？』

『わ、判った。指示には従う！』

視線は「光速の騎士」から外せない。

だが、この後ろの声からは従わざるを得ない程の殺気を感じていた。

その視線の先にいる「光速の騎士」はといえば。

（……たぶん、おとなしくしろ、抵抗するなー、的なこと言ったのかな？　英語は何となくしか判んないんだよなー）

ちょうど真正面にいるテロリストが腹這いになった。

最初にド突いたテロリストが落としたため鹵獲《ろかく》することができた拳銃を構え、火嶋早苗がドレス姿で堂に入った脅し文句を見せるのをただただ傍観している。

（すっげー。ホールドアップってのの初めて見た！　カッコ良いなー、教授。やっぱすごいんだなー）

テキパキとテロリストを無力化し、頭に拳銃の銃口を突き付けたままボディチェックを行い、自動小銃の他に拳銃とナイフ、無線機を回収する。

茂はといえばピエロの奴とおんなじやつ持ってるなーと思うくらいだ。

あとは、もう一ヵ所の人の集まる所も行かないとダメか、どうしようかな、と悩んでいた。さすがに警備のスタッフを加えた救出班とはいえ、人員が足りない。

（ええっ？　あれ？　どうして？　なんで？）

この隙《すき》に「気配察知：小」を使い、残りの敵の位置を確認しようとしたところ、その中に見知った人、いや骸骨の気配が一つある。

恐らく普通に考えるとさっきのヘリの接近時に来たのだろうと思われるが、これは予想外だ。

勘違いかとも思ったが、忘れるには鮮烈な印象を残したその独特な反応は間違えようもない。

今この船の中に黒木兼繁がいる、という事実。

「さて、騎士殿？　しばらくぶりですね」

動揺の中、ドレスアップしてやんちゃをしたばかりの火嶋早苗が近づいてくる。

ほかの少々力のありそうな男性に拳銃を譲り、テロリストの制圧を頼むと、若干顔を火照らせながら「光速の騎士」へと話しかけてきたのだった。

（……どうする、俺？　なんかすごいジェットコースターな展開で、正直嫌な予感しかしないし。

……逃げたいぃぃぃ）

知らず知らずちょっとだけ後ずさってしまったのは、きっと仕方ないことだと思うのだ。

（ま、マズい。これは本格的にマズいぞ！　どう言い逃れるべきか……）

ゆっくりと肉の盾役のぐったりしたテロリストを床に寝かせながら、少しだけ近づいてきた早苗とテロリストを交互に見ながら距離を取る。

茂はじっと見つめられる視線に耐えられず、兜の中でそっと視線を逸《そ》らしていた。

（ううぅ……。どうしよう。絶対に俺、ヤバい〝ストーカー〟だと思われてるよぉぉ……。違うんだ、今回は本当に偶然なのにぃぃ……）

軽くパニックになった茂の脳ミソに搭載された熱暴走気味のハードディスクが光速でカリカリと起動を始めた。

茂はよくよく、思い返してみることにする。

先日のホテルでの一件。

早苗からすれば、ストーカーのサラリーマン死霊術師《ネクロマンサー》から身を守ってもらった借りがあるとはいえ、ホテルの窓をぶち壊し、その後で大立ち回りを仕出かした不審者兼危険人物。

しかもホテルの自分の部屋へ不法侵入をしている男である。

そのあとに胸元をはだけた姿を見られたわけで。

その上、何も話すことなく逃げ出すようにして部屋を後にしているのだ。

まさに、犯罪者が自身の犯行現場から逃げ出すかの如《ごと》き逃走劇。

そして今回のこの船。

きっとそんな出来事を忘れるために参加しただろう、この豪華絢爛《ごうかけんらん》な催《もよお》しをぶち壊したテロリスト。

間違いなく深く、深く傷ついているだろう彼女の前に、先ごろのホテルでの一件をフラッシュバックさせるようにして現れる騎士装束の不審者。

そしてその男と対面せざるを得ないこの状況。

あの若干赤らんだ頬とすこしだけふるふると震える体は、きっと怒りのボルテージが上がっていく仕草に決まっている。

こんな状況下でなければきっと、「光速の騎士」を見た瞬間に怒声をぶちまけたに違いない。

間違いなく彼女の立場からすれば、〝近寄るな、この変態コスプレストーカー野郎が！〟と言いたくて仕方ないはずだ。

流石に大人としてＴＰＯを考えて必死にこらえてくれているのだろう。

茂は正直なところ、訴えられたら間違いなく負ける気がしている。

（ち、違うんだっ。今回のコレに関しては、本当に偶然なんだぞ！　ど、どうする。猛もお世話になってるし、そんなつもりはさらさらないんだけどぉぉぉ……）

苦悩する茂の表情は刻々と変わるのであるが、硬質な兜に覆われ周りの人々にはそのようには思われていないのだが。

そんなうう、と苦悩する茂に救いの手が差し伸べられた。


ざざ……


『……ちら、……ティ、こち…、セキュリ…！』

警備から渡されていた途切れ途切れの無線連絡がこのタイミングで届く。

天の助けとばかりに、がばっと大急ぎで無線機を顔の前に持ってくると、ボリュームのつまみを最大まで一気にひねる。

『こちらセキュリティ、各隊聞こえますか？』

『操舵室、ひとまず敵の掃討を確認。こちら側の負傷者は、軽傷のみ。敵側の負傷者については応急処置を実施中。外のヘリは味方か？』

『エンジンルーム担当班。エンジンルーム制圧を完了。人質奪還作戦へと移行、一部屋を解放。残りの部屋へとピエロが先行している』

「ピエロ、デス。二部屋メ、カイホウ、カンリョウ。次ノ部屋、ムカウ」

『各班の現在の状況を確認。船内へと不明戦力の侵入を感知。テロリスト側との敵対を確認した。恐らくは船の奪還を目的とした救出チームと推測される』

その報告に内心でガッツポーズをした茂。

その無線連絡を聞いた人質もわっと歓喜の声を上げた。

これで、助かるかもしれないと思ったのだ。

『ただ、問題が発生した。船内の監視モニタの幾つかに複数の影を確認した。……恐らく敵だ』

『こちら操舵室。明確に述べてくれ。複数の影とは何か？　敵と推察する判断基準は？』

『……人の大きさのヘドロ様の何か、にカメラからは見える。間違いなく人間ではない。カメラの設置された付近の通路で花瓶《かびん》等を破壊しながら、船首付近へと接近している。警戒を厳にしてほしい』

（……？　え？　どういう事？）

茂が疑問符を頭に浮かべる中、人質の一人が大声を上げる。

「さ、さっきのあのバケモノだ！　言っただろ⁉　テロリストだけじゃない、他にも気持ち悪い変なのがいたって‼」

「な、さっきの話本当だったのか⁉　酔っぱらって混乱して幻覚を見たっててんじゃなくて⁉」

「信じろって！　トイレから連れてこられるときに、そのヘドロみたいなのがうろついてたんだよ‼」

そう言い放つ声を信じて「気配察知：小」を再度行う。

すると、先程までより気配察知に反応する個体が増えている。

しかも、この反応は。

（……魔道生物とか、キメラとかに近い反応だな。ゴーレムとか、ホムンクルスとか。でも魔力反応がかすかにあるくらいで、生体反応は薄いし……。ちょっとそいつらとは違う感じだけど。あぁっ！）

その中の一体がちょうどある反応と交錯したのを確認する。

あの洋酒好きの骸骨さんと、その後方に固まっている救援隊と思しき連中の付近にだ。

＊＊＊

「……なんぞ、船幽霊でも化けて出たか？」

船内の通路を悠々とワインボトルと大太刀片手に歩く、翁面の武者。

船内の装飾とまるでそぐわないその出《い》で立《た》ちの前に、でろでろとした流動体が無理にヒトガタを取ろうとして、失敗し、またヒトガタに、ということを繰りかえしていた。

まさに形容するならヘドロ様の何か変な物体である。

「まあ、俺がここにいるくらいだ。化生《けしょう》の類いがいてもさしておかしくはないがな」

手に持ったボトルをぽいと放ると、絨毯がクッションになって割れずにそのまま転がっていった。

ちなみに中身はすでにない。

プールサイドに置かれていた七割ほど中身の残ったワインを勝手に失敬し、ラッパ飲みをした結果である。

「先の異国人よりも、さらに言葉が通ずるとも思えんが……。貴様、一体何者だ？」

「オ、ォォォォ……」

返答はなく、ただ唸り声だけを上げる、人形《ひとがた》のヘドロの塊。

定良の声にも反応はないが、止まることなく向かってくる様を見て決める。

「やはり、駄目か。……まあ、斬れば判るか。人以外を斬るなとは言われておらんしな。人でなくば何も文句は言われまいて」

とりあえず、斬ってみればいいだろう、というぶっ飛んだ判断を即決する。

とっ……

軽い音が絨毯から発せられると、ヘドロ人形の前に定良が太刀を振りかぶったまま跳躍してくる。

緩慢な動きのヘドロ人形をその勢いのまま唐竹に両断した。

勝負あり、と思われたその瞬間、真っ二つに割られたヘドロの右半分がでろでろな体で作られた腕を定良に振るう。


どぅっ！


「ふむ、やはり妖《あやかし》の類いか。この程度では死なぬのも道理」

その腕は、残心のままの体勢の定良に左手一本で押さえられてしまう。

すると、ヘドロの動きが止まる。

単純な力比べでは定良に分があるようだ。

「頭でも腹でもない。ならば心の臓か？」

そう言い放つと右手一本で太刀を逆手に持ち替え、真一文字にヘドロの胸部を一閃《いっせん》する。

最初の唐竹と併せて、十文字がヘドロに刻まれる。

その時に確かに定良は小さく〝何か〟を斬った感触を捉えていた。

すると、絨毯へとまるで芯が折れたように、一気に形を失いドロドロの塊が小山になった。

定良はその塊に近づくと、その山の中から少しだけ顔を出していた小さな黒い石を手に取る。

小指の先ほどの大きさのそれは、綺麗に二つに分かれており、定良が少し力を込めると粉々に砕け、山の上に降り積もる。

「纏っているのは肉ではなく泥の塊か。ふぅ……まったく斬りがいのない。つまらん人形だな」

そう独りごちる定良の後方から、遅れてきた青柳たち救出班の面々が追い付いてきていた。

＊＊＊

無線を聞くと「光速の騎士」は、慌てた様子で飛び上がり、しこたま蹴られていたマコトの父親に急いで駆け寄り手を翳すと、一言二言話しかけて、大急ぎでホールを飛び出して行ってしまった。

大慌てで脇目も振らず駆け出し、何の説明もなく「光速の騎士」が消えてしまう。

その代わりに呆然と人質が「騎士」が出て行ったドアの外を見つめていた。

それはまさしく「風の様に現れ、風の様に去る」という言葉がぴったりだった。

ただ、風の規模はそよ風などではなく、強風、いやカテゴリー五のハリケーンではあったが。

「……相変わらず、ということかな。いつもいつも会うたびに忙しいのよね。ゆっくり話す時間くらいあってもいいのだけれど」

ふふっと笑いながら早苗がぽつりとつぶやく。

その内心で〝一生懸命で可愛《かわい》らしいなぁ〟とも思う。

大卒一年目のバイトくんと、大人の女性教授ではその余裕にも違いが出るものである。

「……ホントだ。鼻血、止まってる。痛みはない……。マジか」

呆然としているのはマコトの父である。

頭と脇に強く痛みを覚えて蹲《うずくま》っていたのであるが、急に「騎士」が駆け寄ってきた。

痛いは痛いが、それをこらえて礼を言えるだけの気力はあった。

そうしようとした自分を手で制し、ゆっくりと頭から腹までその手を動かすと、〝応急処置、ダカラ。病院ハ、イキナサイ〟とそう言ったのだ。

何を言っているのかと思ったところで、急に押し黙った「騎士」は投げつけて転がっていた盾を回収して駆け出してしまったのである。

恐らく鼻骨が折れたせいで、鼻血がとめどなく流れ出る鼻を押さえていたのだが、今は全く問題なく鼻呼吸できることに気づき、脇腹の鈍い痛みも引いていた。

今は人質だった開業医をしているという夫婦が簡単に怪我《けが》の診察をしてくれている。軽い触診程度ではあるが、折れていた鼻もあれだけ痛かった脇腹も特に問題なさそうである。

そんなわけで、今はぎゅっと抱き着いてきたマコトを抱きしめながら、呆然とした時間を過ごしているわけだ。

「とはいえ、連絡をしないとな。さて、と?」

早苗は気絶していたテロリストの付近に落ちているスマホを手に取る。

画面上にハイエンの映像が流れているそれを、一度切断すると通話状態に切り替える。

そらで覚えている、緊急時の番号へと連絡する。

この非常時である。

すぐに電話がつながると、相手の反応を無視して早苗が話し出す。

「火嶋早苗。レジェンド・オブ・クレオパトラ内より通話中。発信位置を確認し、近藤《コンドウ》経由で椿《ツバキ》に繋げ。今日のパスコードは…………だ」

『パスを認証。一度通話を切断。暗号通信化して再度連絡します。そのままお待ちを』

機械的に連絡を取り、相手が一方的に言い放つと、ぷつ、と通話が切れる。

その間に、近くで昏倒するテロリストの武装解除を始める。

それを見た人質の男たちが遅まきながら早苗にならってテロリストの懐を漁《あさ》り始めた。

そしてその間十秒。

ぴろ、と鳴った瞬間ワンコールにも満たないタイミングで電話に出る。

「火嶋だ」

『スカーレット！　無事のようだね！』

「心配をかけた。状況は？」

『……こっちが心配してたってのに、まったく事務的だね、君は。即応できる戦力を三機ヘリで船へ降ろした。隊長は青柳、ご指名の侍、〝老翁〟が同行してる。各班八名×三で二十四名プラス一侍の計二十五名。装備は一般的な対人装備だね。高速ボートで人質回収の部隊を即応班の突入と同時に船体後方から全力で追わせてる。レーダーの範囲外で動かしてたから少し時間がかかるけど、無理やりなら一度に三十名まで詰め込めるはずだ』

「テロリストの素性と。……あと船内のヘドロとかいうのに心当たりは？」

『テロリスト側は現在分析中。どうもトゥルー・ブルーってのは体の良い隠《かく》れ蓑《みの》にされただけだね。団体自体は三十年位前から確かに実在するけど、少なくともここ十年は公式非公式含め活動記録は見つかってない。ゴーストだよ。ヘドロは青柳から報告があった。〝老翁〟が斬ったらしいけど式神、傀儡《かいらい》の部類に見える。お初だけどね。核は黒い石みたいなものらしい』

「……女禍黄土《ジョカオウド》か？」

『無関係ではない、とは思う。ただ、やり口があまりに露悪的だよ。おっとりがたなでようやく到着したうちのアナリスト様もそういってる。クジョーが帰ってきたせいであいつらに何か起きたのかも。内ゲバってことかもしれないな』

ちっと軽く舌打ち。

「私の位置は判るか？」

『船内地図と、さっきまでのハイエンの配信映像から捕捉してる。船首からの突入班の半分をそっちにやるから、解放した人質と共に脱出してくれ。船内の警備も近くにいるんだろう？』

「ああ、そのはずだ」

『なら、早く脱出を。不測の事態に備えたい。あと、君の安否確認で警察の連中がしつこいんだ』

「すまんがそれはなしだ。私は救出班と合流して、女禍黄土の足跡を探るのと並行して、『騎士』の援護につくことにする」

はあ、と通話先から声が漏れる。

そして乾いた笑いと共にこう続いた。

『だと思って、綺麗なおべべをご用意しておりますよ。装飾を一切排した動きやすい戦闘服に、頑丈な編み上げのコンバットブーツ、国内警備会社でも評価の高いヘルメットに、レディには必須の防弾ジャケット。ガラスの靴の代わりにショットガンをお付けしておきましたので？　今そちらに向かって強面《こわもて》のスタイリストが移動中でございます』

「ふふ、お前はとんだ魔法使いのおばあさんだな」

『時代はかぼちゃの馬車の代わりにヘリコプターとなりましたがね』

早苗はがちゃ、と昏倒しているテロリストから銃器を一切合財《いっさいがっさい》集めながらそう笑う。

ふと気になって一応尋ねた。

「この電話の契約主は？」

『丁度今調べた結果がきたよ。ああ、盗難届は出てないな。契約者は、えーと、ああ、あったあった。八十七歳の男性。青森にお住まいの一人暮らしで、家族なし。犯罪歴もなさそうだ。あと国籍は日本だね』

「どう見ても日本人ではないし、そんな年寄りでもない。体よく名義だけ使われたのだろう」

『だね。ここから根っこまで辿《たど》るのは難しそうだ。他の情報をくれるかい』

「特にない。スペイン語を話しているヤツ、英語、日本語もいた。寄せ集め感がするくらいだ。後はこれだけの銃器、仕入れ先が必要だ」

『そこは今確認のしようがないね。ただ、クスリの線から、関東狼成組《カントウロウセイグミ》が元締めで捌《さば》いてたみたいだから、そこからのルートかもしれない』

「そうか。ガサ入れの情報として警察へ提供を」

『もう、完了済み。関東近郊の狼成組系列の事務所は明日大慌てだろうね』

そうこうする間に、隣の部屋で大きな音がする。

どかん、ずどんとまあ騒々しい。

きっと「騎士」が獅子奮迅《ししふんじん》の働きをしているのであろう。

「……テロリストも一応人権があるはずだ。緊急手術のできる病院を用意しておいてくれ」

『スカーレット、もう手配済みさ。……〝老翁〟がね。リアルに時代劇の主人公をやらかしてくれたもんだから。明日の献血会場は呼び込みが盛大だろうねぇ……』

＊＊＊　四　偶像の堕天【ロスト・アイドル】　＊＊＊

扉が開く。
これから誰もが通る扉だ。

〝君〟は言った。

〝さてさて、種は蒔《ま》いた！　乾杯しよう、乾杯しようよ!!　僕と君とが世界の頸木《くびき》を砕く、この輝かしくも呪わしき日に！〟

扉が開く。
だが、〝私〟も〝君〟もそれを望んだのは本心からだったか？

〝私〟にはもうわからない。
だから、〝君〟は……。

＊＊＊

「……俺、もしかしてもういらないんじゃなかろうか？」

早苗《サナエ》の前から一目散に逃げ出した「光速の騎士」こと、杉山茂《スギヤマシゲル》。

誰も聞こえない大きさの声でポツリと呟《つぶや》く。

都合三ヵ所目の人質を解放し、周りの人々に少しばかり距離を置かれている現状を思う。

（火嶋《カジマ》教授は助けたし、人質の大半がいる三ヵ所も一応ＯＫ。救助隊も来てるし。……定良《サダヨシ》さんがいるのがまるで意味わからんけど。……ヤバそうな奴《やつ》らが片付いてくれりゃぁ、バックレていいかも！）

おお、と天啓を得た様に思いつく。

どうして何もかも自分一人でやろうと思いこんだのだろうか。

そう、こういうときはチームプレー。

チームプレーだ。

何故《なぜ》、自分一人でテロリスト全員をぶっ飛ばして船を解放し、警察にその身柄を引き渡すことまでやらないといけないと考えていたのだろうか。

よくよく考えれば、あのホテルでの一件で茂は警察に追われている身分であった。

そこから制止を振り切って逃げ出した手前、法律的にどうなのかは知らないが未《ま》だ逃亡犯的なポジションに位置しているのは間違いないはず。

（素人《しろうと》が現場を引《ひ》っ掻《か》き回《まわ》すと、きっと後で警察の人とかが困るだろうし。うん、そうだよ！俺、早めに消えた方がいいはずじゃん！）

思い付いた名案（迷案？）がすとんと心に落ち着く。

わざわざ危険に向かって突っ込んでいく必要はないのだ。

こういう事は本職のテロ対策部隊とか、そういう人たちに任せるのが筋ではなかろうか、と。

（帰ろうかな……。うん、部屋に帰ろう！　こっそり外壁伝って部屋に戻って、そんで籠城してる感じになれば何も問題ないじゃん！　おお、それで万事解決‼）

よし、と軽く握《にぎ》り拳《こぶし》を握る。

ならば、後は最後の大仕事。

残りの人が捕まっているファッションショーのステージだけである。

あの豪華なイベントの演者連中を助け出せば、残りは深雪《ミユキ》を残すだけ。

こういう面倒事はさっさと終わらせるに限る。

そう考えて最後の三ヵ所目のホールを出ながら、ぱらりと懐《ふところ》から船内の通路図を取り出す。

一番この部屋から近い、ショーの会場までのルートを確認する。

ただ、一つだけ考えてほしい。

警備を解放し、三ヵ所のホールの人質を解放した。

そしてこの後のショーステージの人質と深雪がいるであろうＶＩＰフロアを解放するとなると、さて残る人質はどれくらいいるだろうか。

きっとほぼほぼ全ての人質が解放される計算となるはずだ。

ぶっちゃけて言えば、ほとんど最後まで関わることになるのだという事実に茂は気づいていない。

（まず階段で二フロアあがって、そっからメインの通路を直進。そんで脇の関係者のみの通路に入って……)

そこまでの通路にいる敵っぽい反応を確認する。

合計二体。

「敵か……。ヤダな、どっか行かねぇかな」

話によると何かヘドロっぽい変なのが船内にうろうろしているらしい。

発動した「気配察知：小」からするとその反応があるのは確実で、どうもヘドロが茂の進行方向にうろうろしているようだ。

「遠くから見てみてどうにかできそうなら、どうにかしよう。無理なら別ルートだ」

うむ、と頷《うなず》いててくてくと目的の階段を探して歩き出した。

＊＊＊

「ふむ、ここか？　その催《もよお》しの会場とやらは？」

ぴったりと閉じられた重厚な扉の前で、定良がどこか疲れた様子の面々に尋ねる。

結局、この場所に来るまでの間に都合三度の襲撃を受けたわけであるが、非常にスムーズに移動は進んだ。

一回目のヘドロ瞬殺の顚末《てんまつ》から完全にフォワードを定良に任せ、普通の人々は後方からの奇襲に備えるという分業が成立していた。

結果、テロリストの襲撃、ヘドロとの再戦も完勝という形でこの残るステージ前の扉へとたどり着いたわけである。

「そのはずだが、すこし待ってくれ。……もうすぐ分隊が合流予定だ」

耳元の無線連絡を受けて、青柳が合流する部隊を待つことを進言した。

少しだけ考える風に顎に手をやる翁《おきな》面の武者の姿は、薄暗い照明に照らされてどことなく神秘的な雰囲気を醸《かも》し出《だ》している。

能、狂言の一流の演者がふるまう仕草のようでもあった。

どこか抗弁しがたい魅力とも言えるだろうか。

「……まあ、好きにしろ。どちらにしろ俺は、何ぞ面白いものを斬れれば、それでいい。しかし俺はてっきり、あの『騎士』のような傑物と斬り合うような場を想像していたのに、雑魚《ざこ》と腑抜《ふぬ》けばかり……。つまらん」

一歩二歩と定良が歩きだし、背を大きな柱へともたれかからせる。

太刀を鞘《さや》にしまうと、どんと腕組みをして黙り込む。

面の下がどうなっているのか見えないので詳細は判《わか》らないが、思索にふけっているようにも見える。

（……本当に、本当にコイツは敵対しないのか？　やらかしてる内容は特級の呪霊と変わらないぞ⁉　いや、なまじ周囲の状況を把握して対応している分、無駄も容赦もない！　一度でも暴《あば》れ出してみろ。どうやったって制圧までに三桁の被害が出るぞ⁉）

青柳の本心が一筋の冷や汗となり、首筋を流れていく。

危険なレベルの呪霊が協力するというトンデモ発表からすぐのこの連携。

あえて言おう。

本部の馬鹿ども、クソ喰《く》らえ、と。

言い換えるなら、危ないモン押しつけんじゃねえよ、だ。

「……ああ、酒が飲みたい。こうもつまらんと、口寂しいのだがな。そうだなこういうときは冷酒だ。冷酒がよい。薄く柚子《ゆず》の皮を削《そ》いで、硝子《ガラス》の器に注《そそ》いでから浮かべるのだ。柚子の香がふわりと香る瞬間に一息に呷《あお》る。……アレが良《い》い」

しかも、酔わないくせにどうしようもないレベルのアル中である。

肝臓もない骸骨のくせに、ぱかぱかと酒を飲むという悪癖に目覚めているらしい。

どうも聞いたところ、その趣味は非常によろしいようで、目玉の飛び出る額の酒がかなりの本数、空になった様である。

「いや、どぶろくもよいな。あれは、こう、郷里を思い出す懐かしさがなぁ。しかもあの頃より、段違いに美味《うま》い……。良い時代よ、うむ」

定良は顎をさすりさすり少しだけ空を見上げた。

どうやら彼は彼で現世を十二分に楽しんでいるようでもある。

そこへ、命知らずの隊員が話しかける。

「本当に酒、好きなんですね」

「うむ、飯も女もこの体では興味が失《う》せたが、酒だけは受け付けるのでな。いまのところ、これしか楽しみがない、ともいえるが」

「ウチの地元、結構マイナーな、ってマイナーがわからないか……。ああ、知る人ぞ知る的な酒蔵、あるんです。一本取り寄せましょうか？　味も良いですが、香り重視で仕込んでる樽《たる》があるんです」

「ほぉ！　良いな、それは良い！　今度でも届けてくれ！　いやあ、楽しみが増えた、増えた!!」

カカカッ、と歯を鳴らして定良が笑う。

どうにもこうにも俗っぽい風情の「骸骨武者」様であった。

＊＊＊

カカカッと機嫌よく笑う翁の面の鎧《よろい》武者《むしゃ》。

警戒態勢を緩めず彼と共にいるメンバーが、別行動をしていた早苗たちの接近してくる姿を視界にとらえる。

周辺を警戒しながら合流した早苗は、あることに気づいた。

定良の太刀が、ほんの少しだけであるが抜かれていることに。

「おお、ようやく来たか。ならば、入るとしようか。とっとと帰って月見酒でもしたいのでな」

かすかにちき、と太刀が鞘に戻る音がした。

早苗以外は気づかなかったかもしれないが、定良が隠れて接近する彼女たちを警戒していたのは間違いないだろう。

常在戦場。

そんな言葉が早苗の脳裏によぎった。

そのさなか、あることに気づく。

「……これで、全員なの？　『騎士』が先行したはずよ？」

「いや、こちらには来ていない。見かけた奴もいないはずだ。合流すると〝彼〟が言ったのか？」

「そうではないけど……」

そうではないが、あの「光速の騎士」が思う通りの人物であれば、今ここにいないというのはおかしい。

「……もう、待たずともいいのではないか？　さっさと、この中の外道を片付けて、質を取り返せば、帰れるのだぞ？」

「〝老翁〟……。そういうわけにも」

「いえ、それもそうね。さっさと片付けてしまいましょう。時は金なりと言うしね」

ショットガンを構え直し、早苗は扉を見る。

その先にはファッションショーの会場がある。

そして、このシージャックの全容を知った奴がいるのだから。

ぎぎぃ、と音を立てて、年季の入ったマホガニーの重厚な観音開きの戸が開いていく。

ロックを掛けることもなく、軽いきしみをさせて、ドアが開かれた。

トラップの可能性も考えたのであるが、部屋への一番乗りを目指す定良が、〝ならば後に続け。俺はその程度では死なんのでな〟と心強い言葉を掛けてくれたので強行することとなった。

幸いなことに、そう言った致死性のトラップは仕掛けられておらず、逆に言えばそれらがなくてもどうにかする、というテロリスト側の自信の表れともいえるのであるが。

『ようこそ！　皆さん、今回のショーに彩りを添えて頂きました正義の味方の皆さま方です！　どうぞ盛大な、盛大な拍手を‼』

ステージの仮設スピーカーから大音量で流れる、外連味《けれんみ》しか感じられないようなそんなふざけた言葉が響き渡る。

そして広々としたステージ上のランウェイには、ぱちぱちと大仰な仕草で手を叩《たた》く、目出し帽の男。

それを照らしだすようにしてピンポイントのスポットライトが燈《とも》っている。

このステージの電源は船内に設置された内部電源ではなく、万一を考えて外部から持ち込んだ電源を供給源としていた。

そのため、セキュリティを制圧したあとの電源喪失にも大きな影響を受けていなかったのだ。

がちゃ、と全員が銃を構え、その男に照準を合わせる。

だがそれに対し、男はまるでどうでもいいと言わんばかりに、道化じみた振る舞いを止《や》める気は無いようで体全体を使って語りかける。

ここに設置されたカメラは、カメラマンが必要なタイプとは違い、別所で位置を変更したりズームを行ったりといったことが可能な半自動型のものだった。

本来はこれらと、カメラマンの持つカメラでファッションショーを撮影し、その上で配信するつもりだった。

そのもくろみは崩れ、現在のところテロリストの指示した映像が流れることになってしまっている。

ただその中でも、「光速の騎士」の映像が流れてしまったのは、テロリスト側にも不本意であったはずである。

恐らくは、本来の目的が達成されるまでの間、人質の映像をループして流し続ける予定だったのだろうが、その中に予想外の異物が混入したのだ。

突然のトラブルに、システム上で切り替えを行うまでの少しの間だが反撃されている映像がハイエンを通じて流されてしまった。その点に関してはテロリスト側の不運ともいえるだろう。

『さてさて、そういう訳で正義の使者たる皆さんが到着されたのですから、我々も本気で相手をしなくてはなりません。ええ、ご用意しておりますよ』

うろうろと動き回る目出し帽を照準にとらえた救出班は、これからどうするかを悩んでいた。

いま、レティクルのど真ん中にはマイクを持った目出し帽の眉間《みけん》がしっかり重なって見える。

要するに今なら、この煩《うるさ》いテロリストを撃ち抜いて先に進むこともできるわけだ。

ただ間違いなく、お茶の間の覚悟を決めていない興味本位の視聴者へと、脳漿《のうしょう》をぶちまけるトラウマ必至の映像が流れる。

当然、その批判の矛先《ほこさき》がどこに向かうのかは判らない。

ただ、当初の予定よりも首がポンと吹っ飛ぶ官僚や政治家が、けた違いに増える算段だ。

それが分かる以上、個人判断で軽々に撃つことなどできはしない。

これが公権力に縛られる立場の限界でもある。

そこを理解しているからこそ、この場でああも余裕の人を舐《な》めた態度がとれるのだが。

「やはりお前たちでは奴を撃てんのだな。気概を見せてやろうというやつはいないのか?」

この場で唯一そんなことはどうでもいい、という立場の定良が言い放つ。

だが、それに賛同できるメンバーはいない。

全員が賛同したくともできない縛りがあるのだ。

「……政《まつりごと》というのは昔も今も変わらん、とは言われたがな。仕方ない、俺が出張ろうか。手加減はする。あとは殺さずに運ぶのは貴様らに任せる」

「……くっ。頼みます」

のしのしと歩き出す定良の姿を自動追尾のモーションセンサーが感知して、レンズを彼へとフォーカスした。

当然、その姿は完全に日本どころか世界中に配信されており、翁面を着けているとはいえ、数日前からニュースを騒がせている〝武者装束《しょうぞく》〟に見覚えの〝あり過ぎる〟人々は非常に多かった。

ネットの書き込みが「騎士」を中心にした検証から、一気に「武者」「騎士」の二項目の同時検証に変わったのはこのタイミングだったことは間違いない。

要するに、見ていた全員が気づいたわけだ。

〝うわ、テロリストvs.「騎士・武者」ってことか⁉〟と。

『おや、ここでまずお一人、入場者！　先日来、大人気！　骸骨武者さんの御登場だ‼』

見ていた全員がまるでプロレスのマイクパフォーマンスをしているような錯覚にとらわれる。

定良は目の前の男が全くと言っていいほど、自分を恐れていないことに少しばかり興味を覚えた。

当然のことながらステージに上がったことで、足元からうっすらと発せられている瘴《しょう》気《き》は目の前の男にも届いている。

だというのに、言葉に詰まる風にも体の動きに不具合がある様にも見えない。

つまりはそれらを無視できるだけの確固とした自分を持っているか、定良を屁程《へ》にも恐れていないのだということに繋《つな》がるわけで。

にたり、と翁面の下で定良が笑う。

面白きかな、面白きかな、と。

「……道化、もう良いか？　いい加減、飽きが来たのでな。とっとと斬られてしまえ、貴様」

『その物言い！　エクセレント！　最っっっコ――――！！！　ですねっ！　では、ここでご紹介！　我々の……』


ずどん!!!


目出し帽の男まで、約二十メートル。

定良がマックスで駆け抜ければ、およそ一秒半といったところ。

その距離を一気に詰め、納刀した太刀の鞘を振り抜こうと構えた瞬間。

皮すら失せきり骨しか残らない背に、悪寒が奔《はし》った。

「ぬぉっ⁉」

本能と直感に従い、真正面へと一直線に飛び出した定良は、目出し帽の男のほんの三メートル程手前で強くランウェイを蹴ると右斜めへと進行方向を強引に変えた。

その宙に飛び出した定良目掛け、ランウェイの床を〝ぶち破り〟、鞭《むち》のような攻撃が襲う。

咄嗟《とっさ》に太刀を鞘ごと振り抜き迎撃するが、如何《いかん》せん足場のない空中。

腕の振りだけでは充分な威力とはならず、強《したた》かに定良が打ち据《う》《す》えられる。


ど、おぉぉぉん!!


「ぬ、ぬぅぅっ！　伏兵、というわけかっ！」

置かれた椅子《いす》をなぎ倒し、壁際《かべぎわ》まで吹き飛ばされた定良が苛立《いらだ》たしげに自身の迂闊《うかつ》さを悔いた。

武人という物が骨髄まで浸《し》みこんでいる分、こういう搦《から》め手や策略という物には弱いことは重々承知であったというのに。

なにせ、それが理由で最後には義父と命の奪い合いまでさせられているのだから。

真正面からのド突き合いならば非常に嚙《か》み合《あ》うが、トリックスター的なタイプにはとことん相性が悪い。

再び定良がランウェイを見たときには、先程の鞭のような攻撃をした〝脚〟はランウェイの床下へとズルズルと音を立てながら引っ込んでいった。

『さて、口上の最中に少しばかり邪魔が入りましたが、入場者のアナウンスの途中でございました！　ご紹介いたしましょう!!　我らトゥルー・ブルーの切り札!!　才色兼備、容姿端麗《ようしたんれい》、日本を代表する、麗《うるわ》しき乙女《おとめ》たちっ!!!』

にまにまと嫌な笑いをしていると、目出し帽をしているはずなのに、判る。

あの男は、本当に本当に、人として嫌な笑い方をしている。

ぱぁぁぁぁん！！！！

マイクをスーツのポケットに放り込み、白手袋の両手で大きく大きく柏手《かしわで》を打つように手を叩いた。

先程定良の突進を迎撃した脚が、ランウェイの床をぶち抜いて現れる。

一直線のその通路を走る、真っ白なランウェイの上に、床下からズルズルと粘着質な音をさせて這《は》いだしてくる五つの影。

目出し帽の立つただ一点をスポットライトで照らし出していたのだが、その登場と共に全照明が一斉にオンへと変わる。

「油断した‼　青柳、撃てッ！　今を逃すなッ！」

ぎり、とその歯を軋《きし》ませながら周りの椅子を蹴り飛ばし、定良が怒鳴る。

自らへの怒りに身を焦《こ》がす定良だが、指示は的確だ。

なにか、非常にマズいことが起きようとしている。

だがしかし定良の指示は実行されることはなかった。

それ以外の救出班は別の事に気づいて引き金の指をすんでのところで止める。

いま、飛び出してきた五つの影の、その〝本体と思《おぼ》しき人物たち〟に気づいたからだ。

いや、そうではない。

皆が気づいた。

この映像は全国へと配信されているのだ。

そしてハイエンの配信を本当に楽しみにしていた、本来の視聴者のほぼ全てが当然のことながら気づく。

「……人を贄《にえ》とした外法《げほう》。こんなおおっぴらに使うとは思わなかったぞ⁉」

「ヤバいな……。今回は完璧、対人用の装備しかないぞ。対魔用の装備はゼロだ。さっき増援を頼んだが、到着までこれだけでしのげるか……？」

早苗と青柳がつぶやく。

無理に浮かべた笑みだが、早苗は頬に冷や汗をしたたらせ、青柳の口角は少しだけひくついている。

彼らの視線の先にはランウェイの床下から飛び出した五つの影が、照明に照らし出されその姿をあらわにしていた。

ぬめぬめと動き回る、タコやイカのような頭足類の触腕から吸盤だけを外したような格好の漆黒の脚がランウェイの上を這いまわっている。

それでいて、本体部は泥を適当に小山にしたような形で、流動的に常に表面が波打っていた。

その中で最も異質なのは、その五体の本体部のそれぞれに女性の体が丸々一人分、埋め込まれるようにして存在しているのである。

本体部が時折、その女性たちをなめまわすようにその泥状の流動体で包み込んでいた。

「しかも、アレ。最近テレビ見てない俺でも知ってる面々ですよ。最悪ですね。駆除以外の選択肢なんてありゃしませんが、やったらやったでとんでもないほどの苦情が出ますよ、こりゃあ……」

その本体部。

そこに埋め込まれているのは、普段あまりテレビを見ないという人間ですら名前と顔が分かる、というレベルの女性アイドル。

全員が焦点の合わない顔付きで、正気には見えない。

恐らくファッションショーの衣装であるはずの各々《おのおの》のドレスが所々はだけ、その箇所から黒い泥様の何かが、彼女たちを浸食していた。

その中で、全員が胸元に揃《そろ》いのブローチをしている。

それが光源などの影響も一切《いっさい》排除して、脈打つように不気味に赤黒い光を放っている。

全員が理解したと思ったのだろう。

絶妙なタイミングで、その彼女たちの後ろに身を隠した目出し帽が、最後の紹介アナウンスを告げる。

『出《い》でよ、誇れ、我らが意思の結晶‼　パラダイス・ピクシー・プリンセス、トップ5の面々の御登場です‼』

かくして、偶像《アイドル》は、肉を穢《けが》され、魂に呪いを孕《はら》み。

空から、堕《お》ちた。

＊＊＊

唐突だが、迷子になったかもしれない。

「あれぇ？　ここの階段が、さっきのだろ？　そんで、この通路をしばらく真《ま》っ直《す》ぐ行って、その左にドアがあるはず……」

独り言をつぶやきながら、「光速の騎士」は向かって左の壁を見る。

つるりとした無機質な壁がただただ広がっている。

ちょっと先と、歩いてきた元の道を見てみたが、そんなドアはどこにも無い。

「ええ!?　ちょ、ちょっと待てよ、待てよぉ……。一回戻った方がいいのか？　いや、それともこのまま真っ直ぐ行けば、右へは行けるしな。もしかしてその先かなぁ？」

船内地図を上に下にとひっくり返したり、床に置いて指さし確認をしながら、まあ見事なくらいに焦《あせ》っていた。

その場でぐるぐると地図を手に一回転。そして、その遠心力のまま、首が斜めに傾《かたむ》く。

顎に手をやり、うぬぬ、と唸《うな》る。

しかたない。はっきりと断言する。

迷子になってしまった。

何せ、少し薄暗くなっている上に迷い込んだ場所がスタッフフロアなため、部外者へと案内するような案内板も特にない。

辛《かろ》うじて緊急用の非常口の案内があるにはあるが、今は外に出たいのではなく、目的地へと向かいたいのである。

「でも、『気配察知：小』はアッチの方角に誰かいるみたいだって反応だし。うーん……。やっぱこのまま進むべき？」

がさがさと適当に地図を畳み、懐に戻すと先程までの直進ルートに戻る。

方角としては左手前方なのだが、道は真っ直ぐ行って、直角に右に曲がるルートしかない。

カーナビなどで目的地周辺になると案内を終了されてしまうときに、〝いや、ここからが知りたいのだが〟のような状態に陥《おちい》っている。

目的地はしっかりと判っているのだ、だがそこへ通じるルートを教えてほしいのだ。

こういうときは詳細な地図だと逆に混乱して道に迷うものである。

むしろデフォルメされてよりシンプルな物の方がすんなりと到着できることも、ままあるわけで。

「……まあ、近づくには近づくし。行き止まりだったら急いで戻ればいい！」

たたっと駆け出す茂。

まあ最悪、緊急手段がないわけでもない。

とにかく進むべきだと思い、茂は〝間違って逆に遠回りになる〟道をずんずん進んでいくのだった。

＊＊＊

『さて、では本日のメインイベントでございますッ！　どうぞ最後までお楽しみくださいｰ!!　ワタクシはこれにて失礼しますがね？』

最後にカメラレンズに向かい深々とお辞儀をした目出し帽の男が、ランウェイを戻っていく。

それに追随する、バケモノは一体。

ほかの個体と比べ、若干大きくそして胸元にあるブローチの輝きも眩《まばゆ》い。

映像でははっきりと視認できないが、肉眼でよくよく見てみると、全員のそのブローチは直接肉に食い込んでいた。

それは、それぞれの拍動を表しており、赤黒い明滅はまるで血液の流れの様にも見える。

ゆっくり、だがしっかりとした歩みを止めることなく、目出し帽がランウェイの袖《そで》へと消えていく。

この位置取りでは追いかけるには、最悪どうにかしてこの目の前の四体のバケモノに変じたパピプのアイドルたちを退ける必要がある。

「くそっ！　来るぞ!!　構えろっ！！！」

叫んだ瞬間に、バケモノが青柳たちへと二体、定良に二体、ランウェイの上から飛んできた。

当然、その体は一部変形して、先程の定良を打ち据えた形状となっている。

その着地位置を見据《みす》え、青柳や早苗は自身の持つ銃火器の引き金を引く。

この段階であるならば、攻撃に対し反撃を行ったとの言い訳が立つ。

ただし、彼らは〝人質〟に取られた状態の、か弱い女性アイドルに向けて発砲したのだとの非難を受ける可能性もある。

法律上この後の展開がどう判断されるかはわからないが、そんなことはまず生き残ってから考えることだろう。

いま、この場所で考えることではないはずだ。

例えば、郊外の自然公園へハイキングをしに来たら、急にニホンオオカミに襲われたとする。それが絶滅したはずの世界で最後の一匹かもしれないニホンオオカミだ、とあなたは知識として持っている。そして足許《あしもと》には木の棒が転がっていたとする。

ほぼ全ての人が、その木の棒で反撃するだろう。

そうせねば、やられる。勿論《もちろん》、むざむざ食われてやるだけの動物愛護精神があるなら別だが。

逃げ帰って数日後には学者やらマスコミやらネットの住民やらに、〝最後のニホンオオカミに危害を加えるなんて！〟と叩かれるのは間違いないのだとしてもだ。

ダダダダダダダッ！！！！

狙われた一名が辛うじてその鞭のような一撃を回避。床に叩き付けられた鞭状の粘体が硬い床に罅《ひび》を入れる。回避に専念した一名以外の人員が引き金を引いて発射された鉛の塊が、一斉にバケモノ相手に殺到する。

しかし、その全てが粘着質な表面で食い止められ、地面へとばらまかれていく。

着地後の数秒間に渡り、八名の救出隊から放たれた弾丸が、無為な結果へと終わった。

……ように見えた。

「今ッ‼」

「おうさっ！」

当然、全員が同じ行動を取るなどという愚策は取らない。

バケモノの登場前に、すでに班員唯一の狙撃手がひそかに移動して狙撃可能な位置を確保している。

この狙撃銃が現時点で最も口径が大きく一番の貫通力があり、弾速も速い武器である。

本来の対魔用装備が届くまで、現行の装備が防がれるのであれば、コレ一丁で凌《しの》ぐ必要があるのだ。

他の救出班はいま、ホールのゲストを始め、航行に最低限必要な人員以外を船の外へと脱出させるための護衛で手一杯になっている。

そこからの援護は期待できない。


ダンッ！


狙撃手は膝《ひざ》をついて、台代わりにしたテーブルに銃を置き、狙い撃つ。

着地位置に張りつけにされたままのバケモノ二体のうち近い位置の一体へと弾が飛ぶ。

音速超えの一発は確かにバケモノの本体のパピプのアイドルへと吸い込まれていった。

だが、しかし。

「……うっそ、マジか⁉」

後方に位置していた二体目のバケモノの体が伸び、一体目の防御した流体部分と合流して受け止めていた。

確かに、深く弾丸がその流体を貫いているが、分厚い組織を貫通するまでには至らなかった。

次いで、その一撃を放った狙撃手へと二匹のバケモノが狙いを変える。

「ヤッベ!!!」

とんでもない敵意を感じ、二射目の射撃体勢に入っていた体を強引に動かす。

狙撃銃を抱えると共に、その場から転げ落ちる様にしてホールを支える柱に身を隠した。


ゴッ!!


柱を何か硬質なものが削り取る音が響き渡る。

ばくばくと跳ね回る心臓を必死に押さえながら、自分の隠れる柱を見ると、先程までは鞭様の形状をしていたバケモノの脚が、円錐《えんすい》状の刺突に特化した形状へと変形している。

柱には穴あけ用のパンチで撃ち抜いたように綺麗《きれい》な丸い穴が開いていた。

自分の体の上にぱらぱらと細かな柱の欠片《かけら》が降りかかっていた。

「冗談！　こんなの相手にするなら今の倍は数がいるっての！」

とはいえ、ない物ねだりをしていても仕方がない。

床に狙撃銃を置き去りにして、腰の拳銃を構えて柱の陰から飛び出す。

飛び出しながら、牽制《けんせい》気味に射撃を行うと、ほかのメンバーの銃撃の音が重なる。

一番近い位置の早苗が、追撃しようとする化け物目掛け、ショットガンをぶっ放す。

それに反応してバケモノ二体が、本体にいるパピプメンバーをガードしようと流体を蠢《うごめ》かせていた。

粘体を蠢かせ、一枚の板のように変容したそれに、ショットガンの弾が放射状に跡を残す。

「くそっ！　駄目なのか⁉」

ただただ固いだけでなく、粘度の高い流動体というのが悪い。衝撃も分散されてしまうのだ。

そんな防御用の装甲のせいでこの弾幕の中、未だ一発も彼女たちへと直撃弾が届いてはいない。

（マズい、マズい、マズい！　完ッ全にジリ貧じゃない⁉）

早苗が焦るのも仕方ない事である。

この場にバケモノ二体を留《とど》めておけているのは偏《ひとえ》に、本体部分への攻撃を主とした弾幕を張っているからだ。

つまり、鉛玉を食い止める防御反応を強制させているからである。

この膠着《こうちゃく》状態は最終的には、弾切れやジャムった瞬間に崩れるわけで。

まあ、弾切れになれば当然、バケモノへの対抗手段も失われてしまうのだが。

（〝老翁〟はどうなってる⁉）

この現代の火器をしのぐ、敵性呪物と己の身一つで相対する、古《いにしえ》の戦人《いくさびと》。

彼の様子をちらと見やる。

事此処《ここ》に到《いた》り、早苗の念のためが生きてくる。本来は参加しないはずだった、定良の火力のみが唯一の頼みの綱であった。

＊＊＊

「ヌンッ！」

定良の振り抜いた太刀を真正面から押さえこんだ一体の後ろから、さらにもう一体が横から迫ってくるのに気づき、強引に太刀を引き抜く。

返す刀でそのもう一体を迎撃すると、その隙《すき》を衝《つ》こうとバケモノが大きく回り込んでくる。

「ちぃっ‼　やりづらい！」

互いが互いをカバーリングしながら敵に対応するといういやらしい戦法を駆使して、定良の攻めを一体に集中させない様に立ち回っている。

先程までの太刀を一、二度振るえば泥の塊と転じた雑魚レベルの比ではない。

（とはいえ、なんだ？　こちらが踏み込めば向こうも踏み込むが、特に向こうから強く攻めかかるわけではない。攻め気がまるでないわけではないが。おざなりといえばおざなり……）

とん、と大きく距離を取ればほんの少しだけだが、攻めが緩む。

そのタイミングで周囲を確認することもできる。

向こうは青柳と早苗を中心に狙いを定めさせない様に立ち回り、その都度射撃して足止めを行う策に出たようである。

ただ、それは消極的な時間稼《じかんかせ》ぎでしかない事は定良にもわかる。

何か、これを覆すことのできるファクターが必要なのだと。

少なくとも定良以外の、只人《ただびと》に過ぎない彼らにかかる負担をフォローできる戦力が必要だ。

そう考えたときに、定良は思い出す。

外の雨の中で光る稲光に照らされた、ここではないどこか遠くを見ているような男の顔を。

ちまちまと小さく切った肉きれをつまみに、ウイスキーをちびちびと飲《や》る、気怠《けだる》そうな男の顔を。

（く、カカカッ!!　まさか、俺ともあろう者が来るかどうかも知れん戦力を夢想《あてに》するとはな！　まあ、これも面白いか!!）

翁面の下でカカッ、と歯を打ち鳴らして笑う定良。

その音に反応して、バケモノ二体が一斉に襲い掛かる。

何かしらの行動をするとそれに対して、反撃をしてくるようである。

「それぃ!!」

脚甲に包まれた足で、接近するバケモノを蹴りつける。

どう、とまるでサンドバッグを叩いたような鈍い音がして、蹴りが止められる。

一応言っておくがこの蹴りは、「光速の騎士」を吹っ飛ばし、パチンコ屋の看板にめり込ませるような力の入った蹴りである。

「ふははは っ!!　良いな、良いなッ!!　雑魚ばかりで食い飽いたところだ!!　上物の気概を見せぃ!!」

右手一本で太刀を握ると、空いた左手の甲でバックブローのように拳《こぶし》をぶつける。

ぶんっと不意を衝くことを最優先に、速度を優先したその一撃が大きく空を切った。

バケモノが大きくのけぞり、核と化しているアイドルの側頭部へと奔る定良の一撃を躱《かわ》す。

速度を優先しているとはいえ、常人ならば撫《な》ぜるだけで西瓜《すいか》の様にぱぁん、と頭蓋が爆《は》ぜ飛ぶ。

「……やはり人の形を遺《のこ》した箇所は、そうそう頑健には変質しておらんな？」

肌もあらわに、柔《やわ》らかい肉の色味をした女体。

浸食され、赤黒いブローチと一体化した部分以外は、きめ細かで斬らば、柔く程よく薄い脂が乗っているだろう。

きっと刃を立てれば、すいっ、と吸い込まれていくはずだ。

翁面の下でにたりと定良が笑う。

「まず、殻《から》を砕いて、身を取り出してくれようか。全てを剝《は》ぎ取《と》って啜《すす》り食らうは、その後よ。……ふふふ、まるで沢蟹《さわがに》だな。肉の体を持っていた頃は茹《ゆ》でて丸ごと食らうが美味かったものだが」

定良のほぼノーモーションの裏拳に脅威を感じたのか、バケモノが二体同時に彼の前に整列する。

より隙を失《な》くそうという考えからだろうが、それを定良は違う捉《とら》え方をした。

「沢蟹の化生の分際で、怯《おび》え、竦《すく》むかよ。安心せい、俺がしっかり綺麗に、割り砕き、削ぎとり、剝ぎ落とし、肉も魄《はく》も魂も啜り食ろうてやろうて……。雑魚とは違う上物の味、骨の髄まで余さず、なぁ？」

ちき、と太刀を構える。

その定良の足元から、今までに無いほどに濃密などす黒い瘴気がドライアイスを床にぶちまけたように一気に広がっていく。

それに相対する二匹の外法の犠牲となったアイドルがなぜか、びくびくと震えたようにも見えた。

自意識を失っているかのような表情を浮かべた彼女たちが、定良の敵意に恐怖を感じたかのようでもある。

そんな時、であった。


どぉぉぉぉん!!!


ホール全体に響き渡る爆音、そして広いホールの床をかすかに揺らす振動。

音が鳴った箇所を見ると、そのあたりの壁に大穴があいており何者かが立っている。

どうも薄暗くて詳しくわからないながらもそこはホールの音響ブースの一つのようである。

そして、その何者かがそこから助走をつけて飛び降りた。

「ほぉ、〝やはり〟来たか」

定良がつぶやく。

さも、それが当たり前のことのように。

ばさばさと黒い外套《がいとう》が下向きの照明に照らされながら、翻《ひるがえ》るのが見える。

落下までほんの一、二秒であるが彼は大きく飛び上がり、落下位置を決めて降りてきたようだ。

ちょうど落下位置は、早苗たちと対応する二体のバケモノとの中間地点である。

だんっ！

ショーのために敷かれたランウェイに準備された照明に「光速の騎士」が照らし出される。床に両足で着地すると、手には盾と、そして肩には見慣れぬ一品を持っていた。

確かに彼の装備としてはおかしくはないものであるが。

肩に金太郎の鉞《まさかり》よろしく「光速の騎士」が担《かつ》ぎ上《あ》げたそれは、船内の非常用に置かれた派手に赤で全体を塗りたくられた斧《おの》。

「斧？　……船内のマスターキーかっ⁉」

頭上から降ってきた闖入者《ちんにゅうしゃ》に、救出用の即応部隊もアイドルの成れの果ての化け物たちも一時距離を取っている。その間隙に即応班の一人が、「騎士」の持ち物に言及した。

それは俗称にてマスターキーと呼ばれる大きな破壊用の斧。

照明に照らされ、凶悪な鈍い光をギラリと放っていた。

＊＊＊

「ハッ‼」

床へと飛び降りた「騎士」が、全員の視線が集まった瞬間の虚を衝き、その手に握る斧、マスターキーを真横へと勢いよく振り抜く。

その先にいるバケモノは、銃弾を受けて防御陣形を取っていたのであるが、流体部を壁の様に蠢かし、その盾とした。

べちゃっ！


雨でぬかるんだ地面に勢いよく足を踏み出したときにするような、粘っこい不快な音がする。

勢い自体はかなりのものであるが、咄嗟に作り出した壁を突き抜ける程の威力、例えば狙撃銃での一発以上の貫通力はその斧にはなかった。

〝今までは〟だが。

「スイングッ!!」

恐らく、「光速の騎士」が声を無理に変えることなく、素で声をお茶の間へと発した最初の一言である。変声で汎用スキルである「スイング」を発動するというような器用なことは残念ながらできない。

そのスキルの効果は、瞬間的に横へと振りぬく攻撃の際、膂力《りょりょく》を増加するというもの。

効果を発揮する対象となるのは〝棒術〟、そして同じような使い方をすることのできる〝斧〟を用《もち》いたとき。

その「騎士」の所有する棒術・斧術汎用スキル発動時の力強い言霊に引かれるように、静止していたマスターキーがバケモノの作り出した粘体の壁という障害物を、名前の通り一気に開け放った。

ビシャビシャッ!!

弾け飛んだ流体部が、斧で斬り飛ばされた欠損部を埋めようと、そのボディを這って移動していく。

その隙《すき》。

その僅かな隙間《すきま》を「光速の騎士」は見逃さない。

「カッ!!」

鋭く呼気を発して右手の斧を手放し、アイテムボックスへと放り込むと、一気にバケモノとの距離を詰める。

その速度と恐らくオートで蠢いていた流動部分の補修動作が邪魔をして、バケモノの挙動が止まる、いや「光速の騎士」に止められた。

ほとんどゼロ距離まで接敵し、盾を握る左手を手刀状にしてバケモノ目掛け、突きこむ。

当然のことながら、そこへとさらにスキルを上乗《うわの》せ。

追撃の手を弛《ゆる》めない。

「ハイ・センスッ!!」

左手一本、ド頭のこのタイミングでしかできない不意を狙った一撃。

次からは確実に警戒されること間違いなしのこの最初の一手。

狙うは当然、一ヵ所のみ。

メリッ……。

胸元の柔らかな皮下脂肪と、ブローチのように見える如何《いか》にもな呪物。

その間にダメ押しの「ハイ・センス」で強化した知覚を利用し、的確に「騎士」の指先がめり込んでいた。

そして、ブローチ部を指でしっかりと握る。

本気の「光速の騎士」の指のピンチ力は、そこらの万力の比ではない。

摑《つか》んだ、イコール外れない、クラスの力である。

ブローチ部を指先で摑んで、そのまま力ずくで引きちぎる。

ぶちぃっ！

引きちぎられたブローチから、外へと真っ赤《まか》な鮮血が迸《ほとばし》るのが、カメラにもありありと映し出された。

そしてその光景が日本全国のモニタへと映し出された瞬間。

「あ、あああああああっ‼」

今まで焦点の合っていなかった目が大きく見開かれ、天を仰《あお》いで大きく開けた口から苦悶《くもん》の絶叫が木霊《こだま》する。

その悲痛な声を聞きながらも「光速の騎士」は次の行動に遷《うつ》っていた。

左手に握ったブローチを握り、めき、という音と共に砕く。

その動作と同時に、斧を手放して空《あ》けた右腕を、バケモノ本体とアイドルの間に滑《すべ》り込《こ》ませ、腰を抱く。

「……悪いけど、もうちょい痛ぇぞっ！　すまんっ！」

聞こえているかどうかわからないが、そうアイドルだけに聞こえる様に囁《ささや》くと、バケモノに浸食されている部分を強引に引きちぎる。

「アアアァガガガッ⁉」


ぶちぶちぶちっ‼


強引に引きちぎった体の各所から、こちらも赤い血が周囲に飛び散る。

当然最も近い「騎士」の体にもそれは振りかかるが、全く気にする素振りすら見せずに、粘体から引きちぎったアイドルを乱暴に、お姫様抱っこの形に抱きかかえ、大きく後ろへと飛んだ。


ずざざざっ！

慣性の法則と血でぬれた床で少し滑《すべ》るが、強引に「騎士」は残るバケモノ一体から距離を取って足を止める。

「あう、ああっ……」

あまりの痛みに目から滂沱《ぼうだ》の涙を流すアイドル。

頭に霧がかかったような状態から一気に覚醒状態にされたせいで、まるで言葉にならない。

涙やあぶら汗でメイクもでろでろに崩れてしまった彼女は、それでもトップアイドルのはしくれ。

テレビに映るよりも少しばかり幼げになり、そんな若い女の子のつらい顔を見る趣味は「騎士」にはない。

「大丈夫、大丈夫。痛かった、痛かったわな、うん。落ち着け、落ち着けぇぇ」

ポンポンと軽く頭を撫でる手に「ヒール」を込める。

その穏やかな声色《こわいろ》と、しっかりと抱きとめられる安心感、ゆっくりと体を癒《い》やす心地よさに、消耗しきった心が耐えきれず、目の前がブラックアウトしていく。

そんな彼女が最後に見たのは、ゴツゴツした兜《かぶと》の向こうにある優しそうな目であった。

＊＊＊

（えーと。結局、どうなってんのかな？　なんか女の子を無理やり繋いだキメラっぽいのがいるっちゅう状況なんだけど？）

迷子の中の迷子、キングオブ迷子になってしまった茂は、もうあきらめてしまった。

銃声が聞こえてきて、どうやら鉄火場が始まったようだと気づいたので、真っ当なルートで行くことを、あきらめたのだ。

幸いなことに、スタッフフロアをうろうろしている間に、デカいパイプの横に、これまた馬鹿でかい斧が壁に掛けられているのを見つけることができた。

よく映画の中で豪華客船とか軍事基地とかで唐突に現れる、アレだ。

俗称マスターキー。

由来はどんなにがたついた扉でも、フリーズしてトラブルを起こしている電子機器でも、これさえあれば一発で解決。

無理矢理ぶっ壊して、がんじがらめの問題をごり押しで切り開く、まさに万能の鍵となる一品。

それこそが、この凶悪なマスターキーである。

本当かどうかは知らないが、一応そういう謂れがあるとかないとか。

まあ、そんなわけで見つけたこの如何にも非常用と言わんばかりの真っ赤な持ち手の斧を使い、近くの部屋へと駆け込み、壁一枚向こうの目的地までの最短距離の〝ドア〟を無理矢理作りだしたというわけだ。

この修繕費とかがどうなるかは考えないことにする。

そう、やっぱり大切なのは〝いのちだいじに〟だと思うのだ。

（んで、この子をどっかに取りあえず寝かして……）

ぐったりとして落ちるように軽い寝息を立てるアイドルの女の子を、お姫様抱っこのまま近くの壁際へ運ぶ。

ちなみに茂は自分が抱き上げている女の子がパピプのトップアイドルの一人だと気づいていな

い。

本体であるアイドルと〝強制的に〟引きはがされた粘体部が、ぐずぐずと音をさせながら色味の悪い煙を発して床に広がっていく。

（よし、さぁてと。どうすっかな？　なんかどう考えても敵以外に考えられないから思い切りド突いたんだけど）

早苗とか定良とかが闘っている以上、この女の子入りキメラはテロリストの側なのだろう。

（日本っていうか、地球って俺が知らなかっただけで、結構頭のオカシイヤバめな奴らがいるんだなぁ。こないだのリーマン死霊術師といい、今回テロリストの錬金術師たちといい……。怖いわぁ）

ということを考えながら、アイテムボックスから再度マスターキーを取り出す。

少しばかり血まみれになった「光速の騎士」が真っ赤な柄の大斧を持っていると、どう好意的に見ても猟奇殺人の犯人以外には見えることはない。

見た目のインパクトでいえば、ホッケーマスクの何某《なにがし》に勝るとも劣らない。

（しかもまだ奥の部屋に人質がいるし。このキメラ共、片付けないとそこへ助けにはいけないよなぁ……。はぁ、疲れた、もう疲れた。テロリストってマジでクソじゃん。こういうのは自分の頭ン中だけでやってろよな！）

肩に担いだ斧がちょっと重いのと、そんなムカツキから勢いよく床に斧を叩きつける。

がんっ！　と大きく音がしてほんの少し床に振動が伝わる。

見たところ、寄生型のキメラタイプのようである。

術式やその形状に大きく違いはあるようだが、これならばどうにかできるはずだと「騎士」は判断した。

向こうでも月に一、二度のペースで街の古物店や武器防具店などで大戦期の〝呪いの品〟を知らず知らずに手に取る運の悪い奴がいるのだ。

憑依《ひょうい》型、寄生型、精神支配型と様々なタイプがある中で、解呪に神官や〝聖女〟の真摯なる祈りの奇跡を必要とする憑依型、精神支配型の場合は「騎士」にはどうすることもできない。

ただし、寄生型の場合は先の二つとは違い、単純に対象を被害者から引き剝がせばいいのである。

勿論、捕縛して神官に祈りを捧《ささ》げてもらうのが一番効果的で間違いないのだが、寄生型は侵食初期であれば物理的な脳筋処理も可能である。

そこで思い返すのは、寄生型の呪いの兜を被《かぶ》った同僚の兵士のこと。

茂が仲間の兵士たちと一緒に、その兜を引き剝がしたのでよく覚えている。

兜の裏地に呪いが巧妙に隠されて刻まれたものを高額で手に入れて、そのまま被ったわけだ。

同期の兵士連中で一番のハンサムフェイスと呼ばれた彼は、神官から治療を受けしばらくのちに復帰したが、引きはがす際に抜けた頭髪は、一度は綺麗に治ったものの、過度のストレス等により若干寂しくなってしまった。

結果、スキンヘッドになったのである。

まあ、そのつるつる頭でも顔は良いので、治療院の女の子と結果いい感じになったからゴールインしたと、一人さびしく遺跡の警備をしている茂へと、しばらく経《た》ってから手紙を送ってきたわけで。

悩んだ挙げ句、祝福と呪詛《じゅそ》をたっぷりと込めたお手紙と、少し高めの酒の配送を行商人に頼んだこともあった。

あの手紙と酒は楽しんでもらえただろうか。

（まあ、結構しっかり肉にまで食い込んでるから、引きちぎる時は痛《い》ったいだろうしなぁ。女の子だと痕になったら可哀想《かわいそう》だもんな。えーと、あと何本あったたっけ？）

頭の中でポーションの残数を確認。

ポーションは二つ、マナポーションは一。

この場で三体に寄生された被害者を引き剝がすとすると、都合最低三度の回復を必要とする。

その上で自身の体に巡る魔力残量はどうかと言えば。

（多分確実に「ヒール」ができるのは、二回だな。三回目は、色々と使いすぎてるしちょい発動できるか微妙か……。となるとやっぱ体力回復《ノーマル》か魔力回復《マナ》かどっちにしろポーションは使う。在庫これでラストなんだけど。……人助けだし、仕方ないよなぁ。でもなあ、美味《おい》しくねぇんだよなぁ、ポーション……）

正直口に含んだ瞬間から、しばらくげんなりする味なのである。

「うし、行くか」

ぼそり、と誰にも聞こえない程度の声でつぶやくと、定良側へと駆け出す。

兎《と》にも角《かく》にもキメラの無力化をしない事には絵に描いた餅、捕らぬ狸のなんちゃらでしかない。

それに加え、

（定良さん、ちょい気分が乗りすぎてるわぁ。アレ、放っておくとバッサバサ斬り倒してく勢いだし。むしろ被害者守《おんなのこ》りに行かないとダメか？）

ずぞぞっと大太刀に黒い靄《もや》が纏《まと》わりついている。

それを振るうたびに、キメラが防御態勢を取っている箇所がぼろぼろと崩れて床に落ち、塵《ちり》となっている。

大きく動いていた先程までと違い、その動きが鈍い。

キメラの足元どころか全体の三分の一は瘴気に包み込まれ始めている。

腐食、という表現が近しいかもしれない。

キメラ本体と接続できている部分に関しては浸食箇所を覆う形を保持できているが、一度切り離され、瘴気に汚染された部位はキメラ本体に戻ることなく朽《く》ち果《は》てていく。

なにせ健康体であっても強く己を持たなければ、あっという間に恐慌状態になるレベルの瘴気だ。

むしろキメラに侵食されている女の子の精神が持つのかどうか、と心配すら必要な濃度になりつつあるわけで。

「暫《しばら》くぶりで」

「クカカカッ！　来たか来たかっ!!　『騎士』よ、やはり来たかっ！」

定良に聞こえる程度に抑えたぼそぼそ声を掛けると、喜色一杯の声色で定良が叫ぶ。

からからと甲高く笑う定良は、猟奇殺人犯っぽい茂と比べ一見まともにも見えるが、細かくその鎧に飛び散った赤黒い血潮《ちしお》が乾き始めており、それが翁面の穏やかな笑い顔で乗算されて、底冷えのする悪寒をモニタの向こうのお茶の間に伝播《でんぱ》させている。

要するに洋物の血しぶき舞う激しいスプラッターホラーと、和物の精神に訴えるジャパニーズホラーが夢の競演を果たす結果となったわけだ。

ちなみにこれが関係したとは断言できないながらも、画面向こうの数多くの視聴者の中には軽い引き付けを起こした者が数名おり、このタイミングで119の出動要請をした旨をここに記しておこう。

「胸元の装身具。あれを引きちぎってくれ。人を剝がしたら後は、俺に」

「ふむ……。ばっさりと斬り捨ててはいかんか？　そういう細かいのは幾分、面倒でな」

「……人死には出来るだけ避けるほうが、良いと思う」

面倒なことは嫌いなのだろうか、定良がとんでもないことを言い放ってくれる。

流石《さすが》にネット配信の真っ最中に真っ二つになるうら若い女性をお茶の間に披露するわけにはいかないだろう。

（……いや、頼りになるんだけど。すげー頼りになるんだけど、危険物レベルマックスじゃん。定良さんの手綱、誰が持ってんだよ？　まさかのフリーハンドじゃあるまいな⁉）

残念なことに、そのまさかである。

血に飢えた狼《おおかみ》をそのまま解き放ったような状況だというのに、誰一人手綱を持たないということはないだろう、という茂の予想は見事に外れた。

「では、そちらの一匹は任せる。俺はこちらを削ぎ落とすことにする」

「……ああ、よろしく？」

削ぎ落とすってナニ？　という疑問が浮かんだが、問いかける前に定良が目の前の一匹に突っ込んでいく。

茂が片付けた側に残る早苗たちの最後の一匹にも、銃弾が撃ち込まれはじめた。

「まあ、いいか。行こうかねぇ？」

自分の担当を見据えると、斧を握る手に力を込める。

ぎしぃ、と握られた斧が軽く軋む音が聞こえた。

＊＊＊

「親父《おやじ》、マジで行く気？」

少しばかり身長の低い十代半ばの少年が玄関先で、自分の親に向かって問いかける。

靴を履《は》いていた男は振り向くと、彼とその横に立つ女性の二人を順番に見やる。

「おう、行ってくる。栄治、母さんと婆《ばあ》ちゃんのこと頼むからな」

「……マジでこういう状況の時ってくるんだ。なんかそういう台詞《せりふ》って現実感がなくってさ」

玄関の扉を開け放ちながら外に出ていく父親。

腕は太く、日に焼けてこんがりどころか黒々としているほどの日焼けした肌に、首にタオルを一本ひっかけて家を出ていく。

この時期はいつも毎日見ている男の背中であるが、今日のこの時に限ってはどうも不安がぬぐえない。

いつもはこんな深夜のど真ん中ではなく、朝方に近い時刻に家を出る父親がこんな時刻に大急ぎで出ていくというのはただ事ではない。

それを追いかけて栄治は隣の母親と共に、サンダルをつっかけて真っ暗な外に出ていく。

その時には彼らの一家の大黒柱である船長、高尾順平は同僚である船員の軽トラに乗り込もうとしている所だった。

順平はその時には自分の持つスマホを操作しながら、忙《せわ》しなくどこかへと連絡を取っている。

「栄治、モトエさんも悪いな。親父さん借りてくからよ。……大丈夫だ、そんな危ないとこまで近づくつもりはないんだし。海保とか警察もそこまでは近づけさせないって」

「元二さん、そうは言っても……」

電話が長くなりそうと思った運転席の男が、軽トラから降りてきて栄治とモトエに話しかける。

この男もよく日に焼けており、頭に巻いた黄色のタオルが良く似合う。

元二と呼ばれた男はにっと白い歯をむき出しにして笑う。

「こんなことで怪我《けが》なんざしたら、たまったもんじゃねえし。組合からも言い含められてんのは、あくまで安全なトコで協力ってとこまでなんだ。無理をする気はさらさらねぇって」

「それはそう聞いたんですけど……」

心配そうに見つめる先の夫は、あまり見たことのないような表情で真剣に電話先と話をしている。

いつも豪放磊落《ごうほうらいらく》を絵に描いたような夫のその姿にモトエは心配をぬぐいきれない。

そんな中、家の玄関ががらりと音を立てて開く。

「あ、お義母《かあ》さん」

「ほら、こんな時間に騒いでるから出てきちゃいましたよ」

頭はしっかりしているが幾分足の弱くなってきた義母に寄り添うため、モトエが玄関まで駆け出す。

それを見ると、じっと父親の順平を見ていた栄治に元二が身を寄せる。

「栄治、聞いてたよな？」

「うっす、元二さんも船乗るんですよね？」

「まあ、俺は息子がもう働きに出てるし、カミさんにはきっちりやってこいって発破まで掛けられたからな。やってこにゃなるめえよぉ」

にかと笑う元二につられ、栄治も笑う。

その元二が少しだけ声のトーンを落として話し出す。

「とは、言ってもだ。完璧に危険がゼロなわけじゃあ、ない。スマホ使ってる世代だから、今どうなってるのかはわかるよな？」

「はい。それは、親父たちがこんな夜に海に出るってのは、そうだろうなとは」

「よし、だからこそ、言っておくけどよ？　万が一、万が一があった時は」

笑顔が元二から消える。

苦笑いだった栄治も真正面からそれに応《こた》える。

「その時は、この家にはお前しかいねぇ。いいか、そういう事だ。もう十六だったか、お前？」

「先週十七になりました」

「そうか、なら、分かんな？　その万が一って時にゃあ、そんなチャラチャラしてるヒマなんざ、もうねぇぞ。十七ってのがクソガキなのかオトナのなりかけなのか、お前が決めろ。頭悪くてガッコは行かねぇ、そんでバイトもせずにバイクいじって喧嘩《けんか》ってんじゃ。ただただ男ォ、腐らせるだけだからな。くっだらねぇことで検査入院したばっかだろ、お前。モトエさんとバアちゃんに心配ばっかかけるんじゃねえぞ？」

「……すんません、ありがとうございます」

「……まあ、俺らは無事に帰ってくるつもりだからな。そんな心配は要《い》らないけどよ？」

「いえ、それでもっす。ありがとうございます。元二さん」

＊＊＊

「ナニ話してたんだよ、元二？」

「ああん？　さぁてねぇ？　何だったかなっと」

「あんまり人の家にちょっかいかけんなよ。栄治もいろいろ考えてるんだぞ？」

「へへへ、そうだねぇ、そうだろうよ。そういうとこ、お前は甘いんだよなぁ」

「うるせえな。おい、ちょっとラジオ点《つ》けるぞ！」

道路にまばらに灯る照明の中を軽トラが二人の男臭いおっさんを乗せて海沿いの道をひた走る。

ラジオを点ければ、最近の人気アーティストの音楽が流れる。

それを他局へと変更すると目的の情報が流れ出す。

『……と、いう事もあり現在東京湾内で航行するすべての船舶へと……』

『……救護所の設置が行われ……』

『……政府の対応は……船内の人質の関係者からインタビュ……』

ただラジオが流れる車内で押し黙る様に二人に沈黙が下りる。

それを順平が打ち破った。

「シンジのとこは来ない様に言ったんだよな？」

「当然だろ。あいつ上の男の子が、来年中学校だぞ。村本の親父はカミさんが入院中だって話だし、省いた。若い奴らも今回は外してある。ベテランだけで行くぞ」

「ベテランっていうか、もうジジイに近い世代だけどな」

「ははっ！　そりゃそうだ！」

軽トラが大きく右にカーブする。

この先が目的地。

彼らの船、第三高龍丸《こうりゅうまる》がある漁港である。

カーブを抜けた先には、煌々《こうこう》と明かりが灯り出航に向けた準備が着々と進められていた。

滑る様にして軽トラを駐車スペースに止めると、早足で順平と元二が船の横へと動き出す。

「……おい、元二。シンジの奴、来てんじゃねえかよ。村本の親父さんもだ。しかも若い奴らもほとんどいるしよ。連絡どうなってんだよ!?」

「マジだな。いや、確かに来んなって連絡したんだけどよ」

近づいてきた自分たちの船長に、若い船員があいさつしてきた。

「あ、船長。お疲れ様っす。救助した人用に救命胴衣とか毛布とか今積み込んでるんで、もう少しで出航できると思いますけど」

「いや、若《わけ》ぇのは全員船に来んなって連絡したよな？　炊《た》き出《だ》しとか、野次馬《やじうま》の馬鹿どもの対応をって話になったじゃねえかよ」

「いやいやいや！　元二さん、そりゃないですよ！　んなカッコわりいのできませんって。『光速の騎士』がどこの誰かも知らねえようなガキのために、命張ってみせてんすよ？　そんで俺たちが腰引けました、怖いんで引っ込んでます、ってダサすぎですよ。彼女とかにどう話しゃいいんですか？」

「アホか！　そんな見栄《みえ》で命張らせるわけにいかねえって!!」

怒鳴る順平を見つめてくる若い船員。

彼がまた続ける。

「それでも、張らなきゃならない見栄ってやつですよ、コレ。ここで引いたら一生モンの腰抜けですって。他の船の奴らも一緒ですよ？　第五恒城丸《こうじょうまる》も第一三泉成丸《せんせいまる》のハブられた若い奴らも港にいますから」

「なにぃ!?」

視線を向けるとその先に順平と同じ形相《ぎょうそう》で、若い船員へ怒鳴りつけている男の姿が見える。

煌々と灯《とも》される船の明かりはその男が知り合いの船長だと示しだしている。

「お前ら、ホントのアホか？　危険な場所に突っ込むかもしれないんだぞ？　ホントに判ってるのかよ？」

呆《あき》れたように言う順平。

彼に若い船員はにかっと笑ってこう答えた。

「アホだからこそ、ああいう命の張り方に憧《あこが》れるんですって。死にたい奴は一人もいませんが、だからって俺たちを仲間外れはなしにしてくださいよ、船長。男の意地の張り方、クソみてえなテロリストに見せつけてやんねえと！」

＊＊＊

……ガガンッ！


「どうした⁉」

操舵《そうだ》室を制圧し、エンジンルームも取り返した警備班。

それに外部からの救出部隊が合流し、人質の脱出までをサポートするため、計器類を確認していた所だった。

そこに来て、この静かだが間違いない振動。

『……こちらエンジンルーム！　操舵室、操舵室⁉』

「こちら操舵室、どうした？」

無線連絡は慌てた様子のエンジンルーム制圧班からの声を拾った。

動揺を抑える様にあえて冷静に返答を返す。

『いま、そちらで何か動かしたか⁉　エンジンの出力が上がったぞ⁉』

「何⁉」

問いただそうとした警備の横で、計器類のモニタを確認していた男が叫ぶ。

「航路が変わっている⁉　外部から、変更入力が‼」

「どういう事だ‼　操舵室は占拠したというのに‼」

「ダメだ、こちらからの入力が全てエラーになる⁉　受け付けないぞ！」

く、と唇をかむ。

「人質の脱出はどの程度完了した⁉」

『まだ、四十名弱です！　船の速度が上がって危険なため高速ボート、一度離れます‼』

ごんとモニタ横のコンソールを殴る。

それでも航路の変更を一切受け付けない。

完全に違うルートから船のコントロールが奪われているのだろう。

「航路変更後の進路はどこだ⁉」

「……出ました！　元々帰港予定の港へオートで急旋回しています！　速度も上げてトンボ帰りするつもりです‼」

＊＊＊

ぱぁぁぁん‼

「っとぉぉぉおぉおっ!!?」

茂は体の真正面から飛んでくる銀閃《ぎんせん》を、掲《かか》げた盾で必死の思いを込めて押し返す。

半ば本気に近い勢いで放たれたそれは、棒立ちであれば間違いなく目の前に立ちふさがる全てを左右に両断するだろう。

「ひ、人死にには、ダメ！　お、俺っ、確かにそう言ったよね!?」

「……わはは！　少し熱が入ってしまったものでなぁ。まあ、そこまで削れば良かろう。後はお前がどうにかするのだろう？」

そう言うと未《いま》だに闘っている早苗たちの方に駆け出していく定良。

残されたのは味方であると思っていた相手に諸共に斬られかけ、その精神的なダメージから膝立ちで荒く息を吐く茂と、後ろに転がっている女の子が二名。

内《うち》一名は茂が担当した子で、先程引っこ抜いた女の子よりも若干ふっくらとした女性らしい柔らかさのある子で、これまたキメラから引っぺがす際には絶叫と共に失神に近い形で救い出した。

ちょっとばかし可哀想と言えば可哀想なことをしている自覚はあったりする。

そんな被害者のアイドルの怪我を「ヒール」で治して、さて次はどこに援護に向かおうかと思ったところで定良の担当《獲物》に目が留まった。

いや、留まらざるを得なかったといってもいい。

粗方キメラの流動体部分を宣言通り〝削ぎ落として〟本体と直結させられたアイドル部分がほとんど見えるようにした彼は、キメラの制御部と思しき呪物のブローチを外すことに取りかかっていた。

それは良い。

それは良いのだが、茂の様に摑んで引きちぎる、のではなく太刀でその該当箇所である胸元辺りを切り払ったのである。

残り少ない流動体部でガードしたキメラがそのガード部ごと呪物を叩き切られ、どろりと形状を崩しながらアイドルの子が地面へ倒れ込もうとした瞬間。

逆袈裟《けさ》に切り上げた太刀を手元でちゃき、と動かしたのを茂は見逃さなかった。

勢いのまま、定良が真上から唐竹割りに剣閃《けんせん》を疾らせるつもりと気づいた「光速の騎士」が、大慌てで両者の間に割り込んだという構図が先程のフレンドリーファイア一歩手前という次第となったわけで。

ただ間違いなくあの瞬間、茂が助けに入るだろうことを見越して定良は太刀を振るったのである。

なぜならこっちに一瞬、視線をよこしてから唐竹割りの体勢に入ったのだから。

（無理、絶対に無理!!　あの人自由に動かすなんてアウトだ！　アウトっ!!　やっぱどっかネジがふっ飛んでるって！　首輪と紐《ひも》つけて、鈴もつけておいてくれ!!　誰か、お願いっ!!）

もう正直半泣きである「騎士」の後ろからおずおずとした声が掛かる。

「あ、あの……」

振り返ると胸元を大きく切り裂かれた女の子が、床に腰を下ろしたまま、はだけた元ドレスの布を無理矢理に体に巻き付けている。

顔色は真《ま》っ青《さお》で、布で胸を押さえたところは押さえた手も含め、朱に染まっていた。

どうやら定良の救い出した（？）アイドルはほかの子と違い、意識はしっかりしているようである。

個人の資質の問題か、救出方法か、それともあまりの痛みで逆に意識が飛ぶのを本能が拒否したのか。

「……ちょっと、そのまま動かないでほしい」

立ち上がりぬっと手を差し出し、治療に向かう。

そんな「騎士」にほんの少しばかり、アイドルがずざっ、と後ずさりする。

その表情に浮かぶのは、間違いなく恐怖である。

（……な？　やっぱ映画ってとどのつまりフィクションなんだよ。こう、吊《つ》り橋《ばし》効果ってやつで、ヒロインが特殊部隊に恋をするってのは幻想、幻想なんだよ。うん、フィクション、フィクション）

本日何度目か判らないこの拒絶反応を見て思う。

心を強く持て、と必死に自分に言い聞かす。

くじけそうな心を奮《ふる》い立《た》たせてあとずさる女の子の前に立つと、その女の子はぎゅっと体を抱きしめて震えはじめる。

そして思うのだ。

ヒーローって本当にフィクションの世界なんだ、と。

（危ない橋渡って、結局めちゃくちゃ嫌われてるじゃん。映画のアメコミヒーローってもっとこう、拍手喝采《はくしゅかっさい》で迎え入れられてたような気がするのに……。なんで、俺、こんなに頑張ってんだろ？）

称賛が欲しいわけではないが、もう少しプラス方面の感情で対応してほしいなと思う。

兜の下ではぁ、とため息を吐《つ》きながらアイドルの前にたどり着き、その頭に手を置く。

びくっと痙攣《けいれん》したように過敏に反応し、ぎゅっと目をつぶるその女の子。

置いた手から伝わる振動は体が震えているからだ。

本当にげんなりする。

いや、その反応になるのは判らないでもないが。

「……『ヒール』……」

ポツリ、と呟いて女の子へ回復を施す。

ふわ、とその頭に置いた手から温《ぬく》もりが女の子へと浸透する。

「……あ、あれ。いたく、ない？」

女の子は唐突な事態の発生に疑問を解消しようと、胸元に置いた手をどける。

ずきずきとした痛みが止まらず、これではきっと痕になる、アイドルとしてこれから露出の多い服が出たときにはどうすればいいのだろう、来週には週刊誌のグラビアの仕事も入っているのに、と色々なことを考えてしまっていたのだ。

そのため、真正面に立つ「騎士」がいることも考えずにその手を離してしまう。

傷跡になっているはずのその胸元を覗《のぞ》きこむために。

「ぬぉっ！」

大きく跳ねる様にして「騎士」が素っ頓狂な声と共に彼女から離れた。

グループで一、二を争うほどのグラビアモデル体型の彼女が手を離すと、まあ自然といろんなものが零《こぼ》れ落《お》ちそうになるわけで。

ちょうど正面にいる「騎士」の立ち位置は彼女のそれがもろ見え寸前の所で、悪いと思って大急ぎで離れたわけだがちょっとばかり見えてしまった。

茂とて健康な男の子。

興味はある、とてもある、ないわけがないだろう。

不可抗力であるが、眼《め》に入った〝それ〟はしっかりと脳裏に刻み込まれている。

たいへん良い物をお持ちであった、と記憶することにする。

勿論不可抗力である。

それが脳ミソに焼き付いているのも、そう不可抗力である。

ただし、それは茂だけが思っていることで。

（また、変態扱いされるじゃん……。もう、なんなんだよぉ……）

定良が参戦したことで少し余裕の出た青柳・早苗班。

その余裕の出た瞬間に「騎士」の素っ頓狂な声が響いたのだ。

ばっちり、早苗がこちらを見ているタイミングで、それを「騎士」が真正面から見つめ返す。

完璧にか弱い女の子へ乱暴した不審者の構図だった。

（とほほ……。男の沽券《こけん》、ダダ下がりだよ）

チョットばかり〝不可抗力で〟見てしまったアイドルの立派なブツに引っ付いていたブローチ

が、床に転がっていた。

真っ二つになったそれを見つけると、苛立たしげにブーツで踏みつける。

全力で苛立たしげに踏みつけ、ぐりぐりとすりつぶして倒れている残りのアイドルたちの元へと駆け出す。

意識のあるこのアイドルの子は、周りを警戒する早苗たちに任せてもいいだろう。

「あ、あのっ‼」

背中に掛けられた声をあえて無視する。

(もう、勘弁してよ‼)

振り返ることはしない。

絶対に振り返るものか。

これ以上の変質者扱いは、御免こうむると決めたのだから。

＊＊＊

「ご指示のとおり、計画は前倒しで進行中です」

『そうか。まあ、イレギュラーの介入は想定の範囲内だ。まあ、あそこまでのイレギュラーは予想外だったが。「騎士」「武者」揃《そろ》い踏《ぶ》みとは、豪勢なことだ』

「……排除の必要は？」

カツカツと通路を歩く男の革靴が甲高い音を周囲に響かせる。

その後ろを茂曰《いわ》く寄生型のキメラが、トップアイドル神木美緒《カミキミオ》を格納したまま粘ついた音をさせてついてくる。

男は目出し帽をすでに脱ぎ去り、素顔を晒《さら》している。顎に少しだけ髭《ひげ》を生《は》やした三十そこそこのアジア系と思しき男性だ。

日本語を流暢《りゅうちょう》に扱うことからして、その生活圏には日本が含まれることだろう。

三白眼気味の目が細く鋭くなり、薄暗い通路の先を見つめながら、電話先へと尋ねた。

『現時点では不要だ。タイムスケジュールを大幅に繰り上げざるをえなかったからな。もう少し余裕があれば私も直《じか》に彼らを見たかったが……。「武者」は直に見たのだろう。君の印象はどうだ？』

「ペイに対するリターンが不明ですから。万一の場合に対応できるのは、この場では私とあなただけでしょう。その場合の余計な手間を考えるに、私もこの場での排除は不要と」

『直に見てそう感じたならそれでいい。彼らの相手役は、今後も引き続き女禍黄土《ジョカオウド》にしてもらうのが一番適任だろう。あくまで我々はここでは外様《とざま》に過ぎない。上等なメインまで食べ終わったのに、最後に出てきたのは正体不明の異国のデザート。満足して店を出たいならデザートに手を付けないという選択肢もありうる』

「わかりました。そちらの首尾はどうなりましたか？」

『スマートに、とはいかなかったがすでに完了した。合流地点へ向かうところだ。……ハイエンの映像は確認しているか？』

「いえ」

『面白いことになっている。もうすぐ量産した試作型は四体とも片付けられてしまいそうだね。どうも「騎士」「武者」ともに量産型では歯が立たないな。実力が圧倒しているようだ』

く、と苦虫をかみつぶしたようになる三白眼の男。

『……まあ、良いデモンストレーションだった。本命はすでに起動して、君と同行しているのだろう？』

「はい、ここに」

『ならば後は〝それ〟に任せてしまえ。君や私が奴らと剣を交わすのはこの舞台ではない。もう少し場を整《ととの》えてからにしよう。こちらも綺麗にドレスアップする必要があるだろうしな』

「そう致します。すこし、昂《たかぶ》っていたかもしれません」

美緒の焦点の合っていない顔を見、そして胸元のブローチを見る。

その色合いは先程までの赤黒い拍動から、真っ赤な脈打つような鼓動の様に変わっている。

『時間になったら、若《も》しくはそちらのタイミングで〝それ〟を投入するんだ。さすがに船内に撮影できるカメラはもうないが、まあ陸上から望遠で捉えることもできるだろう』

「了解しました。では、脱出用のコードは？」

『ああ、今指示を出した。明後日《あさって》にいつものバーで会おう』

「良い酒を準備しておきます」

『では、な？』

通話が切れる。

そして三白眼の元目出し帽の男は懐にそのスマホを放り込み、カツカツと鳴る歩みを早めた。

左手首のデジタル式の時計を覗きこみ、右手の指を側面のボタンに掛ける。

そして、大きく大きく船が揺れた。

それを確認すると、デジタル時計のボタンを強く押し込んだ。

デジタル表示の文字盤が消え、表示が切り替わった。

カウントは45：00：00から減少していく。

「……さてさて、それでは最後のショーでございます。火船の鼠《ねずみ》のように、皆々様どうか、どうかお早く本船より下船されることをお勧めいたします、というところか」

後ろにいる美緒に口元だけの笑い顔をみせて、先程までの道化を演じてみせる。

ただし、その言葉には抑揚は無く、その表情には虚《うつ》ろな気配しか感じられなかった。

＊＊＊ 五 急転 のち 終幕 ＊＊＊

ぼぅ、と眠りに落ちる前の微睡《まどろみ》の中のようなそんな場所。

……どこだ、ここは？

『〝勇者〟は気高《けだか》く、〝魔王〟は崇高で、〝聖女〟は慈愛に満ち、〝聖騎士〟は誇り高くあり、〝軍師〟は智謀《ちぼう》を拠所《よりどころ》とする。……ならば、貴様が自らを自分と称すのは何を以《もっ》てして――を名乗る？』

『……さあ、知らないよ。俺は、俺でしかない。そんな大それたモン、いらない……』

『願い、欲し、摑《つか》み取《と》る。それすら不要と？』

『……知らない、俺は、それを知らない』

目の前で笑う。

いや、嗤《わら》っているのか？

……どうでもいい、か。

『それでも、貴様は貴様。我は、我。我が――であるならば、貴様は――だ。それでも、か？』

『……そうさ、俺は俺。それでいいじゃないか。俺は、きっと――――が――――ても、きっと俺だから』

『選ぶのではなく、捨てて捨てて、その底を必死に浚《さら》う。……貴様はそれを選ぶのか』

『……違う、俺は最初から〝それ〟でしか、ない。選ぼうなんて気は、元からないよ……』

『そうか、それが〝貴様〟だな……』

『そうさ、それが〝俺〟だ……』

＊＊＊

「何だ？」

急な船体の揺れを感じ、壁際《かべぎわ》まで行こうとしていた当初のプランを変更することにした。真っ青《まさお》な顔の破れの目立つドレス姿の女の子の肩に手をやり、支えながらゆっくりとその場へと座らせる。

いまにも昏倒《こんとう》するのではないかというくらいに青ざめた顔と、流れる脂汗はかなり危険を感じさせた。

足元の定まらない最後の被害者を救出して、床へ座らせると、救出班のメンバーがすぐに駆け寄りその後のフォローに回る形を取る。

先程までの〝ちょっと怖いです〟的な対応をこの子にもされていたので、少々傷つきながら少しその場から離れる。

自然と行くところもなくなり、そうすると行先《いきさき》は定良《サダヨシ》の所へとなってしまう。

抜身の大太刀をスポットライトの光に翳《かざ》しながら、刀身の状態を確認しているようだ。

「……聞いてなかったんですが、何でこんなとこにいるんです？」

「……まあ、色々とな。お前の方こそどうしてここに？」

「偶然です。というかこんなことになるなんて思ってもなかったんですけど」

ぼそぼそと話す茂《シゲル》に合わせ定良もトーンを落としてくれる。

二人そろって話し合うその光景が、全国に配信されているのだということもすっかり忘れて。

「奥に向かって移動しているヤツがいるんですが、ここを任せて俺、先に行ってもいいですかね？ 待ってても何もすることないですし。この先の人質の様子を見ておきたいんで」

というか、その人質に会いに行くのが当初の目的。もの凄《すご》い方向転換がなされてしまったために後回しになってしまったのだが。

「……それもそうか。実際、我ら二名以外ではこの妖《あやかし》を止めることが出来ないのだしな。先行しても構うまい」

「あ、じゃあ俺行きますから」

「む、俺も行くぞ」

「え？」

疑問の声を上げた茂をよそに、定良が大声で叫ぶ。

「青柳!! 我らは先に進む！ 後は任せるぞ！」

叫ぶと同時にがしゃがしゃと具足を鳴らしながら定良が駆け出す。

呼ばれただろう救出班の男を見ると、横になった被害者のアイドルの様子を確認していた所で、虚を衝かれた様子だった。

男と定良を交互に見るが、定良を追いかけようとする者が誰もいない。

その様子を見て茂は気づいた。

（……俺が、定良さんの世話すんのか？　その感じからすると？）

分かる、怖いのは十分に分かる。

でも、なんとか来てくれないかなと一縷《いちる》の望みを掛けて最後にそちらを見ると誰一人としてこちらを見ていない。

早苗《サナエ》ですら思い切り視線を逸《そ》らしていた。

（ふふふ。そうかい、そうかい。行けばいいんだろ？　行けば？）

はぁとため息を兜《かぶと》越しに吐《つ》いて、定良の後を追いかける。

きっとあの骸骨武者殿はきっと行先を解《わか》っていないのに走り出しているのだ。

駆け出した茂の後ろで、救出班に無線が入っているのには気づいたが、そちらは任せることにして兎《と》にも角《かく》にも「光速の騎士」は「骸骨武者」を追いかけることにしたのだった。

＊＊＊

船の舷側に降ろされたタラップから、抱える様にして救命胴衣を着けた要救助者を受け取った。

階段状になったそこに横付けされていた高速ボートが、大きく立った波を避《さ》ける様にして客船から離れていく。

大きく船が揺れ、船外にいる彼らには大きく波が掛かる。

甲板の上で待つ人質からは軽い悲鳴も聞こえた。

「く、くっそ!! 何でいきなり⁉」

横を追随しているヘリのサーチライトが照らし出す中、急に船が大きく動きを変えたため安全のためにボートが一度離れて行った。

遠くには今回協力を求めた地元漁業組合の漁船が煌々《こうこう》と明かりを点《つ》けている。

再度接近するより、一度半分程度まで乗せた人質を漁船へと移すことを選んだボートが移動を開始した。

「一体どういう事だ？ 速度、進行方向は一定に固定させたはずだぞ⁉ まさかどちらか敵に奪還されたのか⁉」

人質をボートへと移していた班員が苛立《いらだ》たしげに無線機を掴む。

そのタイミングでちょうど、無線が入る。

『……こちらエンジンルーム！ 操舵《そうだ》室、操舵室⁉』

『こちら操舵室、どうした？』

まさに今状況を確認したいと思っていた二ヵ所の直通の無線。

邪魔をするよりもこのまま聞こうと、続く言葉を待つ。

『いま、そちらで何か動かしたか⁉ エンジンの出力が上がったぞ⁉』

『何⁉』

ちぃ！　と舌打ちをして強く無線機を掴む。

そういう事だ。

いつも、いいや、いつだって想定通りに進むことなどあった例《ためし》はないのだ。

＊＊＊

「とりあえず、十四名！　慎重に頼む!!」

今回救助に参加した漁船、第三高龍丸《こうりゅうまる》に接舷した高速ボートから、救命胴衣を着けたドレス姿の妙齢の女性が乗り移ってくる。

男二人がかりでしっかりと女性を抱きとめ、そのまま毛布を持った別の船員がその身体を預かった。

「なあ！　この便で、少なくても二十人は乗せてくるって話じゃないのか⁉　何で少ないんだ⁉　往復回数が増えちまうぞ⁉」

第三高龍丸船長の高尾順平は漁船と高速ボートのエンジンや、波風に負けない様に大声で高速ボートの乗組員に尋ねる。

乗り込んできた彼も人質の移動に手を貸しながら、大声で応《こた》える。

「客船が何でか進路を変えたんだ!!　万が一があるとマズい!!」

「おたくらがエンジンルームも操舵室も押さえたって話だっただろ！　どうなってる⁉」

「判《わか》らん!!　今、客船内の部隊が対応中だ!!　これ以上速度が上がると、近づくのは危険だ!!　一時状況が確認できるまで距離を取る‼」

夜の暗闇の中、ヘリに照らし出されたレジェンド・オブ・クレオパトラが彼らの目にも見える。

確かに、今までのゆったりした速度ではなく、この第三高龍丸の待機位置から徐々に離れていくように見える。

「どうする⁉　一度移し終えたらこの人らを運んでいいのか⁉」

「……そうしてくれ‼　ボートで近づけない限り、次を運ぶわけにもいかん‼」

苦々しげに客船を見つめる彼ら。

そこに、人質を座らせて戻ってきた船員が叫んだ。

「せ、船長！」

「何だ‼」

震える指で、その男が客船の後方部を指さす。

自然、船の上の全員がその指の先を見ることになる。

「う、うわぁぁぁぁ！！！」

「な、なんだ！　あれは‼!」

大きく混乱する船上で、更なるパニックが広がろうとしていた。

レジェンド・オブ・クレオパトラの船上のそれを視認した高速ボートの救助部隊の隊員が、ヘリに無線を繋《つな》ぐ。

「こちら移送班、移送班だ‼　聞こえるか⁉」

『聞こえる。どうした？』

「船体後方、船尾付近!!　ライトで照らしてくれ!!!　暗くて詳細には見えないが、何か船尾にへばりついているぞ!!?」

『……確認する。ヘリ一機を残して後の二機を後方へ移動する。船尾後方の海面から船体を照らすんだ。いいか、不測の事態に備《そな》え、十分に距離を取れ』

『了解、船尾へ向かう』

人質の安全のため、複数で照らしていたサーチライトを動かしながらヘリが後方船尾付近へと位置を変える。

『……該当の不審物を確認。船尾に何かヘドロ状の帯が覆《おお》い被《かぶ》さっている!!　どんどん船上へ上がってきているぞ!!　あと、アレは、人？　人影が数名、船尾付近にいるのを確認した！　テロリスト？　人質？　どちらかは判らん!!』

『……こちら青柳。こちら青柳！　高速ボート!!　現時点での人質の救出状況を再度確認したい!!後残り何人だ!!?』

いったん離れたボートの移送班の担当が無線へと通達する。

「こちらから漁業組合等へと移したのは現時点で六十八名です。船と並走する速度が変更されたので、ボートは一旦距離を取りました。強行して接近しますか？」

『いや、客船の進行先は本来の港に設定されている。……あくまで安全を第一に救出を続けてくれ。強行策に出るのはどうにもならない所まで抑えてくれ』

「あれをへばりつかせたまま、上陸させる気ですか!?　どんな非難が出るかわかりませんよ!?」

『船をここで停《と》めて、もし沈めばどうなると思う？　この真っ暗な夜の海に二百人以上の人質。その中には金持ち連中やら芸能人やらもいる。そいつらを海に浮かべることになるんだ。しかも海域にはおかしなヘドロモドキが一緒に浮かんでいる状態でな！　救助作業が出来る状態になると思うか⁉』

だん、とボートの縁《ふち》に拳《こぶし》を打ち付けると無線を再度繋げる。

「了解しました。可能な限り安全を優先しつつ救助を続けられるか、検討します」

『現地の警察には連絡をする。物見遊山の野次馬《やじうま》どもを遠ざける様にな。ただし、時間もあまりないのは事実だ。こちらでどうにか軟着陸できるプランを検討するが、どうにもならない時は直接接舷して陸に直《じか》に下ろす可能性もある‼』

そう聞いた彼の眼《め》には暗闇の中、煌々と明るい東京湾の向こう。市内の明かりが遠くに見えていた。

＊＊＊

「大丈夫？　お父さん……」

ソファに寝そべる男は切れた口元と、紫になった頬を氷入りのビニール袋をタオルで包んだ即席の氷嚢《ひょうのう》で冷やしている。

この部屋の中にいるのはこの船、レジェンド・オブ・クレオパトラを所有するオーナー企業のトップである白石雄吾《ユウゴ》と、その娘である深雪《ミユキ》。さらに護衛兼秘書として同行した門倉《カドクラ》と、端の椅子《いす》に所在なさげに座る船長の四名だけである。

彼らが押し込められたこの部屋は、ＶＩＰ用のサブの寝室であるが、主寝室と違い出入口は一ヵ所しかなく、その扉には外から厳重に鎖で錠が掛けられていた。

ベッド以外にはトイレと小さなバーカウンターが付いているくらいで、外部との連絡ができる設備はいの一番に壊されている。

高価なボトルを割って武器にすることもできないわけではないが、銃を相手取るにはパンチが弱い。

外を眺《なが》められる窓は落下防止に一定以上に動かないよう細工もされており、そこからの脱出も不可能であった。

要するに抵抗するだけ無駄であるといえば話は早い。

「痛《い》っっ。いやいや、しかし殴られたな。……謝罪発表の記者会見までには腫れが引くといいんだが……」

「無理でしょうな。これはしばらく痕が残ります。口の中も切っているのでしょう？　入院してから、という訳には」

「いや、出来るだけ早く会見を開く。そうでないと関連会社の株価はがた落ちだ。それに進行中のプロジェクトにも影響が出るかもしれない。トップが出て可能な限り早く事態解明のチームの選定も行わないと……」

上半身を起こしかけた雄吾を門倉が押しとどめる。

引っ張ってきたサイドテーブルの上には度数の高い蒸留酒と、タオルを割いて作った布の山。

グラスに注《そそ》いだ酒に布を浸《ひた》して、切れてしまった箇所へと軽く押し当てる。

「……染みる、ねぇ」

「本当に応急処置に過ぎませんから。解放されたならばすぐに我が社の系列の病院へ向かいませんと。会見をされるのは構いませんが一応頭部のＣＴ等は一通り行ってからが宜《よろ》しいかと思います。もちろん、ほかの人質に怪我人《けがにん》がいればそちらを優先するようにします」

「氷、もう少し持ってきます」

深雪は立ち上がると、バーカウンターにある冷蔵庫の扉を開ける。

部屋自体の電源は一般船室と同じ経路を使っていたため、それが切れて非常電源に切り替わったところで、冷蔵庫の電源も切れた。

冷凍庫の氷も少しばかり溶け始めて、少し小さくなりつつある。

それを適当な入れ物へと放り込み、父の傍に戻る。

「あ……」

「あ、ああ……」

ソファへと戻る際に椅子に座り込んで頭を抱える船長と視線が交錯する。

先程どういうことかは聞いた。

出港直前に人質として家族が捕まったと脅迫を受け、家族の解放を餌にテロに協力させられていたこと、そしてその結果家族を取り返して用済みになりこの部屋に一緒に放り込まれたこと。

可哀想《かわいそう》で、同情すべき点もある。

だが、それと心の奥で感じる物はまた別である。

深雪の視線から顔を反《そ》らした彼を断罪せんとする意識がある。

望まざるとも、多くの人々を巻き込んだシージャックの一助を担い、自身もそのテロに巻き込まれた以上、この心の底で蠢《うごめ》くわだかまりはどうしようもない。

時間と強い意思でいつか解決できるかもしれないが、きっと大なり小なりこの船の関係者の皆にくすぶっているはずだ。

それを押しとどめ、軽く会釈《えしゃく》して父の下へと戻る。

その時には船長はこちらと目を合わせないように床の染みを見つめていた。

「氷です。そちらと中身を入れ替えて」

「ありがとうございます。入れ替えたものは洗面所へ流してきてもらえますか？」

洗面台へと向かう深雪には遠くに座る船長がひどく小さく見えた。

もし仮に、あの立場となったときに自分はどうするだろうか。

決して悪には屈せず、家族を犠牲にしても正義を行えるだろうか。

きっと彼は今日以降、〝犯罪者〟として叩《たた》かれる。

そのバックボーンを流し読みにして、行ったことだけをセンセーショナルに報じるマスメディア、一部を知った風に語る一般の人々、そして〝叩く〟ことだけを全力で行う苛烈《かれつ》すぎるネットの混沌《こんとん》の中で。

白と黒の二色で塗りたくることが正しいと、グレーは決して許されないとする狭量で幼稚な正義感を旗頭に。

彼が本当に守りたかった家族にもその手は伸びる。

テロリストが壊したのは、彼の心とそして寄り添うべき聖域でもあった。

そしてそれに止《とど》めを刺すのは何時《いつ》だって、自分が正しいと信じている〝普通の人々〟である。

「……門倉、顧問弁護士の先生にも連絡を頼む。一般業務に関する風評被害の対応と、今回の事件に対する個人・団体の訴訟に向けた弁護団を。あとは保険会社にもだ。私が検査から戻るまでは幹部会と副社長に一任する」

「わかりました。解放され次第すぐに」

「あとは……」

雄吾はちらりと船長を見る。

未《いま》だ顔を手で覆い、うつむいている。

よくよく見れば、手の間からは水が滴《したた》り、床を濡《ぬ》らしていた。

低く抑えたような嗚咽《おえつ》も聞こえてきた。

「あとは船長の弁護士の準備もだ。ひとまず刑事事件専門の剛腕をチームでな。そちらに関しては私の個人資産から出すことにする。会社から金を出せば難癖をつけられるかもしれんしな。当然全てに金は惜しむな。マスメディアやネットにもコナを掛けて動け。情報操作と言われようが一向に構わん！　こんなことで私の会社の人間を路頭に迷わせるなどさせてなるものかよ」

「当然ですな。まあ、恐らくその方向で既に会社は動いているでしょう。皆、こういう時に棒立ちになるほど、腑抜《ふぬ》けではありますまい」

にっと笑う二人の大人を少し離れた洗面台で見る深雪は、呆《あき》れたようにため息を吐く。

「……そういうとこは変わってないのか、お父さん」

ポツリと呟《つぶや》く深雪の視線の先には床を這《は》うようにして雄吾へとたどり着いた船長が、床に頭を擦《こす》り付《つ》けそうな勢いで彼らに縋《すが》りついていた。

コンコン！


そんな中、ドアが軽く叩かれる。

続いてジャラジャラと鎖が擦れ合う音が聞こえた。

そして強くドアを押したり引いたりするがたがたという音が響く。

「誰もおらんのではないか？」

「いや、そしたら鎖でがんじがらめにする意味ないし。第一、俺のスキルは中に知人がいるってなってるんで。だからまずは、この鎖の鍵がどっかにないかを……って！　ちょ、待って!!!」

「どこに有るかわからん鍵を探すなぞ、時間の無駄だ。ここに番をする者が誰もおらんというなら、そいつらが持って行ったのだろう。ならば、こじ開ける方が早い」

話し合う二人の声がドアの向こうから聞こえてきた。

その二人目のどこかで聞き覚えのある声の主が慌てながらもう一人を説得しようとしているようである。


すたん!!

どがん!!!

最初は何かが絨毯《じゅうたん》の敷《し》かれた床に落ちた音。

そして二音目は、視覚にダイレクトに分かる形でそれを表現した。

両開きの扉の真ん中がはじけ飛ぶようにして開かれる。

床には鎖とドアノブが綺麗《きれい》に断たれて転がっていた。

その真ん中に仁王立ちしているのは、大太刀を持った翁《おきな》面の武者で、ちょうど丁寧な細工の施されたドアノブがあった位置に具足に包まれた右足を突き出していた。

間違いなく、高価な美術品と言えるこのVIPルームのドアにある鎖を斬り落として、蹴破ったのだろうことが分かる。

「……ほう、本当だな。確かにおったぞ」

「いや、もう少し自重してくださいよ⁉　扉の向こうに誰かいたらどうすんですか？　人質救いに来たのに怪我人作っちゃダメですよ……」

ずかずか入って来るのはここ数日TVでおなじみの「骸骨武者」と、「光速の騎士」という謎に包まれた者たち。

ただし、この場にいる者たちの中で深雪だけは後者について、普通の視聴者よりも〝若干〟知ってはいたが。

ただ、このタイミングで彼に会うことになるとは思いもよらなかった。

隼翔《ハヤト》の父が数名の同行者と船内にいて、後日一緒にあの公園での一件の話をするつもりだと父から聞いてはいたが、同行者個々の名前までは知る由《よし》もない。

そんな若干の驚きをよそに「騎士」が、ほかの三人から離れた位置にある洗面台近くの深雪へと近づいてくる。

「よお、久しぶり」

何気ない素振りで、あっけらかんと手を挙げてくる「光速の騎士」。

その様子にほんの少し気が抜ける。

「……相変わらず、ですね。こんな非常事態でもそういう感じで来るんですか。ずいぶん余裕みたいですけどね？」

「いや、結構へろへろだよ？　何でこんな変なことばっかり起きるんだか。さっきなんか、テロリストに銃で撃たれたんだぞ、俺？」

「……ご無事で何より」

「まーな。そっちも、なんとか大丈夫そうじゃん」

きょろきょろと辺りを見回すと、大人の男が三人こちらをじっと見つめている。

ほんの少しトーンを落として周りへ聞こえない様に声を潜めた。

「えーと、ネットの写真だとあのソファにいるのがお父さん？」

「ええ、そうです。すぎ、ではなくて『光速の騎士』さん？」

ぐ、と声が詰まる。

知人にそう言われるのは少し博人《ヒロト》たちで耐性が付いたと思っていたが、まだまだだったようだ。

「……やっぱし俺、その呼び方、慣れないんだよなぁ。何かこう、すっごいバカにされてるっていうか、からかわれてる気がする」

「もともと、面白半分でつけられた名前でしょう？　そう思うのも当然ですよ。おかしなことに首を突っ込む癖、直さない限り追っかけられますよ？」

「……今回のに関しては不可抗力だ。というか、俺は巻き込まれた側だと思うんだけど？」

「……そういう事にしておきましょう。これについては多分、私の家のせいでしょうから」

軽くじゃれ合う彼らを見ていた雄吾がゆっくりと近づいてくる。

氷嚢を手に顔を冷やしながら初めて会う「騎士」に話しかけてきた。

「初めまして、だね。白石雄吾、そこの白石深雪の父だ。〝思った通り〟、深雪とは知り合いのようだな」

しっかりと意図を読み取らせようとワザとアクセントを強めにして茂へと言葉を掛ける。

「こちらこそ、ですかね。この後、但馬《タジマ》さんと一緒に場を設《もう》けてもらって〝内密に〟お会いするはずだったんですけど。こういう形になるとは思いませんでしたが」

どちらにしろ正体は話の流れ次第で明かさざるを得ないだろうと思っていたので、それに応える茂。

ぶっちゃければ「光速の騎士」の話題抜きでは、この深雪の拘束・移送についての説明はなされないだろうとも思っていた。

「……この事態は想定外でね。まあ今日テロに巻き込まれます、などということなど普通は思いもしないがね。明日の昼にでもきちんと場を設けて真一《シンイチ》と話をするつもりだったが、悪いが警察などと先約が入りそうだ。落ち着くまでは少し時間がかかるかもしれん」

「仕方ないですね。でも、落ち着けば話をしてくれるんでしょう？　〝色々〟と？」

「ああ、私の知る限りの〝色々〟をな。だが、まずはここから出ねばな」

「ですね。それで、ここにいるのはこれで全員ですか？」

そう言うと茂は周囲を見回して全員を確認する。

その中で酷《ひど》く憔悴《しょうすい》している船長を見て思うのだった。

「……何か、いろいろとトラブルがあったみたいですけど？」

＊＊＊

バラララとヘリコプターが上空で旋回している中、その風に吹かれるようにして船尾へと元目出し帽の道化を演じた男が、神木美緒を連れだってやってくる。

仮に各ヘリの位置から彼らを狙う射線が存在するにしても、その正体がわからない以上、警告・許可なしでの射撃は不可能であった。

それらから吹き付ける風と、船が波間を行く潮風《しおかぜ》を感じながらつぶやく。

「気付いてくれたようだな。流石《さすが》にこの舞台装置に気付かない程、抜けてはいないだろうが」

「………………」

どことなくほっとした様子で三白眼を細め、後ろの美緒に微笑《ほほえ》みかける。

だが、彼女は焦点が合っているのかわからないような呆《ほう》けた表情で、男の後をついてきているだけだ。

その表情には自己判断できるような意思が残っているのかすら怪しい。

「とはいえ、待ちぼうけというのも退屈なものだ。早く、客が来てくれねばなぁ……」

風で飛ばされた一人掛けの椅子を拾い上げ、それに腰掛ける。

美緒の位置からは彼の背中のすぐそこにまでうぞうぞとヘドロじみた流動体が迫ってきているのが見える。

質感や見た目だけで言えば、それは美緒を除くパピプの四人が飲みこまれたあのキメラの構成物質の様だった。

ただ一つ違うのは、その質量の大きさである。

如何《いかん》せん、後部のデッキ全体と、船の側面にへばりつくようにしているそれは、あまりにも大量であり、若干であるがこの巨大な船体の喫水面を下げていた。

航行にはまだ支障は出ていないが、時間と共にどんどんと海中より船体に登ってくる量が増えている。

「それともこのまま時間切れになるのか？　……まあ、それでも私はいいのだが」

そういうと腕に嵌《は》めたデジタル時計を見やる。

刻々とその時計に示されたカウントダウンが進んでいく。

そんな中、男が上を見上げた。

真っ暗な中サーチライトに照らされ、逆光で見えないはずのその視線の先。

にたり、と口角を上げて笑う。

楽しげなその表情。

「おやおや、私も大概だがそちらも〝そう〟だとはね」

だんっ！　だんっ!!

甲板を強く叩く音が続けざまに二度、鳴り響く。

照らし出された甲板の円状に光るサーチライトの外に〝着地〟した彼らが、ゆっくりとその円の中に入って来る。

「道化、それが素顔か？　いい度胸だな、貴様」

「初めまして。って、会ったばかりで悪いんだが、その後ろのイカレたモン引っ込ませてもらおうか。あと、その女の子も解放して、後から来る人らに捕まってくれよ」

肩に大太刀を担《かつ》いだ「骸骨武者」。

甲板に斧《おの》を突き立てている「光速の騎士」。

その両方から視線を浴びせかけられて、道化を演じた男が椅子に座ったまま、大仰に手を振り上げる。

「おお、せっかくのお誘いですが残念です！　今夜はこれ以上あなた方とデートする気分ではないのでね!!　ご遠慮イタシマスデスヨォォ!!?」

最後に人をおちょくるような口調で叫ぶと、大笑いしながら手をパンパンと叩く。

「そう言うと思った。なら、お前、自分の足で歩いて船を降りれるなんて思ってんじゃねぇぞ？　ボコボコに泣かしてから引き渡してやるからな」

首に手をあててゆっくりと傾《かし》げる。こきこきっ、と良《い》い音を発《た》てて首の骨が鳴る。

「安心しろ。命は繋いでおいてやろう。ただ、それ以外はあきらめるがいい」

剣呑《けんのん》なことを言いながら「骸骨武者」は得物を構える。

それを見てなお、椅子にふんぞり返る道化はケタケタと耳障りな笑い声を奏でる。

「オヤオヤオヤ？　どうしました、どうしました？　そんなに怒って？　なにか、オモシロイ物でも〝ＶＩＰルーム〟で見ましたかねェ？」

前のめりになった道化が椅子から立ち上がる。

その横にいる神木美緒が彼を守る様にして二人の前に立ちふさがる。

「あはははは っ!!　一応言っておきますがね？　あっちの担当は別口で私の分担ではありませんよ？　ほかのエントリーですから、それを私に言われるのはお門違い、八つ当たりですよね！」

「……不快極まりない。貴様のような男がそこで生きておる。それだけで罪。業が深いと知れぃ！」

「真っ当に生きてる奴《やつ》の人生に、ゲロぶちまける様な事しといてヘラヘラ笑ってんじゃねぇよ。担当違いでもお前の仲間のやったことだろうに。悪《わり》ぃことすりゃ怒られる。ガキの頃に散々言われただろうが？　そのお仲間さんも含めて、お説教の時間なんだよ」

定良から、むわっと吹き上がる瘴気《しょうき》は先程までよりもさらに濃密で、サーチライトの光をかき消すように漆黒の度合いを深めていた。

茂も少し腰を落とし、いつでも飛び出せるように構えを整《ととの》える。

「ではでは、あなた方への最後の試練。パラダイス・ピクシー・プリンセスの人気アイドル！　神木美緒が!!　私の代わりにあなた方とデートして下さるようですよっ!!!　今日の最後の大一番!!　どうかお楽しみ下さいっ!!」

「あ、アアッガガガ、ガァァアアアッ！！！！」

道化の後ろで蠢いていたヘドロが、美緒の叫び声に共鳴して動き出した。

道化の座る椅子を綺麗に避けてその流動体が美緒を飲みこんでいく。

「ア、アアアアアアアッ！！！！」

ゆっくりと美緒が流動体と一体化しながら上へ上へと持ち上げられていく。

僅かに数秒の後、飲みこまれた流動体が彼女の腰から上だけを露出した状態でその上半身を露《あら》わにした。

「おいおい、いくらなんでも無茶苦茶だぞ！　なんだよ、このヘドロのバケモノは!!」

「化生《けしょう》とはいえ、広めの館くらいの大きさとはな。ふははは、斬りがいがある。いやはや面白いなぁ!!!」

道化に向かう最後の壁、そして現時点で救出できていない最後の人質である彼女。

蠢くヘドロから再び外へと出た彼女は、先程まで相手をしていた四名と違い、その身に纏《まと》うのはファッションショーでお披露目するはずのドレスではなかった。

指先から二の腕までを群青の鱗《うろこ》状のロンググローブが覆っている。

そこから先の体全体をバイクのライダーのようなブルーのボディスーツが覆い尽くしている。

要所要所には硬質なプロテクターじみた物が埋め込まれており、胸元にはよりピジョンブラッドの色味に似たブローチが脈打っていた。

頭から顔のほとんどをグローブと同系色のボディスーツと一体化した硬質なマスクが覆いその表情を隠してしまっている。

ただ、唯一口元だけが肌を露出させており、半開きになった口から一筋唾液が垂《た》れる。

「さぁさぁ!!! 今宵《こよい》の最後の裏メニュー!! ご堪能《たんのう》あれッ!!!」

そう叫ぶ道化の声が、神木美緒の変じたこのバケモノの後ろからかすかに聞こえた。


「オォォオォォオオ………ッ!!」

唸《うな》り声が会場を含めて轟《とどろ》く。


「すぅぅぅぅ……ッ!! ウオォォォォーッ!」

だが、それに負けないほどの気迫。

それを以て、「光速の騎士」が腹からの声を上げた。

その声には純粋な怒りが確かに混じっている。

(いや、流石にカミさんとガキ拉致《らち》って、協力しろっていうのはさ。漫画なら普通にイベントとして見れるけど、実際に体験すると胸糞悪《むなくそわる》い以外に何も思わないっつーの!!)


ごっ!

唸りをあげて頭を狙ってきた触手を掻《か》い潜《くぐ》ると、気合を十分に入れてそれへと斧を思い切り叩きつける。

めり、と表層だけでなく少し芯に近い位置まで食い込ませた斧の刃を、手首をひねりアッパースイングの様にして滑《すべ》らせる。

ぞりっと音を立てて、削《そ》ぎ落としたヘドロの一部が地面へと落ちる。

落ちたヘドロの一部が床一面に広がる瘴気に包まれ、ぼろぼろと崩れ、海上から吹く風に浚われて飛んで行った。

それを見ながらも「光速の騎士」はその場から飛び跳ねる様に跳躍して距離を取る。


ダンッ!!


蝿叩《はえたた》きの形状に似た平たい流動体が「騎士」の居た場所を強く叩く。

甲板の頑丈な床板がその衝撃に割れ飛んだ。

「危なっ!?」

危機一髪で回避した彼の横では、瘴気を大太刀の刀身に纏わせた定良が飛び込み、その勢いをかって流動体の触手をズバズバと斬り落としていく。

刀身が触れた箇所は、先程の茂の斬り落とした部分と同じくぼろぼろと風化していく。

そして斬り落とされた部分は地面の瘴気でぐずぐずになる。

どう見ても定良の方が圧倒的に効率よく、この神木美緒の変じたキメラに対して打撃を加えている。

(こりゃあ、定良さんのサポートに徹するしかないか。俺の持ち札じゃあ、地道に一歩一歩、削る

しかないし）

如何せん、茂には定良の瘴気のような属性持ちの攻撃手段がない。

以前定良に使った「ヒール」を纏わせた打撃も本来は回復の術の流用である。本来は、そういった用途に使うものではないし、第一「回復」させる打撃を相手に与えてどうするのか。普通の状況下ではただただ回復させるだけになってしまうだろうに。

そのため、「光速の騎士」の攻撃は、自然と物理オンリーとなってしまう。

しかも今振るうのは大斧である。

本来の彼の主兵装は槍《やり》であるため、本職ではない。

まあ、槍よりも確実に斧の方がこのキメラ相手には使い勝手がいいのも事実であるが。

（そうは言っても、さ！　こっちにはスタミナの問題ってのがあるんだよ‼）

真正面から杭《くい》の形に変じた触手状の一撃が迫る。

それを掲《かか》げた盾で弾《はじ》く。

「シールド・バッシュ！」

ぱぁん、と弾ける音と共に真上に弾かれたそれは、そのまま鋭い円錐《えんすい》に変じ、真下の茂を狙う。

駆け出したその後に突き立つ槍状のヘドロは甲板に綺麗な穴を空《あ》ける。

直撃すれば大怪我は間違いない。

「くっ、そ‼」

逃げた先の流動体を斧で叩き切りながら、大きく息を吸う。

連続での攻防は過度の緊張を強《し》いている。徐々に、茂の体力は削られ始めていた。

だが、それは逆に言えばそこまで追い込まれるほどに、キメラの側も削られているということに繋がるわけだ。

実際に、船へと上がってきた量はそんなに変わってはいないが、美緒が操る分は幾分少なくなった印象がある。

脱落した分量に対して、周りから補填し制御可能な量が追い付いていないようだ。

あえて接近戦にこだわらずに距離を自在に取り、飛び込んでくるものを中心に地道に削り落としてきた甲斐《かい》があったといえる。

「だが、後は見えてきたぞ。何とか本体を狙えるところまで、削れたんじゃないか？」

「ふむ、仕掛けるか？」

周りを斬り抜けてきた定良と背中合わせになりながらそう話し合う。

実際問題、船の進行方向にはすでに港の姿が遠くに見える。

周りの光景にも住居の光や、道路を通る車のライトの光もちらほら見え始めていた。

上空を旋回していたヘリは、茂たちが戦闘を始めたタイミングで一時避難している。

何せヘドロの塊が大きくうねってヘリを叩き落とそうとしたからだ。

外れたそれが上げた水しぶきはかなり高く、下手をすれば陸上からも見えたかもしれない。

「街中で大立ち回りなんてのはこないだので懲りた。この船の上で片付けたいとは思いますけど……」

「ならば、少し無茶をしようか。ホレ、これでどうだ？」

そう言った定良が茂の斧に触れる。

その手から、斧の刃にずずずっと瘴気が纏わりつく。

刃自体が見えなくなるほどの濃密な瘴気だった。

「……こういう事出来るなら、先にしてほしいんですが⁉」

「俺から離れた瘴気を固めたもので、制御が出来ん。そういう類いなもので、本体自体へも染みこんでいくのでな。もたもたしておると柄だけを残して腐り果ててしまうだろうよ。まあ、奥の手と言えば聞こえはいいが」

「そういう事か。……使い捨ての自爆技ってことなんすね」

確かに耳を澄ませればぱきぱきと細かな音が聞こえる。

頑丈な鋼鉄である刃を徐々に瘴気が腐食させているのだろう。

ただ、これでなら間違いなく打撃を与えることが出来るはずだ。

「俺が先行する。後ろから潰せぃ!!!」

駆け出した定良に反応し、美緒がグローブに包まれた腕を向けると、一気にヘドロが鞭《むち》のようにしなりながら定良を打《う》ち据《す》えようと殺到する。

立ち止まり、弧を描くようにして、飛来するそれらを迎撃。

斬り裂いたそれらが、またぼろぼろと風化していく。

だが、今回はキメラ側も怯《ひる》むことなく次々と定良へと攻撃を集中させる。

茂がいない分、ターゲットが一点に集中したことで攻撃の密度は格段に跳ね上がっていた。

「ヌンッ!!」

太刀を振り抜いた隙《すき》を狙って絡《から》み付《つ》こうとしたキメラを、肩からぶつかる形のショルダータックルルで弾き飛ばす。

押し込まれた分の空間を強引に作り出すと、茂がそこへと飛び込んできた。

「跳ぶぞっ‼」

「応よ！」

だんっと床を蹴ると、一直線に美緒の収まるキメラの本体部へと接近する。

ちょうど彼女からは隠れて見えない様で、虚を衝いた形となった。

ぼろぼろと崩れて床に金属片をこぼしながら斧としての形状をギリギリ保つ、鈍器と化し始めたそれで美緒へと一撃を見舞う。


だんっ！


真横から振り抜いたそれは、ロンググローブの左腕に摑まれていた。

しゅわしゅわと煙を上げながらも、それを握る美緒の膂力《りょりょく》は「光速の騎士」である茂が振りほどこうとしても無理なくらいに強化されていた。

(うわ、マジか！　そこらの力自慢なら楽勝なんだけど⁉　それ以上ってことか！)

内心驚愕《きょうがく》しつつも、押し合いを続けるのとは逆の左手で首元を狙う。

先程も実行した左手での突きこみである。

だが、それに対して美緒が斧を手放し、体をのけぞらせて離れていく。

「外したか⁉　ならっ！」

両の手で斧を握りしめると、剣道の面打ちのように一気呵成《いっきかせい》に攻め立てる。

二撃、三撃と続ける間、茂の周囲へと近づく流動体は定良が斬り払っていく。

その分、全力で打ち込んだ彼の攻撃に美緒が若干怯む。

「ウ、ラァアッ‼」

全力で打ち込んだ斧をしっかりと美緒が〝両手で〟摑み取った。

それを目で見た瞬間に、柄から手を離し、体を沈ませる。

自然、美緒がバンザイの形に腕を上げた上体を下から見上げる格好であった。

（ここだっ‼）

アイテムボックスから槍を逆向きに取り出すと、摑んだ両手に力を込める。

石突きを美緒へと向けて、茂が叫ぶ。

「スラストォォォッ‼」

スキルで強化された突きこみが、がら空きの胸元へと一直線に疾《はし》る。


メキイィッ‼


ブローチ目掛けて疾った一閃《いっせん》が、確かにそれを砕いた感触を茂へと伝えてくる。

「よし！　これでどうだっ‼」

すると、美緒を包んでいたボディスーツが、ドロリと溶け落ちるようにして地面へと零《こぼ》れ落《お》ちていく。

ぼたぼたと崩れていくその中から、意識を失った彼女が倒れ込んできた。

衣装自体はドロドロの粘着質なヘドロに塗《まみ》れているが、その体を包んでいる。

口元に耳を寄せると、たどたどしくはあるがしっかりと呼吸音も聞こえてきた。

「おお、どうやら終わったか？」

ぶんっと太刀を振るい、蠕動《ぜんどう》を続けるヘドロを横目で見ながら近くに転がるテーブルクロスで刀身を拭《ぬぐ》っている。

「まあ、一応は。この子で多分最後のはずなので……。ただ、あの腹立つ笑い方のテロリスト、どっか逃げちゃいましたけど」

「全く、ペラペラとけたたましい男だったが……。船の中にもおらんか？」

「ちょっと待ってください……。……この近くにはもういないってくらいしか。陸地ももう近いですし、海にでも逃げたのかも」

右肩に担ぎ上げた美緒をデッキに転がるデッキチェアに寝かせると、アイテムボックスからマナポーションを取り出し、一気に呷《あお》る。

最後の一本を飲みこむと、舌全体に広がるえぐみと腹の底から噴き上がる魔力の高鳴りを感じた。

（相変わらず……最低の後味ぃぃ）

ふぅと一息ついて、寝かせた美緒へ「ヒール」を掛ける。

念のための応急処置を行い、その横の甲板に腰を落としたくなるのを必死にこらえた。

「……俺、そろそろバックレるんで。この子のこと、よろしくお願いできますか？」

「まあ、早々にここへ青柳が来るだろうから、言付けるくらいは出来るだろうが……。別に悪事を働いたわけでもなし。この際、どうどうと正体を明かしてもいいのではないか？」

「いや、そういうの結構ですんで。もう俺としてはこういう荒事に関わりたくないんですよ。こういうのは警察とか自衛隊とかそういう人のお仕事ですって。だから関わらない方がいいんですよ」

「そういうものか？」

「そういうものです。じゃあ、また。どこかで会える事があったら。……まあ、もうないでしょうけど」

「ふむ、まあ。いつか、な？」

満足げに頷《うなず》いた「光速の騎士」が海へ向かって大斧の柄を放り投げる。

耳へ入れていた無線機や、テロリストから分捕った拳銃なども次々に海へと投下していく。

証拠隠滅を完了して、甲板から「光速の騎士」が照明の消えた船へと消えていく。

その後ろ姿を見ながら、定良がつぶやく。

「とはいえ、あまり日を待たずに会うことになりそうだがなぁ……」

バラバラと遠くからヘリの音が聞こえてくる。

定良たちのヘリではなく、恐らく民間のヘリコプターだろう。

テレビ各局のヘリコプターがどうやら上から船の様子を捉《とら》えようとしている。

クカカカッ、と笑うと、定良も港付近の明かりに照らされた自分を隠すため、ゆっくりと暗闇の中へと消えて行く。

そして、その場にはデッキチェアに横たわる神木美緒一人だけが残された。

＊＊＊

「ああ、ねみぃ……」

ふわぁぁと大あくびをかみ殺し、テーブルの上に置かれた緑茶のペットボトルのキャップをひねる。

ぱき、と音を立てて開栓されたそれをぐびぐびと一気飲みしていく。

あっという間に半分ほど空になったそれをテーブルに戻すと、シャワーを浴びてまだ湿った髪をバスタオルでごしごしとふき取る。

「ああ、でもちょっとさっぱりしたかな」

ここは昨日の昼、うな重をごちそうになった「但馬アミューズメント東京支社」の社員用の宿泊スペースである。

取りあえず全員でここへと戻り、シャワーを浴びて昨日ここに置いていった普段着に着替え、椅子に座ってふうと息を吐いた。そんなタイミングだった。

客船に残る博人たちとこっそり合流し、怯《おび》えた人質を演じながら簡単な事情聴取を受けることになった茂は、同行していた「但馬アミューズメント」社長の肩書を持つ但馬真一により、後日詳細を聞くという形で解放されることになった。

真一と博人、由美《ユミ》、茂は他県に居住しているので、改めての聴取は皆まとめて行うことになった。

言い訳として、事件現場であるこの場で話をするのは精神衛生上よろしくない、しかも深夜であり、皆非常に疲れている、さらに四人中二人は未成年の学生であり彼らの心的なケアも必要である、と言い張ったのである。

それに同意せざるを得なかった警察が引き下がったのはきっと、そんな建て前だけではないだろう。

そこそこ名の知れた会社の重役や芸能人がほぼ同様のことを話しており、それに乗っかった形である。

誰かを立てれば他の誰かを立てないわけにもいかず。

しかも「但馬アミューズメント」の名前と連絡先を出した上で、しっかりと対応すると明言されれば仕方ないところもある。

長時間の拘束と直接テロリストに会ったことで体調を崩し病院で治療を受ける人も中にはいたのだから、彼らに見つからない様に隠れていただけの人質は優先度が低かったのかもしれない。

お金持ちで社会的信用のある人物とは、懇意《こんい》にしておくべきだなぁ、と茂は深く心に刻み込んだのである。

「でも、すごいことになってるみたいだし。……めんどくせー」

テーブルに置かれていたのは緑茶だけではない。

コンビニのロゴがプリントされた大きな袋に一緒くたに放り込まれているスポーツ紙と全国紙の朝刊が数紙、温められた大盛りのり弁当の上に置かれて、湯気で少ししんなりとしていた。

袋の影から見えるスポーツ紙の一面が薄い色の袋越しに透けて見える。

間違いなく〝自分〟が印刷されているのがはっきりとわかる。

コンビニに買出しに行ったときになるべく見ない様にしてはいたがどうしても目に入ってしまった。

真一からお疲れ様ということで、朝ごはんと細々としたものを買い込むのにもらった二千円はそれらに消えてしまった。

（よ、読みたくない……。でも、情報は仕入れないと、何も知らないっていうのも怖いし……）

おずおずと手を伸ばそうとしたときである。


こんこんこん！


軽くノックをする音がして、返事をする。

「あ、開いてますよー。どうぞー」

ドアが開かれるとそこにいたのは由美と博人、そして真一だった。

全員が茂と同じコンビニの袋をひっさげ、同じように全員の髪が少しばかり湿っている。

「いやあ、朝食を一緒にどうかと思ってね。いいかな？」

真一は笑いながら部屋に入って来る。

その持ち物は、と言えばコンビニの弁当とペットボトルが入った袋を片手に、もう一方には茂が買い込んだ以上の量の新聞各紙が小脇に抱えられていた。

「おじゃましまーす」

「おはようございます。茂さん、眠そうですね？」

博人と由美もその後に入って来る。

「仕方ないじゃん。これでもシャワー浴びてさっきよりはマシになったつもりだぞ、俺？」

「大忙しだったみたいだからね！　いやあ、現地にいたっていうのに直接君の姿を見られなかったのは残念だったよ！」

そう言って小脇に抱えた新聞各紙をどさりとテーブルの上に積み上げる。

引きつった顔の茂に向かい真一がにこやかに話しだす。

彼も昨日からさほど休めていないはずだが、この元気は何なのだろうか。

いや、もしかするとランナーズ・ハイ的な領域に突入したのかもしれない。

「おや？　やはり気になるか！　君もこんなに新聞買い込んで？」

「あ、私スポ即がいい！　読んでいいですか、真一さん？」

「ああ、各紙取《と》り揃《そろ》えてあるからね。どうぞどうぞ」

由美が女の子らしくグリーンスムージーなどをちゅーちゅーと吸いながら、テーブルに積んだ有名スポーツ紙である「スポーツ即答」、略してスポ即を一つ手に取り尋ねる。

真一が頷くとその紙面を大きく広げた。

すると広がる紙面が否応《いやおう》なしに茂の前に現れる。

手で顔を覆い、下を向く茂の顔はほんの少し風呂上がりのせいだけでない赤みを増した。

「全紙、一面で報じてるらしいですよ。ワイドショーの紙面解説のコーナーでも言ってましたし」

「肖像権の侵害を訴えてやるぅぅ……」

「ははは、名乗り出て出廷できればもしかしたら可能かもしれませんが。名乗り出るんですか？」

「無理、絶対無理！　……そう考えると、くそ、やられっぱなしか、俺⁉」

ひとしきり苦笑いした博人が部屋に備《そな》え付《つ》けられたテレビを点ける。

実はあえて心が落ち着くまではと、この部屋に入ってからリモコンにすら触っていなかった。

きっとテレビは怒濤《どとう》の如《ごと》く昨日の配信映像を借りたり、再現ＶＴＲを流したり、検証をしているに違いないのだ。

そのため、茂は今日初めて件《くだん》のシージャックがどう報じられているかを知ることになるのだが。

『……すごいことに、すごいことになりました、轟《トドロキ》さん。今回のこのシージャック。どういう方面から報道をすればいいのか、実は我々も未だ正解が分からない、というのが実情なんですが』

『僕としては、まず解っていることから一つずつ確認していくべきではないかと思います。まず、シージャックが発生し、人質の解放条件が提示された。この時にはすでに、事件現場は海の上、早々近づける状況ではないはずなんです。そして「光速の騎士」が現れる。「骸骨武者」が現れる。このタイミングがあまりにも早い』

テレビの向こうではしかめっ面《つら》のアナウンサーとゲストコメンテーターの芸人、確かガウチョ轟と呼ばれる男が意見を交わしていた。

『モニタ上にもありますが、「騎士」の介入が二十時四十五分前後、「武者」の確認はその後ですが然程《さほど》時間が経過しているでもない。そして、救出部隊の指揮は警察官僚であると本日発表されています。と、いうことは彼らの存在を今日まで隠避していたのは警察であることになります！　先日のロータリーの事件の容疑者二名を、警察が捜し出した一方で、その身柄を警察がかくまっていたことになります。これは国民への酷い裏切り行為ではありませんか!!?』

ヒートアップしたガウチョを、隣のコメンテーターの経済学者が落ち着かせている。

「茂さん、警察に御厄介になってることになりましたよ」

「なってねえし。偶然乗り合わせただけじゃん。発想が飛躍してるんだよ、この人。いつも猪突《ちょとつ》猛進すぎて最後にはよくわからんこと言い始めるじゃん。論点はそこじゃないって言いたくなるし。落ち着けばいいのにな、ガウチョ。いい歳《とし》なんだから……」

「本当に本当に偶然、ってのもあるんだー。いや、当事者じゃなかったらガウチョの意見に一票入れてるかもー」

スムージーを空にして、スポーツ紙を流し読みしている彼女は、コンビニ袋からミニサイズのバゲットサンドとコーヒーを取り出して、本格的にブレックファストを始めた。

それを見て茂も大盛りのり弁を取り出して蓋《ふた》を開ける。

温められた弁当からふわぁと漂う、のり弁特有のご飯に染みた醬油《しょうゆ》とかつお節の匂いが鼻腔《びこう》をくすぐる。

手元の割り箸をぱきっ、と割って茂も朝食を摂《と》ることにした。

蓋にひっついた醬油の小袋をさらに弁当全体に回しかけ、海苔《のり》の上に載っかった白身フライにかぶりつく。

「ああ、うま。うん、安定の美味さ」

醬油とタルタルソースのついたフライをもしゃもしゃしながら、続けざまに米と海苔とかつお節を一口放り込む。

なんというかこの弁当としては非常にシンプルかつ、お値段もチープだというのに、弁当全体でも抜群の安定感を誇るこの美味さ。

満足感ともに最後に一口、一緒くたにレンチンされて生温かい漬物を食《は》みながら飲みこむ。

そしてこういうときにはそれを流し込む緑茶が必須だ。

茂が思うにのり弁のときはウーロン茶とか麦茶でなく、緑茶が良い。

いや、異論は認めるが、茂はできるなら緑茶が良いと思うのだ。

「美味《おい》しそうに食べるねぇ。……若いなぁ、朝からはもう僕はそんな油っぽいものはダメなんだけどな」

そういって真一は小ぶりな青菜と小梅を刻んでシラスを混ぜ込んだミニ弁当を、健康なんちゃらかんちゃらのマーク入りのお茶と共にテーブルに広げる。

まあ、これも美味《うま》いのであるが、如何せん若い世代には少し物足りないかもしれない。

「俺も朝は基本食べないんで、ちょっと胸焼けしますけどね。茂さん、ガチ食いじゃないですか」

「そりゃ、昨日の夜に実際問題すごいカロリー消費してるし。食べないとやってけないぞ、マジな話。というか、昔っから朝メシは食えって家訓があるんだ、ウチの家は」

「食生活ってのは家ごとに色々あるからねえ。僕の家も隼翔は朝からがっつり食べるんだけど、娘は食が細いからヨーグルトだけ、とかね。いやぁ、考えさせられるもんさ」

パッケージされたゼリー状の補助食品を一気に啜《すす》り上《あ》げ、朝食を終える博人。

それに対しガチ食いの茂に、中年の哀愁を漏《も》らす真一。

まあ、食事など人それぞれではある。

『では、ここからはエンタメのコーナーです。……アナ、お願いします』

テレビから聞こえる音声が芸能関係のコーナーへと変わる。

げんなりする自分の話題がようやく終わったか、と視線を向けるとデカデカと画面いっぱいに白分の姿が映し出される。

その腕には抱きかかえられた女の子の姿。

思い出すに、確か昨日救い出したキメラに侵食されていた子ではなかったか。

「あ、あの子たちやっぱ芸能人だったんだ」

「え！　知らなかったんですか⁉」

箸《はし》を口に挟んだままぽつりとつぶやいた茂に、博人が驚く。

きょとんとした茂が逆に尋ねる。

「え、結構有名な子たちなんだ、その感じだと？」

「マジで気付いてなかったんすね。テレビ、見てくださいよ……」

テレビを見るとテロップが躍る。

内容は「パピプのアイドル五名、当面活動を休止」。

『先程ニュースコーナーでも報じました、客船レジェンド・オブ・クレオパトラ号のシージャックに巻き込まれた乗客の中に、複数の芸能関係者が含まれていた事をお伝えしました。その中で、現在映像にもありますように、当日船内でライブとファッションショーのイベントに出演していたパピプグループのアイドル五名が「光速の騎士」たちにより救助されています。その後、病院へ搬送され、五名全員が現在白石グループの系列病院で治療を受け入院しています。これを受けて、各所属事務所より各々《おのおの》の命に別状がないことをＨＰやブログ等にて同じ内容の文面で掲載しています。ただ、各々の怪我の程度やどの程度の治療期間が必要かなどについては、本人たちの精神的な動揺が落ち着くまでは公表を差し控えるとのことです。それに伴い被害に遭ったメンバー五名については、当面芸能活動の一切《いっさい》を休止したいとの内容となっています』

「ほえー。マジかー。いや、俺の弟で猛《タケル》ってのがいるんだけど、神木美緒が好きだったんだよな。活動休止ってショックだろうなー」

「いや、感想はそれだけですか？」

「だって、酷そうな怪我は粗方『ヒール』で応急処置はしておいたし。そうなると後は心のケアだけどさ。そこは俺、専門外だもん。病院で精神科の医師とか心理カウンセラーに対応してもらう方が確かだろ？　ああ、でも深雪はそういうのも得意だったよなー」

「深雪さん『聖女』でしたもんねー。なんていうか、ザ・慈愛の塊って感じで」

「皆にはそうなんだろうけど、久しぶりに会ったのに、俺への一言目はクレームっぽかったけどな」

ははは、と由美に苦笑いで返すとテレビに視線を戻す。

『結局のところ、被害に遭われた方の中に大きな怪我人もなく、死者も出ませんでした。それだけが不幸中の幸いといえますが』

『とはいえ、多くのファンが楽しみにしていた新曲発表の場、レコード会社はどうするつもりなんでしょうか？』

『新曲の発表については、事前に一部録音した音源があると聞いています。ですので、残ったメンバーで収録して発売に向けて動くことは可能と思います。しかし、その声の主がこのようなことで外されて揃っていないとなると……。当然販促にも影響が出ますし、コンサートも成り立たないでしょう』

『今開催中のパピプの全国コンサートは丁度折り返しで、残る公演は十三公演ということです。一番近い予定は明後日《あさって》になりますが、そこには当然出演できないでしょうし……。パピプの公式サイトには彼女たちの復帰までは、公演に参加しない予定のメンバーで代役での公演を行うとしています』

『ファンも心配する内容や応援のコメントを各メンバーのＳＮＳへと書き込んでいますからねぇ。一部の過激なファンは警察の対応などに批判的な書き込みをしているようで……』

テレビの画面は今後のパピプのコンサート会場と日程が載っている。

茂にもわかるほどの大型会場で、参加しようとするファンは単純計算で十万超えは確実だと思われた。

『あと、「騎士」「武者」へも書き込みがされているみたいですしね』

「えええ⁉　なんでっ‼」

掻《か》きこんだばかりの米粒が一粒宙を飛ぶ。

慌てる茂をよそ目にスマホを冷静にいじる由美が画面を見せてきた。

「これですね。〝俺だってお嫁《よめ》さん抱っこしたかった！〟〝助けてくれたのは感謝。でもそんなベタベタ触んなよ‼〟〝姫には騎士。判っていても言ってやる！　お前じゃない‼〟」

「……なんだそれ」

「ああー。何というか、僕よりちょっと上の世代にはそういうアイドルファンがいたらしいなぁ。ドラマでキスシーンがあると相手の俳優にカミソリレターが届いたりとかさ。要するに嫉妬《しっと》だね」

「おお、茂さん。皆の扱いが昭和の人気俳優並みですねー」

「嬉《うれ》しくないっ！」

博人が由美からスマホを受けとりスワイプしていくと、「騎士」「武者」「救出部隊」に感謝する意見が大半を占める中、「騎士」に集中してそういう意見がちらほらと見られる。

「一応感謝はしてますよ。ただ、感謝はしっかりとした上で、文句は文句で言っておきたいみたいですね」

「……アイドルファンってどういう心理状態なんだ。じゃあ、俺じゃなくて警察の特殊部隊の人でもそういうクレーム入れるのかよ」

「多分、その時は〝警察ありがとう！〟で終わりそうだね。いやあ、『光速の騎士』ってスペックだけでいえば超人だからね。解り易《やす》くいえば人気女子アナがプロ野球選手と結婚すると両方ともに〝えええーっ〟て炎上だけど、相手が平《ひら》のサラリーマンとかだったら好感度が上がる、みたいな？」

真一の意見に全員がぽんと手を叩く。

なんとなく違う気がするが、それでも本質の一端を捉えている気がしたのだ。

「人気俳優が二十代の爆乳グラドルと結婚すると事務所へ非難囂々《ごうごう》の電話ラッシュで、幼馴染《おさななじみ》の会社員と結婚すると祝福のコメントが溢《あふ》れたり？」

「そうそう。憧《あこが》れが誰かに奪われるなら、それは自分にも少しだけでも可能性があったはずだ、と思いたいんだよ。で、そういう観点でいうとメンタル面はともかく、『光速の騎士』に実際フィジカル面で並び立てると思うかい？」

食べ終わった容器をコンビニの袋へとまとめながら真一が由美へ問う。

「無理でしょうねぇー。アレはもう地球人類の範疇《はんちゅう》でいえば人外に分類されますし」

「本人目の前にしてアレって言うな、アレって。あと人外ってのもな」

ぶすっとしながらも最後の白身フライを口に入れる。

がふがふと飯をかきこみ、ちくわの磯部《いそべ》揚げも齧《かじ》りながら茂が抗議の声を上げた。

「実際問題、嫉妬ゼロで書き込みしてる人いないですよきっとー。書き込んだ当人はそんなんじゃないって言い張るかもですけど、どっか心の奥にそういう嫉《ねた》みが凝り固まってるんですって」

「そういう意図、一切抜きで純粋に人助けに協力したのに？」

「それを知ってるのはここにいる人だけじゃないですかー。そりゃアイドルファンからすれば、あのやろー上手《うま》くやりやがって、俺のお気に入りの子になれなれしく触れるなんてー、って感じでしょー。茂さんとしてはアイドルだってのには全く気付かなかったとしてもです」

「ああ、でも今回の活躍で、以前あった殺害予告とかは〝あんまり〟ないみたいです。茂さん、後ろから刺される心配はだいぶ減りましたよ！」

「……それはありがとう、なのか？」

いまいち釈然としない心持ちでちくわと最後のご飯を食べる。

磯《いそ》の香りに満たされながら、茂は首を傾げたのだった。

＊＊＊

住宅街を一台の自転車が通り抜けていく。

ゆったりとしたスピードで走っており、時折流行《はや》りのお高めにカスタマイズされた自転車には悠々と追い抜かれていた。

籠の中には飲みかけのペットボトルが一本横倒しに転がっており、段差の度に軽く籠の中で跳ね回っている。

「よーし。到着、到着。帰ってきましたよ、ってね」

アパートの粗末な駐輪場に自転車を止めて、鍵を掛ける。

弟の猛のアパートまで自転車を漕《こ》いで帰ってきた茂はポケットに突っ込んでいたガラケーをぱかっと開く。

時刻は十時四十五分。もう昼の方が近いような午前中ではあるが、「気配察知：小」の反応からすると、どうやら猛はアパートの部屋にいる様子である。

大学の授業はどうしたのだろうか。

（……まったく、あの不良学生が。学校行けよ、サボりか？）

スペアキーを手で弄《もてあそ》びながら猛の部屋の前まで移動し、ノブに手をのばす。

鍵を差し込み、開錠するとドアを開けて部屋の主に声を掛けた。

「ただいまー。猛、いるかー？」

いるのは判っているが、一応声掛け。

閉じられた中扉の向こうの生活スペースで何か動く音が聞こえる。

靴を脱いでいると、扉が開きぼさぼさ頭の弟、猛が幽鬼の如く生気のない顔で兄を出迎えた。

「おかえりー。あ、朝飯食った？」

「いや、もうすぐ十一時近くだぞ。とっくに食べたよ。というか、やっぱりそういう感じになってたか、お前」

「やっぱりって何さ?」

後ろ手で外扉に鍵を掛けて、二人揃って部屋に戻る。

特に何を言うわけでもなく、そこも二人揃って床に座ると、つけっぱなしのテレビを見る。

やはりこの時間も全力投球で昨晩のシージャックのあらましを解説している局アナが映し出されていた。

だが、恐らく朝一で報じられた内容からさほど情報が増えているというわけでもないだろう。

「パピプの神木美緒が活動休止って話だったからさ。そういう感じに凹《へこ》んでるかなーと」

「そりゃあねぇ……。俺、二週間後の仙台のライブ、行くつもりだったんだよ……。ホテルも新幹線のチケットも予約してあるのに……」

がっくりと肩を落とす弟に手を伸ばす。

ポンポンと叩いて慰《なぐさ》めてやる。

「でも、命に別状はないって話だしさ。二週間あればもしかして、復帰するかもしれないじゃんか。それに他の子が代役で出るから公演自体はするって話だし」

「二週間で復帰って流石に無理だよ……。ライブに行くのはミオミオを見に行きたかったからなんだしさ。出演しないってんじゃ、楽しみ三割減なんだもん。はぁ、マジでショック。バイト頑張ったのに……」

「そ、そうか、うん。残念だよな」

責任の一端があるようなないような微妙な立場の人間からすると、どう声を掛ければいいのか判断が難しいところだ。

恐らく身体的なダメージはあまりないと踏んではいるが、対象が心となるとどうかはわからない。

なんとか無事に復帰してもらいたいものだと願うくらいしかできることはないのだが。

「あー、でも結局は行くんだけど。ミオミオが出ないってなっても、それでも行くってのが本当の応援ってことだろうしー。観客動員が落ちたらきっとミオミオたちもがっかりするだろうしなー」

「どっぷり真性のファンになってるのな、お前」

「まーね。というか、今回のライブ限定の物販グッズも欲しいし。そのためにバイトもいれて、兄貴の家に転がり込んでフィールドワークにも参加したんだから」

「フィールドワークって、火嶋《カジマ》教授の？」

「そうだよ。そういや教授の今日の授業、一斉メールで休講って通知来て。今日のコマそれだけだったから家でこうして凹んでるんだけどね。シージャックなんて起きたもんで、関係各所回って、犯罪行動学の資料として手に入れてくるって話でさ」

「そうなんだ……」

猛の言葉に生返事を返す茂。

（というか、火嶋教授。モロあの一件の被害者で救出計画の関係者だったんだけど？　大学の先生は先生で間違いないんだが、副業なのか？　よくよく思い返すと普通に銃とかぶっ放してたし……。定良さんとも知り合いになってた風だしなぁ……。そう考えると謎の人物だよな、あの人）

「どうした、兄貴？　ぼーっとして？」

少しばかり気になっていたことを考えていると、それを不審に思った猛が顔を覗《のぞ》き込《こ》んでくる。

「ん？　あ、ああ、チョットだけ休んだんだけど実は昨日からほぼ徹夜しててさ。今、朝飯がいい感じで消化も進んで、ここまで帰ってきたら気が抜けてさ。すごい眠くなってるんだよ」

「ふーん。ベッド貸そうか？　昼飯食うの十三時三十分過ぎに遅くしてさ。飯は俺が作ってやるから、少し寝たら？」

「あ、マジで？　じゃあちょっと少し寝るわー」

こきこきと首を鳴らしながら猛のベッドへと向かう茂。

ごそごそと自分のベッドにもぐりこむ彼を見て猛が尋ねる。

「俺、シャワー浴びて買い出しに行ってくるからさ。昼飯、何か希望ある？」

「……冷たい、さっぱりしたのを。あと肉じゃないのがいい」

「わかった。……じゃあ、お休み」

「お休み……」

ぱち、と照明を消してカーテンを引くと、猛はインナーとバスタオルを持ってユニットバスへと向かう。

ふわぁと欠伸《あくび》をした茂が布団を手繰り寄せる。

猛が消えて三十秒もすると、ユニットバスから聞こえるシャワーの音をＢＧＭに、茂が眠りに落ちていった。

そしてすぐに穏やかな寝息が聞こえ始めるのだった。

＊＊＊

「いいから‼　そいつを港の外まで案内してやれ‼　報道の自由とか、個人の自由なんぞ言うんならまず、進入禁止の文字が見えるように目ん玉洗ってからにしろってな！　勝手に入ってきた奴は例外なしでとっ捕まえて規制線の外まで連れ出せ‼　……たく、これで何人目だ？」

警察の車両に備え付けられた無線機を切ると、苛立たしげに海に向けて唾を吐いた。

「朝からこれで五人目ですよ……。いい加減にしてほしいんですがねぇ。あのデカいヘドロの山、近くで撮影して配信とかしたいんでしょうよ。ドローン飛ばしてた馬鹿もいましたがね。厳重注意しておきましたけど」

「船内に爆発物がないかって確認も終わってないってのによ！　自己責任で、って言ってごねてたアホも連れ出せよ！　万一これで変なものが仕掛けられて被害でも出てみろ。絶対に俺たちだけが叩かれることになるんだからな‼」

忌々《いまいま》しげに睨《にら》む目線の先には、ででんとその巨体を晒《さら》すレジェンド・オブ・クレオパトラ。

石島が声を張り上げてその場の警察官全員へと指示を出す。

違法薬物の摘発のはずがいつの間にかテロリストの対応に変わり、今はこの港に集まる野次馬の誘導員にと役割がどんどんと変わっている。

おかげで色々な場所から、何処何処《どこどこ》の誰々の指揮下に入れだの、許可を何処何処へ取れだの、指揮系統はこっちに渡せだの言われ、彼のイライラは頂点にまで達しようとしていた。

この一件が終わるまでは控えようと思っていたが、もう我慢できない。

懐《ふところ》からタバコを取り出すと、火をつける。

大きく吸い込み、イライラを深く長く一筋の線にして一息に吐きだした。

「石島さん、一応禁煙ってわけじゃないみたいですけど、誰かに見られたらどうするんですか。そういうの最近うるさいんですよ？」

石島を注意したのはコンビを組んでいる加藤である。

加藤が指差した先には、恐らく港の喫煙者が置いただろう錆《さ》びついた灰皿がある。

横には破れをガムテで補修したビニールソファと自販機が置かれていた。

「馬鹿、んなのは判ってるんだよ。でもな？　もう朝からずっっっとここで船にも入れず待ちぼうけ。死ぬんじゃないかってくらい、俺たちやることないじゃねえか。ようやくさっき一部解除されたとこに人が入ったばっかじゃあ、本隊が入るのは何時になるんだよ。一旦休憩だよ休憩！」

タバコを口に咥《くわ》えつつ、ポケットをがさごそと探る石島。

「まあ、結構待たされてますしね。一旦休みますか」

「そういう事。お前ブラックでいいよな」

小銭入れを取り出してじゃらじゃらとコインを取り出す。

「あ、ありがとうございます。ごちそう様です」

自販機でブラックコーヒーを二本買うと、加藤へとそのまま手渡す。

「んで？　狼成組《ロウセイグミ》のガサ入れはどうなってる？」

「朝から一斉に踏み込んでるんですが、本部と少し大きめの支部は入口前で押し合いへし合いの大混乱。結構手間取ってるみたいですよ。報告ではようやく玄関先まで進んだってことだそうで。……証拠隠滅でもしてるんでしょうかね？」

「薬関係は？　本当はソッチがメインなんだぞ俺らは」

ぐびぐびと飲みこんだコーヒー缶をゴミ箱へと投げ捨て、手に持ったタバコを再度吸い込む。

ふーっと吹き出された紫煙が一筋の線になって、崩れて消えていく。

「埼玉の方から上がってきた情報だと、ほとんど商売してない狼成組のカバー企業のリサイクル業者がありまして。そこが所有してる倉庫で例の薬が、少量見つかりました。パケにしたものが十数個分。多分大本を小分けにする工場だったんじゃないかと。いつもヤンチャそうなガラの悪い奴らが出入りしてたみたいなんですが、今日は誰ひとり見つからず……。どうも大急ぎでどっかに運び出したようです。倉庫の所有者・会社の名義人含め総ざらいで捜索してます。病院でタマ腫らしてる井上の奴の売人ルートからも当たってますが、狼成組のトップまで届くかは……。どっかのタイミングで代理の誰かを出頭させて来るんじゃないかと思いますが」

「薬のシノギでイケイケなんだろ？　少し現金握らせて、上は逃げるつもりだろうな。たく、自分のケツすら拭《ふ》けないのかね……。ま、こっちは絶対にその程度で済ませるつもりはないがな」

「当たり前です。シッポ切りの替え玉でどうにかさせやしません。切り離した薄汚いシッポ一本だけで俺らが満足する、だなんて甘いんですよ。これを足掛かりに徹底的に尻の肉から腹、心臓《ハツ》まで食らいついてやりましょう」

灰皿に力強くタバコを押しつけて消すと、立ち上がる。

船の乗降口から誰かが駆け出してきたのが見えたからだ。

その人物は左右を見て、石島を見つけると手を振りながら全力で走り寄ってくる。

駆け寄ってきた顔見知りの警官の一人が息を切らしていた。

「石島さん!!　ここっすか⁉」

「どうした、慌てて？　なんか見つかったのか？」

ぜいぜいと息を整えるその男に期待を込めて石島が尋ねる。

軽く落ち着いたその男は、指をサムズアップにして満面の笑みで石島に応えた。

「ビンゴっす！　大大大ッ、ビンゴ!!　見つけましたッ、見つけてやりましたよッ!!」

「⁉　マジか！」

「はい!!　危険物の有無の調査してるとこで見つけたコンテナ！　船倉に厳重に梱包《こんぽう》されてる海外企業の研究資料ってなってましたが、外身も中身も大ウソも大ウソ。完璧、探してた例の新型のヤクで間違いありません！　しかもとんでもないクソッタレな量があります!!　今年一番の押収量じゃないですか⁉」

ばっ、と振り返ると石島が大きく腕を上げる。

その先にはペアを組む加藤。

彼もまた満面の笑みで腕を振り上げていた。


パァァァン!!!

港に両者のハイタッチの音が響き渡る。

「よし、よし、よしッ!!! やったぜぇぇ……」

「課長にも報告して、押収準備と、マスコミへ公開するための部屋、進めてもらいますね!!」

歯を食いしばっていかつい顔を喜びで爆発させる。

はた目から見ると少々、怖い。

「船倉には入れるのか?」

「はい! 爆発物等確認されてません! その船倉区域は問題なく行けます!!」

「石島さん、行きましょう!」

「……おお、完っ璧に、目ェ覚めたわ。よっしゃ、全員乗船の準備をしろ。正装でびしっとキメて行くからな! 腑抜けたツラして乗り込むんじゃねぇぞ!!!」

おおぅ、といつの間にか集まってきていた石島の同僚たちの野太い声が港に低く響いた。

＊＊＊

「え、明日帰るの? 用事済んだってこと?」

簡単に片付けたテーブルの真ん中にででんと大きなボウルが鎮座していた。

その周りに小鉢に山盛りのネギと、チューブ入りの生姜《しょうが》、さらには希釈要《い》らずのパックからそのまま注いだつゆ入りの硝子《ガラス》の器が二つ置かれる。

スーパーの総菜売り場でそのまま買ってきたと思《おぼ》しきアジの南蛮漬けがパックのまま置かれていたりもする。

「うん、一応。やることはやったし、後は向こうで片付けることだけになった。だから、明日家に戻るよ。バイト先にも無理言ってるからさ。早く復帰しないと……」

猛に言われた茂は寝起きのぼさぼさ髪を手櫛《てぐし》で掻《か》き上《あ》げ、いただきます、と小さくつぶやき、目の前のボウルの中に自分の箸を伸ばす。

猛も麦茶をコップに注いで準備を終えると、手をあわせてからこちらもボウルの中に手を伸ばす。

にゅにゅっと真っ白な筋が数本、水を滴らせながらボウルから取り出され、そのままつゆ入りの器へと投入され、ずぞぞっと音を立てて杉山《スギヤマ》兄弟に啜《すす》られる。

アクセントに感じられるネギの香味と、生姜が良い。

「うん、涼しげでいいんじゃゃない？　素麺《そうめん》か、久しぶりに食ったかも」

「そういや昔土産でもらったのがあった、って思い出してさ。いや、こういうのって一人で食うにはなんかハードル高いじゃん」

「まあなぁ。ある程度量が欲しいけど、食いきれないとなんかもったいないしな。つゆとかもずっと冷蔵庫の脇に突っ込んだままになってたりとかさ」

「そうそう。いや、処分できるならこの機会にって思ったんだよ。さっき兄貴もさっぱりしたのをって希望だったしさ」

「うん、いいチョイスいいチョイス」

ずずず、と絶え間なく素麺を食べながら話をする。

ネギがなくなれば山盛りの小鉢から補充して、もくもくと食べ進める。

ボウルの中に水と氷を放り込み、水切りざるの上に素麺を放り込んである。

一応三人前ほどを茹《ゆ》でてみたのだが、かなりのハイペースでその量が減っていく。

「でも、どうやって帰るのさ？　新幹線のチケットとか予約しておかないといけないんじゃ？」

「ん？　ああ、実は向こうまで車に乗っけてもらえることになってさ。まあ、タダ乗りは悪いから俺も運転する事にはなってるんだけど」

「もしかして会うつもりだった人？　女？　女⁉」

意気込んできた弟を煩《わずら》わしそうに押しのける。

「残念、五十近くのオジサンだよ。知り合いの親父さんでな。こっちに出張しててその関係で戻る時に一緒にどうだって言われたからさ。金なしのビンボー人には有難《ありがた》い。いや、マジで格安の長距離バスでも高くてなぁ……。助かったわぁ、ホント」

「兄貴、結構向こうの下宿先だとおっさんの知り合い多いんだな。まあ、気を付けて帰りなよ。最近なんか危ない事件とか多いし。まあ、気を付けてもどうにもならないこともあるけどさ」

「……そうだな、どうにもならないことも、多いよな」

茂の想《おも》いは最初の……に全てが凝縮されていた。

そう、間違いなくどうにもならないことはあるのだ。

トラックに撥《は》ねられたことに始まり、バスロータリーしかり、公衆トイレしかり、豪華客船しかり。

人生、本当にままならないものである。

「ということで、今日の夜、兄貴が飯炊きでお願いね」

「……まあ、泊めてもらってる以上、それは良いんだけど、あんまり豪華な物を期待するなよ。さっきも言ったけど俺、ビンボー人だからな」

「知ってるー」

二人ともちゅるちゅると啜る様になってきたので、茂が猛に尋ねる。

「なあ、梅干しと飯あるよな」

「んー？　あるよー。そんじゃーそろそろ二回戦いく？」

「うん、お願いー」

立ち上がって冷蔵庫まで歩き出した猛を見やると、おもむろにテレビのリモコンに手を伸ばす。

正直あまり自分が動き回る様は見たくはないが、午後になりそれ以外の情報も何か出てきているかもしれない。

現代日本帰還より半ば天敵に近い扱いになりつつあるワイドショーにチャンネルを合わせた。

『……こちら白石総合病院の前からお伝えしています。現在、こちらには午後には検査を終える予定の白石雄吾氏が病院から出てくるのを報道陣が待ち構えています。白石氏は昨日、シージャックの発生したレジェンド・オブ・クレオパトラに乗船しており、……』

映し出されたのは白石総合病院の正面玄関を遠くから撮影している映像だった。

少し距離のある位置から撮影しており、出入りする人物の顔までは詳細には判らないが、その服装や仕草は判る。

出てくる人たちは、少し窮屈そうにそそして急ぎ足で病院へと出入りしているようだ。

「うっわ、マスコミのカメラ、超メイワク。んなとこに陣取るなよ。普通に診察に来てる人とかお見舞いに来てる人とか、めちゃくちゃ嫌がってるじゃんか。止めろよなそういうこと」

「まあ、なぁ。自重しろよ、とは思うよなぁ。でもこうやってテレビ見てる以上、その責任の一端は俺らにもあるんだけど」

麦茶を口に付けながら何の気なしに見ていると二つの茶碗《ちゃわん》に飯を盛り、梅干しの瓶《びん》を摑んだ猛が絶妙なバランスでそれらを支えながら戻ってきた。

「ありがと。梅干しちょうだい」

「ほい。……この病院、非公式のファンサイトに多分ミオミオたちも入院してるって書き込まれてるからさー。うわ、あそこファンっぽいやついるじゃん。マスコミだけでも迷惑なのにお前らも行くなよ！　一般の人に迷惑かけんなって！」

ちょうど映し出されたところには、数人の若者がたむろしているのが見える。

集団心理なのだろうか、恥ずかしげもなく揃いのパピプのファンTシャツを着て病院前にいるのが全国放送されている。

しかもロータリーの周辺の通路を塞《ふさ》ぐように広がっているというのがたちが悪い。

かかりつけだろう病院に通院している人がとても迷惑そうにしていた。

「いっちばんやっちゃいけない事やってんぞ、あの子たち。一〇〇％怒られるコースだけど？」

「そうだよ、こういう時に入院先の病院とかに迷惑かけるのがどんだけクレームが来るか知ってるだろうに……。コンサートホールまでの道路とか最寄り駅とかでマナーがなってないってどんだけ言われてきたか思い出せよ……。しかもそんなこと、ミオミオたちが知ったら傷つくだろうにさぁ。運営だけでなくてメンバーのＳＮＳにもクレーム行くんだぞ……」

がっくり来ている猛から梅干しを分捕り、一粒つゆの中に沈める。

箸でほぐして、つゆ自体に梅の味が混じりこんだのを確認して、素麺を食べる。

ずずずと啜ると、今までのかつお節の風味のつゆに酸味と梅の香りの混じる、杉山家二回戦目の素麺つゆであった。

「うむ、これこれ。すごいさっぱりー」

「うわ、まだいるつもりなのかよ。あのアホども。帰れよ、どっかに怒られる前に」

ジト目でテレビを見つめる剣呑な雰囲気の猛をよそに茂は素麺を啜る。

時折、素麺と共に梅の果肉も一緒に口に入れれば、それもまた趣《おもむき》が変わる。

つゆに浸《つ》かったひたひたの梅干しを、そのままほかほかと湯気の立つご飯の上に載っけると、がふがふと掻きこんでいく。

梅干しの強い酸味と共に、今度は少し甘めのだしつゆがアクセントとなり、いつもの梅干しご飯とも違う味わいがある。

これが杉山家の二回戦目。

変わり種と言えば変わり種だが、昔からのことなので特におかしなことだとは思ってはいない。

ぶっちゃけ薬味の延長線上ととらえている。

「ほら、ほらっ！　病院の人、出てきたじゃんか！　何やってんだよ、バカ‼」

「あー、アカン。アカンな、あれは。警備員さんと事務員さんかな？　思いっきり注意されてるわー」

画面には頭を下げる若者たちと、腰に手をやり何かを伝えている事務員らしき人がいた。

その後ろに念のためなのだろう、警備服を着たオジサンもいる。

やっぱりなと茂が思い、全く同じタイミングでこのテレビを見ていた人がやっぱりなと思った。

かなりの人々が同時に同じことを思う、そんな不思議な瞬間であった。

＊＊＊

「会見場の準備は？」

頭部のＣＴ等を撮り終えて、会見場のある本社へと遅ればせながら出社しようとしている雄吾が、助手席に座る門倉に尋ねる。

手元のタブレットは、裏から迷惑にならない様に出た白石総合病院の玄関を映し出しているテレビを流していた。

患者への迷惑を避けるためにこっそりと脱出したのだが、早目にマスコミに自分がもう病院にいないと連絡してあの道路沿いの迷惑なカメラクルーをどかしてもらわねばと考えていた。

「十九時からの予定でマスメディアにはＦＡＸ・メールでの連絡を行いました。会見場は最も広い会議室Ａでの予定で会場設営を行っております」

「そうか……。会見の前に情報が欲しい。被害に遭われた方々で健康上の問題がある方はおられるのかどうかを。それについて訴訟準備を始めている者がいるかもだ。関連会社の株の値動きと、危機管理対策部に届いたクレームなどの分析データを出すようにも連絡してくれ。あとは、読み上げる文面は私だけでなく数名で確認したい。会社としての統一見解となる文章だ。念入りに推敲《すいこう》はしておかないとな」

「承知いたしました」

「……深雪はどうしている？」

少し口ごもり、雄吾が尋ねる。

「深雪様は、系列のホテルへお泊まり頂くことに致しました。……明日、帰郷されるとのことです。ガードも現地まで同行させますが現地解散とします。何せ、本物の『騎士様』が近くにいらっしゃるようですので。ただ深雪様が戻られるその前に、留美様と秀樹様がお会いしたいとのことで、難しいでしょうが夕食を一緒にどうか、と留美様より言伝《ことづて》を預かっております」

「……ダメな親父《おやじ》だな、私は。その場に行くのが家長として正しいと判っていても、それが出来ないのだからな。留美も気を利《き》かせてくれたのだろうに」

「皆さんそれはお判りですよ。実際留美様と深雪様の間にそこまで大きな壁はありません。お二人ともよくできたレディです。その夫であり、父であるのです。その家族に胸を張れるような会見をすることが、お二人が望むことでしょう。まあ、社交辞令で一応聞いた、というところでしょうな」

「恵まれているのだな、私は」

「そのようです」

ふふっと笑いながら、門倉が振り返る。

「秀樹様は今日の夕食会が楽しみで仕方ないようでしたよ。『光速の騎士』に会ったおねえちゃんにいっぱい質問するんだ、と意気込んでいましたから」

「それはそれは……。色々と大変だな深雪も」

「そのようです」

車両が「白石総合物産」本社ビルへと近づいてきた。

カーブを曲がり、ゆっくりと正面の入口に車をつける。

「どうやらマスコミがいます。車を降りてからは言葉の一つ一つ、表情の全てにご注意を」

「判っているさ。あまり後で〝嬲《なぶ》られる〟ようなことは話さない。ただ、最低限の印象を崩さない程度には受け答えはしておかんとな。でないと無言で通り過ぎた、などと脚色されてしまう」

「では、御武運を」

「ああ」

がちゃり、とドアが開く。

マイクや録音機器、カメラを構えた飢えた者たちが、肉汁滴る極上ステーキへと群がりはじめる。

ここからが彼、白石雄吾の戦いの本番であった。

＊＊＊

「いやあ、何度見ても夢でも見てるんじゃないかと思うんだよなぁ。どうなってるんだい本当に？」

ここは「但馬アミューズメント」東京支社の駐車場の奥まった外からは見えない位置である。ちょうど陰になって誰からも見えない様になっているそこに、茂の他に博人・由美・真一の帰郷するメンバーが集まっていた。

朝も早い時間帯で、遠くから雀《すずめ》のちゅんちゅんと鳴く声が聞こえてきている。

「……どうなってるのか、と言われても。俺、詳しいことは全く知らないんですよね。〝軍師〟は何かしら知ってることはないのか？」

「それが誰も知らないんですよねー。このぐねぐねっとした空間の先がどうなってるのかっての は。研究してる人もいるにはいましたが仮説にすらたどり着けないって有り様らしくって。ただ、向こうじゃ出来る人の方が多い一般的なスキルの一つでしたし」

今しがた帰るために「但馬アミューズメント」の商用ワゴン車に荷物を積み込み、最後に博人のバイクを茂のアイテムボックスに放り込んだところでの質問だった。

茂も由美もそれに応えられる知識を持ち合わせていない。

何故《なぜ》そうなのか、と言われればそうだから、としか言えないのだ。

「それに、成長すれば持ち運べる容量も個数も増えていく。……本当にどうなってるんだろうか。興味深いなぁ、調べたいなぁ」

バイクの置かれていた空間に手を翳し、そこに腕を突っ込んだり、ひっこめたりと真一は忙しい。

傍《はた》から見るとおかしな踊りをしているようにしか見えない。

ただ、今しがたまで確かにバイクがスタンドで立っていたはずの場所である。

「茂さんがレベルアップしたおかげでバイクも運べますよ。いや、燃料と高速代金浮くって最高ですよ、マジで」

「ははは、あんまり経緯が経緯だし大っぴらに喜ぶことでもないけど。でも、まあ容量が増えたってのは良いことだよな」

杉山茂の予想外のレベルアップを横にいた博人が感謝し、由美はすこしばかりおちゃらけて拍手している。

いつの間にか判らないが色々と変なトラブルに巻き込まれたせいで、現在茂はレベル十八となっていた。

レベルアップに必要な経験というのは、向こうの世界では新しい概念が魂に染みこむことで研ぎ澄まされることを指す。

その点でいえば、向こうでは存在しない〝銃〟やら、亜流のキメラ、シージャックというテロリズム等《など》の目新しい経験が一気に茂の魂を研ぎ澄ませた結果、レベルアップにつながったということだ。

そこから考えるに、次に同じことが起きた場合では手に入る経験値は減ってしまうだろうと思われる。

実際問題として、その様な暴力集団に対するファーストコンタクトで受けた衝撃はもう見込めないし、さらには茂自身がレベルアップに伴い強くなったことで、脅威度が下がっているためだ。

「アイテムボックスの拡張具合は最大五から六セットまで。大きさは一抱えできるサイズから、二メートル四方の立方体の体積くらい、ってとこか。まあ、バイクならギリ入るからな。テロリストさまさまってとこだな」

「不謹慎っちゃ、不謹慎ですねぇその台詞《せりふ》。でも結構、大容量になりましたね」

「そうは言っても全盛期のお前ら程じゃないじゃん。なんだよ、あのチート臭い、容量無制限、限度なしって。どっかのスマホの料金プランみたいな注釈付いてるの」

「ははは、ぴったりの形容詞ですね。でも、これで全部積みこんだし……。隼翔の依頼もまあ完璧じゃないですけど完了しましたし、そろそろゆったりと帰りましょうか？」

「運転するの俺と真一さんだからな。まあ、寝てけ寝てけ」

「「お願いしまーす!!」」

そう博人と由美が声を揃えて感謝を述べると、真一が不思議な踊りを止めて茂たちを見る。

「そうか、じゃあそろそろ帰るか。でも僕は事務所にちょっと顔出してから出発したいかな。その間にトイレは済ませておいて。ここから、途中のＰＡまでは僕が運転するよ」

「お願いします。じゃあ、俺もトイレだけ行っておこうかな」

「俺も」

「私もー」

そう言って全員が駐車場からビルの中へと戻っていく。

こうして色々とあった、いやあり過ぎた杉山茂の東京訪問は終わりを迎えることになるのだった。

＊＊＊ 六 帰還 のち 喧騒《けんそう》 ＊＊＊

「帰ってきたぁ……。疲れたぁ……。腹減ったぁ……」

どうっと音を立ててベッドの上に倒れ込む。

東京から無事に戻ってきたあと、「但馬アミューズメント」で皆と別れることになった。

警察からの聞き取りは、「但馬アミューズメント」で行うこととなったそうで、詳しい日取りが決まり次第、真一《シンイチ》から連絡が来ることになっていた。

もし都合が悪ければ、個々で対応するとも言われている。

枕に顔面をうずめると、そのまま睡魔に全てを持って行かれそうになる。

数秒、そのままの姿勢でいた茂《シゲル》は、がばっと起き上がる。

「……このままだとマジで寝てしまう。取りあえず持って帰った洗濯物、洗濯機動かして洗おう。あと炊飯器動かして、荷ほどきして、そんで……。あ!! バイトのシフト、確認しないと!! 変な時に警察に呼ばれたら話できないもんな。確認だ、確認」

声出し確認をして無理矢理に体を動かすことにする。

そうでないと長時間のドライブで育てられたこの眠気が一気に花開いてしまう。

旅行鞄《かばん》を開いて、圧縮袋に入れた汚れ物を洗濯機に突っ込んで、炊飯器に研いだ米の炊きあがり時間を設定して炊飯スイッチを押す。

てきぱきと一つずつやることを潰していく。

「この時間、忙しいだろうしな。もうちょい後なら伊藤店長も空いてるはずだ」

ベッドサイドのテーブルの上に置かれた目覚まし時計は十四時を少し過ぎた時刻を指している。

午後のティータイムと、夜の時間の境目を狙うのが一番良さげだろう。

（お土産、渡しに行きたいし……。洗濯終わったら一回「森のカマド」訪ねようか……？　うん、そこで聞けばいいよな、予定）

そこに数日ぶりに入れたポットがぴぴっ、と沸騰完了のメロディーを奏でる。

床に座っていた茂は、調理スペースまで移動すると、買い置きのカップ麺を一つ手に取った。

べりべりとフィルムを剝《は》がし、沸き立つ湯をそこへと注《そそ》ぎ込《こ》んでいく。

箸《はし》とコショウの小瓶《こびん》を引《ひ》っ摑《つか》んで、元のテーブル前に戻ると、テレビを点《つ》ける。

そして躍るセンセーショナルなテロップ。

「うぇえっ⁉　〝神木美緒《カミキミオ》、引退か⁉〟だって？　マジかー。超展開じゃんか。猛《タケル》、大丈夫かなー？」

テレビではちょうどエンタメを中心にしたワイドショーが入る時間帯だった。

そして今、議論されているパピプのトップアイドル、神木美緒の事務所より正式コメントとして発表された文面が、大きなボードに拡大されてメインキャスターの横に置かれていた。

『こちらの文面からは、以前から芸能界を引退するということを考えていた、と思えるんですが』

『はい、その様に読み取れます。自身が芸能界で活躍している一方で、同世代の若者が大学や専門学校で学びを深めているということに非常に興味を持っていた、更にはそういった場で他者からの刺激を受けて自己を高めることをうらやましく思っていた、と』

『なるほどー。ですが、今回の事件が引き金となったのは間違いないですよね？』

　ＭＣのアナウンサーと、芸能担当の記者が漫才のようなテンポで言葉を交わしあう。

『確かに、今回暫《しば》しの休養に入るという選択肢を取ると三嶋柚子さん、藤堂ユイさんは発表しています。彼女らは将来的な復帰に向けての休養、という位置づけですが、神木美緒さんの事務所発表はそれより踏み込んだ、〝芸能関係の仕事から完全に身を引く〟と書かれているものですので』

『もしかして思った以上に怪我《けが》がひどかったのでしょうか。未《いま》だに怪我の具合について発表された方はいらっしゃらないですから……』

『彼女たちに面会をした関係者からの内部の極秘情報ですと、全員が大きな怪我もなく、しばらく検査入院となる程度ではないか、ということでした』

　それを見て茂は思う。

「極秘情報って、なんで間違いなく芸能記者に漏れてるんだろ？　内密にしたいから極秘のはずなのに。関係者ってモラルとかねえのかな。いっつも思うんだが」

　ぺりぺりとカップ麺の蓋《ふた》をめくると、ぱっぱとコショウを振りかける。

　軽く混ぜ合わせると、良《い》い香りがする。

　普通のカップ麺ではなく、今回はカレー風味のカップ麺だ。

　その香りがぐぅ、と茂の腹を鳴らせた。

『ですが、誰一人として公式に姿を現した人、ＳＮＳで発信した人もいません。何かしらのことが起きているのではないでしょうか？』

『なるほど、ではここで……さんに意見をうかがってみましょう。……さん、現役の精神科医師としていての立場から見て、今回の彼女たちの心身のダメージや施されるであろう治療についてお聞きしたいのですが』

取りあえずおっさん二人が話し合う姿では、画面に華がないと思ったのだろう。

振られた先の女医兼タレントという人物が口を開く。

『未だに白石総合病院から症状などのアナウンスがされていない以上、推測になるのですが。「光速の騎士」、「骸骨武者」の二名と戦っている映像が流れていました。その際に、彼女たちが少なからず怪我をしている様子が映し出されていますね。更には、かなりの出血が見て取れます。幸いにもすぐにそれは止まったようですが、あのヘドロに負傷箇所が触れていることからその傷口からの感染症などを考えての血液検査。全く未知に近い物質の可能性も考えると専門の分析機関へとサンプルを送っているかもしれません。ほかには基本的な創傷処置でしょうか。あとは、考えられ……』

あえてカメラを見ずに、MC側を見ながら意見を述べるその医師。

ただし、それに異を唱えるものがここに一人。

「あー、すげえドヤ顔してるなこの人。でも大きな怪我は塞《ふさ》いでおいたはずだし。そうすると後は感染症の可能性か……。でもなぁ、毒とかそういうのがあればあの時に気付くし。普通の破傷風とかはどうにもならないけど、そこまで心配することもないいんじゃないかなー」

ずるずるとカレーラーメンをすする。

小さく切られたかやくのポテト片を歯で噛《か》みながら、予想外に熱かった麺をふぅふぅと息を掛けて冷ます。

ずずずず……。

麺をすする音が部屋を支配する。

舌先に感じるスパイスの辛みと、スープの香りを楽しみながら、帰って来るときに旅行鞄に突っ込んだ温《ぬる》くなった茶を探す。

少しばかり辛みが強いタイプのカップ麺で、水分なしではきつかった。

『……被害に遭われた方々の一日も早い回復と、心のケアが進むことを我々番組スタッフ一同、心より祈っております。……では、続いては今のニュースと関連したこちらです』

ＭＣがそうニュースを区切ると、女性アナウンサーがバストアップで画面に抜かれ、原稿を読みだす。

『昨日、レジェンド・オブ・クレオパトラがシージャックされたことを踏まえ、船主である「白石・グランド・ホワイト海運」のオーナー企業「白石総合物産」代表取締役社長、白石雄吾《ユウゴ》氏が昨晩、「白石総合物産」本社会議室にて記者会見を行いました。氏は当日、事件の現場となりましたレジェンド・オブ・クレオパトラに乗船しており……』

「あ、深雪《ミユキ》のお父さんだ。昨日の今日ですげえな。速攻で記者会見するって」

見知った顔を見て、箸を止めるとリモコンでボリュームを少し大きくする。

アナウンサーが昨日の顛末《てんまつ》を端的に解説し、ＶＴＲが始まる。

そこにフラッシュが怒濤《どとう》のように焚《た》かれるなか、会見を始める旨のアナウンスを司会が会場へと伝える。

するとと画面の隅にフラッシュに気をつけろと例の如《ごと》く文言が現れる中、痛々しい姿の雄吾が、ゆっくりと幹部を引き連れて姿を現した。

「おお、見た感じが痛々しいわー。まあ実際に殴られてたしな。というか治そうかっての、このために断ったのかな？」

一見するだけで右の頬は腫れており、右目の下には赤黒いあざが見える。

唇には一筋線が入って、そこがひどく切れていたのだということがありありと判《わか》った。

頭部には包帯とネットが巻かれており、下にはガーゼも添えられているようだ。

彼は、テーブル前に幹部と共に並ぶと、深々と頭を下げる。

それに向かって焚かれるフラッシュ。

その姿をしっかりとテレビカメラがとらえたところで、彼は頭を上げ、後ろのテーブルに置かれたマイクを手に取った。

『夜分、このような時間帯にお集まりいただきましてありがとうございます。先程紹介がありましたとおり、「白石総合物産」社長の白石雄吾でございます。この記者会見では、昨日発生しましたレジェンド・オブ・クレオパトラシージャック事件の概要と、わが社の今後の方針についてご説明を行いたく皆さまをお呼びしました。副社長でありますまず富永よりまず一連の流れを説明しまして、その後質疑応答へと移りたいと思います。ただ、現在本事案が発生してより日が経《た》っておりません。我々にも詳細が不明な点や、テロというものに対応する為《ため》の情報として非公表とさせていただく内容がある点、あくまで現時点での動きであり今後方針が変わる可能性がある点、そういった事情があることをご理解の上、質問には真摯に対応したいと考えています』

＊＊＊

●レジェンド・オブ・クレオパトラ号シージャック事件に関する会見。
以下は白石雄吾氏への記者からの質疑応答一問一答を抜粋。

――保安上の問題はあったか。

「事件発生前の認識では警備体制は十分と考えていた。だが、日本国内であれほどまでに大量の銃火器を持ち込んだテロ行為を想定したものではなかった。そういった面で認識が甘いと言われれば甘んじて誹《そし》りは受ける」

――被害者への対応はどう考えているか。

「被害者全員の状況を調査中である。肉体的・精神的に傷つかれた方に関しては何らかの機会を設《もう》け、落ち着かれたタイミングで謝罪に伺《うかが》いたい。当然のことながら今回の治療費、そして今後のケアについても当社が責任を負ってフォローするつもりだ」

――今回の件を受け、白石グループ各社の株価が下落している。どう思うか。

「株主の皆さんには多大なるご心配とご迷惑をおかけした。謝罪する。保安上の問題があったということは先に述べたとおり。これについての早急な保安体制の見直しを行うことを、先程緊急会議を開き決定した。本業自体に致命的なトラブルがあっての下落ではない。今後の我々の仕事ぶりを見て、また応援したいと考えて頂ける様に、各社、日々の職務に邁進《まいしん》するように通達した」

――警察からの今後の聴取予定は。

「私の知り得ることは全てお伝えするつもりである。船内の調査が終わり、事件の調査が進む中で再度の聴取が行われるだろうことは予想している。当然、トップの責任として全面的な協力は惜しまないつもりでいる。ただ、今現時点で何時《いつ》とは明言できない」

――件《くだん》の「光速の騎士」について情報はあるか。

「急に現れ、急に消えた、というのが実際の所。私個人も彼が現れた理由を承知してはいない。情報と言えるものはないのが現状。むしろマスメディアの報道で彼の情報を手に入れているくらいだ」

——「騎士」が人質救出に協力した背景は何か。

「これに関しても不明としか言えない。ただ、保安担当者とも話したが我々の保安要員として雇った人員ではない事だけは確か。あくまで偶然、ないしは彼個人の矜持《きょうじ》に従い行動したのではないか。報道されている〝ヒーロー〟というものを信じたくはなった」

——船内にて開催したコンサート、ファッションショーがシージャックに利用された。イベントの計画立案時に不審と思われる箇所はなかったか。

「これに関しては、イベント企画書を含め関連書類や契約事項を再度確認している。取引先はこういったイベント時に協力いただいていた業界では知られた企業であった。企画書類も我々だけでなく、映像配信会社ハイエンによる精査も行われたものだ。パラダイス・ピクシー・プリンセスの新曲お披露目もあり、多くの方に楽しんでいただけるイベントとなるはずで、楽しみにされていた方に対しても非常に申し訳なく思う。ただ、その注目度を踏まえて狙われたのではないかとも思っている」

——被害に遭ったパピプメンバーは入院したことが確認されている。彼女らのファンへ何かあるか。

「先程も述べたが、まずは彼女たちに深くお詫《わ》びしたい。その上でファンの方々にも同様に申し訳なく思っている。そして彼女たちの回復に我々はサポートを惜しまない。問題ない回復を心より願うばかりだ」

――船内で銃撃戦があった。それに伴い内装も傷ついた。今後の船の運用はどうするつもりか。

「まずは警察の調査に協力する。船の今後の運用はその後で考えるべきと思う」

――社長自身の怪我の具合は。

「病院の検査では今日の所は問題ないとのこと。問題があればすぐに受診するようにとは言われている。少々見た目が怪我の程度に比べひどいのは承知している。ただ、直接私が説明するのが筋と考えた。お見苦しいものを見せて申し訳ない」

――「光速の騎士」「骸骨武者」へなにか言いたいことはあるか。

「彼らが英雄視される一方で、銃刀法違反や、器物損壊の罪人だと糾弾する人もいる。批判覚悟で言わせてもらえば、それでも私たちは彼らが動いたことで命を拾った。彼らの働きがなければ、多くの死傷者が出たと思う。白石総合物産社長としてではなく、白石雄吾個人として深く謝意を述べたい」

＊＊＊

都内某所、駅にほど近い繁華街の中にある一軒の全国展開されているチェーンの居酒屋店は今日も繁盛《はんじょう》していた。

夜には近くにあるビジネス街のサラリーマンやOLたちだけでなく、学生たちも電車だけでなくバスの利便性という点から騒ぐために大挙して訪れているのだ。

「いらっしゃいませ‼　お客様何名様でしょうか⁉」

大きな声を上げて来客した三名の男女に尋ねたのはバイトの女の子だった。

二十時前後という忙しい時間帯に差し掛かり、てんやわんやとなりそうな状況で彼らを目にしたのは彼女しかいなかった。

がやがやとうるさい店内には客が溢《あふ》れており、席を待つ少し酔ったサラリーマンの集団も待機しているという繁盛ぶりだ。

声が通る様に大きな声となるのは仕方ない。

「ああ、先にツレが来ているはずなんだ。ササキイチロウで予約してある、という話なんだけど？」

先頭に立つカジュアルな服装の若い男が微笑《ほほえ》みながらそう答える。

後ろには女が二名、一人の少女は男と同じく私服と思《おぼ》しき格好をしているが、もう一名はかちっとスーツを着こみ、一分の隙《すき》もないようなキャリアウーマン然とした女性であった。

バランス的に不思議な組み合わせではあるが、そういう事がなかったわけでもない。

ただ、一つバイトが気になったのは各々《おのおの》が非常に整《ととの》った造作の顔立ちをしていることだ。

男は余り男っ気を感じさせないような中性的で爽《さわ》やかな雰囲気を漂わせ、少女はにこにこと楽しそうに笑う顔が、そこに華でも咲いたかと思わせるような煌《きら》びやかさを放つ。

キャリアウーマンは冷たく落ち着いた雰囲気のするまさにクールビューティーという言葉がぴったりな印象だ。

「はい、少しお待ちください！」

カウンターに小走りに走り込むと、今日の座席表の一覧を見る。

そしてそこにササキイチロウという名前での予約があった。

「ご予約いただいた個室で、一時間ほど前からお先にお待ちになられていますね。お席までご案内しますので、履物を下駄《げた》箱へお願いします!!」

「ありがとう」

にこりと笑う男の後に残りの二人も下駄箱へと歩を進めた。

(何だろう、あの人たち……。変な組み合わせ。あ、もしかして芸能関係の人たちかな!?　タレントさんとそのマネージャー！)

そう考えれば説明がつく。

男と女は芸能関係のタレントとかで、キャリアウーマンは問題が起こらない様に付いてきたマネージャーではないだろうか。

そんなことを考えていた所で、声がかかる。

「じゃあ、案内して欲しいんだが。ササキさんのとこへ」

「あ、こちらです。どうぞ!!」

薄暗い店内をトイレに向かう酔客とすれ違いながら、予約してある部屋へと客を案内する。

奥まった位置にある個室で、少し入口からは離れているがその分、他よりも騒々しさが和《やわ》らいでいた。少し重めの障子戸を開けると、そこにはさきに到着したササキ一行が座っていた。

「やあ、来たか。待っていたよ」

「適当に料理を頼んでいるのでね。何か飲むなら頼めばいい」

掘りごたつに座り、男二人が楽しそうに酒を飲んでいた。

その横には正座をしている女性がこちらも来訪した一団の女性と同じく、かちっとしたスーツ姿で控えている。

目鼻立ちがよくよく見ると日本人離れしており、化粧っ気がないながらも、きちんとドレスアップでもすれば振り向く男は数知れないだろう。

近くで見れば、髪の毛も純粋な黒髪ではなく、若干濃い茶系の髪色をしていた。

男の一人は三白眼気味の男で薄い笑顔をしながらバイトへビールを追加注文し、もう一人は山盛りのフライドポテトにケチャップを付けたものを摘まんでいた。

ぱくぱくと美味そうにポテトを齧《かじ》るその中年の男は、人好きするいい笑顔を浮かべ、メニューを差し出してくる。

それを手で制し、案内してきたバイトに注文をする。

「そうですか、そしたら取りあえずビールかな。あとの二人は何か要《い》るかい？」

「私、カシスオレンジ！」

「ウーロンハイ一つ」

バイトはトントンとメニューも見ずに注文されていくのを、腰のＰＤＡに入力していく。

失礼します、と言いながら辞去する彼女を見て改めて後から来た集団が、先着した彼らの前にちょうど相対するようにして座る。

「さて、初めましてだね」

「そうですねぇ。初めまして、ササキイチロウさん、でお呼びすることにしますけど？　構わないだろう？」

「そうだな、今日の所は私はササキイチロウだよ」

「こういう場所で飲み食いする人間には思えなかったんだけどな。アンタみたいな人が普段出入りする店とは全く違うだろうに」

「そうとも言えるがそうでないとも言える。出向く先で馴染《なじ》みになる店はまちまちだからね。色々な店にボトルが置いてある。茶色の水に湿気《しけ》たビスケットだけという店の常連だったこともな。そこに比べて日本ではこういう騒々しい店の方が、身を隠して飲み食いできる」

首を軽く傾《かし》げてそう笑ってくる男。

その仕草も絵になる。

顔が良いということは、こういう時には警戒をほぐすという意味で、いい方向へと動くことが多い。

「まあ、カラオケハウスでなかった分だけ良かったよ。もしアンタ等《ら》が、マイク握って歌ってたらどう反応すればいいか困るとこだったしな」

「ふふふ！　いやあ、思った通り！　前任よりも君の方が面白いな！　クジョー、きみはエンターティナーの才能が有る！」

ぱちぱちと手を叩《たた》いて三白眼の男がおかしそうに声をあげて笑う。

「そういうのが好きなわけじゃないんだけどね。まあ、仕事だから仕方ないところがある」

「そういう事だ、ビジネスライクに物事を進めるのは正しい選択だよ。だからこそ、まず仕事にカタをつけてしまおう。まずは、これだ」

ササキと呼ばれた男は無造作に置かれていたファイルを手に取り、テーブルに滑《すべ》らせるようにしてクジョーへとそれを受け渡す。

クジョーは手に取ったファイルをパラパラと流し読みすると、さらに隣のスーツの女性に手渡した。

「中身の確認は良いのかい？　我々を信頼しているわけでもないだろうに」

「そりゃそうさ。でもな、ササキさん？　俺は前任の尻拭《しりぬぐ》いをさせられているだけの小間使いだよ。これを受け取って、これから先をどうするのかは上が決める。中身の精査もそっちでやってもらうとするよ。なんせ、前任の趣味は俺の趣味に合わないもんでね」

そういうと目線をフライドポテトの山に向ける。

ササキが軽く頷《うなず》いたのを確認し、それを摘まむ。

「ササキさんに、そっちはクラウンとでもお呼びしようか？　それともピエロがいいかい？　あと、御嬢《おじょう》さんはどう呼ぼうかな？」

「ふふふ、そうだな。僕はクラウンが良いかな。何せ今、世間じゃピエロと言えば『騎士』の別名だしね」

「私はクジョー、あなたに名乗る必要を感じてはいない。好きに呼べばいい」

「では僕が名づけよう。ジェーン、ジェーンとしよう。ジェーン・ドゥということで。ササキにジェーンそして、僕がクラウンだ。どうぞよろしく」

各々がそう自己紹介に似た、名を騙《かた》る。

「そうか、じゃあこちらも自己紹介をしておこう。俺がクジョー。隣はハナコ。ファイルを持ってるのが山下、だっけ？　こないだ名乗ったのは？　あ、違うな山本だ、山本」

我関せずでハナコとササキが目の前のポテトの皿を空にしていく。

双方ともスーツ姿のジェーンと山本が冷めた目線で、笑い合うクジョーとクラウンを見つめる。

「ふははは!!　本当にオモシロイな、君は!!」

一見楽しげな飲み会にも外からは見えるかもしれない。

いや、それを演出するのがこの道化役の二名なのだろう。

「まあ、後でゆっくりと確認するといい。私が見た限り、アレは失敗作に近い。君ら女禍黄土主体で自己技術と我々の技術のハイブリッドを目指したとのことだが。どうも東洋思想と、我々の技術系は相性が悪いようだな。君らの持ち出しだから我々の懐《ふところ》は痛まなかったが……。まあ今後は協力する気はない。不良在庫の処分などどうも性に合わなかったのでな」

「こちらも先日のことですが担当していた前任の〝処分〟があり、引き継ぎをする暇がなかったもので。その面でも双方の同意を得て中止としていただけるのはありがたいことです。あと、資金についてはご心配なく。今回のシージャックで支出した分に関しては、別ルートより八割方回収できていますので。ただ、試料の回収までは本当にできませんでしたか？　映像を見ていた限り、その余裕もあったかと思いますが？」

山本がササキへと詰問に近い声色《こわいろ》で尋ねてくる。それを受けて、ササキはふふふと含むように笑うと、いったん言葉を止める。

「失敗作、といっただろう？　これ以上のコストを掛けてもあれ以上のモノは出来上がらない。まあ、一体ほど上手《うま》く適合した個体があったが、それも『光速の騎士』に潰されてしまったしな。アレが残っているならば違う評価も出来たのだがね？　ただ、君らが本当に必要なのはこれだろう？」

ぱちん、とテーブルの上に小さなプラスチック製のそれが置かれる。

どこの電気店やコンビニでも売っているようなＵＳＢメモリだった。

「中に入っているのは件の詩篇《しへん》のデータだ。これを懐に入れていたのでな？　万一にも紛失することになれば目も当てられない」

「確かにねぇ……。日本じゃ二兎《にと》を追うものは、ってコトワザもあるしね。まあ、本命が手に入るだけでもありがたいね」

それを見て、クジョーが後ろに控える山本に目線をやると、すっとこちらは茶封筒を差し出してくる。

受け取ったそれをそのままササキへと手渡し、自身はテーブルの上に置かれたＵＳＢメモリをポケットへと滑り込ませた。

「ギブアンドテイク、ってことでこちらも出すものは出しておくよ。頼まれた調査ファイルだ。マユミ・ガルシアと、マサキ・ガルシアの両名。日本に来たのは三ヵ月前、最初は福岡で確認されている。そこからは少し飛び飛びになってるね。仙台、京都、新潟、横浜。本州の都市部での目撃が多いようだ。直近は名古屋の衣料品販売店でカメラに映ったのが最後だね。あまり一所《ひとところ》に留《とど》まっている印象は薄いかな」

「三ヵ月……。写真を見る限りは着た切り雀《すずめ》という訳でもないな。資金はどうしているんだ？」

茶封筒を開き、写真付きの調査資料を確認する。

表にクリップ留めされているのは、目深にキャップを被《かぶ》り、デニムの上下に身を包んだ茶色のロングヘアの女性と、サングラスにジャケット姿の長身の男性の姿。

恐らく監視カメラからキャプチャーされたと思しきその粗い画質の写真の他にも、服装と場所の違うカットの画像などがプリントアウトされてひとまとめになっていた。

「さて、ね？　ただ、店舗での買い物もしているし、本州を移動しているから、ある程度の現金はあるんじゃないかと思う。ただ、日本ってのは生きていくなら金がかかる。それこそ誰にも頼らないって選択肢を選ぶんならなおさらね。資金提供者がいるのか、それともどこかで用立てているか。そこまでは詳細に調べていない」

「……それは、不完全な仕事ではないのですか？」

仮称ジェーンがそうクジョーをなじる。

ギブアンドテイク、と言いながら情報に不備があるのではないのかと。

「おいおい、そこから先は依頼された調査の範囲じゃない。こっちが見返りとして受けた依頼は〝最近のターゲットの動向について〟だったはずだ。これだけで十分すぎる程だと思うけど？　それにその二人をそちらさんが追いかける理由も聞いていない。それをリスクとして判断するのは当然のことだと思うよ？」

「それはあなたの言い分で……」

「止《や》めておけ、ジェーン。……こういう場でいがみ合うのは好きではない。それにこれだけ情報があれば、こちらも今後の彼らの行動予測を立てることができる。ここは引いておけ」

言いつのろうとするジェーンをササキが押しとどめる。

「不手際《ふてぎわ》と言われたままも気分が悪い。まあ、アフターサービスを一つくれてやるよ。中部地方の地方都市に、裏で闇金に繋《つな》がるようなお行儀のよくないサラ金を経営してる企業があってね。その怖いお兄さんたちが、先日危ない職業に人気の個人開業の病院に入院したらしい。警察には話をしていないようだけど闇金の移動店舗が襲われたらしくて、犯人捜しをしているそうだ。それがどうも男女二人組、俺が見た限りその写真の男女に良く似ている気がする。ただし裏ドリはしていないよ？」

「そうか、それは良い情報だな」

「それで、これがそのサラ金の連絡先だ。……まあ、アフターフォローはここまでかなぁ？　あとは君らでやってくれよ？」

クジョーは小さな金貸しの広告入りのよれたポケットティッシュを手渡すと、締め切られた障子戸を見る。

そうすると、遠くから二人の足音が聞こえてくる。

それは障子戸まで近づくと、軽く木枠部分をノックしてきた。

「失礼しまーす。ご注文のドリンク、お持ちしましたー」

「失礼しまーす」

二人の若い男が注文された酒を持って入室してきた。それをテーブルへと持ってきて手渡していく。

「では、我々はお先に失礼する。楽しんでくれたまえ」

「おや？　もう帰るのかい？　俺たちが来たばかりというのに」

ふふとササキが笑うと立ち上がり、分厚い革の財布から万札を適当に数枚引き抜いて無造作にテーブルの端に置いた。

残りの二人も立ち上がり、クラウンは先程店員に注文した最後のビールを一気にのどに流し込んでいる。

美味そうに一気に飲み干し、テーブルの隅に置いた。

「先にバーで一杯ひっかけてから来ている。我々に気兼ねなく楽しんで欲しいのでね。気が休まらんだろう？」

「ご配慮、感謝しますよ。ササキさん」

三人が部屋を辞していく。

それを見てクジョーがポケットの中に入れたＵＳＢメモリをズボンの上からなぞる。

「さて、この取引。双方ともにウィンウィンなのか。どちらかがババを引いたのか。……それとも両方とも実は泥船に乗っているのか。……まあ、俺の知ったこっちゃあないな」

「クジョー。あたし、この特製ラーメンと北海道産ホッケのあぶり焼きが食べたい！」

「はは、良いさ、どんどん頼みなよ。ササキセンセーが小遣いを置いていってくれたからね‼」

そう言ってクジョーは高らかに笑うと、ビールジョッキをぐい、と一気に呷《あお》った。

*** 了　復帰　のち　視線　***

「お疲れ様でーす」

茂《シゲル》がバイト先のコーヒーチェーン「森のカマド」の従業員用ドアをくぐり、休憩スペースへと顔を出す、そこでちょうど店長の伊藤がソファに座って休憩している所だった。

「おや！　お帰り！　早かったんじゃないかい？　東京まで行ったんだから、色々もっとゆっくりしてくるんじゃないかと思ってたけど？」

「いやあ、東京のゴミゴミ感、やっぱ俺には合わんってのがわかりました。あの人の多さ、全然気が休まらない。なんていうかこう、落ち着いて生活できないですよね。もっとスローペースじゃないと。俺とは、生活サイクルが全然噛《か》み合《あ》わないってのがホントに思いましたもん。まあ、それ以上にデカいのが向こうって何するにも金が、ね？　ない袖《そで》は振れないってやつなんですよ」

「ははは、そうか。あの速度が好きか嫌いかっていうのは、人それぞれだけどね。どうしても刺激の多い都会で生活したいって人も一定数はいるから、大都市ってのが出来るんだしね」

うはは、と二人で笑い合いながら茂は手に持ったお土産の袋を手渡す。

がさり、と音をさせたそれを伊藤が興味深そうに覗《のぞ》き込《こ》む。

「何買ってきてくれたんだい？　定番の？　それともちょっと冒険してみたりして？」

「普通に鉄板の買ってきましたよ。こういう時の冒険したお土産ってすごいリスキーじゃないです？　俺は自分で食べるならまだしも、人にあげるっていうのは怖くてできませんよ。そういうのは一回自分で試してからですって」

伊藤が覗《のぞ》きこんだ袋の中には極々一般的なド定番の菓子が入っている。

若干つまらなそうにして伊藤が横のテーブルにそれを置く。

「いやあ、僕は結構そういうウケ狙いのお土産、好きなんだよねぇ。五回に一回はアタリが来るから。そこが楽しいんだけどな」

「打率二割は低くないっすかね。店長、結構ギャンブラー気質ですか？」

「いや、でも一口で〝ダメだっ〟てなるのは五回に一回くらいだし。他は無難に食べられるじゃないか」

「トリプルプレーで一発終了の確率も二割って……。やっぱギャンブラーですよ、それは」

「そうかなぁ……。成功する二割に賭けて一口齧《かじ》る。あの瞬間、結構好きなんだけど」

意見が合わない二人が穏やかに話をしていると、休憩スペースに繋《つな》がる更衣室のドアが開く。

そこから出てきたのは、先日バイト採用されたばかりの香山《カヤマ》である。

学校が終わり、放課後にシフトを組んでいるらしい。

小柄な体を「森のカマド」の制服に包み、今から主戦場であるホールへ向かう前の少し手持ち無沙汰の時間である。

当然のことながら二人へと香山があいさつをする。

「店長、私これから今日のシフト入るので、よろしくお願いします。あと杉山《スギヤマ》さん。久しぶりですー。東京、楽しかったですか？」

「いや、それがさ……」

茂は先程伊藤にしたのと同じ説明を繰り返す。

聞き終わった香山はほうほうと頷《うなず》き、自分の意見を述べる。

「私はどっちかというとこう、弾《はじ》けるようなエネルギーが溢《あふ》れてそうで東京ってのは憧《あこが》れますけど……。杉山さん、若いのにそういう〝枯れた〟意見言うんですか。いや、失礼なのは判《わか》ってますけどぉ」

「……まあね。でもなぁ、俺どっちかと言えば〝今年の人気最新スポット！〟よりも〝建立《こんりゅう》ウン百年の古刹、五十年ぶりの秘仏公開！〟の方がわくわくするし。あと〝日本初公開、海外美術館の名画来日！〟とか？」

「渋い趣味してますね。確かにそういう友達もいますけど。店長はどうなんです？」

「ん？　僕かい？　う～ん……」

腕組みをする伊藤を茂と香山が見つめる。

少し考えながらも伊藤が話しはじめた。

「どちらもいいとこどりしたいってのが正直なトコかな。がやがやしたい時も静かにしたい時もあるじゃないか？　くっきりと区分けする必要もないと思うけど。すごい名画が来たら美術館には行くし、新しいアトラクションが出来たらテーマパークにも行くだろうしね。それにご飯関係だと、素っ頓狂なメニューは瞬間的に跳ねるけど、しばらくしたら影も形もなくなってるのが普通じゃないか。なくなる前に出かけないと、それを知らないまま生きてくことになるしさ。それって結構もったいないと、僕は思うんだよ」

「すごいバイタリティっすね。だから、そんなに肥《こ》えるんでしょうけど」

「そうですよ。杉山さんの言うとおりです。店長はもう少し痩せた方がいいと思いますよ、私も」

「うわ、まさかの健康指導。そうなんだよな、定期健診とかでも痩せようって言われてるし……」

自身の腹を摑《つか》んで呟《つぶや》く伊藤。

それを見てカラカラと茂たちが笑う。

「どっかスポーツジムとか行ってみてもいいんじゃあないですか？ 駅前に幾つかできてるみたいですよ？」

「私のお父さんも週二で行ってますよ。どうです、ここで一念発起っていうのは？」

「いやいや、まいったね。そういう方向に話が進むとは思わなかったよ」

コミカルに腹を摘まんで見せる伊藤に、茂も香山も笑いをこらえるのに必死であった。


るるるる！ るるるる！


休憩室の奥から電子音が鳴る。

小さな事務スペースに置かれた電話が鳴っていた。

この呼び出し音は、確か外線着信時の設定音であったはず、と思い出し茂は受話器に向かおうとした。

すると、伊藤がそれを押しとどめる。

「待った待った、僕が出るよ。今日は杉山君はお休みだからさ」

「あ、そうっすね」

そう断ってスペースを開けると、駆け出して行った伊藤が受話器を取る。

店名を言って受け答えするのを見ていると、香山が話しかけてきた。

「杉山さん、おーじに頼まれて東京行ってたんですよね？　楽しかったですか？」

「ん？　ああ、隼翔《ハヤト》はこっちに残ったんだけどな。その代わり親父《おやじ》さんに世話になったんだ」

「へー。学校におーじ来てたんで、どういうことなのかなぁって思ってたんですけど」

「学生の本分は、勉強です。なんて杓子定規《しゃくしじょうぎ》なことは言わないけど、あんまり学校休むってのも良《い》いこっちゃないから。仕方ないだろ。でも、隼翔の親父さんに飯、奢《おご》ってもらっちゃったんだよねー」

腕組みして思い出すのは、あのうな重。

はっきり言う。

マジで美味《うま》かった。

そして、アレはもう数年、いや十年二十年単位で食べる機会はないだろう。

「……ああ、超美味かった。もう、最高よ、アレは」

「何食べたんです？　すごい締まりのない顔してますよ、杉山さん」

「んふふふふ……。内緒」

「うっわ、ちょっとその思わせぶりな感じ、ヒドイですよ！」

やいのやいのしている所で、電話口の伊藤が少し声を出した。

「ダメダメ！　しっかり休んで、それからですよ！　……はい、はい。こっちは気にしないで良いですから。……そう、お子さんと旦那さんの熱引いて、それで自分も大丈夫ってなるまでは！　まずは自分のこと考えて動いて下さい。……謝る必要はないですから」

漏れ聞こえる声に二人の視線が集まる。

不思議そうな顔で電話のある事務室を見つめる二人の前に、部屋から出てきた伊藤が困ったような顔をしていた。

手元には使い込んだ黒革のカバーの手帳が開かれており、シャーペンで何かを書き込んでいるようだ。

「どうしたんです？」

「ん？　ああ、バイトの吉田さんがねぇ……」

ぽつりとつぶやく伊藤。

吉田さんは三十代前半でバイトに入っている古株の従業員だ。

旦那さんと、その職場内保育所に通う子供がいる女性で、細やかな点にも気の利《き》くこの店のバイトリーダーの一人でもある。

「吉田さん本人は問題ないんだけど、どうやら時期外れのインフルエンザに旦那さんとお子さんが罹《かか》ったんだってさ。今日の朝に二人とも熱出して、彼女が病院に連れて行ったら二人ともだって。今ようやく診断ついて家で寝てるって話だから、体は空いてるんだけど今日のシフトに来るのはまずいかもって電話してきて」

「そりゃダメでしょ。もし吉田さんも罹患《りかん》してたら、ココでインフルばらまくことになるし」

「そう思って彼女も電話してきたんだよね。まあ、こればかりは仕方ないからな。明日以降のシフトは組み直すとしても、問題は今日これからなんだよ。夕方のシフト、彼女が抜けるとなると、厳しいなぁ……。夕食時に新人の香山さんと、あと一人でホール回すのはちょっとなぁ」

手帳を見て、代わりに入れる人材を探す伊藤。

ぽかんとしながら彼に茂が尋ねる。

「え？　俺入りましょうか？」

「え？　入ってくれるの？」

首を傾《かし》げる伊藤と、それに首を傾げる茂。

「いや、俺普通にここにいますし。この後の予定、家帰って飯食って寝るだけですし。それに東京で金使ったから稼《かせ》がないといけなくって。……スマホ買い替えまでの道が、長いんですよ、俺」

「帰ってきたばっかで疲れてるかなーという配慮が僕にはあったのだけど？　え、本当にお願いしちゃってもいいの？」

「先に俺の方が無理言って休みもらったんで。今日は土産渡すのとシフトの相談に来たんですよ」

「うわ、杉山さんありがとうございます！　……今ちょっと吉田さんいないっていうのでビビったんですよ、私」

香山が喜色満面の笑みを浮かべていた。

そして伊藤が茂を拝むようにぱん、と手を合わせて感謝を述べる。

「ありがとう！　いや、本当に助かった!!」

「いいっすよ。吉田さんの代打ってなると、ホールですよね？　じゃあ、申し送りまで時間もないしすぐに着替えてきますよ」

「うん、お願いね！」

そう言うと茂は更衣室へとぱたぱたと手を振りながら向かうのだった。

＊＊＊

「お待たせしました。まずこちらが和風キノコスパと紅茶のセット。レモンティーでお持ちしました。そしてこちら、マルゲリータピザとコーヒーです。ミルクはポットに入っていますので、お好みで入れてください」

「ありがとうございます。あとスンマセン、取り皿一枚くれませんか？」

大学生くらいのカップルへと注文を配膳した所で取り皿を頼まれる。

面倒だという表情も見せずににこりと笑いながら茂はそれに応《こた》える。

「かしこまりました。すぐお持ちしますので。ご注文は以上でお揃《そろ》いでしょうか？」

「あ、大丈夫です」

「ありがとうございます。こちらに伝票を置いておきますので。取り皿もすぐお届けします。ではごゆっくり」

軽く会釈《えしゃく》しながら場を離れると、各テーブルの状況を見ながらキッチンへと戻る。

そこでちょうど戻ってきた香山に気づいて話しかける。

「香山さん、六番テーブルに取り皿一枚持ってって。それで帰りに四、五のテーブルから軽食の皿中心に引き取って来てよ。俺、一〇番を片しに回るから。あそこ家族連れだったからちょっと皿が多いしさ」

「わかりました。お願いします！」

「おう、よろしくね」

ぱたぱたと出ていく香山を見ながら、ふぅと茂は息を吐く。

バイトの吉田の代打としてシフトに急遽《きゅうきょ》入ったが、これは正解だったかもしれない。

夕食時の混み具合はいつもより若干であるが多く、しかも客層が一人での来店ではなく家族連れがちらほらといた。

要するに、コーヒー・紅茶と軽食だけというのではなくガッツリと飯を食いに来ている客層が多かったのだ。

（いや、確かに俺が入らなかったら結構ヤバかったかな、こりゃ？　ホール二人でその内新人さんが一人ってのは無理目だしなぁ）

そんな状況寸前だったと思うと背筋に悪寒が走る。

伊藤もいるにはいるが、今はレジにかかりきりになってしまっていた。

売上は結構上々の成績を出せそうだが、それ以上にヒーコラ言いながら働いている。

（あれだけ忙しくて痩せないって、間違いなく食い過ぎだな店長。程々にしておかないと、年取ってからヒドイっていうしな。……少し運動した方がいいよなマジな話で）

＊＊＊

視線を送ると、波がようやく一度引いたのだろう。伊藤が疲れたように笑いながら茂の近くに寄ってくる。

「お疲れー。いや、すごいラッシュだったよね」

「ですねー。吉田さんの代わりに入っておいて正解でした。コレ香山さんたちだけじゃヤバかったですよ？」

カートを準備しながら伊藤と話し合う。

「本当にねぇ。でも明日以降のシフトはどうにか組み直せそうだから。ここまでにはならないだろう。『光速の騎士』のプチバブルも終わってきたからね」

「あ、そうなんですか！」

「……なんでちょっと嬉《うれ》しそうなの？」

知らず知らずのうちに少し声が上《うわ》ずっていたようだ。

「い、いやぁそんなことないです。で、いち段落してきてるんです？」

「そうなんだよ、残念なことにねぇ」

カートをガラガラ動かしながら一〇番テーブルに向かう茂をテーブル用の布巾を持った伊藤が追いかける。

二名とも雑談をしながらではあるが仕事はきちんとこなしていた。

テーブルに着いて皿やグラスを片付け、布巾で零《こぼ》れたコーヒーの雫《しずく》などを綺麗《きれい》にふき取りながら小声で話し続ける。

「ほら、『騎士』が東京に出没したからさ。あっちに取材とか『騎士』『武者』目的のミーハーな人も行っちゃって。少し昨日と比べて今日の昼は人が減ってたんだ。それで今は家族連れが増えてる。ってことは、観光客が夜に減って、近所の人が来ているってことだろ？」

「なるほど、そりゃあ……」

よかった、と口に出しかけて気づいた瞬間にその言葉を飲み込む。

焦《あせ》りながら、一瞬声を詰まらせつつも動揺を隠せずにどうにか言葉を告げる。

「……残念なことです」

「……本当に思ってる？　怪しいなぁ？」

冷めた目で見つめられて、茂の目が泳ぐ。

そこに、ドアベルの音が響いた。

からんからん、という入店を告げる乾いたベルの音を聞いた茂が大急ぎで立ち上がる。

「店長、このカートお願いします！　俺、お客様を席へ案内するんで！」

腰のＰＤＡを引き抜いて茂が入口に向かう。

逃げるようにして小走りに向かう彼を見て伊藤がつぶやく。

「働くねぇ……。若いって素晴らしいなぁ」

そんな声を掛けられているとは知らず、茂は入口で案内を待つ客へと声を掛ける。

「いらっしゃいませ！　森のカマドへようこそ！　お客様、何名様ですか？」

来客を告げる茂の声が、またホールへと響き渡った。

＊＊＊

「ねぇ、彼がそうなの？」

「ああ、そうだ。彼がアレだよ」

森のカマドの店舗がある通りに面した道路の角に自動販売機が置かれている。

夜の闇の中で明かりのついたその前で二人の男女が話していた。

一人は小柄な女性でジーンズにロックバンドのシャツにデニムのジャケット、ベースボールキャップを目深にかぶっている。

もう一人は紺《こん》のチノパンに茶のネルシャツの長身の男性。そして夜だというのにサングラスをしていた。

彼らの視線の先には道を挟んで森のカマドがあり、外からでも中の様子が見える。

「普通の人に見えるのだけど？」

「ああ、特に光るものも感じさせないが、彼がアレで間違いない。調べはついている」

女性は手に持っていた缶コーヒーをぐいと飲み干し、それを缶専用のゴミ箱へと投げる。

かつんと音を立ててゴミ箱から外れたそれは、転がってどこかへと行ってしまった。

「……早めに会える機会を作るしかないだろう。ただ、タイミングを見計らってがいいな。今日は顔を見に来ただけだ」

「そう。なら帰りましょうよ。もう用は済んだでしょ？」

「ああ、帰るか」

すっと二人が自販機の前から、夜になって灯《あか》りが付いた電灯の方へと移動する。

そして一度自販機の光から闇に消えた彼らは、すぐそばの電灯の下に現れることはなかった。

忽然《こつぜん》と消えた彼らの痕跡は、ゴミ箱に入らずに地面に転がったままの空き缶だけである。

そして、そのスチール製の空き缶は、半ばから断裂する寸前まで捻《ね》じられていた。

まずは本書を手に取ってくれた方、お久しぶりです。もしくは初めましての方もいらっしゃるかもしれません。作者の勇寛《ゆうひろ》でございます。

まあ、「一般人遠方より帰る」の二巻目の刊行、となりましてこのようにあとがきを書いているわけですが、えーと、一応あとがきを書いてる今のタイミングで前巻からもう三年以上経過してますので。初めて本書を手に取った方はどういうこっちゃ、だとは思いますので申し訳ない。うん、そんなに間が空いて二巻が出るのかよ、というツッコミは想定しております。

正直な話、本当に作者自身も出るんですか、と疑心暗鬼になっておりますが、原稿はお渡ししてあとがきを書いているので出るのだと思います。

なので、一巻目を読んでいただいて二巻を待っていたという方、大変お待たせいたしました。待たせ過ぎっちゃあ待たせ過ぎなんですが、申し訳なかったです以外にどうにも言えません。ただ、分量自体は前の巻より増えてます。担当の方に聞いたところ、恐らくは前巻より結構ブ厚くなっているらしいので良い感じにあなたのスキマ時間を埋めれるのではないでしょうか。

さて、一応中身について少しばかり書いてみます。

作中の世界ではこの巻で「光速の騎士」という存在が現実であると認識せざるを得ない状況になったというところです。恐らく「善性」の彼を世の中がどのように飲み込んでいくのか、を書いているのが楽しい。そこで、ヒーローとはどういった存在なのかと考えてみると人それぞれでしょうね。熱血やらクール、陽気に陰気、健気であったり自己中、一匹狼に時にはダークヒーローもいたりすることでしょう。

同じシリーズの変身ヒーローでも年代や時代背景によっては、成り立ちも戦う理由も違うし、主張する正義の概念も違うので、私の思う英雄《ヒーロー》が別の誰かの考える悪役《ヴィラン》となることもあるはずです。

その各々の考えるこうあるべきだ、という英雄像と「光速の騎士」という実像との食い違い。

その自分ではどうにもできないくせに、一向に見えてこない大多数の思い込みと押し付けに、どうにかこうにか折り合いをつけねばならない「杉山茂」という一般人が感じる腹立たしさとおかしみを楽しんでくれれば幸いです。

さて、本書からイラスト関連についてですが、カバーイラストはつくぐさん、中のイラストは苔コッコさんのものとなっております。確認させていただいたイラスト類は美麗で秀逸でございます。本当にありがとうございました。

色々とそして長々とお待たせしましたが、あとがきを読まれてみて、ご興味をそそられたらどうかカウンターまでもっていってくださいな。この本が、少しだけでもあなたのお暇をいやせるなら嬉しい限りです。

では、またお会いできましたら、もっともっと嬉しいな、ということで。

Kラノベブックス

一《いっ》般《ぱん》人《じん》遠《えん》方《ぽう》より帰《かえ》る。また働《はたら》かねば！2

勇《ゆう》寛《ひろ》

2024年1月31日第1刷発行

発行者　森田浩章

発行所　株式会社 講談社
〒112-8001　東京都文京区音羽2-12-21

電　話　出版　(03)5395-3715
販売　(03)5395-3605
業務　(03)5395-3603

デザイン　木村デザイン・ラボ

本文データ制作　講談社デジタル製作

印刷所　株式会社ＫＰＳプロダクツ

製本所　株式会社フォーネット社

KODANSHA

ISBN978-4-06-529217-4　N.D.C.913　463p　19cm
定価はカバーに表示してあります

ファンレター、
作品のご感想を
お待ちしています。

あて先　〒112-8001　東京都文京区音羽2-12-21
(株) 講談社　ライトノベル出版部 気付
「勇寛先生」係
「つくぐ・苔コッコ先生」係

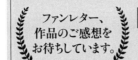

Kラノベブックス

公爵家の料理番様1～2
～300年生きる小さな料理人～

著:延野正行　イラスト:TAPI岡

「貴様は我が子ではない」

世界最強の『剣聖』の長男として生まれたルーシェルは、身体が弱いという理由で山に捨てられる。魔獣がひしめく山に、たった8歳で生き抜かなければならなくなったルーシェルはたまたま魔獣が食べられることを知り、ついにはその効力によって不老不死に。

これは300年生きた料理人が振るう、やさしい料理のお話。